U0466883

脂城四卷

北门北

BeiMen Bei

郭明辉 / 著

时代出版传媒股份有限公司
安徽文艺出版社

图书在版编目（CIP）数据

北门北 / 郭明辉著. -- 合肥：安徽文艺出版社, 2025. 5. -- ISBN 978-7-5396-8341-6

Ⅰ. I247.5

中国国家版本馆 CIP 数据核字第 20253541EB 号

出 版 人：姚 巍　　　　　　　　策 　 划：韩 露
责任编辑：周 丽　　　　　　　　装帧设计：徐 睿

出版发行：安徽文艺出版社　　www.awpub.com
地　　址：合肥市翡翠路 1118 号　　邮政编码：230071
营 销 部：(0551)63533889
印　　制：安徽联众印刷有限公司　　(0551)65661327

开本：700×1000　1/16　印张：17　字数：270 千字
版次：2025 年 5 月第 1 版
印次：2025 年 5 月第 1 次印刷
定价：68.00 元

（如发现印装质量问题，影响阅读，请与出版社联系调换）

版权所有，侵权必究

目 录

引子 / 001

上部

1 密司脱郑 / 005
2 北门四少 / 009
3 梅雨 / 015
4 九桂塘 / 019
5 英妹 / 024
6 旧账 / 029
7 施亚男 / 035
8 "大洋马" / 041
9 小茉莉 / 047
10 兄弟 / 053
11 阿英 / 059
12 宣传队 / 067
13 章织云 / 076
14 针织厂 / 083
15 模范 / 091
16 硝角油 / 097
17 红毛线 / 103
18 大案 / 109
19 锦旗 / 115
20 新生活 / 124
21 感化所 / 130
22 栀子花 / 137
23 小白楼 / 146
24 信 / 152
25 大鱼 / 158

下部

26　英雄／169
27　小安庆／177
28　弹壳／184
29　暖冬／190
30　咸肉／197
31　手帕／204
32　天狗／211
33　大火／216
34　老城墙／223
35　粽子／229
36　雪／235
37　老社守／241
38　凤镯／248
39　修鞋匠／254
40　SORRY／257
41　好时代／264

引　子

脂城地铁七号线有一站叫北门北。顾名思义,北门北就是北门站往北的下一站。北门北,脂城方言叫成"伯门伯",外地人听起来别扭,脂城人倒是习以为常。在地铁北门北站出口,有一座巨大的商业综合体,主楼三十三层,状如宝塔,两翼裙楼犹如双卵,合力拱卫。巨大的停车场两侧,高大的电子显示屏日夜不停地播放五花八门的商业广告。这就是脂城鼎鼎大名的山河时代广场。它的主人不是别人,正是表哥朱山河。

表哥朱山河是我一个远房舅舅的儿子,虽年过六十,却一直活跃在脂城商界,主营房地产开发、融资担保,吃香喝辣,自不用提。不过,脂城人都晓得,表哥朱山河的发达得益于我那个远房舅舅郑梅林。郑梅林一生经历起伏跌宕,年少时是"北门四少"之一,中年悬壶行医,老年摆摊修鞋,可谓雅俗均沾。20世纪90年代,表哥朱山河发达后,重金邀请脂城大学中文系教授何达撰写郑梅林的传记《梅林春秋》,精装出版,小有影响。之后,表哥朱山河又冒出一个念头,打算投资把郑梅林的故事拍成电视剧,男女主角都物色好了。然而机缘不恰,一直没有进展。

大约十年前,得知我在写脂城的故事,表哥朱山河有意让我来写剧本,并暗示让我挣点钱。说实话,在我看来,郑梅林那代人的故事,不外乎"爱恨情仇"加"自我革命",不是我喜欢的类型。不过碍于情面,我还是答应一试。然而,世事难料,这期间表哥朱山河突然遇到了一些商业上的麻烦,无暇顾及,事情便放下了。问题是,表哥朱山河可以放下,我却放不下了。因为我被郑梅林的故事吸引了。

关于郑梅林故事的来源,除了对多位当事人的采访,还参考了何达教授的《梅林春秋》,以及脂城市政协前副主席何修文的回忆录《脂城往事》。几年间,忙里偷闲,断断续续把郑梅林的故事作了梳理,纳入我的"脂城故事系列"。关于脂城故事系列,我定名为《脂城四卷》,讲述近现代以来百年间脂城东西南北四座城门的故事。实话实说,原计划中的"北门故事",跟郑梅林没有一毛钱关系,怎奈表哥朱山河从中干涉,只好将就了。

写作是私人的事,为了回避表哥,这事一直没跟他提及。我的本意是,既然已有一本郑梅林的传记《梅林春秋》,就不再拘泥一人一事、一时一地、一板一眼,不妨放开来写,纪实虚构,杂取种种,无论好坏,于我至少收获一份写作的愉悦。

不知何故,在整理郑梅林的故事的过程中,表哥朱山河如幽灵般一直在我眼前盘桓,这种感觉相当不爽。表哥朱山河发达之后,表面上谦逊随和,实则作风霸道且多疑,那嘴脸多少有点令人讨厌。如今,环顾周围,凡小有成就者中,此类人比比皆是,倒也可以理解。因此,在如下的故事中提及表哥朱山河,难免有不恭之词,希望他也像我理解他一样给予理解。

毕竟,讲故事,不讲情面。

【上部】

1　密司脱郑

华野先遣纵队某支队"独臂司令"尤万里率部接管脂城后,最想见的人就是郑梅林。尤司令找郑梅林,要跟他算一笔账。这笔账别人未必晓得,但他们各自心里明白——毕竟那是十年前的旧账了。

尤万里率部接管脂城,是在 1949 年 1 月 6 日夜 11 时。这天是农历戊子年腊月初八。按理说,脂城解放这么大的事,郑梅林即便不参与,也应该知晓,可他偏偏一无所知。那时候,郑梅林醉卧在九桂塘花五彩的雕花大床上,酣然大睡。酒齁流畅,拖着华丽的哨音,在九桂塘的沉沉夜色中回荡。那一夜,郑梅林先后吐酒三次,满屋酒臭味。花五彩和小茉莉睡在隔壁,被熏得脑仁生疼,想开窗透透气,又怕腊月寒风伤人,只好拿棉絮蘸上麻油塞住鼻孔,勉强入眠。

多年以后,脂城大学中文系教授何达在他撰写的《梅林春秋》一书中,将这些细节隐瞒,取而代之的描述是:"尤司令率解放军某部接管脂城那天夜里,天寒地冻,北风呼啸,在小白楼坐诊一天的郑梅林先生刚刚回到家中,忽接九桂塘一急诊,于是冒着寒风出诊,一夜未归,因此错过了那个激动人心的历史时刻。"

事实上,腊月初八那天,郑梅林根本没去小白楼坐诊。小白楼里只有伙计小安庆一个人守着。那天一大早,郑梅林就躲进书房整理药方,眉头紧锁,十分投入。西北风呜呜作响,郑家老宅的破窗发出猫叫春一般的呻吟。英妹将一碗热气腾腾的腊八粥端到郑梅林面前,他看也不看一眼。英妹怕他受寒,特意生了火桶,悄悄放在他身边。整整一个上午,郑梅林除了上了一趟茅厕,再没出过屋。这一点,英妹记得一清二楚。吃过晌午饭,"大洋马"来了。"大洋马"名叫苏珊,三十来岁,白种洋人,丰乳肥臀,人高马大,脂城人给她起个外号叫"大洋马"。"大洋马"是东门福音堂安德森牧师的朋友,在十字街鼓楼旁边开了一家美华洋行,专卖洋货。那时候,美华洋行在脂城名气很大,一屋子"花花绿绿",货是好货,可惜贵得吓人。英妹去过几回,看了都喜欢,样样买不起,每一回都惹一肚子气。

一进大门,"大洋马"高声大叫:"密司脱郑!"当年能被"大洋马"称为"密司脱"的人,在脂城并不多,郑梅林算是其中一个,可见他们关系非同一般。"大洋马"的嗓音细中带软,软中带甜,甜中还有一股子骚味。这是脂城女人对"大洋马"的评价,英妹基本认同。"大洋马"的声音还没落地,郑梅林便迎了出来,在天井假山旁与"大洋马"热情拥抱。"大洋马"走进书房,甫一坐定,郑梅林就把火桶往她身边挪了又挪,生怕把她冻着,然后随手把书房的门关上了。这一举动让英妹心里好不得劲,一团醋意隐隐泛起。

实话实说,"大洋马"来郑家老宅也是常事,不论看病还是闲聊,从不回避英妹。这一回,两个人在书房里关上门,不免让人想入非非。英妹忍不住,借口送茶水推门进去看个究竟。看到他们隔着书桌对面而坐,好像在商量合约的事。至于什么合约,英妹懒得费神。

说起来,英妹操这份心并非没有道理。那时候,北门人都晓得,郑家老宅姓郑,当家的却是英妹。英妹姓朱,她母亲做过郑梅林的奶妈,后来留在郑家做用人。英妹十岁那年便随母亲来到郑家打下手,一晃快二十年了。如今,老辈人相继过世,郑家老宅只剩下他们主仆二人。英妹幼年得过一场病,在脸上留下了麻子。因此私下人家都叫她麻脸英妹。其实,英妹脸上的麻子并不多,问题是集中在鼻梁两边,就显得特别显眼。如果遮住脸上的麻子,英妹还有几分标致,尤其身材天生婀娜,别说在北门一带,就算放在脂城,怕是也不多见。

论年纪,英妹早到了嫁人时候,不知何故,一直没有缘分。好在英妹自己倒是不急,一心一意服侍大少爷郑梅林。英妹和郑梅林年纪相仿,从小一起生活,虽是主仆,却不拘礼。然而,在英妹心中,郑梅林永远是她要服侍的人。如若没有郑梅林,她英妹在郑家老宅就没有意义。事实上,郑梅林吃喝拉撒、穿衣戴帽,凡在家的事,英妹都要管。当然,郑梅林生性散漫,懒得烦神,把家交给英妹倒也放心。

那天,直到天色将晚,"大洋马"才款款走出书房。夕阳如蛋黄,已沉落到郑家老宅西厢的屋脊。郑梅林谈笑风生,一直将"大洋马"送到大门外。英妹自然不会放过,躲到假山后面偷窥,灌了一肚子冷风。余晖中,郑梅林跟"大洋马"先是握手,然后拥抱,抱得死紧,好久才分开。见面拥抱是洋人的礼节,英妹听说过,倒也理解。然而非得抱那么紧,搂得那么久,她始终不能理解。

目送"大洋马"远去,郑梅林转身回来,兴奋地连叫几声"好饿"。英妹没接话茬儿,坐在火桶边低头织围巾。郑梅林没在意英妹的反常,走到她面前说,烧饭了吗?英妹并不抬头,不咸不淡地说,跟洋女人搞得那样热火,还晓得饿?郑梅林没听出她话里有话,随口道,当然要热火,不热火怎么合作嘛!英妹回了一句,那你找她吃饭去嘛!郑梅林这时明白英妹吃醋了,便推她一下说,赶紧吧,蒸几块咸货,我要喝几杯!英妹火了,腾地站起来说,别碰我!郑梅林一时不知所措,说,怎么回事?英妹噘着嘴道,想去碰碰"大洋马"!郑梅林尴尬一笑,搓搓手,往手心里呵口热气说,你还别说,洋女人的脸又白又滑,好得味!如实而言,郑梅林本意是开个玩笑,自我解嘲,自找台阶。可在英妹听来,这话却是恶意讥讽。秃子面前提灯,麻子面前说坑,显然犯忌,何况郑梅林这句话中,不仅提到"脸",还提到"又白又滑"。英妹气得顿时麻脸发紫,翻眼看了看郑梅林,脱口而出,浑蛋!郑梅林晓得失言,忙追上去解释。英妹不给他机会,哐的一声将门关上了。

实事求是地说,"浑蛋!"这类评价,郑梅林绝不是头一回受用,但从英妹嘴里说出来,肯定是头一回。从英妹的眼神和语气中,郑梅林断定,这句话在她心里已憋了好久。郑梅林顿时通体冰凉,忽然觉得英妹陌生起来。

在何达教授所著的《梅林春秋》中,关于英妹的身世,有这样一段描述:

"朱英妹女士生于脂城南乡朱大圩,三岁时不慎染疾,落下麻脸之终生遗憾,但其自幼善良聪慧,心灵手巧,十岁时随母亲到脂城北门富商郑家做用人,勤谨知礼,敏行讷言,颇得东家欢喜。及成年,与郑家大少爷郑梅林渐生情愫,真诚相爱,最后终于冲破封建藩篱,收获了美好爱情。"

关于这段描述,也有值得商榷之处。不知是何达教授放飞了想象的翅膀,还是表哥朱山河提供素材时有意美化,总之有点肉麻。事实上,英妹在郑家做用人近二十年,朝夕相处,郑梅林对她情同亲人。然而这最多说明郑梅林善待下人,不摆主人架子,应该谈不上所谓的男女情愫。至于英妹,因其脸上有麻子,又是仆人身份,谅她也不敢对风流倜傥的东家大少爷有非分之想。即便有,怕是也只能放在心底。更为重要的是,郑梅林年轻时放荡不羁,惯看风花雪月,阅人无数,怎么可能对一个麻脸用人产生兴趣?

说到这里,有必要梳理一下郑梅林的历史,或许可以从中管窥一二。需要说明的是,这段历史是根据当年多位亲历者的回忆整理,可以相互印证。作为传记,何达教授所著的《梅林春秋》中关于郑梅林年轻时的记述,与此有较大出入。本着求同存异的原则,兹不一一纠正。

2 北门四少

郑梅林年少时确实算个浑蛋。不仅是浑蛋,还是败家子。这一点,脂城北门一带几乎家喻户晓。

想当年,郑家曾是脂城北门的大户,三代经商,家业丰厚,传到郑梅林父亲手上,除了独家经营一间茶庄和一座酒楼,还与秦家在北门外合股开办了一个厂,名叫"良友针织厂"。按说郑家老爷子日子过得有滋有味,可偏偏独子郑梅林自幼性格乖张,十三四岁便混迹街头,结交三教九流。郑梅林在省立九中读书时,与三个结拜兄弟合称"北门四少"。四兄弟中,论岁数北门育新学堂校长之子何修文最大,米店老板的公子尤万里排老二,郑梅林是老三,郑家生意上的合伙人秦家少爷秦德宝排老四。"北门四少"性格各异,天天混在一起,没有不敢干的事,吃喝玩乐,打抱不平,抵制日货,游行示威,血书请愿,凡此种种,被官府逮过好多回,都是家里花钱免灾了事。也正是这个时期,郑梅林结识了开堂子的花五彩。在脂城,堂子是介于妓院和歌楼之间的营生,两边都能靠,至于靠向哪边,全凭个人把握。郑梅林这方面没有把握好,惹出一团是非恩怨,多年后依然剪不断理还乱。此为后话,暂且不提。

民国二十七年(1938)夏,日本鬼子占领脂城。何家、尤家、秦家都跑了。郑老爷子体弱多病,又舍不得家业,坚决不跑,也不让郑梅林跑。郑梅林的"朋友圈"一下子散了。浪子落单,好生苦闷,常常借酒浇愁。一天,郑梅林喝醉后在街头闲逛,不料被日本鬼子的狼狗追咬,跌落干沟,当时就白眼直翻,不省人事。幸亏被路过的花五彩碰见,雇车将他送回家。家人请来脂城名医汪老先生出手相救,连续三天三夜,又是灌药,又是扎针,好歹把他的小命救了回来。

本来,郑老爷子想趁机送郑梅林去上海念书,换换地方,也好改改性子;可他偏不依,说汪老先生救他一命,他当终生报恩,要死要活,非跟汪老先生学医不可。汪老先生师宗新安医派,尤擅妇科、瘟病及疑难杂症,早年曾在南京、芜湖行医,颇有名望,怕是不会轻易收徒,更何况郑梅林这样的混账东西。郑老爷子心里没底,备上厚礼觍着老脸去求。好在汪老先生和郑家素有交情,卖个面子,勉强收了这个混账徒弟。

从此,郑梅林的浑蛋传奇拐了第一个弯。何达教授在《梅林春秋》中评论称"这一时期是郑梅林先生传奇人生的转折点,更是他坎坷命运的开端",总体看来,不失中肯。总之,自从拜在汪老先生门下,郑梅林仿佛变了一个人。别看郑梅林曾经干过不少浑蛋事,但他天赋极高,心智突然开窍,又肯在医术上用功,颇得老先生器重。

有道是浪子回头金不换。眼见郑梅林即将出师,可望独当一面挂牌行医。某一天,结拜二哥尤万里突然悄悄找上门来。日本鬼子占领脂城时,尤家逃到大别山区避难,尤万里生性好动,偷偷加入新四军领导的岳东游击队。此次尤万里奉命潜回脂城,秘密采买药品。当时日伪在脂城贴了告示,满城捉拿新四军,郑老爷子恐受连累,当下要把尤万里撵走。郑梅林向来仗义,自然不肯,父子俩大吵一场。当夜在尤万里的鼓动下,郑梅林一不做二不休,偷走家里三百块大洋,又假托汪老先生的名义,通过"维持会"一个酒肉朋友的关系买了药品,之后招呼也不打,跟着尤万里径直跑进大别山,参加了岳东游击队。郑老爷子得知后,又气又恨,又不敢声张,从此吐血厌食,一病不起。

事情若是到此倒也罢了,可偏偏不久后发生震惊一时的"岳东事件",又把郑梅林搅进一潭浑水之中。那年春夏之交,岳东游击队遭日本鬼子偷袭,损失惨重。事后调查发现,事件发生前一天行军时,郑梅林突然失踪,并于事件发生后又悄悄回来。所有人都想到,郑梅林有叛变嫌疑。但是,郑梅林不承认,坚称因为梅雨天在山里游击,裆里湿疹感染,大面积溃疡。因有医术在身,郑梅林并不慌张,设法自救,于行军途中擅自溜进山里寻找草药。山林茂密,他不慎迷路掉队,费尽周折,才于次日迟迟归队。如此解释虽有常识的合理性,但不具革命的说服力。郑梅林无法自证清白,偏偏结拜兄弟尤万里不替他做证,郑梅林只好乖乖地接受审查。

那时候,郑梅林被关在游击队临时驻地的一间破草房里,接受调查。此时,他还顾不上反省思过,因为他要处理痛痒难忍的湿疹。他的衣袋里装着采回的草药,有薄荷、马齿苋、蒲公英、如意草等几味。这是汪老先生《脂河医案》里的方子,熏洗最佳,无奈条件所限,郑梅林只好把几味草药取适量,放进嘴里咀嚼,一待绿汁从嘴角流出,就吐在手心里,轻轻敷在患处,早晚各一次,三天后基本痊愈。然后,郑梅林才有心思反省。不过,他不认为自己有错,而是认为被冤枉了,尤其对尤万里不满,作为结拜兄弟不替自己讲话,太不够意思,当年的头白磕了,血酒也白喝了!

话又说回来,事已至此,郑梅林倘若相信组织,耐心等待调查结果,一旦水落石出,也许可以自证清白,继续抗日救国。谁承想,在一个月黑风高之夜,游击队再次遭到日伪偷袭。混乱之中,无人看管的郑梅林趁机逃脱。本来,郑梅林打算继续寻找游击队,可是梅雨时节,他担心湿疹再犯,加之受了冤枉,尤万里又不替他说话,让他觉得在游击队实在没意思,于是便悄悄潜回了脂城。

多年以后,何达教授在《梅林春秋》中,讲述这一段时发表一番感慨:"遗憾的是,正是这一跑,郑梅林先生不仅背上了叛徒汉奸的罪名,还连累了结拜兄弟尤万里,因此十年后尤万里回到脂城,头一件事就是找他算账!不过,那时候郑梅林坚信:一、我不是叛徒;二、我从家里偷了三百块大洋,为游击队买过药;三、尤万里可以为我做证。从这里看出,当时的郑梅林先生在政治上尚还幼稚!"当然,这是后话。

也许是天意,郑梅林逃回脂城不久,其父母相继离世。郑家的担子自然落在郑梅林这个独子肩上。郑梅林自幼散漫,根本没心思管理生意。乱世经商本来就不容易,摊上郑梅林这样的当家人,更不用说有多么惨淡。

不久，日本鬼子霸占了郑秦两家合办的针织厂，郑家的酒楼和茶庄也相继被变卖。郑梅林不仅不难过，反倒轻松许多，得空就跑到汪老先生那里，谈天说地，钻研医术，倒也自得其乐。

汪老先生毕竟年事已高，某个冬夜，起夜上茅厕时不留神跌断了腿，家人接他回乡养老。临行，郑梅林前去送别，拉着汪老先生的手，依依不舍，突然觉得脂城再无可谈心的人，心里很失落，竟忍不住哭得稀里哗啦。要知道，郑老爷子去世时，郑梅林一滴眼泪都没掉。人老心软，汪老先生感动得一塌糊涂，背着亲生儿子，悄悄把多年积累的行医心得《脂河医案》塞给郑梅林，让他用心研读，倘有一技傍身，将来不愁吃喝。从此，郑梅林牢记师训，闭门潜心研读《脂河医案》约一年，颇有心得，随之技痒，跃跃欲试。不久后，郑梅林花了一笔钱，办妥执照，买下了北门外樟树街的小白楼。

小白楼原是日军占领时期一个日本商人所建的酒楼，专供日军官兵在此寻欢作乐。日本投降后，小白楼作为敌产被收归民国政府，一直空置。郑梅林看中小白楼的清静和方便，托人从政府手里买下，择好日子，挂牌行医了。小白楼一共两层，门前两棵樟树，一左倾一右斜，凭空画出一方大扇面，恰好把门脸露了出来。二楼安静，行医坐诊；一楼药房，方便抓药。郑梅林图省事，药房字号"梅林药房"是请城里一位老秀才写的匾额，正宗颜体，人书俱老，悬于门额，颇显庄重大气。门旁还有一竖牌："新安名医传人郑梅林先生　坐诊"。这是郑梅林亲笔所书，笔力一般，但工整讲究，还算好看。

一个当年的街头浑蛋，突然间摇身变成悬壶济世的先生，跨度显然太大，大得让脂城人一时不敢相信。因此，郑梅林行医之路起步何等艰难，便可想而知了。不过，郑梅林对自己的未来颇为自信，相信会有出人头地的机会。

果然，这个机会来了，而且来得相当及时。

民国三十四年（1945）秋，日本鬼子投降后，东门福音堂的洋牧师安德森从国外回到脂城，带来几个洋人，有男有女。其中一个就是"大洋马"苏珊。苏珊因车马劳顿，水土不服，身体虚弱，害了妇科病，找西医诊疗过，却不管用。她整日坐卧不安,走路叉着两条胯子,跟戴镣似的。不晓得被哪个嘴快的人传将出来,一时成了街头巷尾茶余饭后的谈资。

关于"大洋马"的这一信息,郑梅林是从结拜大哥何修文口中得知的。抗战爆发后,何家举家"跑反"到重庆,何修文在那里读了大学,毕业后在重庆一家报馆工作。日本投降后,何修文回到脂城,在脂城《民声报》担任主编,因此时常与郑梅林、秦德宝小聚。八月十五那天,郑梅林约何修文和几个朋友一起,去九桂塘喝酒赏月。席间,何修文凑趣,把"大洋马"的事当作笑话一说,在座无不捧腹,独有郑梅林不笑,一本正经地说,好大事!用我三服药,药到病除!何修文与福音堂安德森牧师素有交往,转天就通报消息,苏珊脚跟脚就找到梅林药房来了。

那时,秋风送爽,梅林药房二楼窗明几净,光线充足。牛高马大的苏珊突然出现在面前,令郑梅林感到房间突然变得局促。郑梅林算是见过世面,可谓阅人无数,但是从没有单独跟洋女人离得如此之近。苏珊站在窗前的秋光里,并不扭捏,也不放肆,笑眯眯地看着郑梅林。郑梅林定了定神,请她坐下。苏珊胯下早已挠破,只在凳子上放了半个屁股。高大的洋女人坐下来,依然显得高大。郑梅林恍惚觉得,苏珊宛如一座大山,令他不敢直视。实话实说,郑梅林接触过的女人,他自己都数不过来,无论当面背后,他从不慌乱。唯独这个苏珊让他走了神,几次险些把手边的紫砂茶壶打翻。

面对金发碧眼的苏珊,郑梅林摆起名医的架子,望闻问切。苏珊忽闪着一双蓝眼,有问必答,极为配合。苏珊的中国话说得半生不熟,郑梅林连估带猜,大体能懂。大意是,半个月来,阴痒难忍,且心烦易怒,胸胁满痛,口苦生腻,小便黄赤。郑梅林听罢,心中有数,又让苏珊张嘴看舌苔。苏珊不明白,下身瘙痒跟舌头有什么关系,不愿配合。可郑梅林一再坚持,并好言相劝。苏珊勉强服从,张大嘴巴,伸出舌头。郑梅林定睛观看,但见苏珊的舌头胖大色红,苔厚黄腻,且伴有隐隐的口臭。接着,他例行把脉。苏珊的手臂玉白,布满细细金毛,郑梅林手指轻放寸关尺上,但觉指下脉象端直而长,如按琴弦。综上望闻问切,郑梅林断定,苏珊的病症属肝经湿热引起,可用龙胆泻肝汤内服,外用蛇床子散熏洗。于是郑梅林提笔写好方子,唤小安庆拿去按方抓药,免费送给苏珊。苏珊接过三包草药,扭捏半天,竟不肯马上离去。郑梅林以为她心存疑虑,当即写下一个字条:"如无对症,愿赠一百大洋谢罪。"

也许该着郑梅林走运,也许郑梅林确实医术高明,总之苏珊用药三剂,果然痊愈。这令安德森牧师大为惊叹,特意叮嘱苏珊,按脂城习俗,送来一块大匾。有意思的是,匾上竟然写着:"妙手回春,上帝保佑。"郑梅林心中大喜,并不在乎写的是什么,只在乎洋人送匾这一事实,一边招呼苏珊喝茶,一边命伙计小安庆打电话请何修文过来。说到底,世间女人大体一样,毛病也差不多。苏珊跟脂城女人一样,中国话说得跌跌撞撞,还喋喋不休,听得郑梅林比驾辕推磨还累。好在何修文适时赶到,算是替他解了围。

毕竟是结拜兄弟,何修文自然明白郑梅林请他来的意图,当即对苏珊作了采访。苏珊暗疾已除,通体康泰,对郑梅林大加赞赏,称赞他是上帝派来的安琪儿。郑梅林一点也不脸红,泰然自若地接受洋女人苏珊的赞誉。采访结束时,苏珊和郑梅林一人站一边,抬着那块匾,面带微笑,何修文捧起照相机,照了一张相。后来这张照片刊登在脂城报上,名医郑梅林一时声名大噪。

当天中午,郑梅林留"大洋马"苏珊吃饭,何修文作陪。席间,苏珊喝了几杯脂城米酒,脸泛桃花,花痴似的,抱住郑梅林的头,在他脸上狠狠地亲了两口。据说,当时,在座的客人大都惊得打落筷子,郑梅林却装着像没事一样,依然谈笑风生……

凭着如此丰富的经历,如此多彩的人生,可以断定,郑梅林和英妹根本不在一个层面上,在男女情感方面,更不可能有交集。

不过,凡事总有例外,例外往往精彩。

这一例外,发生在民国三十七年(1948)夏天某个午后。此情节在何达教授的《梅林春秋》中没有提及,不知是有意忽略,还是为尊者讳。不过,为叙事完整,姑且略述于后。

3 梅雨

郑梅林把英妹那个了,就在郑家老宅西厢房的竹床上。

对于郑梅林来说,这绝对是一次不该有的"例外"。正是这次例外,让英妹误以为她是他的人了,骂了他一声"浑蛋"!

去年初夏的某个午后,正值梅雨,西厢房里弥漫着霉干菜的糟味。郑梅林从英妹身上慢慢爬起来,舌条发干,手脚泛软,于是趿着鞋走到窗前,深吸几口带着腥味的空气,清醒许多。窗台上摆着一只旧腌菜坛子,上有月牙形的豁口。坛子里栽了一株栀子花,枝繁叶茂,躲着几个似开未开的花苞,花香隐约有了。郑梅林知道,这花是英妹的心肝宝贝,得闲就侍弄,不是修剪就是浇水,连叶子都要一片一片擦干净。

郑梅林提上药箱去小白楼坐诊,一路上反思与英妹的事,越想越后悔。按理说,作为脂城名医,只要愿意,在脂城不缺女人。可是郑梅林就是搞不明白,怎么就稀里糊涂与英妹发生了关系?当年他郑梅林真正浑蛋的时候,都没做过这种浑蛋事,如今早已不再浑蛋,为何偏偏干出这浑蛋事?郑梅林想得脑壳生疼,一时不能给自己一个合理的解释。

小白楼离郑家老宅并不远,走出青石巷,穿过北门城门楼,再拐个弯便看见小白楼了。到了小白楼,郑梅林跨进门,小安庆便迎上来,告诉他秦经理在楼上候半天了。郑梅林晓得秦德宝肯定是为针织厂的事而来,顿时一阵烦躁,上楼的步子也沉重许多。

说起来,针织厂如今成了郑梅林的一块心病。针织厂是郑秦两家的合伙生意,郑家是大股东,秦家是小股东。厂子建于抗战前,西洋设备,苏沪师傅,出产的"月季"牌的产品,在脂城周边大名鼎鼎,往南挤进了南京和上海,往北打进了徐州和济南,算是风光一时。日本鬼子来的时候,厂子被占用,荒了几年。日本投降后,厂子被收回来。这时候,两家的父辈都不在了。郑梅林自知不是经商的材料,且对办厂没兴趣,委托秦德宝全权经营,自己落得一身轻松。秦德宝是内行,把厂子搞得红红火火,或多或少,年年分红,倒也不错。可是,自从"重庆谈判"失败,共产党的队伍自北向南一路打过来,国民党军队节节败退,看形势脂城迟早不保。脂城内外风言四起,吓得脂城商家大户四处找门路外迁。上海人办的罐头厂、芜湖人办的肥皂厂、南京人办的面粉厂,相继迁走,脂城商界一下乱了阵脚。秦德宝找郑梅林商量把厂子迁走。郑梅林不信传言,说共产党来了有什么好怕的,共产党也是人,是人就要吃穿,生意就得做,厂子照样办!秦德宝心里没底,执意要迁。郑梅林本来心思就不在厂子上,索性做甩手掌柜,什么时候迁、往哪里迁,都由秦德宝做主。可是过了几天,秦德宝又改了主意,说迁厂太麻烦,车船也租不到,不如把厂子卖掉。郑梅林当然同意,卖了最好,省得烦神。毕竟兵荒马乱,人心惶惶,秦德宝跑了大半个月,也没找到买家,一下子病倒了。当天晚上,郑梅林去给秦德宝看病,劝他养好身子再想办法。秦德宝只是一声接一声叹息,他老婆吕玉芝一把接一把地抹眼泪,让郑梅林觉得亏欠他们好多。临走时,吕玉芝执意要送郑梅林,走到大门外的黑影里,她一把将郑梅林拉住,说,三哥,如今办法倒有一个,不晓得合不合适。郑梅林说,你不说怎晓得合不合适?吕玉芝说,三哥,你在脂城名气大,人缘广,又不想跑,不如你把我家的股份收了,你付现金,我们一家跑起来也方便!对秦家来说,这个主意确实不错。可是郑梅林对办厂一无兴趣二无经验,让他收下股份,实在强人所难。况且,郑梅林素来随心任性,手头又敞,根本没有多少积蓄。吕玉芝晓得郑梅林为难,主动让步,说,三哥,我和德宝信得过你,你手头有多少先拿多少,余下的打个条子,什么时候有再给。如果这话由秦德宝说出口,郑梅林即便不是当面拒绝,至少会说让他想一想。但是,这话由吕玉芝说出来,情况就大不同了。郑梅林身上的毛病不少,最要命的是不会拒绝别人,尤其是女人。吕玉芝等着回话,急得身子扭来扭去。郑梅林脑瓜一阵发热,说,就这么办吧!

多年后,何达教授在《梅林春秋》中提到此事,证明郑梅林是个有情有义的厚道人。其实,他哪里晓得郑梅林之所以答应,也是迫不得已。

那天,秦德宝一见郑梅林,劈头就说,三哥,许老板让我问你到底跑不跑?去香港还是去台湾?他还说,要跑就在这两天,不然就跑不掉了!郑梅林不急不慌,坐下来泡茶。秦德宝说,三哥,还是跑吧。听人家说,像我们开厂子的都算资本家,共产党来了,是要算账的,到时候怕是脑壳保不住!郑梅林喝了两口茶,慢慢说道,哪个想跑哪个跑,反正我不跑。秦德宝惊得嘴张好大,说,三哥,你不怕共产党?!郑梅林又抿了一口茶,说,我孤家寡人,凭手艺吃饭,怕哪个?!再说,香港也好,台湾也罢,天热雨多湿气重,容易生疹子,我住不惯!秦德宝一脸无奈,叹口气说,三哥,你孤家寡人当然不怕,我有老婆有孩子,我怕嘛!郑梅林说,你怕你就跑嘛!秦德宝苦着脸说,跑要盘缠嘛!郑梅林点点头说,那是那是。秦德宝说,三哥,玉芝让我来问问你,上回跟你商量转让股份的事怎么搞?郑梅林说,我答应了,就那么办吧。亲兄弟明算账,让账房清算清算,该我付多少我付多少。不过,丑话说在前头,我现在手头不宽裕,先给一部分,余下的打条子。秦德宝咧嘴一笑,鞠了一躬,说,三哥办法多,最好多筹一些。穷家富路嘛!郑梅林说,兵荒马乱的,我能有什么办法,只好把东湾三十亩水田卖了!秦德宝高兴道,那好,我先去账房了。

秦德宝走了,二楼一下子变得清静下来了。郑梅林窝在藤椅里,拿折扇遮住脸,眯着眼养神。不管怎么说,秦德宝所说的毕竟不是小事。不过,在郑梅林看来,共产党人倒不像秦德宝说得那么可怕。他之所以如此胆壮,是因为当初跟共产党人打过交道,还帮共产党人买过药,要不是中途突生变故,说不定他郑梅林早就是共产党员了。

跑不跑的事情想通了,暂且放下。郑梅林又想起英妹的事来,越想心里越别扭,于是赶到报馆,约何修文一起到西门外巢湖鱼馆吃湖鲜。说是吃湖鲜,其实是郑梅林想找何修文说说英妹的事,不然心里总是不安。坐在巢湖渔馆,面对结拜兄弟何修文,郑梅林把午后发生的一切从头至尾说了一遍。

当天午饭时,郑梅林喝了几杯酒,昏昏沉沉,照例午睡。因湿疹犯了,他半天睡不着,心急口渴,便隔窗喊英妹,连喊三声没人应。郑梅林起身去厨房找水,厨房设在西厢房,和英妹的住处连着一个门。平时,郑梅林难得进厢房,推门进来竟觉得陌生。厢房里间门上挂着竹帘,郑梅林挑帘一看,英妹躺在里间竹床上睡着了。当时,英妹穿着白汗衫花短裤,侧身向内,遮住了麻脸,雪白的身子像削皮的鸭梨一般,异常耀眼。那一时刻,鬼使神差地,郑梅林竟觉得英妹可爱无比,放下茶壶,爬上床一把将英妹按在身下。英妹惊醒,扭头见是郑梅林,惊得嘴巴张好大,却没叫出声,双手死死地捂住脸,任由郑梅林摆布了。

经过大致如此,郑梅林觉得并无遗漏,若是有,便是整个过程中,英妹几次打摆子似的颤抖,但始终没有吭过一声。郑梅林抱着头,喃喃道,从头到尾,她一声不吭!你晓得吧,她一声不吭!

作为结拜大哥,何修文明白郑梅林的意思。郑梅林的意思是,当时英妹应该誓死反抗,即便不反抗,至少在完事之后打他一下或骂他两句才合乎常理。问题是,英妹自始至终"一声不吭"。正是这一点,让郑梅林不安,也让脂城大笔杆子何修文颇感费解。何修文把玩着一只青花酒杯,半天才说,梅林啊梅林,这件事不知是福,还是祸!这一句话,说得郑梅林顿时浑身冰凉。

事实证明,郑梅林那个夏日午后的不慎所为,其后果被何修文不幸言中。正因为这件事,英妹才会理直气壮地顶撞郑梅林。只是此时郑梅林还没意识到而已。

4 九桂塘

腊月初八晚上,因为英妹一句"浑蛋",郑梅林暗自怄气,出去借酒消愁。那时候,郑梅林并不晓得,尤万里的队伍已在城外集结准备进入脂城,更不晓得尤万里进城后将要跟他清算十年前的一笔旧账。那时候,郑梅林的脑壳里被"浑蛋"这两个字挤得满满当当,心里像长草一样乱七八糟。

按理说,郑梅林并不是小肚鸡肠的人,为了"浑蛋"这两个字就能气个半死。问题是英妹脱口而出的那两个字,刺中了郑梅林的隐痛,由不得他不生气。至于什么隐痛,或许在《梅林春秋》的序言中可以找到答案。文中,何达教授对郑梅林有一句评价:"作为脂城名医,郑梅林先生视尊严如生命!"

换句话说,英妹说出的"浑蛋"两个字,伤害了一个曾经的浑蛋的尊严,正如郑梅林说"大洋马"的脸又光又白,伤了英妹的尊严一样。话又说回来,尊严究竟是什么?何达教授在文中没做探讨。不过,多年之后,表哥朱山河对此曾有惊人之语:"尊严嘛,面子嘛!面子嘛,算鸟嘛!"

当然,这是后话,按下不提。

且说那天,心情烦乱的郑梅林走出郑家老宅时,已是夜幕降临,万家灯火。走进青石巷,郑梅林决定去淮上酒家,找个知心人一起喝酒,吐一吐心里的不快。淮上酒家在城里十字街,是脂城最高档的酒家,一般人吃不起。郑梅林也不常来,不过在两种情况下,郑梅林必来买醉:一是高兴的时候,二是郁闷的时候。来到淮上酒家,郑梅林借酒家的电话打到报馆找何修文，报馆的人说何修文做访问去了。他本想找秦德宝，又一想秦德宝正在忙着跑路，怕是也没心情，于是便自斟自饮了。当是时，寒风阵阵，酒暖心寒，不知不觉，郑梅林把自己灌多了。

　　脂城解放的前夜，郑梅林在温暖的酒意中悲凉地反思，温暖和悲凉对冲，倒是浪费几块大洋。按理说，喝多了回家睡觉倒也无事，可是郑梅林不想回家，叫了一辆黄包车，晕晕乎乎地跑到九桂塘花五彩的堂子里，一进门就吵着打麻将。腊月寒天，又是三更半夜，堂子里冷冷清清，没有客人，明摆着三缺一。花五彩体虚多病，本不愿打牌，但碍于郑梅林的面子，更不想跑了这桩上门生意，便打发小茉莉提着灯笼去找人。小茉莉一脸不情愿，逛一圈回来说都嫌天寒地冻，不愿出门。牌局黄了，郑梅林却赖着不走，借着酒劲跟花五彩和小茉莉闲扯，天上地下，陈芝麻烂谷子，听得花五彩和小茉莉哈欠连天。正这时，挂钟响了十下，花五彩料定郑梅林要在这里过夜，便和小茉莉一起，费了好大劲，将郑梅林扶到床上躺下。郑梅林头一偏便打起呼来。

　　说起来，花五彩的堂子的生意近来确实清淡。原因有两个：一是国共开战，共产党一路打过来，城里好多有钱有势的人都跑了；二是她花五彩如今人老色衰。花五彩原来手下有几个姑娘，如今嫁的嫁跑的跑，只剩下养女小茉莉。小茉莉姿色倒有几分，可惜岁数尚小不懂事，一点也帮不上忙。为此，花五彩心里难受，想起当年的风光，饭都咽不下去了。

　　郑梅林认识花五彩，是在花五彩最风光的时候。那时候，花五彩的堂子还在槐树街。槐树街是脂城有名的烟花柳巷，日本鬼子投降后，民国政府扩建改造，占了槐树街，原在槐树街的堂子、妓馆纷纷搬迁到九桂塘。说起来，九桂塘算是脂城一雅处：三街相围，中有六巷，东头凹出一口满月似的荷塘，塘边有九棵百年老桂树，枝繁叶茂，逢秋香溢半城，曾几何时，脂城文人骚客多雅集于此品桂吟诗。按说，皮肉生意本是大俗，可这帮人偏偏看中这里的大雅。花五彩也搬来了，实指望借宝地生财，没料想"王小二过年，一年不如一年"，如今到了吃老本的田地，连用人都辞了，得亏郑梅林重情重义，时常带朋友光顾，不然真得喝西北风了。

天色渐亮,花五彩醒了。自从迈进四十岁的门槛,要操心的事多,花五彩的瞌睡越来越少,睡得再迟,天一亮就醒,醒了就得起来,不然浑身难受。郑梅林给她开过方子调理,滋阴安神,用了两个月也没见效,索性不用了。花五彩起床后悄悄推开郑梅林房间的门,一股隔夜酒臭熏得她睁不开眼。郑梅林瘟猪似的趴着,嘴被枕头挤得像倭瓜花,黄亮的口水挂在嘴角,泄到枕头上了。花五彩皱一下眉,转身从梳妆盒里拿出账簿子,在郑梅林的名下,用画眉的炭芯子在上面画了一个"+"号。

这时,有卖馄饨的梆子声自巷子里传来,花五彩对着镜子照了照,揩了揩眼角,照脸上扑了扑粉,穿上大衣,裹上头巾,拿上一只大钵子出门去了。

郑梅林醒来,已是天光大亮。当花五彩一惊一乍地大叫"解放了!解放了!"时,他一下子坐起来。接着,他听到花五彩在隔壁骂小茉莉,小祖宗,你心真大,解放了你还睡!小茉莉回嘴道,解放跟我有啥关系?!花五彩骂道,死丫头!

馄饨凉了,坨在一起,像冻住一般。郑梅林没有胃口,将馄饨推开。花五彩泡壶浓茶,郑梅林喝了,打了几个臭嗝,宿醉醒了大半,这才问花五彩,可真解放了?花五彩好激动,指着外头,说,满巷子人都在说,不信你去看看嘛!郑梅林信了,不是因为花五彩说得言之凿凿,而是这个事实印证了他的预感,几个月前的预感。

花五彩拨拉了一下碗里的馄饨,颇不解,说,好奇怪嘛,没听见一声枪响,怎么就解放了呢?郑梅林眨巴一下眼睛,说,不打枪也能解放!花五彩把汤勺放下,小心地问,郑先生,解放到底好不好?郑梅林摇摇头说,不晓得。花五彩说,听卖煤饼子的说,共产党来了,要变天!郑梅林笑了笑,未作评论,从怀里掏出钱来,随手放在桌上。花五彩晓得他要走,忙起身替他将围巾围好。这时候,小茉莉趿着鞋急慌慌地朝茅厕跑,花五彩骂道,死丫头!尿不憋急,你还不醒!郑梅林起身出门,花五彩追上去说,郑先生,等小茉莉送送你呀!郑梅林摇摇手,头也不回地走了。花五彩扶着门框,冲着郑梅林的背影说,郑先生得闲再来啊!

腊月的味道弥漫在九桂塘的上空,寒气中多了几丝柔软。太阳刚露头,青瓦屋檐上的霜痕还在,像极了花五彩脸上的粉底。巷子里行人渐多,三两个聚在一起议论,都在说"解放"的事。明明夜里刚刚发生的事,好像一下子全城都晓得了。郑梅林觉得有点慌。对他来说,"解放"这个事实并不重要,重要的是郑梅林的预感应验了,他想去找何修文,因为他的预感确实源自何修文。事实上,郑梅林的预感里,除了脂城肯定要解放,还有一条,那就是何修文肯定是共产党。

时值寒冬,青石路面被冻得通透而紧致,郑梅林的三接头皮鞋走上去,敲出石磬一般脆亮的声响。正走着,突然从旁边的屋檐下蹿出一个人。郑梅林吓了一跳,连连倒退几步,定神一看,竟是英妹。英妹口鼻里呼呼地喷着热气,两腮通红,眼圈发黑,一看就是一夜没睡好。郑梅林冷冷地问,你来搞什么?英妹怯怯地把皮大氅递过去。郑梅林不接,接着走。英妹小步快跑,追着央求道,大少爷,天好冷,回家吧。郑梅林好不耐烦,说,我还有事!英妹问,一大早有什么事?郑梅林说,找修文!英妹说,何先生好忙!郑梅林说,他忙不忙你怎么晓得?英妹说,昨个夜里,我找过他!郑梅林一愣,停下来问,你找他搞什么?英妹好委屈,说,为了给你送皮大氅嘛。郑梅林一听,突然觉得好无趣,转头上了南北街,朝北门走。英妹几次追上去,想把皮大氅给他披上,都被他甩开了。

大街笔直,行人渐渐稠了,吵吵嚷嚷,一路朝十字街鼓楼方向去。两旁的山墙和电线杆上贴着花花绿绿的标语,好喜庆。英妹不识字,本来想问郑梅林,但见他一脸冰霜,便作罢了。突然,几个年轻人骑着脚踏车散发传单,英妹伸手要了一张红色的,一堆字看不明白,便对着太阳照了又照,答案未必得到,那张麻脸却被映得通红。

过了北斗桥,绕过黑池坝,拐个弯便看见小白楼了。郑梅林笔直地朝药房走,英妹一直跟到药房门口。伙计小安庆已经开了店门,正在打扫,见郑梅林来了,兴奋地叫道,解放了!解放了!

郑梅林无动于衷,冷着脸上楼。小安庆凑到英妹跟前,问,英姐,解放了你可晓得?英妹说,早晓得了!小安庆不服,好早?英妹说,夜里!小安庆不相信,撇嘴。英妹也不分辩,把皮大氅递给小安庆说,大少爷要出门,给他带上！小安庆接过皮大氅,调皮地问,英姐,你是夜里梦到解放的吧?英妹翻翻眼,说,我亲眼看见的!小安庆听了,捂着嘴笑。英妹抬手佯装打他,小安庆吓得头一缩。英妹叹口气,转身走进青石巷回家去了。

5 英妹

英妹确实亲眼看见了解放军进城。

确实是夜里。

确实在北门。

这一细节,何达教授在《梅林春秋》一书中也曾提及,不过将其演绎为:"解放军进入脂城当天夜里,朱英妹与大批热情的群众一起赶到北门,冒着严寒,夹道欢迎人民军队的到来。当解放军迈着整齐的步伐,雄赳赳地走过城门洞时,年轻的朱英妹再也抑制不住翻身得解放的激动,眼中溢出幸福的泪花……这一激动人心的时刻,被在场的记者何修文先生摄入镜头,成为永恒的记忆。"

在这段描述中,涉及几个关键处,有必要搞清楚。

有史为证,脂城和平解放,是脂城中共地下工作者长期斗争、秘密策反的结果,这在当时显然是个秘密。作为一个普通的女佣,又不爱抛头露面,英妹事先不可能得知。另据地方志记载,为避免敌特骚扰,保证接管顺利,那天迎接解放大军进城的是中共地下工作者和原国民政府有关起义人员,并没有组织群众迎接。那么,作为"群众",英妹为何出现在现场呢?

据英妹后来回忆,当时欢迎解放军进城的人并不多,非要说是人群,那也是一小群人。她当时确实站在那一小群人中,但并不是为了欢迎解放大军进城,更没有因为激动而流出幸福的泪花。即便有眼泪流出来,也是冻的。因为那年脂城奇冷,护城河封冰,至第二年三月桃花盛开的时候才慢慢融化。不过,有一点属实:在次日脂城《民生报》刊登的新闻图片左上角,依稀可见英妹的身影。因为时间久远,加之当时的印刷工艺落后,实在看不出她有没有流泪,当然,脸上的麻子更是看不出来。

事实上,那天夜里,英妹站在欢迎解放大军入城的人群中,见证那一重要的历史时刻,并被摄入珍贵的历史照片,纯属巧合。而这个巧合,是因为郑梅林。

那天,英妹对郑梅林脱口说出"浑蛋"后,气呼呼地回到厢房,趴在床上,将头埋进枕头里,不过没有哭。英妹不像别的女人,受点委屈,动不动就哭鼻子抹泪。她不哭,脑瓜儿也不闲着,把过往的身世翻腾出来,感叹老天不公,感叹小女子命苦,如今二十八九还没出嫁,连她服侍了近二十年的大少爷都笑话她。想到这里,英妹愤愤地翻个身,竹床随之"吱呀"叫了几声,这不禁让她想起那个夏天午后,郑梅林做的浑蛋事。

这不能怪英妹无知。自从那次之后,郑梅林再没有接近她,不给她进一步探索体验的机会。有时英妹主动靠近,他像见了瘟神似的避之不及。英妹再次体验郑梅林的"关爱",是在若干年之后,并且是在一个极不合适的时间、极不合适的地方。

天井里传来脚步声,接着大门"哐当"一声关上。英妹晓得郑梅林出门了。腊月寒天,饿着肚子出门,大少爷会不会冻着?细皮嫩肉不吃冻,冻坏了身子还怎么给人看病?想到这里,英妹有点慌,忙起身出去看,郑梅林已不见踪影,皮大氅竟然还挂在衣架上。英妹取下皮大氅想追出去,刚出门又停下来,转身回屋,坐在火桶边,望着夜幕中的郑家老宅发呆,后悔自己嘴巴没有把门的,舌头一打滚,把话说重了。

算起来,在郑家老宅生活近二十年,服侍了郑家两代人,英妹头一回跟郑梅林耍脾气。从小到大,都是英妹让着郑梅林。毕竟是主仆,凡事对他多宽容。北门一带打过交道的人都晓得,英妹是个通情达理的人。不过,通情达理不等于没脾气,只是这脾气藏得深。若不是郑梅林跟"大洋马"搞得那么亲热,又指桑骂槐地说"脸光脸白"的,英妹的脾气还不会爆发出来。郑梅林不该将英妹跟"大洋马"比,更不该将她们的脸放在一起比。都是女人嘛,除了脸就没别的可比了吗?

天冷,英妹坐着冻脚,便上床躺下,躺下又睡不着,支着耳朵听大门的响动,想等郑梅林回来,给他烧热水泡脚。可是左等右等,到交子时,还没动静。英妹躺不住了,穿衣起床,拿上郑梅林的皮大氅,打着灯笼出门了。

往常,郑梅林深夜不回,不是打牌就是吃酒,凡是这两样,一般都离不开何修文和秦德宝,所以英妹先往何家走。何家前年搬到了赤栏桥北姑娘巷,并不算远,走着走着就到了。刚到何家院门前,英妹听到门响,拿灯笼一照,正是何修文。何修文颈子上挂着照相机,急慌慌地出门,见到英妹,吃惊道,英妹,三更半夜你来搞什么?英妹说,给大少爷送皮大氅!何修文说,梅林不在这!英妹问,那他在哪里?何修文看上去好急,说,不晓得,真不晓得!说着急慌慌地往外走。英妹以为何修文有意诓她,料定他是去赴郑梅林约好的牌局,于是悄悄尾随。说起来,不能怪英妹这样想,过去郑梅林跟他们熬夜打牌,英妹也曾找过,何修文和秦德宝替郑梅林打过掩护,不止一次骗过英妹。

何修文急慌慌地走,英妹远远跟在后面,街灯淡黄,老巷沉睡,一前一后,前赶后追,倒有几分趣味。一直跟到北门城门洞前,见有一群人等候在那里,英妹不晓得底细,慢下脚步。突然,唰——唰——唰——,城外的天空中亮起三颗信号弹,把城门楼照得雪亮。这时候,城门打开,一支大部队扛枪带炮齐刷刷地开进来。有人喊:"解放了!解放了!"英妹一时不明白怎么回事,吓得不敢动,直到队伍走到她面前,才赶紧后退几步。何修文跟着队伍,不停地拍照,灯闪得刺眼。又过了一会儿,队伍过完了,英妹突然想起自己的任务,便离开城门洞往回走,边走边想去哪里找郑梅林。

既然郑梅林不跟何修文在一起,就有可能跟秦德宝在一起。英妹想着,便往秦家赶,走着走着,又一想,秦德宝有家有口,又怕老婆,三更半夜,怕是不敢拖着郑梅林在家打牌,要是打牌也只能在外面。要是在外面,一定在九桂塘花五彩的堂子里。想到这里,英妹加快脚步,朝九桂塘走去。

花五彩在九桂塘开堂子做的什么营生,英妹当然也晓得。英妹还晓得大少爷十几岁的时候就跟花五彩鬼混过,至今没有断绝。不过,大少爷到这种地方寻欢作乐,英妹倒能谅解。烟花柳巷,吃喝嫖赌,有人当营生,就得有人去支撑,有买有卖,你情我愿,倒也明明白白。前两年,郑梅林在花五彩的堂子里喝酒打牌,手气背的时候多,经常让英妹送钱来。一来二往,英妹跟花五彩和小茉莉都混熟了,没觉得她们有什么不好。尤其是花五彩做的桂花酒香甜可口,在脂城算是头一份。英妹学着去做,方子一样不变,煮出来的桂花酒总有一股酸酸的味道。

来到九桂塘花五彩的堂子,已经鸡叫三遍。黑灯瞎火,料定郑梅林打牌累了,歇着了。英妹想了想,不便叫门,反正天快亮了,索性横下心来,裹上郑梅林的皮大氅,躲在对面背风的屋檐下守候,直到看见郑梅林出来。

以上情节,何达教授在《梅林春秋》一书中也曾提及,只是作为背景,一提而过。据表哥朱山河说,英妹曾跟他详细说过,目的不是揭郑梅林的短,而是对表哥朱山河进行革命传统教育。那时候,表哥朱山河年纪尚小,不大懂事,对花五彩的堂子没兴趣,抹着鼻涕,追问解放军叔叔有没有抓到俘虏,搞得英妹一时无法回答。儿时的记忆往往很清晰,想必表哥朱山河不会忘记。至于他有没有将这一情节提供给何达教授,不得而知。不过,同样发生在那一天、与英妹有关的其他情节,《梅林春秋》中有所涉及,情节基本真实。

那天,英妹独自回到郑家老宅,便想躺到床上补一觉,谁承想睡不着,脑瓜儿里来回绕着"解放"的事,于是就起床,梳洗一番,扎好头巾,挎上菜篮子去买菜。走出青石巷,见好多人吵吵嚷嚷地往老城赶,她一打听才晓得,都是去十字街鼓楼看解放军。英妹心里惦着看热闹,便跟着人群一路走去。

鼓楼在十字街南北大街,对面是花戏楼,中间是广场,左右拥挤着大大小小的商号,"大洋马"所开的美华洋行就在其中。英妹抄近路,经过"大洋马"的洋行门前,朝里看了一眼,见"大洋马"抽着烟卷,指指点点地跟人说着什么。英妹料定"大洋马"没看见她,因为她早已习惯,一出门就用大头巾将麻脸严严实实地包住了。

广场上人山人海,敲锣打鼓,旱船秧歌,狮子龙灯,热闹得很。英妹喜欢热闹,因为麻脸怕人笑话,却不敢往人堆里挤,只远远地看。一排排解放军在广场上巡逻,有男有女,携枪带刀,一圈一圈地走,那股精神气看着就来劲。英妹忍不住往前挤了挤,一不留神,踩住一个人的脚,那人"哎哟"一声,英妹一看,竟是花五彩。花五彩的旁边是小茉莉。花五彩认出英妹,没有怪罪,还嘘寒问暖了一番。这时,只听小茉莉惊叫道,妈呀,看那个女兵!看那个女兵!英妹抬头见一个正在扭秧歌的女兵,身材蛮好,脸却像炕糊的烧饼一样,青一块白一块的,看上去好吓人。花五彩说,哎呀,脸画成那样,唱的哪一出?小茉莉伸个颈子,说,不是画的,像是烧伤!花五彩又仔细看了看,惊道,啧啧,怎么烧成这样嘛!英妹顿时觉得自己的脸发烫,竟不敢再多看一眼了。

正在这时,那个女兵扭着秧歌转过来,一边扭着一边笑着向人群招手,一点也不难为情,反倒自信得很。英妹不敢看那张脸,偏偏那张脸最显眼。英妹闭一下眼,再一睁眼,那女兵正好扭到她面前。在那张烧花的脸上,一双黑亮的大眼,一口细白的牙齿。英妹冲那女兵笑了笑,不晓得她看见没有。

又看了一会儿,日头快到中天了。花五彩站得腰疼,便挽着小茉莉回去。英妹这才想起买菜的事,便也跟着往外挤。三个人挤出人群,都往南走,正好有一段同路。路上,小茉莉跟花五彩说起那个女兵的脸,花五彩说,好可惜哟,要是没烧伤,就那张脸,配上那双大眼睛,肯定迷死人!英妹也觉得是,但是没说出来。

6 旧账

何修文操办那次家宴,是在脂城解放后第五天。

何修文之所以操办那次家宴,是应尤万里的要求。不过,何修文当时并不知道,尤万里要跟郑梅林算一笔旧账。多年以后,何修文在撰写的回忆录《脂城往事》中,用相当大的篇幅谈及此事。何修文在文中写道,安排那次家宴,有三层意思:一是庆祝脂城和平解放,二是为尤万里接风洗尘,三是为当年结拜的四兄弟创造一次团聚的机会。毫无疑问,无论从哪个角度来看,此次聚会的主角都是尤万里。

从参加新四军游击队算起,尤万里离开脂城已十年有余。十年间,从岳东游击队到华野,打完日本鬼子打国民党,可谓是九死一生。十年后,尤万里回到家乡,成了"独臂司令",还当上了家乡脂城的军管会主任。无论如何,都是一件值得庆贺的事。用脂城百姓的话说,乖乖!没想到当年北门尤家那个"小黑皮",如今成了"独臂司令",没放一枪一炮,就把脂城解放了!

实事求是地说,除了夜空中亮起三颗信号弹,解放脂城确实没费一枪一炮。和平解放,免受战火之苦,无论对这座古城,还是对黎民百姓来说,都是好大的福气。当然,那时候老百姓还不晓得,这一切应归功于一批中共地下党人的努力,何修文就是其中之一。正如郑梅林所料,何修文确实是中共地下党员,而且是在重庆读大学时秘密入党,抗战胜利后被组织派回脂城,以报社主编的身份为掩护,开展地下工作,迎接新中国的到来。当时，淮海战役已近尾声，国军大败，驻守脂城的国军见势不妙，不战而逃，留守脂城的国民政府官员无心反抗，决定起义。经过何修文等中共地下党员做工作，脂城具备和平解放的条件，约定腊月初八子时，打开城门，迎接"独臂司令"尤万里率领的华野先遣队某部进城接管。

尤万里接管脂城后，何修文一直想找机会安排四兄弟聚一聚，因尤万里太忙，一直无法落实。按事先的部署，尤万里率部进城后，马上控制了警局、交通、电报、电厂、银行等要害部门，并着手组建军管会。说起来，四兄弟中，秦德宝最想见尤万里，因为吕玉芝给他下了任务。吕玉芝说如今是共产党的天下，一定要跟尤万里搭上，将来也好有个照应。听老婆话有饭吃，秦德宝欣然领会，从早到晚往军管会跑，但一次也没见着。这一天，何修文作为地方干部，参加尤万里主持召开的"清理敌产"会议。会上有人提到"小白楼算不算敌产"的时候，就提到了郑梅林。尤万里听罢，一拍桌子，对何修文说，原来这小子还在脂城，把他约来，我要见他！

事实上，直到这时，何修文还以为尤万里想见郑梅林是因为兄弟情义，颇为激动，于是便答应了。既然是家宴，当然在家里。何修文费了不少脑筋，人约齐了，又张罗酒菜。那时候，何修文还没结婚，特意把未婚妻章织云叫来帮忙烧菜。章织云在国立九中教书，娃娃脸，大眼睛，皮白肉嫩，说话时喜欢双手叠在一起置于小腹处，且左手在上。这本是教书养成的个人习惯，郑梅林却当成玩笑说过几回，弄得章织云一见郑梅林手就不知如何安放了。不过，据章织云晚年回忆，那时候，她对郑梅林并不反感，还有几分喜欢，虽说郑梅林性格有点怪，但懂得"罗曼蒂克"。

章织云那天一共做了八道菜，四冷四热。菜齐了，客人没到。章织云把四个热菜都拿大碗扣上，毕竟天冷，菜凉得快。趁这个工夫，何修文又专门跑到十字街，买回两屉鸭油包子。他记得，当年尤万里最喜欢吃十字街的鸭油包子。

这个等待了十年的兄弟聚会，头一个赶来的是秦德宝。说起秦德宝，故事也不少。本来，秦德宝听信老婆的话，把针织厂的股份盘给郑梅林后，确实举家南逃了。可是跑到半路上，听说香港没人罩着，日子也不好过，加之途中一家人先后生病，于是又辗转回到脂城再作打算。为此，两口子一直心里不安。如今尤万里率部解放脂城，做了脂城一把手，秦德宝两口子心才放安稳了。

秦德宝拎来两坛封缸米酒，酒坛上的封泥都长了白毛，一看就有些年头了。何修文没在意，章织云看出来了。章家在西门外开酒坊，她对酒敏感，接过酒坛摇了摇，隔坛闻了闻说，老酒嘛，少说二十年！何修文接过酒看了看，说，到我家来，还让你破费！秦德宝说，十年没见，兄弟聚会，谈不上破费！何修文说，是啊是啊，十年聚一次，一醉方休！秦德宝说，不醉不归！

左等右等，尤万里没来，郑梅林也没来。菜凉了热，热了凉，如此两三回，菜都被折腾得不成样子了。何修文急了，埋怨郑梅林做事太磨蹭。章织云倒是通情达理，说，腊月病人多，怕是在外出诊！秦德宝开玩笑说，他呀，搞不好跑到花五彩那里喝花酒去了！何修文说，这个梅林，明明答应早早来的嘛！正说着，门响了。郑梅林推门进来，章织云说，看看，这不来了嘛。郑梅林一见章织云，马上从包里掏出一瓶香水递过去。章织云不好意思，忙往后躲。何修文一把夺过去，看了看说，洋货嘛！"大洋马"送的？郑梅林一脸真诚地说，快过年了，我特意跑到洋货店买来送给嫂子，不然也不会迟到！秦德宝帮腔道，三哥确实会办事，见人必送礼，所以才讨女人欢喜！章织云笑道，就是，哪像你们俩，一点不懂罗曼蒂克！

四个人说说笑笑，不知不觉，已过九点。章织云怕太晚路不好走，提出要先回家，何修文和秦德宝都同意，郑梅林不同意。说来也怪，郑梅林看着章织云，只说了一句，你走了就没意思了嘛！章织云马上就放下包，坐了下来。毕竟都饿了，章织云建议边吃边等，等尤万里来了，大不了再烧几个菜。于是四个人坐下来，边吃边喝，说说笑笑，不知不觉都有了酒意。因谈得痛快，喝得也爽，四个人似乎把主角尤万里给忘了。

事实上，尤万里那天来得很迟。何修文在《脂城往事》中专门提到这一点。不过，尤万里来的时候，还带来了一个女解放军。多年之后，何修文对那个场面记忆犹新。尤万里是急性子，走跑带风，进门后，人停下来，左边空空的衣袖还在甩来甩去。虽说早晓得尤万里成了"独臂司令",可是一看见他那空荡荡的袖筒,章织云还是吓得"啊"地叫了一声。

尤万里一进门,二话不说,大大咧咧地伸出独臂,与人握手。尤万里有个习惯,握住手后,要用力抖几抖。秦德宝挤到最前面,叫声二哥,便双手握住尤万里的手,尤万里激动,独臂狠狠地抖,抖得秦德宝两腮的肥肉突突乱颤。接着,尤万里跟何修文握过手,转过身来,看着郑梅林。郑梅林主动伸出手,尤万里没跟他握手,还是盯着他,说,你小子等着,我要跟你算账!众人吃惊地看着他们,郑梅林有点尴尬,只好收回手来。何修文忙把章织云介绍给尤万里。尤万里扭过头,把手伸向章织云。章织云伸手前,早已做好咬牙忍痛的准备,没料到尤万里只轻轻摇一下,就松开了。

当时让章织云更为惊讶的不是尤万里,而是跟尤万里一起来的那个女解放军。也许因为没有心理准备,也许因为灯光太暗,当这个女解放军从尤万里身后闪出来时,郑梅林、何修文和秦德宝都大吃一惊,尤其是章织云,差点叫出声来。因为女解放军的军帽下,那张脸像一块烤煳的烧饼。

她叫施亚男,是脂城军管会的干部。尤万里作介绍的时候,随手拍了拍施亚男的头。当时,施亚男刚好摘下军帽,露出一头乌黑的短发,尤万里的大手在施亚男的秀发上轻轻弹了两三下,亲昵中带着暧昧。尽管灯光并不明亮,这一细节还是没有逃过郑梅林的眼睛,他断定他们的关系非同一般。莫名其妙的是,就在这时候,郑梅林看了章织云一眼,章织云也看了他一眼。从对方的眼神中,二人都看出了相同的答案。

在两坛米酒喝完之后,尤万里已有几分酒意,话更多了,一桌人就听他一个人说。从参加新四军游击队说到日本鬼子投降,从淮海战役说到脂城解放,说来说去,全是英雄事迹:什么勇闯敌营智擒伪军,什么火攻碉堡奇袭蒋匪,总之所向无敌。施亚男见他越说越多,又不好拦他,便递过一杯水让他喝。尤万里误以为是对他的鼓励和奖赏,说得更是卖力,激动之下,从怀里掏出一张照片,在众人面前晃了晃。施亚男一见照片,想制止他,坐在下手的秦德宝仗着酒劲,一把抢过照片。何修文和郑梅林都伸过头去看,章织云看不见,便起身绕过去看。

照片上,一个漂亮的女孩微笑着坐在一架风琴前,光洁的额头温润饱满,一双大眼睛如宝石一般。四人看罢,都赞漂亮。尤万里哈哈一笑说,猜猜是哪个?三兄弟都摇头,章织云也摇头。尤万里又大笑,说,远在天边近在眼前嘛!三兄弟一齐扭头看向施亚男,章织云也看着施亚男。就在章织云和施亚男目光对碰的刹那,施亚男像被电打了一样,马上扭过头去。尤万里说,这是亚男在上海读书的时候。哎呀,当年在苏北,我头一回见亚男,她就是这个样子,好美啊!三个男人看了看施亚男,没有反应。这种情况下没有反应等于否定,施亚男的脸一下子阴沉下来,一把抢过照片,扭身就走。尤万里喊了几声,她头也不回。尤万里尴尬地笑了笑说,看看,还是大小姐脾气,要批评!何修文和郑梅林也跟着笑了笑。章织云说,哎呀,是不是我们失礼了?尤万里手一摆说,女人嘛,不管她,咱们喝!秦德宝傻乎乎地问,二哥,亚男的脸怎搞的?尤万里叹口气说,当年在苏北打日本鬼子的时候,因为救我,烧的!秦德宝咂咂嘴,表示可惜。章织云干咳一声,何修文便将话题岔开了。章织云觉得尴尬,也离开酒桌,转身进了厨房。

在场只有四兄弟,尤万里一一打听情况。何修文往军管会去得多,想必该说的都说了。秦德宝毕竟是生意人,经历杂而不乱,三两句话就能说明白。如此一来,经历最复杂的还是郑梅林。郑梅林想了想,不知从何说起,正在犹豫,尤万里突然提出一个问题,让何修文和秦德宝都大吃一惊。

尤万里盯着郑梅林,拉长着脸问,郑梅林,"岳东事件"的时候,你做没做叛徒汉奸?郑梅林一听,并不惊慌,反问道,二哥,当年我被冤枉,你为什么不给我做证?尤万里脸色难看,稳了稳情绪说,当初你在山里脱队,我又没跟你在一起,怎么晓得你当没当叛徒?郑梅林双手撑着桌子,伸着脖子说,当时我害病,你明明晓得嘛。后来我去采草药,在山里迷路了嘛!尤万里说,迷路?那你第二天怎么又回来了?郑梅林说,第二天才找到你们啊!尤万里说,好吧!我再问你,既然你心里没鬼,关禁闭调查你的时候,你为什么偷偷跑了,当了逃兵?!郑梅林激动地说,大半夜,鬼子突然打过来,没人管我,我不逃,难道坐那里等死啊?!尤万里突然一拍桌子说,既然逃出来,为什么没有再去找队伍?为什么跑回脂城做你的少爷!郑梅林酒劲上头,憋了半天才说,我冤枉!我不服!尤万里冲何修文和秦德宝说,你们评一评,就这条理由,哪个相信?

何修文点点头说,十年前的事,确实说不清嘛!

秦德宝也说,就是就是!

郑梅林急得眼直翻,说,好!就算这个说不清,那我从家里偷了三百块大洋,给游击队买过一批药,是不是事实?!尤万里听罢,腾地站起来,咬着牙关说,不提这事倒也罢了,一提这事,我就来气!就你托"维持会"那个酒肉朋友买的药,送到前线,一大半不能用,不是假药就是过期货,害得我写了几次检讨才通过,入党时间推迟一年半!说到这里,尤万里脸涨得通红,突然拔出手枪说,郑梅林,要不是看在曾经兄弟一场,我现在就崩了你!何修文和秦德宝赶紧劝住尤万里,郑梅林不躲不让,静静地坐在那里,低着头一声不吭。尤万里说,郑梅林,你曾经是我兄弟,可是在岳东事件中牺牲的游击队员也是我兄弟。我跟你喝过血酒,可我跟他们换过命!我告诉你,这件事不搞清楚,老子不会放过你!

郑梅林突然觉得天旋地转,看来过去的一切都成了一笔糊涂账,怕是跳到黄河也洗不清了。郑梅林不再辩解,稳了稳神,穿上大衣,转身就走。这时候,章织云端着茶水进来,劝郑梅林再坐一会儿。郑梅林没有理会,走到门口,回头说了一句,老天爷晓得!章织云不晓得缘由,随口说道,郑先生,这跟老天爷有什么关系吗?

在何修文晚年回忆录《脂城往事》中,关于郑梅林那天的神态没有过多的描述。但是,对他临走时说的那句话给予充分理解,只是不晓得是郑梅林的无奈辩白,还是内心的诅咒。

7 施亚男

施亚男和尤万里吵起来了,吵得好凶。尤万里脾气火爆,当场就把枪掏出来了。那把毛瑟枪是尤万里在抗战时英勇杀敌获得的奖励,一直被他别在腰间,视为命根子。

熟悉尤万里的人都晓得,尤万里有一个臭毛病,一急就掏枪,不分场合,不分人事,好像枪一掏出来就能摆平所有事。这个毛病什么时候养成的不好说,但在他成为"独臂司令"之后表现得尤其突出。

何修文的回忆录《脂城往事》记载,施亚男和尤万里吵架是因为军管会内部分工。准确地说,是在谈军管会内部分工时,尤万里多了一嘴,把施亚男惹恼了。脂城和平解放后,成立了军管会,机关设在城隍庙,尤万里担任军管会主任。军管会下设市政、公安、工商、军需、宣传等科室,大到发动群众剿匪反特,小到调解邻里矛盾维持治安,样样都要管。毕竟刚刚解放,形势复杂,军管会的责任重大,尤其渡江战役即将打响,脂城还要做好后勤保障,军需是首要任务。尤万里考虑再三,打算把军需科的担子交给施亚男。对尤万里来说,把如此重任交给施亚男,既是对她的信任,也是对她的欣赏,至于有没有其他的因素,那就不好说了。然而没有料到,会上讨论的时候,其他人都没有异议,施亚男却不愿意,坚持搞宣传。这样一来,尤万里的整体思路被打乱了。尤万里一向作风硬朗,说一不二,当场批评施亚男,革命工作不是请客吃饭,不许挑挑拣拣!施亚男据理力争,说革命工作也不是保媒拉纤,不管合适不合适,乱搞拉郎配!此言一出,惹得众人大笑。

要是别人如此放肆,尤万里早就开口骂娘了。偏偏是施亚男,尤万里被呛得无言以对,着实有点难堪。

这一点尤万里万万没有想到。本来,尤万里以为施亚男会愉快地服从他的安排,甚至对他感激不已。尤万里之所以如此自信,多少倚仗他和施亚男的特殊关系。正如郑梅林所猜测,尤万里和施亚男的关系确实不一般。

多年之后,关于尤万里和施亚男当时的特殊关系,何修文在回忆录《脂城往事》中有这样的叙述:"记得早在脂城刚刚解放的时候,尤万里同志和施亚男同志就确立了恋爱关系。作为好友,尤万里同志曾经给我讲过他们的红色爱情故事,颇为感人。抗战时期,尤万里同志不幸负伤,失去左臂,一度昏迷。随战地宣传队前来慰问的施亚男同志为了救他,在面部被烧伤的情况下,凭着对革命同志的满腔热情,硬撑着把尤万里背到了后方医院。战火硝烟中,救命之恩,战友之情,铺设了一桩革命爱情的坚实基础。尤万里同志在病床上写信给施亚男同志说,亲爱的你给了我一条生命,我要给你一辈子幸福!正如尤万里所愿,从那以后,两个革命同志越走越近,两颗年轻的心越贴越紧,相约等到革命胜利后,组建一个革命家庭……"

那时候,军管会的同志们既晓得他们的恋爱关系,又晓得施亚男脾气倔,就劝尤万里放下司令的架子,做一做施亚男的思想工作。尤万里思考再三,觉得很有必要。当天晚上,尤万里亲自烧好两暖壶开水,把施亚男喊到会议室来谈心。会议室设在大殿,除了宽敞,还有城隍爷的塑像做伴。灯火摇曳,围炉而坐,在城隍爷的注视下,二人开始谈心。尤万里是从战士一步步成长起来的干部,多少掌握一些做思想工作的方法,他先把军需部的重要性一一谈透,又把施亚男的工作能力表扬一番,希望施亚男服从组织安排。施亚男没有顶嘴,还时不时地点点头,看来思想转弯了,观点改正了,情绪平稳了,一切都好谈了。问题是关键时刻,尤万里犯了骄兵必败的大忌,在给施亚男添了热水之后,狗尾续貂,接着说,亚男同志,毕竟你脸上受过伤,不适合做宣传,还是做军需合适嘛!

这句话听起来平常,说的也是事实。可是施亚男听了,越想越不对味。

我施亚男因为脸上有伤不能做宣传,这是哪门子道理?我受伤是为了哪个?还不是为了你尤万里?!没良心的,当年写信给我说永不嫌弃,口口声声说我在你心中永远美丽,如今刚刚解放,革命尚未成功难道你就变心了?就嫌弃我了?就瞧不上我了?!想到这里,施亚男腾地站起来,指着尤万里的鼻子,咬牙切齿道,你闭嘴!尤万里愣了一下,被搞得一头雾水。施亚男的脸色变得尤其难看,呼呼地喘着粗气,拎起一只竹壳暖水壶甩过去,砰的一声,正好摔在尤万里的脚下,热水四溅,烫得尤万里龇牙咧嘴,风度尽失,伸手拔出枪来,咔嚓一声,打开保险。施亚男丝毫不怕,把脸一抬,送到尤万里鼻子底下说,开枪!开枪!开枪!

对尤万里来说,如此场面相当尴尬。开枪吧,当然不可能;不开枪吧,枪已掏出来,还举起来了。这该如何是好?尤万里毕竟是尤万里,在这十分尴尬的时刻,灵机一动,举枪的手顺势在空中划一道弧线,把手枪重重地拍在桌上。没料到这一拍用力过猛,手枪走火,砰的一声,不偏不倚,正打在城隍爷的左眼上。从那之后,脂城的城隍爷就开始睁一只眼闭一只眼了。

两名守卫战士闻听枪声赶来,拉开枪栓。施亚男冲战士笑了笑说,没事没事,擦枪走火!尤万里强作镇静,冲战士摆摆手,让他们退下。施亚男走到门口,突然扭过头来,冲尤万里一笑说,我一定会把宣传工作搞好!尤万里好生无奈,望着施亚男的背影消失在夜色中,乖乖地把枪收了起来。

次日,军管会召开工作安排会议,尤万里宣布各部门的人事安排。这是脂城的大事,何修文前来报道。不出所料,施亚男如愿担任宣传部部长。这个结果在意料之中,众人没有异议。会议结束后,何修文为军管会新任干部们一一拍照,第二天就在报上刊登出来。尤万里的照片排在首位,一手叉腰,气势不凡。施亚男的照片,何修文拍摄时用了心,侧面,逆光,仰拍,刊登出来后,不仅看不出她的脸受过伤,还有几分成熟女子的妩媚。

实话实说,这张照片,施亚男非常满意,事后托何修文专门洗印了很多张,备着以后干部登记填表使用。何修文心细,专门放大了一张。施亚男做了一个镜框装起来,一直挂在家里。多年之后,章织云曾经回忆,施亚男离休后曾多次上门,找何修文要这张照片的底片。何修文和章织云翻箱倒柜,可惜没有找到。何修文判断,也许是在"文化大革命"时期弄丢了。

说起来,在军管会,施亚男能干众人皆知,好强也是出了名的。

比如说,作为一个大姑娘,她脸上的烧伤显然是短处,完全可以在发型上做点花样,遮遮掩掩,扬长避短。比如养长头发、戴条头巾之类。可是她偏不,不仅不遮掩,还故意剪短发,走路开会,脸仰得好高,生怕别人看不见。有一回,她和几个女干部一起去澡堂洗澡,脱下衣服,个个都夸她皮肤好,身材好。她不领情,一仰脸问人家,难道脸不好吗?一句话呛得人家一脸尴尬。如果到这里也就罢了,没想到她又问人家,干革命难道光靠脸吗?!人家见势不妙,扭头就走,一个推着一个,扑通扑通,纷纷跳进热水池去了。

如愿当上军管会宣传部部长之后,施亚男马上着手证明自己,不仅给尤万里看,也给其他所有人看。恰好,为了庆祝脂城和平解放,支援即将打响的渡江战役,军管会决定在春节期间,搞一系列的庆祝活动,马上组建一支各界妇女宣传队,规模不少于二十人。会上一宣布,施亚男主动请缨,保证十天完成任务。尤万里怕她话说过头,给她半个月,施亚男坚持十天完成任务。尤万里说,亚男同志,心急吃不了热豆腐!施亚男说,万里同志,这块热豆腐我吃定了!尤万里有点难堪,拉下脸来,把桌子一拍,说,军中无戏言!施亚男把胸脯一挺,说,愿立军令状!尤万里说,十天之内完不成任务,我撤你的职务!施亚男说,一言为定!

如果说施亚男立下这个军令状,全靠赌气拼胆量,多少失之偏颇。不管怎么说,出身于上海大户人家的施亚男,中学时期参加过学生运动,后来参加新四军投身抗战,风风雨雨,经过历练,想必心中自有把握。章织云晚年曾经评价说,其实施亚男是个最要脸面的女人。人嘛,缺啥要啥。脸上有疤,争不过人家,她就在做事上逞强,一辈子做了不少事,遭了不少罪!

可以肯定,施亚男的性格之所以如此倔强甚至扭曲,跟她曾经的遭遇有关。据章织云回忆,施亚男曾向她透露过自己的身世秘密。施亚男虽然出身于上海大户人家,但她的母亲不是正房,甚至连偏房姨太太也算不上——她母亲是用人。施亚男说,母亲是芜湖人,人长得漂亮,但是命苦。从施亚男记事起,她就常常看见母亲被太太打,专打脸。太太说母亲不要脸。有一年夏天,母亲因为琐事和太太顶嘴,太太拿起一壶刚烧开的水,朝母亲兜头浇下去。母亲的脸上、颈上顿时起了一层水泡,个个都有蚕豆那么大!施亚男吓得哇哇大哭,母亲却一声不吭。她问母亲痛不痛,母亲说,不痛。她问为啥?母亲说,女人活到这份上,脸也不是脸了,不是脸就不痛了!施亚男不明白,母亲又说,囡囡,你要记住,别把脸看得太金贵,那样少遭罪!就在那之后不久,母亲突然去世了,原因不明。太太的说法,下作坯子,作死活该!施亚男说,就这一句话,她当时发誓一定要让太太死。十七岁那年,太太要把她许给一个下人,她不干,太太就像打她母亲那样打她。一天夜里,趁太太熟睡,她悄悄把一桶洋油倒在太太的地毯上,放了一把火,把门锁上,便躲到对面巷子里偷看。不一会儿,浓烟漫出,大火窜出窗户,接着听见太太拼命哭喊。施亚男头也不回地离开,跟同学一起去皖南参加了新四军。章织云听罢,胸口怦怦直跳,汗毛都竖起来了。施亚男表情平淡,嘴角露出一丝笑。章织云说,亚男的心是苦水泡出来的,硬得很哟!

要办好事,光胆大不行,光赌气也不行,还得有办法。要想快速成立宣传队,就得让更多的人知道。只有更多的人知道,才有更多人报名,有更多人报名,才有更多的选择。施亚男发动宣传部同志写告示,分头到学校、工厂、码头张贴。部长立下军令状,同志们也拼了。施亚男不敢闲着,借了一辆脚踏车,去找何修文,想把告示登在报上。

脂城解放后,《民声报》改名《脂城日报》,何修文任社长。报社搬到安福寺附近逍遥湖边。从城隍庙到报社,要经过十字街。正值年根,街上很热闹。施亚男一身军装,骑着脚踏车狂奔,尤其抢眼。来到十字街,人流稠密,施亚南只好推着车子走。这时候,十字街头大喇叭正在播放《解放区的天》。施亚南一边跟着哼唱一边走,正走着,见一群人围成一圈,伸头引颈争着看。施亚男个子高,踮起脚一看,原来一个十五六岁的丫头正在跟着大喇叭播放的歌曲跳舞,一招一式,有板有眼,那腰肢那眼神,泼辣俏皮。

施亚男正急需人才，马上打起那丫头的主意。正好一曲终了，那丫头跳得冒汗，两腮绯红，颇显娇艳。施亚男正要打招呼，一个浓妆艳抹的中年妇人上去拍了小丫头一巴掌说，人来疯，去家！说着，她拉起那丫头就走。施亚男赶紧上前问，小妹妹，你叫什么名字？那丫头一见施亚男，先是一惊，转脸对那妇人说，妈你看，是她！是她！施亚男不明就里，又问，小妹妹，你叫什么名字？那妇人说，解放军同志，小丫头不懂事！施亚男说，大姐，我想问一下，小妹妹想不想加入我们妇女宣传队？那妇人说，宣传队？开工钱吗？施亚男摇头说，管饭！那妇人翻翻眼，拉起丫头就走。那丫头不想走，说，解放军同志，我叫小茉莉，我想参加！我想参加！那妇人火了，骂道，死丫头，没听人家说没工钱吗？！那丫头说，我愿意，没工钱我也愿意！那妇人说，你敢！看我不打断你的腿！施亚男看不下去，跨步拦住那妇人说，大姐，我们军管会成立妇女宣传队，是为脂城百姓服务，为渡江战役服务，为迎接全国解放服务，这不比拿工钱更光荣吗？那妇人说，为哪个服务我不晓得，我只晓得没钱没法过日子！施亚男说，只要全国解放了，人民翻身做主人，大家就都能过上好日子，大家说对不对？！围观的人高呼，对！那妇人一时无话可说，拉起小茉莉就走，头也不回。小茉莉挣扎着喊，解放军同志，我参加！施亚男追上去喊，小茉莉，到军管会报名，城隍庙！

8　"大洋马"

那天,施亚男到小白楼确实是为了找何修文。何修文到小白楼,是受郑梅林之邀,见证郑梅林与"大洋马"苏珊签订合约。

说起来,郑梅林和"大洋马"苏珊的合作,看似巧合,其实必然。当初,郑梅林妙手回春,治好苏珊的妇科病,给这个洋女人留下了深刻而美好的印象。从那以后,二人往来密切,说说笑笑,吃吃喝喝,习以为常。郑梅林喜欢且善于跟女人打交道,获得苏珊的芳心自然不在话下。毕竟,苏珊是商人,在商言商也在情理之中,因此打起了郑梅林的偏方的主意,希望把偏方带到美国发一笔大财。郑梅林不爱财,却不反对发财。自古岐黄恩泽普天下,乃医家大德。何况大名传到外国,何乐而不为?于是事情就定下了。一进冬天,国共开战越来越紧,世事不宁,洋货生意一天不如一天,苏珊动了回美国的心思。一次,苏珊请郑梅林在淮上酒家吃饭。酒过三巡,苏珊就催郑梅林整理几个"偏方",授权给她,由她带回美国加工生产销售,至于报酬,可以商谈。郑梅林向来对钱无所谓,又多喝了几杯,手一挥说,不要钱!苏珊说,偏方是你的财富,不要钱不行!郑梅林说,你看着办。苏珊说,每销售一份,按利润的百分之十提成。郑梅林懒得算账,手一挥说,你看着办!苏珊说,空口无凭,我们要签合约!郑梅林说,你看着办!

在郑梅林吐出无数个带着酒气的"你看着办"之后,苏珊就看着办了。郑梅林授权给苏珊两个方子,一个"龙胆泻肝汤",一个"蛇床子散",一个内服,一个外用。考虑到外国人不好理解中国药名,郑梅林给这两个方子另起了名字,一个叫"大龙饮",一个叫"小龙散"。苏珊拿到两个方子之后,兴奋异常,非要搞一个签约仪式,以示隆重并作纪念。郑梅林头天晚上写好请柬,让小安庆给何修文送去。郑梅林有自己的想法,请何修文来,一是作个见证,二是拍照报道宣传,一举两得。

签约仪式在小白楼举行,一切顺利。关于这一情节,何达教授在《梅林春秋》中也有记述,并有如下评价:"在那个寒冷的冬日,郑梅林先生与苏珊女士在友好的气氛中成功签约。他们的手紧紧握在一起,标志着一段商业传奇的开始。正是这次成功签约,开了脂城本土商业与海外合作的先河!在新中国的天空下,郑梅林先生无疑成为脂城历史上第一个'吃螃蟹'的人!当时的著名报人、后任脂城市政协副主席的何修文先生见证了这一激动人心的历史时刻,并用镜头将其记录在胶片上。"

显而易见,何达教授的这段文字有点虚张声势、夸大其词,不过传递了有关的重要信息,那就是郑梅林与苏珊合作了,且是商业合作。脂城有头有脸的人物何修文先生在场见证,尤其重要的是,何修文拍摄下了那个珍贵的镜头。

何修文拍摄的那张珍贵的照片,次日和一篇报道一起刊登在《脂城日报》上,引起一定的反响。事后,何修文加洗了两张,郑梅林和苏珊各持一张留作纪念。不过,历经风风雨雨,郑梅林的那张早已遗失。一说是在"文革"中被抄,一说是被英妹偷偷塞进灶膛,总之找不着了。苏珊的那张倒是完好保存至今。多年之后,翻拍的复制件从海外寄来,一直挂在表哥朱山河的办公室里,当然也配发在《梅林春秋》中。由此,那个难忘的瞬间才得以重见天日。照片中,郑梅林和苏珊面带微笑,两双手紧紧握在一起。因为两人靠得很近,瘦削的郑梅林站在高大壮硕的苏珊旁边,给人一种小鸟依人的错觉。

有趣的是,在这张照片的背景中,隐约可见两个人:一个是施亚男,另一个是英妹。说起来,施亚男和英妹同时出现在那张照片中,并非巧合。如果非要搞清来龙去脉,那就得从英妹说起。

郑梅林和苏珊签约的事,英妹本来并不晓得。说到底,英妹不过是个用人,平常除了吃喝拉撒,外面的事郑梅林一般不会跟她提及。那天,郑梅林早早就到了小白楼,沏茶时发现茶桶里"祁红"没了,就打发小安庆到郑家老宅找英妹。"祁红"是郑梅林最爱的茶,不是贵客一般不用,这一点英妹心里清楚。英妹问小安庆,小白楼来了哪方贵客?小安庆说,"大洋马"。英妹一听,马上警惕起来,又问,她又来瞧病?小安庆摇头说,好像是签合约。英妹说,她一个卖洋货的,跟大少爷签哪门子合约?小安庆说,不晓么得,反正报馆的何先生也来了,说是做证人。英妹一怔,想了想,突然说,哎呀,真该死,家里"祁红"也没了!小安庆说,那怎么搞?英妹说,你先回药房,我上街买好马上送去!小安庆说,快点,客人都到了!英妹说,晓得!

其实,郑家老宅不缺茶叶,有几包"祁红"就放在堂屋立柜的锡皮茶桶里。英妹之所以说没有,是想借送茶叶的机会,到小白楼探个究竟,搞明白苏珊跟郑梅林签了什么合约。这事本不该她来操心,可是晓得了又忍不住不操心。既然签约,那一定是买卖;既然是买卖,那一定谈到钱;既然谈到钱,那一定有吃亏占便宜。从小在一起长大,服侍他这么多年,英妹最了解郑梅林的脾性:挣不到大钱,还看钱无所谓,大大咧咧,人情往来不晓得吃过多少亏。说到底,在这个世界上,最怕郑梅林吃亏的,也只有英妹了。所以她必须去,不然实在不放心。

往常,英妹一般不去小白楼。一是因为脸上有麻子,不爱抛头露面;二是郑梅林出门后,郑家老宅里里外外就她一个人,抽不开身。算起来,这么多年,英妹去小白楼的次数都能数得过来。不过,只要去小白楼,英妹必须要拾掇拾掇,衣服鞋子,里里外外,都要讲究。当然,无论冬夏,头巾都必须戴上。对英妹来说,头巾是装饰,更是遮掩,没有头巾,她是不敢出门的。说到头巾,英妹最喜欢一条桃红方巾,洋料洋款,中间刺绣,四边流苏。那是前几年郑梅林从上海带回来的,说是洋货。英妹没好意思问多少钱,郑梅林也没说。总之,怕是不便宜。

英妹拾掇妥当,系好桃红头巾,锁上院门,提上茶叶,直奔小白楼。年节将至,街上早已花花绿绿带着喜气,却盖不过英妹头上那一抹桃红。英妹心里晓得,走起路来分外带劲,腰肢也灵活多了。走过北门,远处大喇叭里传来歌声,是《解放区的天》。英妹自小嗓子就好,脑瓜也好,只要带曲的,小七戏、黄梅调、花鼓灯,听两遍就能跟着唱,有板有眼,合腔合调。自脂城解放以来,到处都能听见"解放区的天是明朗的天",英妹早就学会,在家做事的时候,一个人偷偷唱过,好听得很。有一回,郑梅林听见了,还夸她唱得好听呢。这时候,正好拐进一条小巷,英妹看四下无人,于是便跟着大喇叭唱起来。本来,英妹小声唱,唱着唱着便放开嗓子,唱到"呀呼嘿嘿一个呀嘿"的时候,还提上一口气,调高嗓门,清清亮亮的歌声在小巷回响:"呀呼嘿嘿一个呀嘿!"突然,一阵脚踏车铃响。英妹一惊,扭过头一看,一个女解放军骑车来到眼前,只看一眼她的脸英妹便认出来,就是那天在广场上扭秧歌的那个女解放军。

多年之后,英妹和施亚男一起回忆过这次偶遇,表哥朱山河在场亲耳聆听。何达教授在《梅林春秋》中也曾提及:"那年,腊月的寒风和往年并没有不同,但是当年轻的朱英妹握住施亚男同志伸过来的手时,顿时感到一股暖流在全身洋溢开来。她感到从未有过的幸福,也找到了从未有过的自信……"

施亚男和英妹确实握手了,确实是施亚男先伸出的手。那天,施亚男火急火燎,一路骑车往梅林药房赶,拐进小巷时,被一阵清亮的歌声吸引,抬头一看前面一抹桃红,心中不禁大喜。那时候,施亚男还不晓得前面唱歌的女子是英妹,只晓得会唱会跳的女子都是她需要的人。于是,施亚男追上去,冒冒失失地拦住英妹,伸出一只手说,你好,我叫施亚男,军管会的!英妹看了看伸在寒风中的那只手,不知该不该握。施亚男的手一直伸着,说,你的歌唱得真好!英妹有点不好意思,与施亚男握手。施亚男说,请问你叫什么?英妹说,英妹!施亚男说,英妹,我们正在组建妇女宣传队,来参加吧!英妹有点吃惊,说,我?施亚男点点头说,我们妇女宣传队,是为了解放全中国!英妹头低下去,又摇了摇。施亚男说,为什么?英妹拉了拉头巾,把脸遮了遮说,我不行!施亚男明白了,笑了笑,脱下军帽,仰着脸说,英妹,看着我!英妹看着施亚男的脸,烧伤的疤痕有点怕人,赶紧低下头。施亚男说,英妹,你肯定行!英妹又拉了拉头巾,为难地说,这事我做不了主！施亚男说，英妹，脂城解放了，人人平等，自己的事自己做主嘛！英妹摇着头说，这事得问问大少爷！施亚男说，你家大少爷在哪？英妹往前一指说，小白楼！施亚男一听便笑了，嗓门好大，说，巧了，我正要去那里找人，走！

英妹平生头一回坐脚踏车，就是在那天。本来，英妹不敢坐，生怕摔跤。施亚男命令道，上！那口气和眼神一样霸道，英妹只好乖乖地坐在后座上，心突突地跳。施亚男说，搂紧我！英妹乖乖地搂住施亚男的腰，一边发抖一边想，原来女人还能这么霸道嘛！

施亚男和英妹一起来到小白楼时，何修文来了，苏珊还没到。见到施亚男和英妹，郑梅林和何修文很吃惊，没等他们发问，施亚男先说，这地方好难找，要不是路上碰上英妹，我还得找半天！郑梅林盯着施亚男笑道，欢迎军管会的干部，有何贵干？施亚男大大方方一指何修文，说，找他！何修文忙问，亚男同志，有事？施亚男就把想在报上刊登告示的事一说。何修文说，小事嘛，明天就办！施亚男说，时间紧，任务重，还想请您这个大笔杆子写些文章，鼓动鼓动嘛！何修文说，这篇文章一定要写，还要写好！施亚男说，正好有一个好典型，请你宣传宣传！何修文说，那就太好了！典型在哪？施亚男把英妹往前一推。何修文看了看英妹，又看了看郑梅林，问，怎么回事？英妹扭捏着不敢抬头。施亚男说，英妹要参加我们宣传队！何修文先愣了一下，接着说，这就对了嘛，早晓得英妹喜欢唱，唱得又好！英妹偷偷看了郑梅林一眼，低下头想躲开，被施亚男一把拉住。施亚男对郑梅林说，郑先生，英妹想来问问你，同意不同意？！郑梅林手一挥说，她自己的事，自己做主嘛！何修文一听，激动地说，文章有了，题目就叫《翻身丫鬟把歌唱》！施亚男鼓掌道，好！郑梅林看了看英妹，迷迷瞪瞪地对众人说，我在家归她管，她哪里是丫鬟吗?！何修文笑道，这倒是实话！

正说着，楼下响起黄包车的铃声，伙计小安庆在楼下喊，苏珊小姐，楼上请！郑梅林和何修文听了，便一起下楼去迎接了。不一会儿，郑梅林和何修文便陪着"大洋马"苏珊上楼来了。何修文把施亚男介绍给苏珊。苏珊盯着施亚男的脸看了看，先是一惊，接着皱了皱眉，与施亚男握手后，用英文问何修文,Why(为什么)？何修文明白她的意思,她想知道施亚男的脸是怎么回事,又怕施亚男难堪。何修文正想用英文解释,没想到施亚男随口用英文说,This is my military medal, this is my pride!（这是我的军功章,这是我的骄傲!）苏珊没想到眼前这个解放军竟懂英文,一脸抱歉,冲施亚男伸出大拇指,用中国话说,你好厉害！说罢,她张开双臂走过去与施亚男拥抱。施亚男不卑不亢,礼貌地和苏珊拥抱后,又指了指英妹,说,她也好厉害！苏珊一愣,又过去跟英妹拥抱。英妹一时有点慌张,本来不想碰苏珊,见施亚男不停地冲她点头,便与苏珊拥抱了一下。正是这一次拥抱,英妹解开了一个困惑:洋女人身上并不骚,香得很嘛！

那天,所谓的签约仪式不过是走过场,最隆重的环节也就是郑梅林和苏珊摆好了姿势,由何修文拍照。两个人在合约上签过字后,站起来握手。本来两人中间留有半步的距离,何修文一再说"靠近靠近",两个人便靠在一起了。毕竟楼上地方不大,何修文无论怎样调整角度,也无法避开其他人,于是便把施亚男和英妹也摄入镜头了。

9　小茉莉

小茉莉服毒了，大晌午，在九桂塘花五彩的堂子里。

关于小茉莉服毒的原因，当时一般人都认为是花五彩不让小茉莉参加宣传队。小茉莉年少气盛，一时想不开，寻了短见。这种解释看似在情理之中，却不是真正的原因。多年以后，小茉莉应邀回到脂城参加"名人故乡行"活动，在接受脂城电视台采访时，才将真相公之于众。同样在那次采访中，小茉莉还特别强调，感谢救命恩人郑梅林先生。

的确，那一次，郑梅林又救了小茉莉。

那天，郑梅林坐着施亚男的脚踏车赶到九桂塘时，小茉莉躺在英妹的怀里脸色青紫，口吐白沫，浑身抽搐。花五彩早没了主意，捏着一块手绢不停地抹眼泪，把脸上的粉都弄花了。郑梅林倒是冷静，从小茉莉嘴角蘸些白沫，放在鼻底闻了闻，断定是雄黄。雄黄是大毒，入肝经，不敢耽误。郑梅林让花五彩找块香胰子，搓出一盆胰子水，又让英妹和施亚男捉紧小茉莉的双手。药性发作，小茉莉力大出奇，施亚男和英妹拼上命才将她稳住。郑梅林用汤勺撬开小茉莉的嘴，拿两根筷子横在上下牙之间，将胰子水一勺一勺灌下去，灌了小半盆，小茉莉哇的一声吐出来，秽物溅了郑梅林一身。吐过之后，小茉莉稍稍安静下来，不再抽搐，脸上的青紫渐渐退去，多少有了血色。郑梅林取出一包草药，嘱咐花五彩煮水给小茉莉喝下。不多时，小茉莉便睡着了。郑梅林放下心来，临走时留下几丸药，并叮嘱她养几天就好了。花五彩送郑梅林出门，郑梅林叹口气说，这丫头性子烈，该放手就放手吧！花五彩揩把眼泪说，哼！都怪你当初多嘴！郑梅林晓得再说就是自讨没趣，头一低，便灰溜溜地走了。

花五彩回到床边看着小茉莉，一边抹泪一边骂，死丫头，从小把你养大，没养活我一天你就想寻死，亏不亏良心?！要死你死在乱岗上去，老娘我眼不见为净，非要死在我眼前，有意来磨我是不是？把我磨死也好，我跟你到阴曹地府去，找阎王爷评评理，看看到底谁是谁非！英妹劝说，花大姐，命救回来是万幸，让她好好歇着，你别再唠叨了！花五彩抹着眼泪说，这个没良心的，好心狠，我白白养她十多年，这样磨我，我还不能说她?！施亚男早就听不下去了，高声问道，花五彩，小茉莉为什么服毒？花五彩说，哪个晓得！施亚男说，是不是因为你不让她参加宣传队？花五彩拉下脸来说，呔！别提还好，一提宣传队我就来气，不开工钱。你去打听打听，天底下哪有白使唤人的?！施亚男急了，一把抓住花五彩的衣襟，英妹赶紧上前拉开。施亚男缓了一口气，没再说什么，过去摸了摸小茉莉的头，冲英妹使了个眼色，两个人相跟着离开了。

小茉莉服毒，确实是因为参加宣传队的事。不过,若仅仅是这事,小茉莉也不至于服毒。还有一件事,着着实实伤了小茉莉的心,逼得小茉莉不想活了——这件事是关于小茉莉的身世。

小茉莉如今已出落得如花似玉,明眼人都能看出来,不出几年,又是一个"花五彩"。其实,小茉莉刚刚十六岁,花五彩对外说十八岁,是想早些让小茉莉出来接客。脂城人都晓得小茉莉是花五彩收的干女儿,却很少有人知道小茉莉的真实来历。如果说有,那就是郑梅林。不过,郑梅林守口如瓶,从未对外人提及。

十六年前,郑梅林还是浪迹街头的"北门四少"之一,闲来无聊,喜欢泡花五彩的堂子。那年冬天的一个深夜,郑梅林正与花五彩喝花酒的时候,堂子里突然来了一男一女,怀抱一个几个月大小的女婴。男的说苏北话,女的说日本话。据苏北男人说,那个日本女人的父母在上海开家洋行,他是她家的伙计。二人年纪相当,日久生情,偷偷好上了,日本女人不小心怀上了孩子。因怕事情败露,苏北男人带着女人私奔,在苏北老家生下了孩子,没承想日本女人的父母追上门来,要把男人交给官府。二人吓得连夜跑路,稀里糊涂来到脂城。本来身上就没钱,偏偏日本女人又得了痨病咯血,母虚无乳,眼看孩子就要饿死。无奈之下,两个人沿街寻找好心人家,没想到不是懒得管闲事,就是不要女孩子。多亏一个老叫花子提醒,说丫头都是菜籽命,把她送到堂子里,说不定还能保她一条命!二人无奈,保命要紧,于是便找到这里来了。二人作揖磕头,只求花五彩收养孩子。花五彩在风月场里混迹多年,一眼就看出两个人没说假话,又见小丫头长得可爱,饿得可怜,便动心了。可是毕竟开堂子养孩子不便,花五彩有点犹豫。郑梅林在一旁劝说,大小是条命,收下吧!花五彩故意对郑梅林说,说得轻巧,又多一张嘴,我这日子怎么过?!那对男女马上跪在郑梅林面前乞求。郑梅林看不下去,对花五彩说,你先把孩子收下,等我手头宽裕,帮你一把!花五彩怕郑梅林酒后说话不认账,当下逼他留下字据。郑梅林年轻气盛,从怀里掏出金表,往花五彩怀里一扔,说,这个够吧?!花五彩收起金表,当下喜不自胜,于是收下了孩子。其实,误入这一行时,花五彩被下过药,这辈子不能生育,一直引以为一大憾事。如今这小丫头送上门来,一定是菩萨保佑、天赐缘分,日后用心培养,将来也是自己的依靠。话又说回来,又有郑梅林这个冤种出钱,何乐而不为?二人千恩万谢,趁夜离开。第二天,脂河北湾水面上浮起两个人。好心人捞上来一看,一男一女,脸对脸,用腰带绑在一起,系的是死扣。郑梅林出城吃酒回来恰好路过,上前看了一眼,正是那对男女。冬日水寒,早就冻硬了。

自从那对男女投河殉情之后,花五彩晓得不会有人来找这孩子了。孩子命苦,却惹人喜爱,花五彩把她当作自己的孩子,给她取名叫小茉莉。花五彩入行前在一家戏班学艺,唱念做打,下过功夫。不过后来戏班破产,花五彩被卖进堂子。这是她的命,人争不过命,只好认命。于是花五彩就把希望寄托在小茉莉身上,恨不得把前半生学的技艺都传授给小茉莉。小茉莉天资聪明,学什么像什么,眼神中还有一份天生的清澈灵秀。花五彩感慨,这丫头就是吃这碗饭的命!就凭小茉莉的模样,到了十七八岁,就能帮她接客挣钱,自己的后半辈子就有指望了,于是越发地投入心力了。

可是，等到小茉莉十二三岁的时候，模样出落得更水灵，性格也变得更加乖张，三天两头闹着要上学，不答应就绝食自残，专抓自己的脸。花五彩被闹得没办法，只好让她去上学。上了几天学，小茉莉心更野，主意更多，说她一句，她顶三句，气得花五彩再不让她上学了。小茉莉不去上学，故意跟花五彩暗斗，吃了睡睡了吃，凡事由着性子来。花五彩看不惯，一肚子不满，却无计可施。

自从在十字街遇到施亚男，得知宣传队招人后，小茉莉的心就不在九桂塘了，从早到晚闹着要去参加宣传队，还跟花五彩顶嘴，说如今解放了，人人平等，不能干涉别人的自由，宣传队非参加不可。花五彩晓得小茉莉说得到做得到，更晓得劝也没用，只好守着门，不敢离开半步。小茉莉被关了三天后，跟花五彩大闹了一场。本来堂子里的生意就越来越淡，日子越过越难，如今这死丫头还要去宣传队，人家不给工钱，这日子怎么过?!

实话实说，单单是小茉莉不听话，倒也就罢了。问题是花五彩年近半百，已进入更年期，正是喜怒无常的时候。内外交困，双向夹击，花五彩岂能承受？她越想越伤心，越想越后悔，不禁怒从心头起，一时嘴上没有把住，就把小茉莉的身世抖搂了出来。小茉莉开始不信，以为花五彩故意气她。花五彩一不做二不休，索性把当年包裹小茉莉的褴褛拿出来。小茉莉看了又看，上面果然写着父母名字，有中国字，也有日本字，略有迟疑。花五彩说，不信去小白楼问郑先生，他当时也在场。哼！要不是他当时多嘴，如今我也不会摊上你这个小冤家！

花五彩的这句话让小茉莉相信了，因为提到了郑梅林。小茉莉对郑梅林一直很信任，见花五彩把他搬出来，一定不会有假，心里顿时凉了半截。花五彩趁机打消小茉莉的念头，说，死丫头，你好好想一想，你一个日本女人生的，这要是传出去，共产党饶不了你，不拿枪崩你，也送你坐班房！小茉莉顿时心凉透了，转身进屋把门闩上了。

多年以后，何修文在《脂城往事》中回忆，离休后他们几个老同志经常聚会，施亚男回忆军管会时期的生活，每每都要提及创建妇女宣传队的不易和荣光，尤其引以为傲的是她慧眼识珠，发现了小茉莉，为脂城争了光，为国家输送了一个文艺人才！当然,她也会提到小茉莉参加妇女宣传队的曲曲折折以及服毒得救的事,并把一部分功劳归于英妹。

事实上,认识施亚男之后,英妹仿佛变了一个人。有施亚男做榜样,英妹胆子渐渐大起来,不戴头巾也敢抛头露面了。只要有空,英妹就去城隍庙找施亚男,坐在施亚男的脚踏车后面,给她在脂城当向导。施亚男对英妹是真心喜欢,走到哪都把她带上,亲如姐妹。

军令状定的期限越来越近,机关、学校、工厂、码头等处报上来的人数已经超过六十人。按这个人数来看,就算三选一,完成任务也不成问题。施亚男终于松了一口气,这才有心情跟英妹好好聊聊。论岁数,英妹大两岁是姐姐,施亚男是妹妹。有了姐妹的前提,话题就多了。聊着聊着,英妹就聊到第一次见施亚男的情景,还聊到那天踩了花五彩的脚,当然也聊到小茉莉。施亚男一听,叹口气说,我也认识一个叫小茉莉的,舞跳得真好,可惜没来报名！英妹说,你说的这个小茉莉是不是十六七岁,白白净净？施亚男说,对！一笑还俩酒窝！英妹说,哎呀,就是这个小茉莉！能唱能跳,是个人才,可惜就是出身不好！施亚男一惊,问,怎么回事？英妹嘴一撇,悄声说,九桂塘堂子里的人嘛！施亚男一下子站起来说,堂子里的人也是劳苦大众,是劳苦大众就是我们的阶级姐妹！英妹不晓得"阶级姐妹"是什么意思,见施亚男说得动情恳切,权且当作亲戚来理解了。施亚男把手搭在英妹的肩上说,是阶级姐妹,我们就要帮她！英妹好像明白了,说,你是说她也能参加宣传队？施亚男说,当然！英妹说,走,我带你找她！

那天,施亚男骑车带着英妹来到九桂塘花五彩的堂子时,小茉莉已经服下雄黄。说起来,那包雄黄的来历跟郑梅林有关。几年前春天,花五彩腰上长疖子,郑梅林给她一包雄黄熏洗。花五彩只用了两回就好了,剩下的摆在床底下驱虫。小茉莉晓得那是雄黄,也晓得雄黄的厉害,平常想不起来。可是得知自己的身世之后,小茉莉觉得活着没意思,一下子就想起那包雄黄来。小茉莉爱美,希望死得也美,认认真真梳好头,穿上最喜欢的衣裳,闭上眼一口吞下雄黄,然后躺下了。

就在这时候,施亚男和英妹到了。

施亚男亲自登门，不用开口，花五彩便明白她是来劝小茉莉参加宣传队的，心里不大高兴，脸上却没有露出来。凭什么我辛辛苦苦养大的人，非要进你的宣传队，不开工钱白干活，天底下哪有这样的道理？可是人家毕竟是解放军，花五彩不想得罪，斜倚在门框上，一边嗑瓜子一边扯谎，说，小茉莉不在家，我让她去当铺当皮袄了。英妹晓得她扯谎，便跟她周旋，说，哎呀，大腊月正是穿皮袄的时候，当了搞什么吗？花五彩说，揭不开锅嘛！英妹说，反正也不急，我们等等她，看看她皮袄当了多少钱！花五彩说，别等别等！那丫头玩疯了，不晓得什么时候才回来！英妹说，你不是说家里等米下锅嘛，她还能在外疯好久？花五彩撇撇嘴说，你不晓得，那丫头心野得很，整天就晓得玩！施亚男说，小孩子嘛，哪有不贪玩的？花五彩说，我家小茉莉可不是小孩子，过完年十九了！英妹说，没有吧，我记得不过十五六岁！花五彩白她一眼，吐出瓜子壳，说，我养的伢岁数多大，我还不晓得！

　　就在这时候，只听里屋传出小茉莉的惨叫，一声比一声大。花五彩吓得扔了瓜子，赶紧去敲小茉莉的门，半天也没敲开。施亚男做事果断，不由分说，后退两步猛冲上去，用膀子撞开门，只见小茉莉面色青紫，痛苦地翻身打滚。花五彩和英妹上前问小茉莉怎么了，喊了半天也没得到回答。花五彩见枕边一张包药的蜡纸，顿时吓得大哭起来。英妹抱起小茉莉，大喊，赶紧找大少爷！施亚男转身出门，骑上脚踏车，朝小白楼飞奔而去。

　　在《梅林春秋》中，何达教授写到这一情节，将其安排在"大医高德，妙手回春"这一章节中。在称赞郑梅林的医术高明妙手回春之后，何达教授颇有感慨，医者仁心，大爱苍生，在郑梅林先生曲折的一生中，又岂止救了小茉莉一人？

10 兄弟

自从在何家家宴上闹得不欢而散后,郑梅林一直没有跟尤万里见面。不是没有机会,只是不想见。至于原因,跟当初的"岳东事件"有关也无关。正是那一顿饭,郑梅林发现尤万里变了。尤万里打了几年仗,丢了一条膀子,却长了好大的脾气,让人无法亲近,说话做事压人一头、高人一等,总之不再是当年的兄弟。话又说回来,尤万里已经是脂城的大官,谈不上日理万机,忙是肯定的。郑梅林闭上眼睛都能想象得到,尤万里甩着一条空袖管风风火火的样子。自古官民有别,不打扰为好。这一点,郑梅林还有自知之明。何修文在回忆录《脂城往事》中也曾提及,新中国成立初期,郑梅林和尤万里之间有过误会和矛盾,关系一度搞得好僵。他和秦德宝从中做了好多工作,也没有效果。

不过,郑梅林不想见,不一定就不见。尤万里想见他,非见不可。此次,尤万里要见郑梅林不是为了清算旧账,而是为了看病。尤万里便秘的老毛病越来越严重,已经影响到革命工作。何修文和秦德宝好劝歹劝,让他找郑梅林看看,尤万里才勉强同意。秦德宝主动请缨,安排一次家宴,约兄弟四个一起见面,也不显得突兀。一大早,秦德宝到小白楼,跟郑梅林说了,时间定在当天晚上。郑梅林不想去,又找不到合适的借口回绝,只好答应下来。临走时,秦德宝一再叮嘱,早点来,别像上回那样迟到了。郑梅林连连说,晓得了晓得了!

傍晚,郑梅林送走最后一个病人,早早从小白楼出来,特意拐到后街

"陶记"买了两斤花生糖给大毛。大毛是秦德宝的儿子,三岁多,调皮得可爱,郑梅林很喜欢。当年的四兄弟中,秦德宝最小,却最早娶妻生子。大麦没熟小麦熟,说起来也有意思。老大何修文一直做地下党工作,没工夫结婚,不过和章织云已定下终身,怕是不会太迟。老二尤万里和施亚男是同志加恋人,革命恋爱两不误,只待全国解放革命成功,自然也会缔结连理。如此一看,唯有郑梅林是个问题——既无对象,又不想找对象,不晓得他脑壳里在想什么。何修文和秦德宝劝过不知多少回,眼看三十出头了,该收收心成家立业了。郑梅林只有一句话,不急嘛!

来到秦家,尤万里和何修文都还没到。郑梅林一进门,就举着花生糖喊大毛。吕玉芝闻声迎出来,说,伢好调皮,怕他捣蛋,一早送外婆家去了!郑梅林说,伢嘛,捣蛋才得味!瞧瞧,少了一个伢,家里好冷清!吕玉芝笑着说,三哥那么喜欢伢,赶紧成家生一个嘛!郑梅林被说得无言以对,就把花生糖递上去。吕玉芝说,三哥,又捎东西来,早晚把伢惯坏了!郑梅林也笑,说,伢就得哄嘛!这时,秦德宝正好买酒回来,没真没假地说,三哥,你到别人家去都是送洋货,怎么到我家就拿包花生糖对付?郑梅林说,不巧嘛,洋货店关张了。吕玉芝一惊,问,哎呀,那"大洋马"呢?郑梅林说,听说先去广东,然后回美国。秦德宝坏坏一笑,说,呔!那往后你想她怎么搞?郑梅林尴尬一笑,指了指秦德宝。吕玉芝捶了秦德宝一下,给郑梅林递上茶,顺便又问,美国好远吧?郑梅林呷了一口茶,说,好远!

洋货店确实关张了,苏珊确实走了,就在小茉莉服毒那天。关于苏珊离开脂城回美国一事,何达教授在《梅林春秋》中略有记述:"苏珊女士离开脂城,是在一个寒冷的早晨。太阳刚刚升起,冬雾尚未散去,脂河东门码头已是人声鼎沸。郑梅林先生特意赶来送别这位特殊的异国朋友……船开了,郑梅林先生挥动黑色呢帽,苏珊女士挥动鲜红丝巾。一个岸上,一个船上,彼情彼景,仿佛一道美丽的风景,永远铭刻在他们的记忆中。然而,他们没想到,此去便成永别……"

事实上,苏珊离开脂城时,郑梅林根本没去送行,更没有挥动什么黑呢帽子的细节。据梅林药房伙计小安庆回忆,那天苏珊来小白楼找过郑梅林,可惜没见着面。当时,苏珊看上去好着急,也好失望,托小安庆把一台收音机转交给郑梅林。那是一台美国"奇异"牌台式收音机,小安庆在洋货店见过。除了收音机,苏珊还留了一张字条,字条是苏珊趴在药房柜台上临时写的,就四个字:"上帝保佑!"小安庆说,苏珊那四个字写得歪歪扭扭,就像她说的中国话一样,好别扭好别扭!不过,小安庆强调,她写得好认真,能看出是真用心。另外,据章织云晚年回忆,从她认识郑梅林那天起,不管冬夏,从没见过他戴帽子,更别提什么黑呢帽了。郑梅林冬天喜欢围围脖,黑的蓝的白的都有,都是英妹亲手所织。英妹织东西最好,手巧,还用心。

要说用心,秦德宝做东请客更是用心。除了专门从淮上酒家叫了几个大菜,还让吕玉芝做了几个小菜。郑梅林在秦家吃过饭,晓得吕玉芝手艺一般,跟英妹相比差得远。英妹做菜用心,不像吕玉芝粗粗拉拉,再好的材料都糟蹋了。

正如郑梅林所料,尤万里迟迟不到,何修文也迟迟不到。秦德宝说他们在一起开会,何修文如今被增选进了军管会,也戴上红袖章了。郑梅林说,大哥不是解放军,怎的也进了军管会?秦德宝说,大哥是共产党员嘛!郑梅林想了想,点点头。秦德宝说,大哥戴上军管会红袖章,一下子不像大笔杆子了!郑梅林问,那像什么?秦德宝说,说不好,反正不像大笔杆子!吕玉芝说,像个大干部!

茶喝了三泡,话说了几筐,郑梅林有点疲劳,老是走神。吕玉芝不停地冲秦德宝挤眼,秦德宝左右为难,不停地摇头。吕玉芝趁着给郑梅林续水,就势坐在秦德宝边上,说,三哥,等急了吧?郑梅林说,不急。吕玉芝说,不急就好。三哥,跟你说个事。郑梅林没等她开口便说,是针织厂股份的事吧?吕玉芝笑了,说,三哥是明白人!秦德宝在一旁听不下去,说,快过年了,不提这个!吕玉芝暗暗拧了秦德宝一把,疼得秦德宝龇牙咧嘴。郑梅林说,这事嘛,早了早好。本来我对办厂子就不懂,当初你们把股份盘给我,也是迫不得已!吕玉芝说,当初想跑,可惜没跑成,如今不是又回来了嘛!郑梅林说,我晓得了,你们想把股份要回去!秦德宝说,三哥,咱们是兄弟，股份在哪个手里都一样！吕玉芝说，亲兄弟明算账，一码归一码！郑梅林说，你们两口子都在，今天把话说透，办厂我一无兴趣二无本事，更操不了那份心。我就是个郎中，能过日子就好。你们的股份还给你们，厂子还由德宝来管。秦德宝一时不知所措，吕玉芝说，德宝，三哥既然说了，咱们就接过来吧，让三哥松口气，多腾些工夫好治病救人嘛！

正说着，门外响起尤万里的大嗓门。秦德宝和吕玉芝闻声马上去迎接，还没出门，尤万里就进来了，身后跟着何修文。郑梅林有意躲在后面，不想说话。没料到，尤万里看见郑梅林，径直走过来，笑呵呵地伸出独臂，死死地搂住他，贴在耳边说，上次二哥喝多了，你别生气！郑梅林笑笑说，二哥，你嘴巴味好重，怕是上火了！尤万里哈哈一笑说，不愧是郎中，望闻问切，一闻就找到病根了。跟你说实话，老子便秘都小半年了，烦死人！郑梅林说，我给你开个方子，三剂病除！何修文说，一路上，我就跟他说，他还不信，这回信了吧?！尤万里说，老三，听说妇科你最拿手，男人的毛病你也能瞧？郑梅林说，有些病男女一样治！吕玉芝说，哎呀哎呀，菜都上桌了，还让不让人吃啊？秦德宝赶紧招呼，坐坐坐，吃吃吃！

菜是好菜，酒是好酒。然而，对郑梅林来说，这顿饭注定吃得不愉快。多年以后，何修文在回忆文章中，把这次聚会定性为兄弟四人的"最后的晚餐"。之所以如此定性，是因为酒过三巡之后，尤万里和郑梅林又因为"岳东事件"吵起来了。至于是谁先提起，已记不清楚。总之，郑梅林又说，我不是叛徒，我好冤枉！尤万里又说，不搞清楚，老子不会放过你！

那天，郑梅林和尤万里互不相让，你一句，我一句，唇枪舌剑。何修文和秦德宝在中间尽量斡旋，也无济于事。如此一来，酒就没法喝了，饭也没法吃了。尤万里非常生气，不过这回他没有掏枪。因为出门时，尤万里忘记带枪了，所以就把桌子掀了。在掀过桌子之后，尤万里站在一片狼藉之中，撂下三句狠话：

1. 郑梅林，你说你冤，当年死在鬼子枪下的战友冤不冤？
2. 郑梅林，我不给你做证，有本事你自证清白！
3. 郑梅林，那件事不搞清楚，老子不会放过你！

当时,对于尤万里以上三句狠话,郑梅林没有做出任何回应。何修文在书中回忆:"和尤万里相比,郑梅林看上去出奇的平静,慢慢掏出自来水笔,随手从墙上撕下一张日历,在背面写下一个治疗便秘的方子,俯身蘸了蘸地上的汤汁,粘在墙上,然后掸了掸衣襟,潇洒地走了。"

四兄弟的"最后的晚餐"不欢而散,除了在秦家留了一地的狼藉,还有一段夫妻夜话。当晚,两口子躺在床上,秦德宝为兄弟不和叹气,一会儿说三哥不该旧话重提,一会儿说二哥不该说绝情的话。吕玉芝倒是乐观,耐心开导秦德宝说,不管怎么说,这顿饭值得! 别的不说,总算把针织厂的股份要回来了。明明不能指望郑梅林给钱,留着他那张白条也没用,还是把股份攥在自己手里踏实! 秦德宝叹道,二哥三哥这回真闹翻了,怕是往后做不成兄弟了! 吕玉芝说,你是傻还是呆? 他们闹翻跟你有啥关系? 往后他们是不是兄弟你不用管,你跟谁都是兄弟,二哥还是二哥,三哥还是三哥! 话又说回来,尤万里是当官的,郑梅林是看病的,当官的能天天管你,你还能天天害病? 哪轻哪重得分清,大不了哪个都不得罪! 反正,厂子的股份要回来了,往后咱办厂靠谁? 还得靠尤万里!

吕玉芝在床上夜半训夫,着实累了,不多时便打起呼来。秦德宝辗转反侧,难以入眠。往常,秦德宝倒头就睡,没注意到吕玉芝打呼声如此之大,令人心烦。好不容易熬到鸡叫,秦德宝好歹眯了一会儿。天一亮,吕玉芝就把秦德宝叫起来,一起去找郑梅林,趁热打铁,就汤下面,赶紧把针织厂的事办了。秦德宝说,刚说过话就追着要,跟不相信人似的,兄弟之间面子过不去。吕玉芝嘴一撇说,呆子! 你不晓得夜长梦多?!

草草吃过早饭,吕玉芝拉着秦德宝一起去小白楼。临出门,吕玉芝带上一包茶叶,说空着手不好说话。秦德宝心中不满,说,就你那张嘴,什么话说不出来?! 吕玉芝说,我要像你那样三棍子打不出一个闷屁,这日子还能过?! 秦德宝晓得自己嘴笨,吵不过她,紧走几步先自出门了。

他们来到小白楼,上了二楼。郑梅林好像晓得他们要来似的,一点也不惊讶。没等吕玉芝开口,郑梅林就递上针织厂股份退还协议。秦德宝有点不好意思,说,三哥,你看这事办的! 吕玉芝一把夺过协议说,三哥心疼你，不想让你吃亏，还不谢谢三哥！郑梅林拍了拍秦德宝，说，兄弟之间，别客套了，往后厂子还靠你嘛！吕玉芝说，三哥放心，他不好好干，我也不愿意！郑梅林一笑，说，就这样吧，我一早还要出诊！

吕玉芝拉着秦德宝告辞，来到一楼药房，吕玉芝拿出那张写在日历上的方子。方子是吕玉芝从自家墙上揭下来的。头天晚上，尤万里气昂昂地离开秦家，没有拿上方子，不晓得是气糊涂了，还是忘记了。吕玉芝把方子交给小安庆。小安庆接过方子一看，问，秦经理上火了？秦德宝只好点头说是。药一共三剂，小安庆一一包好，递给秦德宝。吕玉芝掏出钱放在柜台上，小安庆不敢收，指了指楼上说，大少爷交代过，亲友免费！吕玉芝说，买药不赊账，赊账病更长！小安庆只好收了钱。两口子在门口分手，吕玉芝让秦德宝把药给尤万里送去，秦德宝心领神会，提着药朝城隍庙而去。

秦德宝来到城隍庙，一进庙门，迎面碰到英妹坐在施亚男的脚踏车上，忙上前打招呼。施亚男停下车子，半真半假地说，哎哟，秦老板，提着"糖衣炮弹"，这是要腐蚀哪一个？秦德宝晃了晃手里的药，说，瞧你说的，我哪敢送"糖衣炮弹"，明明是药嘛！英妹笑道，来城隍庙拜神都是上香，哪有拿药的？秦德宝说，这药不是敬神，是给二哥的嘛！施亚男说，二哥？哪个是你二哥？秦德宝笑着说，尤司令就是二哥嘛。施亚男一脸严肃地说，这里是军管会，不是酒馆码头，没有大哥二哥的，只有同志！秦德宝见施亚男认真，连连点头说，晓得了晓得了！施亚男走了两步，突然转身，叫住秦德宝说，咦？没听说他生病，刚刚还在里头发火呢！药拿来，我要检查检查！秦德宝无奈，把药递过去。施亚男接过来打开闻了闻，闻不出名堂，递给英妹。英妹经常帮郑梅林晒药切药，耳濡目染，对药材药性多少有点了解，看了看说，这几味我认得，麻仁、芍药、枳实，还有大黄、厚朴、杏仁。哎呀，好像是泻药嘛！施亚男一惊，盯着秦德宝。秦德宝一时无法解释，结结巴巴地说，二哥……同志……他上火了……上火了！施亚男忍不住笑了，把药包好递给秦德宝。英妹难得调皮一回，说，赶紧去吧，你的二哥同志在大殿呢！

秦德宝点头应着，一路朝大殿去了。

11　阿英

英妹出名了。无论走到哪里,都会有人指着她喊,阿英!阿英!

说起来,英妹一时声名鹊起,还是得益于何修文。那时候,何修文应施亚男之托,为组建妇女宣传队做鼓动宣传,在《脂城日报》上发表了一篇文章,标题叫《翻身丫鬟把歌唱》。果然不愧为"大笔杆子",何修文下笔如有神,在文章中塑造了一个叫阿英的女仆,勤劳善良,从小就受到主人家的奴役。脂城解放后,阿英思想觉悟提高了,冲破层层封建势力,光荣地加入了妇女宣传队,用美丽的歌喉,唱出了翻身得解放的心声。文章一出,在脂城上下引起反响,被誉为脂城的《白毛女》。据说,当天的《脂城日报》加印数千份,依然洛阳纸贵,如此情景,在脂城历史上实属罕见。

郑梅林于当天就看到了这篇文章。那天午后,小白楼无人来就诊,郑梅林得空去北门剃头铺理发,排队等候无聊,拿过刚刚出版的《脂城日报》看。毕竟郑梅林事先晓得,何修文写这篇文章主要是配合施亚男工作,尽快招收宣传队队员,因此看完就完了,并没有在意。剃过头之后,郑梅林回小白楼,路上碰见几个熟人,一见面就问他看报没有,郑梅林也没在意。回到小白楼,一进门,小安庆递上报纸,问,老板,看报了没有?郑梅林这下上心了,把报纸带到楼上,沏上一壶茶,认真地研读起来。看着看着,郑梅林也觉得不大对味了。

实事求是地说,就《翻身丫鬟把歌唱》文章本身来说,没有什么问题,杂取种种,合成一个,虚实结合,提炼升华,可以看出作者的艺术功力。但是,文中人物取名阿英,且突出麻脸这一特征,就让人不得不"对号入座"了。

郑梅林觉得自己被出卖了,阿英也被出卖了。他们像被人扒光后,一起被摆在街头任人品头论足,指指点点。关键是他们还一句话不能说。想到这里,郑梅林后背直冒冷汗。当然,郑梅林晓得,何修文有写文章的自由,想写什么就写什么,只要写得好,郑梅林无权干涉。好比一个病人私处有毛病,来找郑梅林看病。只要本人愿意,郑梅林想怎么看就怎么看,别人无权干涉。但是,郑梅林不能把病人的私处亮出来让人围观,品头论足。说到底,这样做太不厚道了!

郑梅林扔下报纸,给何修文打电话,约他晚上见一面,想好好说一说这事,看看有没有什么办法挽回影响。何修文正好在报社,说晚上不得闲,要去军管会开会,有话就在电话里说。郑梅林说,那篇文章我看了。何修文很得意,抢过话头说,梅林,不瞒你说,这是我近年来写得最满意的文章!郑梅林顿了顿说,大哥,你不应该把那个女仆取名叫阿英。何修文马上插话道,为什么?郑梅林说,明摆着嘛,这样写不就等于写英妹吗?!何修文似乎恍然大悟,呵呵一笑说,梅林,你多心了!看病抓药我不懂,文学写作你不懂,文学不像看病,是什么就是什么,文学来源于生活,高于生活。比如说,《红楼梦》里写了一个林黛玉,你还真以为世上有个林妹妹吗?《西游记》里写了一个孙悟空,你还真以为世上曾有过孙大圣吗?郑梅林想了想,世上确实没林妹妹,确实也没有过孙大圣,于是便不想再说什么。何修文说,文章嘛,瞎编嘛,别当真嘛!说完就把电话挂了。

实话实说,郑梅林并不想当真,可是他不当真,别人当真。一时间,脂城内外,茶余饭后,街谈巷议:哎呀,看报纸了吗?《翻身丫鬟把歌唱》里头那个阿英,不就是北门郑家老宅的英妹嘛,原来她在郑家过得那么惨啊!就是就是,本来以为郑家人挺仁义的,原来是个浑蛋!就说小白楼开药房的郑梅林,心怎么那样黑?禽兽不如嘛!郑梅林小时候就是个浑蛋街痞,当年就把他爹活活气死了!哎哟哟,菩萨保佑,感谢共产党,英妹的苦日子终于到头了!

流言如风,无孔不入,在脂城大街小巷四处流窜,英妹当然也听到了。

有一天,在家吃早饭时,郑梅林问英妹,你晓得报纸上的那篇文章吧？英妹说,晓得,施部长念给我听了。郑梅林说,人家都说那个阿英是你。英妹一听,马上拉下脸来,将筷子一摔,说,胡扯嘛！郑梅林眨眨眼,看着英妹。英妹的筷子从桌上弹到青砖地板上,跳了几下,才交叉在一起,躺平了。

多年后,何修文在回忆录《脂城往事》中提到这篇文章时,心情颇为复杂。当时,他万万没有料到,一篇小小文章会带来一系列的反应,甚至险些改变几个人的命运！文章似刀枪,不可乱作啊！何修文晚年反思,字里行间流露出的心情相当沉重。

事实上,何修文写这篇文章前,早就打好腹稿,确实是以英妹为原型,塑造了主人公阿英。英妹的生活,何修文早已烂熟于胸,因此下笔时得心应手文思泉涌,不过两三个钟头就完稿了。那天晚上,章织云也在旁边红袖添香。何修文写一页,章织云看一页,感动得泪眼婆娑,连连赞好。文章写完后,章织云突然有一个想法,要把它改编成小话剧,让学生们来演。这是好事,何修文自然同意。于是,在文章发表的同时,章织云改编的同名小话剧也在紧张排练了。就在何修文的文章反响持续走高之际,章织云趁热打铁,把同名小话剧推出。第一场演出选在十字街,因白天学生要上课,所以定在晚上。

章织云任教的原民国省立九中,解放后改名为脂城九中。章织云毕业于原国立高师,读书时爱好文艺,到九中教书后,课外辅导一个师生剧社,搞得有模有样,红红火火。此次,章织云以《翻身丫鬟把歌唱》为蓝本,改编创作小话剧,易名为《阿英》,并亲自出演阿英这一角色。剧目在校内彩排时,赢得好评。章织云演戏时全身心投入,在演到阿英痛斥少爷玷污自己时,声嘶力竭地喊道:"不要你的臭钱,还我贞洁,还我贞洁！"情绪饱满,催人泪下。

在十字街首演那天,天气并不好。白天有点闷,天一擦黑,北风就呼呼地刮起来。前一天,章织云带领剧社师生在广场搭起简易舞台,并在大街小巷贴上了海报。寒冬腊月,天黑得早,四盏大汽灯点亮,引来观众前来看热闹。这一盛况,在当时的报纸上有过报道,倒是有据可查。

《阿英》首演那天，施亚男还在为组建妇女宣传队的事奔忙。说起来，小茉莉那样好的文艺苗子，没有报名参加宣传队，施亚男一直耿耿于怀。这事要是别人也许就放弃了，可是施亚男不撞南墙心不死，还想再争取一下。晚饭前，施亚男骑上脚踏车来到郑家老宅，约英妹去九桂塘探望小茉莉，一起劝说拉她进宣传队。恰好，郑梅林从外面出诊回来，听说她们要去看小茉莉，从药箱里拿出两块阿胶，托她们捎去给小茉莉补一补。九桂塘不远，施亚男骑车狂奔，不多时便到了。

小茉莉侥幸捡回小命，却伤得不轻。灯光下，小茉莉面色焦黄，人瘦了一圈，眼里也没了往日的神采，心疼得英妹直抹眼泪。施亚男看不下去，劝小茉莉出去散散心，有助于身体恢复。小茉莉不干，歪在床上不起来。英妹以为小茉莉怕花五彩不让去，就跟花五彩商量，保证送小茉莉回来。花五彩吐了一口瓜子壳说，只要她想出去，她就去，我不管！施亚男问小茉莉，小茉莉还是摇头。花五彩说，我说嘛，她不愿意嘛！施亚男一时想不出办法，只好跟英妹先回了。

从九桂塘出来，天已黑透，忽见一众行人匆匆往十字街跑，说看九中学生演戏去。施亚男这才想起，何修文曾跟她提过章织云改编《翻身丫鬟把歌唱》的事，于是拉着英妹一起去看。英妹不想去，说大少爷睡前喜欢喝几杯，我得回去给他弄两样小菜。施亚男说，时候还早，就去看一眼，顺便看看能不能挑几个队员。英妹还在犹豫，施亚男又说，英妹同志，革命工作不能讲条件！英妹这才勉强去了。

其实，英妹说急着回家只是借口，她不想去是因为流言蜚语说阿英就是她。英妹不识字，施亚男把那篇文章念给她听后，她就断定，那个阿英不是自己。比如说，阿英从小遭主人毒打，她没有；阿英要投井自尽，她也没有；阿英经常躲在仓房里哭，她更没有。英妹只晓得，自己在郑家过得开心得很。

来到十字街，远远看见汽灯闪亮，《阿英》已经开演。英妹怕被人认出来，早早把头巾拿出来，把头包上，尽量将脸遮住，只露两只眼。不得不说，章织云的演技确实不错，感情充沛，人物性格拿捏到位，极具舞台表现力。

就在她喊完那句"还我贞洁!"的台词后,台下掌声一片。施亚男也热烈鼓掌,英妹没有鼓掌。就在这时,台下突然有人喊,打倒少爷!打倒地主老财!这一喊不当紧,台下顿时骚乱,有人朝台上演少爷的演员扔鞋子,还有人扔烟头。章织云见场面失控,吓得一时手足无措。突然,人群中扔出一块砖头,朝演少爷的学生砸去,章织云忙上前护住演少爷的学生,砖头不偏不倚正砸在章织云的头上。章织云摇晃了两下,然后倒在了台上。台下大乱,施亚男顾不上英妹,一边喊着不要乱,一边挤上舞台救人。英妹慌了,本想上台帮忙,却被人流裹着往外挤去,好不容易逃出来,扶着一棵树缓口气时,一抬头见灯光下一个男人用灰色围巾包着头。就在这时,那人也看见了英妹,两个人目光碰了一下,那人便掉头朝另一边去了。

那天晚上,英妹回到家时,一进院门就闻到一股东西烧糊的味道,以为失火了,当下吓得不轻,赶紧打开房门,见郑梅林正在火桶里烧东西。英妹上前一看,是一条灰色围巾。郑梅林满脸通红,喷着酒气说,刚刚出了个急诊,看了一个结核病人,病人痰多,溅到围巾上,恐怕传染,索性烧了。英妹问,又喝多了吧?郑梅林说,在家闲着怕冷,多喝几口暖暖身子。英妹没再多问,看着围巾一点点化为灰烬,轻轻叹了一口气。

演出伤人事件发生后,影响恶劣。军管会初步判断是潜伏在脂城的反革命残渣余孽所为。何修文晚年的回忆文章中说,当时脂城坊间已有传言,说国民党很快就会打回来,"独臂司令"尤万里准备带人逃跑了。还有人说,朝戏台扔砖头,那是试探试探,下一回扔的就是炸弹了。面对复杂的斗争形势,为了稳定百姓情绪,尤万里命令军管会公安科着手调查,尽快给群众一个交代。可是公安科查了两天,没有结果。当晚,尤万里把公安科科长找来,先拍桌子后骂娘,最后当然掏枪了。公安科科长抱怨说情况复杂不太好查,尤万里火气更大,挥动独臂说,案子办不了,让我尤万里有何脸面面对家乡父老?!

尤万里作风一向雷厉风行,亲自上阵指挥。面对复杂的斗争形势,尤万里把演出伤人事件定性为反革命事件。脂城刚刚解放,各种反动势力在暗中活动,不可掉以轻心。尤万里决定,借此机会,展开一次"拉网行动",

把潜伏在脂城的反革命大鱼小虾一网打尽，让群众过上一个安宁祥和的春节，同时也为即将打响的渡江战役创造一个稳定的后方。

在何修文晚年回忆录《脂城往事》中，他用相当多的篇幅讲述了尤万里发动的那次著名的"拉网行动"，但是其中没有提及郑梅林被关押的事。事实上，郑梅林被关押系被人举报。"拉网行动"开始后，尤万里充分发动群众，打响"人民战争"，果然奏效，军管会不断收到群众举报，内容千奇百怪、五花八门，真正有价值的线索却并不多。有一天，一封匿名举报信称，事发那天晚上，他亲眼看见那个趁乱朝台上扔砖头的人，好像是小白楼的郑梅林。当时，他挤在人群中看演出，在他身边的一个男人用灰色围巾围着头，看不清脸，但是能看清眼睛，他觉得眼熟，一时想不起。突然一阵风，他闻到那男人身上有股药味，这才想起是小白楼的郑先生——因为他去那里看过病。

这封举报信令人大出意外，尤万里有点不敢相信，赶紧把何修文找来一起商讨。两个人静下来仔细分析后，一致认为举报信写得有理有据：一是郑梅林向来性格古怪，又因在"岳东事件"中受委屈，对我党一直不满，当然跟尤万里的矛盾另当别论；二是小话剧《阿英》以英妹为原型，搬上舞台等于是揭了他的丑，并且他曾在电话里对何修文明确表示不满。就这两点足以构成犯罪动机。此外，郑梅林的眼睛细长，眼角略向上挑，特征明显，被曾经找他看过病的人认出来，极有可能，尤其是郑梅林在小白楼整天跟药打交道，身上有股药味也在情理之中。

经过以上分析，郑梅林嫌疑上升。何修文看看尤万里，尤万里看看何修文，好大一会儿都没说话，气氛从未有过的紧张。最后，尤万里突然抬起独臂，一拍桌子说，修文同志，你我都是党员，都对党宣过誓，对党的事业无限忠诚。渡江战役即将打响，眼下脂城的反革命势力有所抬头，无论什么人，我们绝不姑息！何修文说，绝不姑息！尤万里说，抓人！何修文说，抓人！

那天，郑梅林是从小白楼被带走的。当时，郑梅林正在给北门剃头铺老板的老婆王氏看病，望闻问切之后，确诊是肾阴虚。据王氏说，军管会干部进去时,郑梅林一点也不慌张,一笔一画写好方子,又教她如何找药引子,好有耐心。然后,郑梅林又洗了手,梳了头,戴上黑围脖,跟着军管会的干部一起去了。

小安庆亲眼看见郑梅林被押上车,不晓得出了什么大事,赶紧锁上药房的门,跑到郑家老宅找英妹。英妹正在做过年用的糯米圆子,听说郑梅林被抓,吓得浑身发抖,手脚不听使唤,把一盆糯米打翻在地。一群鸡鸭得了便宜,扑扇着翅膀围上去抢食。

英妹来到城隍庙,找到施亚男想办法。施亚男早晓得郑梅林被押起来了,不知情况如何,只好劝英妹回去等消息。英妹不放心,又去找何修文。何修文正好在军管会,见英妹喊他,晓得为何而来,说了几句相信党相信政府的话,便找借口走了。英妹心里凉半截,回到郑家老宅,越想越觉得郑梅林这下完了,一下子瘫在地上哭起来,越哭越伤心,竟觉得自己对不住郑梅林。要不是因为自己,何修文怎么会写那篇文章,没有那篇文章,哪来这些是非?!

正在这时,两个军管会公安科的干部来了,让英妹到军管会配合调查,英妹揩干眼泪,只好乖乖地去了。来到军管会,英妹被带进一间房内,两个干部开始对她问话。姓名、年龄、住址一一问过之后,军管会干部问,事发那天晚上,人在哪?干什么?跟谁在一起?英妹说,我跟施部长在一起,先去九桂塘看小茉莉,然后又去看演出,然后就出乱子了,然后就回去了。干部又问,那天晚上,郑梅林在哪?干什么?跟谁在一起?英妹说,他出诊回来一个人在家喝酒,我给他做的小菜。又问,郑梅林有没有一条灰色围巾?英妹略一想,说没有。干部又问,真没有?英妹抬起头,果断回答,真没有!他的围巾都是我织的!又问,你以上所说是不是属实?英妹说,句句是真,不信去问施部长。两个干部互相看了一眼,说,好了,你可以走了。

英妹回到郑家老宅,一夜没睡好,不晓得自己在军管会说的话有没有毛病,会不会害了大少爷。如果都是真话倒也罢了,问题是她还说了几句假话。为什么要说那些假话?英妹自己也想不明白。就这样,折腾到天亮,英妹赶紧起床,跑到城隍庙找施亚男打探消息。施亚男劝她,党和政府不会冤枉一个好人,也不会放过一个坏人,郑先生正在协助调查,很快就会有结果的!英妹不放心,担心郑梅林在里头受罪,心疼得直抹泪。施亚男把她拉到一旁,悄悄说,听办案的同志说,郑先生说他那天晚上一直在家喝酒,哪里也没去,还说他从来没有用过灰色围巾。有关同志也来找我证实你说的话,我都证明了。英妹听罢,晓得自己的话都能跟大少爷的话对上,于是放心许多。施亚男又安慰英妹一番,叮嘱她回去把《解放区的天》和《三大纪律八项注意》多练习几遍,准备宣传队招考面试。英妹说声晓得,便回去了。

　　后半晌,零星飘起碎雪。西北风呜呜吹了几天,怕是要来一场大雪。英妹将晾在院里的干柴收拾到灶间,以备雪天所用。忽听大门响动,抬头一看,郑梅林推门进来了。英妹又惊又喜,像受了委屈的伢,本想上前迎接,却迈不开步子,索性瘫在地上,哞的一声哭起来。郑梅林走过来,把她扶进屋,拿手巾帮她揩眼泪,说,不哭不哭,快过年了嘛!

12　宣传队

那年,脂城的头一场雪下了三天四夜。雪花如絮,无拘无束,铺天盖地。脂城县志记载:"戊子腊月大雪,乃五十年罕见。积雪没膝,城垣尽陷,四野之内,犹如雪国。"据当时的《脂城日报》报道,脂城北乡和南乡均有大批牲畜冻饿而毙,东门码头有多艘渔船被大雪压沉,西津渡的货仓倒坍过半,损失不可估量。因年久失修,城隍庙大殿的屋顶被积雪压塌,被尤万里"拍枪走火"打成独眼的城隍爷,大半截露在外面,一头一脸的雪,远看像一尊独眼雪人,颇有几分狰狞和滑稽。好在事情发生在夜里,没有人员受伤,只是军管会暂时没有会议室可用,一时有点为难。

对于施亚男来说,和那场大雪一起到来的,是喜忧参半的心情。喜的是妇女宣传队队员招收任务完成了!虽说几乎是踩着军令状的时限,但任务完成得还算圆满。在五六十位报名者中,经过面试选定二十人,涵盖工农商学兵,集合吹拉弹唱舞,既有代表性,又有实用性。不管怎么说,这一仗打得漂亮!然而,满意之余,施亚男也有遗憾。在这二十个人中,既不包括小茉莉,也不包括英妹。换句话说,小茉莉和英妹都没有参加妇女宣传队。

按理说,小茉莉不能参加,是因为花五彩从中作梗,尚情有可原。可是英妹像个小尾巴似的,一直跟着施亚男,为宣传队的事跑前跑后,最后没能参加,就有点说不过去了。事实上,施亚男早就把英妹的名字写在内部登记册上,编号01。最尴尬的是,何修文的文章《翻身丫鬟把歌唱》引起轰动后,几乎所有人都把英妹当成阿英,翻身丫鬟把歌唱,可如今英妹翻身之后却不到宣传队里来把歌唱,事情如何收场?

其实,宣传队在城隍庙面试那天,英妹早早就去了,踏雪而行,深一脚浅一脚,蹚出一身薄汗。不过,英妹不是去参加面试,而是去告诉施亚男,不参加宣传队了。站在城隍庙前洁白的雪地上,英妹的解释是郑梅林病了,病得还不轻,她要好好服侍大少爷。施亚男一心挽留,劝也劝了,批评也批评了,说得口干舌燥,可英妹铁了心,抹着眼泪不停地摇头。施亚男又急又气又无奈,把一地的雪踢得满天飞。

英妹所说属实,郑梅林确实病了,病情如何也不太好说。何达教授在《梅林春秋》中有相关描述:"脂城刚刚解放不久,百废待兴,偏偏遇上严冬,脂城百姓染病者甚众。郑梅林先生医者仁心,为解患者病痛,每天早出晚归,冒着严寒出诊,不幸积劳成疾。虽说郑梅林先生本是医家,然恶病如虎,防不胜防,还是将他击倒在病榻之上。所幸郑梅林先生天生乐观豁达,自疗自疾,终无大碍。待来年春暖花开,始得痊愈,于是又投入为人民服务的工作之中……"

郑梅林是不是为民除患四处奔波积劳成疾,不好评价,总之生病是事实。严格地说,郑梅林从军管会回来当天就病了。当晚,英妹准备好酒菜,给郑梅林压惊。郑梅林没动筷子,也没碰酒盅,软塌塌的,看上去无精打采。英妹打来热水,郑梅林草草洗洗就睡下了。下半夜,雪下大了,英妹起来小解,听到上房郑梅林痛苦地呻吟。英妹赶紧过去看个究竟。掌灯一看,她吓了一大跳。郑梅林一头是汗,蜷在被窝里,抖得跟筛糠似的。英妹不晓得如何是好,急得原地打转。郑梅林叫她去把发汗的药膏拿来,化一碗水给他。英妹赶紧取来药膏,挑出蚕豆大小一块化成水。郑梅林趁热喝下,过一会儿就安稳了。英妹帮他添了一床被子,不敢走开,坐在床边陪着。郑梅林从被窝里伸出手摆了摆,意思是让英妹回去歇着。英妹看见郑梅林的胳膊好细,苍白无力,问,大少爷,不要紧吧?郑梅林又摇了摇手。英妹稍稍放心,便回西厢房去了。

大雪洁白,天亮得早。英妹早起做好早饭,给郑梅林送过去。进屋一看,郑梅林精神好了许多,坐在被窝里给自己把脉。两只瘦手轮换着,在腕子上把来把去,耍戏法儿似的,惹得英妹差点笑出声来。郑梅林把完脉,闭上双眼沉思。英妹说,怕是受了风寒,我去熬碗红糖姜汤吧。郑梅林摇摇头,慢慢睁开眼,叹了一口气。英妹有点慌,问,可要紧?郑梅林没吭声,从床头拿来纸笔,写好一张字条,递给英妹,让她马上去药房找小安庆,一再叮嘱,让小安庆看过之后把字条烧掉。英妹不识字,看着字条想,大少爷给自己开方子怕是头一回,看来情况不妙,于是更加担心了。

英妹不敢怠慢,裹上那条桃红头巾出门,顶着风雪一路小跑。青石巷背阴,雪后结冰。英妹拐弯时跌了一跤,屁股在雪地上砸了一个坑,好在雪厚,倒是无事。实话实说,在这个世上,如今最希望郑梅林马上好起来的,怕是只有英妹了。谁让他是她的大少爷呢?谁让他们从小就在一起呢?她不心疼还有哪个心疼呢?

来到小白楼,小安庆正在小白楼门前扫雪,见英妹来了,扔下扫帚迎上去,张口就问,大少爷出来了?英妹点点头,把小安庆拉到店里,递上那张字条,并叮嘱他看过后马上烧掉。小安庆接过字条一看,脸色变了,叫了一声,啊!英妹问,大少爷病得不轻?小安庆说,是也不是。英妹说,死安庆,话就不能好好说!小安庆说,大少爷不让说!英妹愣了愣,便不吭声了。小安庆划根洋火把字条烧掉,然后朝楼上走去。英妹拦住他说,不赶紧抓药,上楼搞什么吗?!小安庆说,不要抓药!英妹说,不抓药写方子干吗?小安庆说,那不是方子,是交代。英妹听了,更是糊涂了。

不多时,英妹听见楼上一阵响动,忍不住上去看看。上得楼来,见小安庆踮脚踩着凳子,在天花板里头一阵翻腾。英妹冷不丁问一句,翻腾什么?小安庆一惊,差点从凳子上跌下来。英妹赶紧上前扶住。小安庆又翻了一会儿,掏出一只小皮箱,小皮箱上了一把小铜锁,看上去好金贵。英妹问,里头是什么?小安庆说,不晓得。你带给大少爷就是了!英妹接过皮箱正要走,小安庆把她拦住,找来一块旧布,把皮箱包起来,做成一个包袱模样。英妹说,大少爷还有什么交代?小安庆没答话,提笔蘸墨,在一张纸上写下四个字,又在背面抹上糨子,贴在药房门口。英妹问,什么字?小安庆说,

"因病停诊"。

雪花飞舞，街巷迷蒙，四周洁白一片。远远看去，一片桃红艳丽夺目。英妹抱着小皮箱回郑家老宅，一路都在想小皮箱里头装着什么。金银财宝？不可能。要有这些宝贝，大少爷也不至于变卖老宅的东西了。要不是金银财宝，还有什么这么金贵，要藏到小白楼的天花板里？英妹想不出来，想得脑壳生疼，还是想不出来。

回到郑家老宅，英妹把小皮箱交给郑梅林，郑梅林摸了摸小铜锁，见完好无损，便把皮箱收了起来。英妹转身出去，郑梅林突然把她叫住。英妹站在门口，转过身来。郑梅林说，宣传队你还去吗？英妹心里想去，嘴上却说，不晓得。郑梅林说，按理说，你自己的事自己做主，想去就去，我也没意见。可是，经何修文那篇文章一闹，章织云又编成戏，外面闲话好多嘛！英妹说，晓得。郑梅林用两条细胳膊抱住头，叹口气，说，如今人人平等，你去不去，我都没意见！英妹想了想，说，晓得了！郑梅林说，那就好，你去忙吧。英妹正要走，郑梅林又说，外头要有人问，就说我病了，病得不轻！英妹说，晓得了！

回到西厢房，英妹才悟过来，郑梅林不想让她参加宣传队。原因说得很明白，外头闲话好多。这些闲话，是说郑梅林的，也是说她英妹的。总之在人家嘴里，郑梅林和英妹是一根绳上的蚂蚱。既然怕闲话，当然是因为脸面。郑梅林是郑家大少爷，又是脂城名医，要脸面是当然。她英妹虽说是下人，可下人也有下人的脸面。人活一张脸，人不要脸面，活在世上还有意思吗？再说，要是去了宣传队，天天跟人打交道，人家肯定把你当成阿英问这问那，到时候怎么回答？人家把你当成阿英，就像戏里那样，说些不荤不素的话，你又有什么办法？

英妹思前想后，为郑梅林想一想，为自己想一想，最后下了狠心，宣传队不去了！吃晚饭的时候，英妹就把不去宣传队的意思跟郑梅林说了。郑梅林好像一点也不吃惊，点点头，本来说过吃饱了，又让英妹盛了一碗毛圆汤，还把两块蒸咸鸭子夹到英妹碗里。英妹晓得，大少爷满意了。

在《梅林春秋》中，何达教授对英妹没有参加妇女宣传队的解释是："朱英妹女士的歌唱天赋极高,曾被当时的妇女宣传队列为第一号人选。然而,由于郑梅林先生正在病中,朱英妹女士为了尽心照顾,只好忍痛割爱了。"如此解释,基本说得过去。

如果说英妹不参加妇女宣传队是迫不得已,那么小茉莉不参加妇女宣传队却是自己的决定,不为别的,就因为她的生母是日本人,怕共产党饶不了她。多年后,已经退休的小茉莉回脂城参加"脂城名人故乡行"活动,在接受媒体采访,讲述这段经历时,感慨万千。小茉莉说,那时候,生我的人丢了我,养我的人又逼我。唉!人世间最苦的滋味,一夜就尝够了。

小茉莉性情大变,不爱说话,跟花五彩交流基本靠手势和眼神,点头摇头,眨眼闭眼,跟演戏似的。如此一来,倒是省得母女俩拌嘴了。毕竟年轻,小茉莉身子慢慢恢复,精神也好了许多,有时也到九桂塘边去透透气,不用喊不用找,耽误不了好久,自己就乖乖回来。花五彩以为小茉莉回心转意,收了野性子,不禁暗自窃喜。夜长梦多,世事难料,花五彩走过大半辈子,见识不少,晓得要把小茉莉牢牢拴在身边,当作下半辈子的依靠,还得放大招,因此一边哄着小茉莉,一边暗中张罗给小茉莉"梳头",正式把她拉入行里来。

有了这个打算,花五彩最先想到的人便是郑梅林。郑梅林十五六岁就在花五彩的堂子里混,花五彩对他的底细和为人一清二楚。烟花柳巷无真情,相比之下,郑梅林算是一个可以依靠的人,虽不是大富大贵,也有一技傍身,行医看病在什么朝代都吃得开。何况,郑家是脂城北门的老门老户,根基不浅,郑梅林又是单身,再合适不过。花五彩在行里泡了二十多年,做事讲究实际,门当户对先不说,双方的条件还要掂量掂量。论姿色年纪,小茉莉当然没话说,就是性子不太好,不过郑梅林从小看着这丫头长大,想必能够包涵,更何况郑梅林跟这丫头还有当年的缘分。花五彩心里有数,只要郑梅林答应,无论是在堂子里包养,还是娶回家使唤,都答应他。总之,小茉莉攀上高枝,她花五彩就有盼头了。为此,花五彩特意去了小白楼一趟,拐弯抹角,把想法跟郑梅林说了。郑梅林惊得眼睛得好大,头摇得跟中邪了似的,说小茉莉还是个孩子嘛,我怎能做那事?!花五彩浅说深劝,郑梅林就是不答应，说恼了要把她往外轰。花五彩晓得事成不了了，又不想闹僵，只好怏怏而去。

郑梅林不答应，花五彩当然不会在一棵树上吊死，退而求其次，物色其他人选。正在发愁之际，堂子里来了一个人，令她眼前顿时豁然一亮。此人叫冯汉生，四十五六岁，家住西门外二里街，做过民国脂城县建设局副局长，曾经也是花五彩堂子的常客。当年郑梅林买下小白楼，就是经他一手操办，牵线人正是花五彩。本来，听说解放军要打过来，冯汉生跟着县府西迁到山里。毕竟山里生活寡淡，冯汉生又是好色之徒，受不了那份清苦，便偷偷跑回脂城，提心吊胆，想忍到风平浪静。没料到，脂城和平解放，又听说尤万里成了脂城的一把手，冯汉生马上就笑了。尤万里不是别人，正是他的堂姑家的表弟。脂城解放第二天，冯汉生带着十坛老酒到城隍庙"劳军"，跟表弟尤万里见了一面，可惜尤万里太忙，用独臂跟他握了一下手，抖了几抖，便打发他把酒带回去了。不过，冯汉生放下心来，腰杆硬了，回家做了一面大红旗，插在自家大门上。

花五彩陪冯汉生喝茶，小茉莉正好从外头回来。冯汉生眼睛一亮，说，小茉莉吧？都长这么大了！小茉莉笑了笑。花五彩说，快叫冯先生。小茉莉又笑了笑。花五彩忙说，瞧这丫头，话好金贵，都是我惯的！冯汉生眼睛眯成一条缝，说，这样才文静，都是花大姐调教得好嘛！花五彩见冯汉生色迷心窍，心里自然有数，让小茉莉去街上打酒，留冯汉生吃晚饭。冯汉生从身上掏出钱来，数也不数，递给小茉莉，说，好久不见嘛，我请客，我请客。花五彩笑道，小茉莉，还不赶紧谢谢冯先生！小茉莉没接钱，又笑了笑。花五彩一把接过钱，说，这丫头，娇得很，我去打酒，你在家好好陪着冯先生！小茉莉摇摇头，把手伸向花五彩。花五彩抽出两张钱交给小茉莉，说，快去快回！

小茉莉出门后，冯汉生的目光半天才收回来。花五彩说，丫头大了，真让人烦神！冯汉生说，小茉莉该有十六了吧？花五彩说，哪里，过完年就虚十九了。冯汉生说，大姑娘嘛！花五彩说，老话说，灯大多费油，女大不中留！冯先生，你说是不是？冯汉生说，就是嘛，赶紧给人嘛。花五彩说，哪不讲呢,不就是没看上好人家嘛,愁死人！冯汉生咽了一口唾沫,说,那是你花大姐眼光太高了！花五彩说,辛辛苦苦养这么大,站着坐着都是一朵花,眼光能不高？别的不说,至少得像冯先生这样的。冯汉生笑着说,花大姐,这么瞧得起我,我也不能缩头,开个价吧！花五彩说,明人不说暗话,冯先生你是打算在堂子里包养,还是娶回家使唤？冯汉生说,当然在堂子包养,我家有只母老虎你是晓得的！况且在这里有花大姐帮我调教,岂不更好?！花五彩给冯汉生续了一杯茶,说,晓得了！

那天,茉莉打了两斤老酒,冯汉生一个人喝完,竟然没醉,缠着小茉莉和他一起下棋。本来,小茉莉的棋下得可以,可是老是走神,三局全输。小茉莉不想玩了。冯汉生就说,小宝贝,我非让你赢一盘不可。结果,小茉莉还是输了。

是夜,冯汉生离开时已经鸡叫头遍,小茉莉困得睁不开眼。第二天,花五彩特意烧了一大盆桂花水,让小茉莉泡澡。小茉莉喜欢桂花的味道,泡到水凉了才出来。花五彩帮她梳头时,说好香好香。小茉莉也觉得自己好香,心情好了许多。晚上,冯汉生又来了,带来一副金手镯,两块衣服料子,一双皮鞋。花五彩收下,让小茉莉过来试鞋子。小茉莉觉得鞋子好看,就试了试,不大不小,鞋子正好。花五彩笑着对冯汉生说,哎呀,缘分到了！冯汉生看着小茉莉,掏出一根金条,递给花五彩。花五彩接过金条咬了咬,满意地收起来,从怀里掏出一块白手绢,交给冯汉生。冯汉生接过白手绢,闻了闻,色眯眯地看着小茉莉,一脸坏笑。毕竟在堂子里长大,耳濡目染,小茉莉对行里的规矩自然了解,当下就明白了:手镯、衣料、鞋子和金条自然是彩礼,至于那一块白手绢,是为了检验她是不是黄花姑娘。看来,是花五彩把她卖了。

多年之后,小茉莉面对电视摄像镜头回忆这段往事时,浑身瑟瑟发抖。她记得,当时只觉得天旋地转,发现桌上有一把剪刀,竟然稀里糊涂地抓在手中,抵在自己的脖子上。花五彩和冯汉生一下子都惊呆了。就在这时候,施亚男带领几个战士冲了进来。

不得不说,小茉莉如此幸运,还得益于尤万里在脂城发起的"拉网行动"。十字街"演出伤人事件"后,"拉网行动"因准备不足、行动仓促等原因,效果不佳,除了捕到几个小偷小摸,没有捞到大鱼。好不容易查到郑梅林头上,又因证据不足,只好放人,结果不了了之。不过,"拉网行动",声势浩大,给脂城百姓吃了定心丸。这一点,尤万里很满意。所以尤万里决定继续"拉网",把脂城打扫干净,迎接新中国的到来!

说来也巧,就在当天,军管会接到可靠线报,有几个国民党特务潜入脂城,勾结潜伏在脂城的反革命势力,密谋趁老百姓过年的机会,实施破坏活动。从掌握的情报来看,这几个特务极有可能藏身在九桂塘的几家堂子里。尤万里马上布控,并一再强调,这一网要撒得开收得紧,坚决打一个漂亮的大胜仗,让他的头抬起来,有脸见脂城的家乡父老。入夜,尤万里一声令下,军管会战士包围九桂塘,兵分几路,分头搜捕。施亚男对九桂塘比较熟悉,主动请缨带着一队战士参战,就这样,他们在花五彩的堂子里,阴差阳错地救下了小茉莉。

事实上,那天夜里,"拉网行动"不太理想,并没有抓到潜伏的特务。看来,尤万里的头一时半会还抬不起来。不过,在花五彩堂子里搜到一根金条,还从冯汉生身上搜出一把手枪。冯汉生和花五彩一起被押到城隍庙军管会。施亚男怕小茉莉一个人害怕,把她带回了宣传队。

在军管会,花五彩一直哭闹,说自己做的是正常营生,没有犯法,军管会凭什么抓人。冯汉生倒是冷静,跟看管他的战士大谈《三大纪律八项注意》,点名要见尤万里。尤万里正在气头上,听说一个自称是他表哥的人要见他,提着枪就过去了。

多年后,何修文在回忆录《脂城往事》中讲述这一情节,颇为生动。那天夜里,尤万里见到冯汉生,脸色并不好看。冯汉生说,表弟,表哥我坚决拥护共产党,早就跟国民党一刀两断了,不信你去我家看看,大门上插着红旗呢!尤万里问,你是怎么到这里来的?冯汉生说,他们绑来的!尤万里问,为什么绑你来?冯汉生说,不晓得嘛!一个战士在尤万里耳边嘀咕了几句,尤万里点点头,问,你身上为什么带枪?冯汉生说,带着金子走夜路,以防万一嘛!尤万里问,夜里带金子出门搞什么?冯汉生嬉皮笑脸,说,哎呀,表哥在九桂塘包养个小雏儿。你晓得,表哥就喜欢这口嘛!尤万里说,句句实话?冯汉生说,句句实话!尤万里冷笑一声,转身从一个战士手里接过一根马鞭,突然朝冯汉生抽去。冯汉生疼得嗷嗷直叫,不停地喊,老表老表,我是你表哥,我是你表哥!尤万里根本不理他,一鞭接一鞭,抽得冯汉生满地打滚,叫声凄惨。何修文怕闹出人命,和两个战士一起,才将尤万里抱住。

最有意思的是,在这篇文章中,何修文尤其提到一个细节。在众人将尤万里劝止后,施亚男突然冲上去。本以为她要安抚冯汉生,没料到她竟抬起腿,朝冯汉生的裆里狠狠踹了一脚。那一脚怕有千斤之力,只听冯汉生一声惨叫,把躲在城隍庙瓦檐下的一窝鸟都惊飞了。据说,巢里有两枚鸟蛋掉落在地,摔得稀碎。

13　章织云

　　章织云挨了一砖头，所幸伤势不重，在家休养几天便好了。就在这时候，宣传队接到军管会布置的任务，为"脂城解放军民联谊大会"演出，集中创作排练节目。施亚男担心宣传队力量不够，有意请章织云过来帮忙，章织云当然愿意。军管会出面给脂城九中出具手续，将章织云借调到宣传队。手续办好后，章织云就到宣传队工作了。

　　章织云借调过来时，小茉莉已经加入宣传队。小茉莉被救出来后，经尤万里特批，补进宣传队。对于小茉莉来说，柳暗花明，峰回路转，从此可以开始新生活。可对花五彩来说，如同断了财源，失去后半生的靠山。因此，花五彩天天到军管会去闹，坐在城隍庙大门口，一把鼻涕一把泪，说城隍爷啊，你给评评理，共产党把我养了十多年的人抢去了，一分一文也不给，让我还怎么活？！诉完苦，又骂小茉莉是白眼狼，忘恩负义的东西，日本人生的野种，早晓得当初不如扔到河里！诸如此类，一闹就是大半天，惹得群众议论纷纷。

　　本来，经过施亚男的安慰，又融入一群年轻人中间，小茉莉终于有了笑脸。可是经花五彩找上门来一闹，小茉莉又失去信心，说什么也不想活了，索性找了一根绳子，要和花五彩同归于尽，幸亏被施亚男拦住。施亚男看不下去，几次想上去撕烂花五彩的臭嘴，无奈有《三大纪律八项注意》，于是去找尤万里下令把花五彩抓起来。尤万里正为在脂城父老面前抬不起头犯愁，不愿毫无理由抓人，让家乡父老骂他欺负一个弱女子。这时候，章织云出主意,要治住花五彩,最好去小白楼找郑梅林。施亚男去了,还带上小茉莉。施亚男把情况一说,郑梅林没有马上表态,似乎有点为难。施亚男说,郑先生,你是小茉莉的恩人,无论如何再帮她一把!小茉莉不说话,站在旁边抹眼泪。郑梅林也不推辞,答应试试。第二天,花五彩果然不再来闹,还托人把小茉莉的换洗衣服捎来了。施亚男对章织云佩服得一塌糊涂,夸她主意高明。章织云淡然一笑,说,一物降一物,卤水点豆腐嘛!

妇女宣传队领到一项任务,复排小话剧《阿英》,春节期间在军民联谊会上演出。此次,章织云不再做主演,而是当导演。尤万里亲自到宣传队讲话,挥着独臂,振振有词:同志们,大家一定好好干,让我在家乡父老面前抬起头来。施亚男看透尤万里的心思,接过话说,姐妹们,我们宣传队一定要给军管会长长脸。

日子临近,小话剧《阿英》正式复排。章织云和施亚男商量,女主角阿英由小茉莉来扮演。小茉莉没演过戏,心里没底,直往后缩。施亚男就劝她,革命工作不能挑肥拣瘦,阶级姐妹情同手足,大道理说了一箩筐,小茉莉还是不敢答应。章织云说,小茉莉,你认识英妹吧?小茉莉点头。章织云说,你就把自己当成英妹,英妹怎么说话,你就怎么说话;英妹怎么走路,你就怎么走路;英妹怎么做事,你就怎么做事!小茉莉想了想,似有所悟,突然又说,我脸上没有麻子嘛。章织云笑了,说,傻丫头,这还不好办!说着,她拿出黑油彩,在小茉莉嫩白的脸蛋上一通乱点,仿佛在白面团上撒了一把黑芝麻。小茉莉对着镜子一照,闭上眼冥想,忽然一睁眼,小腰一扭,似变了一个人,举手投足,一颦一笑,像极了英妹。施亚男笑得直不起腰来,直喊肚子疼。章织云好不容易止住笑,说,这丫头,天生就是一个戏精!

阿英的角色定下后,少爷的角色成了问题——妇女宣传队里没有男同志。章织云本来想从军管会找一个男同志,施亚男不同意,说宣传队的事,宣传队自己办,别让男同志瞧不起,不如从宣传队挑一个女同志来"反串"!章织云觉得有理,就在宣传队里挑,挑来挑去,没有合适的人。小茉莉说,不如施部长扮演嘛!章织云一拍脑门,指着施亚男说,就你了!施亚男也怕演不好,一再推脱,章织云和小茉莉盯住她不放。施亚男一咬牙,说,好,我就当一回大少爷！小茉莉调皮，拿来油彩给施亚男画了两撇小胡子。章织云看了，笑道，这哪里是少爷，简直就是土匪嘛。一时间，三个人笑作一团。

脂城解放军民联谊大会是妇女宣传队成立后的首场演出，定在大年三十晚上，地点还在十字街广场。尤万里吸取上次的教训，提前做好安保部署，将观众分成左中右三个区，区与区之间由战士警卫，外围再由战士荷枪站岗。同时，在观众中安插便衣公安，及时掌握情况。舞台不再用汽灯，改用多盏电灯，尽量不留死角。总之，所有能考虑到的都提前做好预案，力争做到百无一疏。一切妥当，眼看日子到了，可是节目内容却突然遇到变故，让宣传队措手不及。

多年后，何修文在回忆录《脂城往事》中提到这一次演出的前前后后，其中一段插曲颇有意思。本来，军管会打算借此机会，邀请一批脂城各界人士参加，为即将打响的渡江战役做好支前动员。当时，支前动员是最大的政治任务，因此在审查宣传队的节目时，尤万里突发奇想，提出调整小话剧《阿英》的内容，将原作中阿英受少爷欺辱，改成阿英和少爷恋爱，冲破封建家庭势力，一起参加解放军，积极投入支前的队伍中。何修文听罢率先赞同，如此一改，既能配合当前的中心工作，又有创新意义！众人都说，确实是好点子！这话正好说在尤万里心坎上，当即要求施亚男到宣传队落实。施亚男也觉得修改方案很好，当场表态，保证完成任务。

实事求是地说，章织云接到这个任务时，心里多少有点抵触。先不说这主意是好是坏，如此改动，有违她的创作初衷。原来戏里少爷浑蛋，如今改成少爷革命；原来戏里少爷霸占了阿英，如今改成阿英和少爷私奔，味道变了嘛！然而，任务就是命令，不执行不行。晚上见到何修文，她把心里的苦闷说了出来。何修文听罢哈哈大笑，说，有什么想不通嘛，就当排一出《阿英后传》嘛！章织云一听，恍然大悟，说，对嘛对嘛，就来个《阿英后传》嘛！

《阿英后传》的创作并不顺利。施亚男陪着章织云熬了两个晚上，思路也没有打开，依然卡在"少爷为什么要跟阿英私奔"这个环节上，解决不了这个问题,戏就无法展开。施亚男认为"为了革命"好,章织云认为"为了爱情"好,为此争得面红耳赤。小茉莉自从担纲阿英角色后,时常戏里戏外分不清,见施亚男和章织云愁眉苦脸,便用英妹的腔调说,我不晓得什么革命,什么爱情,我只晓得感谢共产党,让我翻身得解放!章织云一惊,问,然后呢?小茉莉说,我一个弱女子肩不能扛枪,手不能提刀,我要跟着少爷一起上前线,用歌声鼓舞同志们,听毛主席的话,打过长江去,解放全中国!施亚男听罢,茅塞顿开,一下子跳起来,一把搂住小茉莉,在她脸上亲了又亲。

宣传队为了节目加班加点,军管会为了参会代表也花了不少工夫。严格地说,是何修文费了好多脑筋,连带着章织云也没少烦神。当初,军管会决定邀请各界代表参加联谊会时,把这个任务交给了何修文。一是何修文在脂城做过地下工作,掌握各界的情况;二是何修文在报界多年,人脉广泛,与各界多有交道。何修文当仁不让,爽快地揽下了任务。本来以为这事不难,做起来才晓得没那么容易。既然要选各界代表,各行各业都要考虑到,行行都有出类拔萃的人才,肯定不止一个两个,只能选出最合适的代表。比如工商业界,选法不同,代表就不一样。如果从规模大小来选,谁钱多谁就是人物;如果从政治上来考量,谁拥护共产党,谁就是代表。就拿秦德宝来说,在脂城工商界还算不上大人物,但是他跟军管会走得近,当选自然在情理之中。然而在选择文教卫界代表时,何修文犯难了。以郑梅林在业界的名声,选他做代表当然没问题。不过,毕竟郑梅林和尤万里闹翻了,把他推上去,尤万里会不会反对?何修文思前想后,拿不定主意,回家后征求章织云的意见。章织云认为,如果让郑梅林当选,能体现代表选举的公正。如果不选他,也没问题,毕竟郑梅林本来就不爱掺和事。何修文说,说了半天,你觉得选还是不选?章织云说,选和不选最终谁来定?何修文说,当然是军管会。章织云说,军管会谁说了算?何修文说,尤万里。章织云说,那你就报上去,让尤万里定。他要是选了郑梅林,说明他不跟郑梅林一般见识,做事大气;他要是不选,说明他看不上郑梅林,你心里就有数了!何修文拍拍脑壳,朝章织云伸出大拇指。

正如章织云所料，军管会讨论各界代表人选时，大都顺利通过，少数几位多费了点时间，其中就包括郑梅林。在讨论郑梅林时，尤万里让大家发表意见。何修文按照章织云的思路谈了自己的意见，话里话外一个意思，选与不选都可以。更多的人意见很尖锐，说郑梅林这个人有争议，况且上次案件还牵涉他，不选为宜。这时候，施亚男站出来发言，说，我认为，应该选郑梅林来当代表！众人都看着施亚男，尤万里也看着她，冲她直摇头。施亚男不看他，接着说，选郑梅林当代表理由有三条：一是郑梅林医德高尚，在脂城百姓中有一定影响力，有影响力才有代表性嘛；二是郑梅林医术很好，对我们今后的事业大有帮助；三是郑梅林虽然政治立场不鲜明，但是可以成为我们的统战对象。俗话说，人无完人，金无足赤，至于上次他涉及案件，毕竟没有查实嘛。何修文左右看看，率先举手说，我赞同！接着，其他人也相继举起了手。尤万里看了看一片高举的手，只好说，通过！

各界代表定下之后，提前两天将请柬分别送达。郑梅林接到请柬时，正卧病在床。英妹把请柬交给他时，郑梅林看了一眼，随手丢在一边。英妹不用问，就晓得郑梅林不会去。可是到了大年三十那天下午，郑梅林突然下床，要去参加联谊会。英妹担心他病没好，劝他不要去。郑梅林说，人家给面子，我得接着嘛！英妹没再多劝，给他准备了两件厚衣服，一条黑围巾。郑梅林又说，你也一起去吧，大年三十，热闹热闹！英妹摇摇头。郑梅林说，请柬里有个节目单，上面有小茉莉的表演。英妹点点头，就不再说什么了。

宣传队提前吃过晚饭，列队步行到十字街准备演出。按事先安排，宣传队分歌舞组和表演组。施亚男带歌舞组，章织云带表演组，两队并行，看上去倒也威风。正走着，迎面碰上吕玉芝拉着儿子大毛从东门娘家回来。吕玉芝眼尖，看见章织云，上前打招呼，章织云领着队伍，不好停下来，只好挥挥手，权作打招呼。吕玉芝拉着大毛一路小跑跟着，一边跑一边问章织云，织云，你们这是干什么啊？章织云说，演出。吕玉芝说，唱戏呀，在哪里啊？章织云说，十字街。吕玉芝说，哎呀，又在十字街，听说上回你在十字街唱戏让人打了，怎么不长记性啊？！章织云被问得一时无语，只顾朝前走。正好前面拐弯,没料到偏巧迎面一个挑豆腐的路过,章织云一头撞在人家扁担上,头上马上起了大包。挑豆腐的身子不稳,挑子落地,豆腐摔得稀碎。章织云捂着头还没清醒,挑豆腐的不干了,拉着章织云赔钱。这时,施亚男跑过来,先看看章织云头上的包,又看看碎了一地的豆腐。《三大纪律八项注意》,革命军人个个要牢记,老百姓的损失不赔说不过去。可是施亚男身上没钱,章织云也没带钱。二人正在为难,小茉莉走过来,用英妹的腔调说,哎呀,不就是几块豆腐嘛,回头到北门小白楼讨钱去。挑豆腐的一听到北门小白楼,忙说,小大姐,你是小白楼的?眼拙眼拙!前年我家那口子去看病,郑先生一分钱没收,这豆腐钱就不要了!施亚男还要解释,那挑豆腐的挑起担子,先自走了。小茉莉这一会儿又跳出戏外,说,章老师,你的头疼不疼?施亚男说,好了好了,赶紧去准备演出吧。

  章织云捂着头上的包,来到十字街,心中尚有余悸。她不明白,为什么每演《阿英》这出戏,自己就要遭一次罪,难道其中有什么玄机?然而,因为时间紧张,要给演员化妆,这个念头一闪,便没再多想。多年以后,关于这个问题,章织云有过认真的反思。据她回忆,小话剧《阿英》一共演出十多场,每一场她都要出点问题,不是头上弄个包,就是摔跤闪了腰,总之防不胜防。有一次她因怀孕即将临盆,根本没有到场。本以为这回可以免灾,没料到上茅房时被马蜂蜇了脸,腮帮子肿了好几天。本来,此类玄乎的经历,何修文打算写进回忆录,章织云不让,说还是不提为好。

  那天晚上,十字街广场灯火明亮,热闹非常。郑梅林和英妹一起来到广场的西北角,发现秦德宝早就到了,站在灯光下,一边搓手一边东张西望。秦德宝老远看见,便跑过来扶着郑梅林。郑梅林便丢下英妹,跟秦德宝一起入场。在入口处,一人领到一张红布条,上写"代表"字样,别在胸前。然后往前走,看见尤万里和何修文站在那里迎宾,见一个人握一次手。尤万里没和郑梅林握手,只是对了一下目光,一闪而过。

  演出开始。先是开场的歌舞,然后是合唱《解放区的天》。手风琴的过门儿响起,英妹就觉得嗓子发痒,不自觉地跟着唱起来,左右一看,人家都没唱,马上闭上嘴,在心里默唱。紧接着,报幕员说,下面请欣赏小话剧《阿英后传》。英妹一听,心里一紧,浑身顿时不自在,又想既然是《阿英后传》,也许和《阿英》不一样,于是便沉住气了。小茉莉一上场,英妹一眼便认出来。只是因为离得远,看不清小脸上点的麻子是少还是密。小茉莉和施亚男在戏里演得都好,可是英妹总是想起她们戏外的样子,好久入不了戏。尤其小茉莉说台词时,有意模仿英妹的腔调,听起来就好笑。英妹一边捂着嘴笑,一边暗骂小茉莉,死丫头,坏得很!

在《梅林春秋》中,何达教授提及,郑梅林作为社会贤达,光荣地参加了脂城解放后第一次庆祝活动,就是指这次联谊活动。何达教授写道:"郑梅林先生参加那次庆祝活动,心潮澎湃,激动的心情久久不能平静。回到家后,他向朱英妹女士谈了他的感受,对解放后的建设和新中国的未来充满无限憧憬。"

事实上,那天晚上,郑梅林和英妹回到郑家老宅,已经很迟。他们确实谈了一会儿话,不过,是在英妹给郑梅林打洗脚水的时候。郑梅林把脚放进热水中,一阵温暖流遍全身,他闭上双眼,长长吐了一口气,说,今天的戏好啊!英妹嗯了一声。郑梅林说,你可晓得好在哪?英妹摇头。郑梅林说,改得好!不诉苦,只鼓劲!英妹又嗯了一声。郑梅林说,小茉莉演得也好!英妹说,不好!郑梅林说,为什么?英妹说,死丫头她学我!郑梅林没料到英妹会这么说,不禁一惊,脚下不稳,竟将洗脚水打翻,地上湿了一片。英妹赶紧又提来热水加上,郑梅林再次把脚放进水里,说,共产党厉害,办事能把准脉。等着看吧,要不了多久,解放军一定打到南京去!英妹说,施部长经常说,将革命进行到底!郑梅林点点头说,脉把准了,才好下药嘛!

正说着,几声鸡啼,远远近近,噼里啪啦的鞭炮声,此起彼伏。

郑梅林擦干脚上的水,说,爆竹声中一岁除啊!

英妹望着门外,突然惊叫,哎呀,忘了接财神嘛!

14　针织厂

秦德宝和吕玉芝两口子打起来了。吕玉芝毫发无损,秦德宝脸上却被挠得稀烂,血印子横一道竖一道,远看像画了一脸米字格。

说起来,这是两口子头一回打架。吕玉芝先动的手,不过事情是由秦德宝惹的。正月十五一过,秦德宝就着手张罗针织厂开工。从郑梅林那里把股份要回来后,吕玉芝天天催着秦德宝,趁尤万里在脂城当大官,好好把厂子做大。女人嘴碎,其实秦德宝何尝不这样想?自去年夏秋,厂子一直关停,前院的车间和东西两座仓库门上都上了大锁,贴了封条,只留门房季跛子和一条黑狗看门。季跛子孤身一人,在厂子做门房多年,又是吕玉芝娘家近亲表哥,倒也放心。

按规矩,放了开门炮,烧了开工香,就算正式开工了。季跛子开了大门,揭了封条,陪着秦德宝一处一处查看。车间里里外外倒是无事,可是查到西仓库时,一进门扑面一股子霉味。秦德宝觉得不妙,抬头一看,屋顶上几个碗口大的洞,再仔细查看,顿时心凉了半截。原来,年前一场大雪,西仓库屋顶漏水,里面存放的两万斤棉花受潮,变黄发霉。这批棉花是前年冬春从脂城东乡采买回来,本想送往芜湖换棉纱,后因国共战事紧张,没有成交,只好存放在仓库。两万斤棉花不是小数目,损失可想而知。厂子一直由秦德宝管理,责任自然推脱不掉。秦德宝愁得要死,不知如何跟郑梅林交代。吕玉芝虽说也着急,倒还沉着,出了一个主意:先瞒着郑梅林,走一步看一步,总之这个包袱不能背!秦德宝实在没办法,只好听从吕玉芝的。毕竟是大事,秦德宝心里总是悬着,吃不好,睡不好,几天下来掉了一圈膘。

这天晚上,秦德宝喝了闷酒,摇摇晃晃,披上大衣要去找郑梅林认错。吕玉芝顿时火了,拦住大门说,你搞那么大损失,跟三哥怎么说?!秦德宝说,兄弟共事,大不了损失我承担!吕玉芝说,两万斤棉花多少钱?你以为是十块八块,你拿什么承担?!秦德宝有酒劲撑腰,胆子也壮,说,责任在我,卖了这家我也要承担,不然对不起三哥!吕玉芝一阵冷笑,说,秦德宝,真没看出来,你好仗义嘛!既然要卖这个家,那我问你,你是卖我还是卖大毛?!秦德宝打了个酒嗝,一拍胸脯,说,只要对得起兄弟,你和大毛都能卖!

若是在平时,借两个胆,秦德宝也不敢在吕玉芝面前说出如此疯话。问题是秦德宝那天酒喝多了,张口就说出来,眼珠子还瞪得溜溜圆,好像事情就这么定了。吕玉芝气得脸色煞白,把手里的盆一摔,扑上去就挠秦德宝。秦德宝头重脚轻,没有防备,当时脸上就现五道红印子。吕玉芝还不解气,又把秦德宝揉倒在地,骑在他身上,左右开弓,狠狠在秦德宝脸上挠了几把。儿子大毛一见,吓得哇哇大哭。秦德宝本来空着肚子喝酒,又喝得急,经这一折腾,哇的一声,吐了出来。

秦德宝醒来,已是第二天晌午。吕玉芝气消了不少,又见秦德宝脸上的血印子,多少有点心疼,煮了一碗荸荠汤,给秦德宝醒酒。秦德宝喝了汤,果然精神好了许多,捂着脸说,玉芝,我脸怎搞的?好疼嘛!吕玉芝见他那样,忍住笑,说,你自己作的!秦德宝说,不是吧?我明明记得我在家喝酒,没出门嘛!大毛跑到秦德宝床前,说,是妈妈抓的!秦德宝拍拍头,说,玉芝,你抓我脸搞什么?吕玉芝没好气地说,你自己想想!秦德宝想了想,摇摇头,说,想不起来嘛!吕玉芝朝他背上打了一下,说,你要卖我和大毛!秦德宝当下就急了,说,胡扯,我卖我自己也不能卖你娘儿俩!吕玉芝一笑,说,真想不起来?秦德宝说,想不起来!吕玉芝叹口气,把事情缘由一说,秦德宝慢慢想起来了,叹口气说,玉芝,这事要跟三哥说,不然我这心里慌得很嘛!吕玉芝说,看你那点出息!你听我的,这事先不要说,看看能不能想想办法！秦德宝说，雪白的棉花发了霉，还有屁办法吗？！吕玉芝说，实在不行，就让季跛子去跟三哥说，就说腊月里风雪太大，掀了库房屋顶！老天爷作对，哪个管得了？！秦德宝说，说瞎话，亏良心嘛！吕玉芝说，呸！总比你卖老婆孩子好！秦德宝想了想，还是不放心。吕玉芝又说，孬子！三哥那人你还不晓得，心思根本不在厂子里，难道他还会去仓库查看？！话又说回来，棉花受潮发黄，换不成棉纱，还不能有别的用？！秦德宝又叹了一回气，犹豫不决，只好暂时放下了。

多年以后，何达教授在《梅林春秋》中，提及针织厂发生的两万斤棉花霉变一事。不过，角度不同。在《梅林春秋》中，何达教授这样写道："脂城解放那年岁首，针织厂发生一起重大责任事故。因为管理疏忽，库房存放的两万斤棉花受潮发霉，使停产多时的厂子雪上加霜。然而，作为大股东，郑梅林先生大度处之，不仅没有怪罪秦德宝，还鼓励他振作起来，千方百计，恢复生产，为即将打响的渡江战役做出应有的贡献，以实际行动迎接新中国的到来。"

事实上，那时候，郑梅林并不知道此事。正如吕玉芝所说，秦德宝后来果然找到了一个机会，成功地化解此事。不过，这个从天而降的大馅饼究竟是福是祸，秦德宝当时并不晓得，郑梅林更不晓得。

那时候，渡江战役总前委机关已南迁，战前准备如火如荼。脂城成立支前司令部，尤万里任司令员。支前司令部设军需处、运输处、收发处、粮草站及区街支前委员会和支前小组，成立汽车运输大队和搬运大队，把各地转运过来的物资安全地运往沿江前线，繁忙的场面可以想象。何修文在回忆录《脂城往事》中记述了这段历史，尤其提及"征集棉被"的故事。众所周知，渡江战役是人民群众用小船划出来的。当时，为了给解放军渡江的木船加一层保护，渡江军民想出一个"土办法"——用棉被裹在木船上形成"棉装甲"。战役打响在即，因此前线急需一大批棉被。

脂城支前司令部接到任务，立即开始筹备。动员大会之后，支前司令部发出在全市范围内征集棉被的号召，满街标语口号，报纸上报道，大喇叭广播，声势不可谓不大。施亚男和章织云连夜为宣传队编排了几个节目，

旨在宣传棉被对渡江战役的重要意义。其中有一首诗朗诵《朋友,请献出你的棉被》,有如下一段:

> 朋友,对你来说,
> 棉被也许只是梦的故乡,
> 她有温暖,她有芳香。
> 可是朋友,你可知道?
> 对我们渡江的战士来说,
> 棉被就是生命的保障,胜利的希望!
> 朋友,请献出你的棉被吧,
> 连同你的温暖,你的芳香,
> 让我们渡江的战士乘风破浪,
> 打过长江,打到南京,直到全国解放!

英妹是在十字街口听到这一段诗朗诵的。当时,在台上朗诵的是施亚男和章织云。两个人配合默契,声情并茂,赢得阵阵掌声。英妹揩了一把湿润的眼眶,看见施亚男和章织云的眼眶也湿润了。

自从没有去成宣传队以来,英妹一直不好意思见施亚男,总觉得对不住她,辜负了人家的信任和帮助。那天一大早,英妹本打算去东门码头买点鱼虾,给大少爷补一补,走过十字街,见宣传队在搞宣传,忍不住走上前看看热闹。当时,正好施亚男和章织云在朗诵诗,英妹听了,觉得这回说什么也要帮,不然对不住施亚男。于是,她转身回到郑家老宅,把箱子里的一床新棉被包起来。这床棉被是前年秋天弹好的,八斤八两,松软暖和,她一直不舍得用。英妹不晓得棉被是不是梦的故乡,也不管温暖和芳香能不能防炮防枪,只晓得能保住战士的命,这就足够了。

英妹抱着棉被又回到十字街,前来捐棉被的人围成一大圈,大多是年轻人。施亚男和章织云在忙着登记,头也顾不上抬。英妹本来想跟她们打个招呼,一时又挤不进去,只好慢慢排队,抽空左右看一眼,比较下来,就数她拿来的棉被最新,顿觉腰杆好硬。正在这时,一个头上戴花的新媳妇抱着一床大红缎面的棉被挤进去,咋咋呼呼地要捐。施亚男解释,只要棉胎就行,让她把大红缎面拆下来,不然太可惜。新媳妇说大红缎面喜气,一起送给解放军,图个吉利!施亚男当下感动得不得了,给了新媳妇一个大大的拥抱,赢得一阵欢呼。英妹也好感动,想想人家新婚被子都捐了,自己这床被子就不值一提了,于是悄悄把被子放在捐物处,也不登记姓名,转身走了。

尤万里万万没有想到,两天下来收到的捐献的棉被不过两百条。这个数字太少,与预计的数字相差很大。情况分析会上,施亚男认为可能是因为宣传动员力度不够,需要进一步改善宣传手段。也有人认为,脂城百姓对渡江战役的重要性认识不够,觉悟有待提高。尤万里默不作声,甩着空袖筒,来回踱步,突然叹气说,不能怪老百姓,要怪就怪老天爷!

事实上,尤万里的判断一毫不错。作为土生土长的脂城人,尤万里对脂城一带的气候了如指掌。每年春分前后,常有倒春寒。春寒料峭,又多阴雨,没有棉被日子不好过!何修文走访群众之后,了解的情况大体一致,许多百姓心有余而力不足,大人可以硬撑,孩子老人不能没棉被。既然如此,只好另谋他路,尤万里派人到市面上打听,结果市面上存货也有限,原因是去年夏秋脂城大旱,棉花大面积减产。

尤万里又急了,又骂娘了,又掏枪了。

说来也巧,那天,秦德宝从针织厂回家,路上碰到何修文,听说尤万里为征集棉被的事着急上火,便秘的老毛病又犯了。秦德宝一听到"棉"字,立马想起仓库里发霉的棉花,灵机一动,计上心头。和何修文分手后,秦德宝马上跑到小白楼,也不跟郑梅林打声招呼,让小安庆按上次的方子抓好药,赶到城隍庙给尤万里送去。尤万里果然急得够呛,嘴上起了一圈火泡,显得嘴唇越发厚实了。秦德宝把药给他,劝他保重身体。尤万里任务在身,哪里顾得上身体,三句话离不开棉被。秦德宝乘机拍胸脯说,二哥这么作难,两千条棉被包在我身上!尤万里晓得秦德宝一向稳重,不夸海口,兴奋地握住秦德宝的手,抖了又抖。秦德宝疼得龇牙咧嘴,心里却美滋滋的。

尤万里是急性子，马上找来军需处和收发处的同志，按照有关规定，本着《三大纪律八项注意》买卖公平的原则，和秦德宝签订合同。双方达成一致，每条棉胎十斤，一共两千条。棉花原料按市场现价结算，另计加工费。秦德宝心里有数，晓得不会吃亏，当场表示支前是大事，免收加工费，也算针织厂为支前做点贡献！这个表态相当有用，既让尤万里觉得很有面子，又显示出针织厂的觉悟。尤万里高兴，拍着他的肩膀说，德宝，你是二老板，随便当家做主，回去怎么跟郑梅林交代？秦德宝说，二哥你不晓得，这就是三哥的意思。三哥说了，要不是厂子一直亏损，就算把这批货捐了，也不心疼！尤万里说，果真？秦德宝说，我哪敢哄二哥嘛！

一一办妥，秦德宝回到家里，把事情跟吕玉芝一说。吕玉芝也高兴，看来尤万里这个靠山找对了！秦德宝说，只是棉花发霉的事没有跟二哥说，是不是不妥？吕玉芝说，孬子！萝卜快了不洗泥，二哥他们急死找不到棉花，幸亏咱们救了他的急！再说，发霉的棉花也是棉花，换不成纱，做棉被不是一样暖和吗？！秦德宝想了想，觉得有道理，言多必失，不说也罢。于是饭也顾不上吃，坐下来算了一笔账，这笔生意做下来，不仅能化解霉变棉花危机，还能小赚一笔。两口子欢喜非常，自不用提。

因支前工作紧张，干部短缺，军管会研究决定，由施亚男兼任支前司令部军需处处长，宣传队也兼军需动员。这一次，施亚男没有推辞，受命后马上到位，头一个任务就是联络针织厂，监督秦德宝尽快完成任务。

针织厂在北门外脂河北湾的双岗上头，厂房错落排列，四面高墙围院，规模不大，却井井有条。门口一副铁艺龙门架，挂着一块大牌子，上写"良友针织厂"。那天，天气难得晴好，施亚男率领章织云和小茉莉等几个宣传队的同志来到针织厂，前挤后拥，颇为热闹。门房季跛子见来了一队女解放军，忙笑脸相迎。那条黑狗也乖巧得很，摇着尾巴，叫也不叫一声。施亚男拿出支前司令部的文件，季跛子看不明白，不敢做主，一跛一跛地去找秦德宝。黑狗摇着尾巴跟在季跛子屁股后面。章织云笑着说，瞧瞧，一人一狗，一起一伏，二重奏嘛！宣传队的女同志们一看，果然，都笑弯了腰。小茉莉调皮，一边笑一边给黑狗打起拍子。施亚男也笑，心中暗忖，都说狗通人性,果然!

不多时,季跛子没回来,黑狗回来了。黑狗带来的不是秦德宝,而是吕玉芝。吕玉芝小步快跑,腰肢轻扭,大红缎面夹袄在太阳下闪着柔光。章织云小声介绍说,她就是秦德宝老婆。施亚男说,穿得好标致哟!章织云说,这个女人可不简单!正说着,吕玉芝来到近前,话未出口,先笑几声,双手拉住章织云,一阵寒暄。章织云向她介绍施亚男,吕玉芝腾出一只手,要拉施亚男。施亚男没有让她拉,顺势做了一个请带路的手势。吕玉芝尴尬一笑,便带着施亚男一行往厂里走。黑狗摇着尾巴跟着,吕玉芝朝黑狗喝道,黑子,看门去!黑子乖乖地朝大门跑去。

吕玉芝把施亚男一行径直带到东仓库。秦德宝和季跛子正把几包棉花包抬到门口的亮堂处。吕玉芝一进门就喊,德宝,解放军来了!秦德宝揩了一把汗,赶紧迎上来,老远就伸出手来,要跟施亚男握手。施亚男说,秦老板,别客套了,赶紧验货!秦德宝点头,拿剪刀打开棉花包,露出一团白花花的棉花。施亚男抓起一把棉花,闻了闻,又在手里捏了捏。吕玉芝说,正经东乡皮棉,上好的货!施亚男点点头,说,都是这种?秦德宝正要说话,吕玉芝抢过话头说,都是都是。要是不放心,再到西仓库看看!施亚男说,要看看!吕玉芝又领着施亚男一行去西仓库。秦德宝先跑过去开门。施亚男来到西仓库,提鼻闻了闻。吕玉芝说,老仓库,十多年了,有点味道!施亚男走到棉花垛前,随意指了一包,说,打开这包!秦德宝上前打开那包棉花,施亚男用手掏出一把,棉花雪白,也无杂质。吕玉芝说,德宝,从上面再开一包,让解放军验一验!秦德宝手脚并用,爬上棉花垛,开了一包,掏出一把棉花递给施亚男。施亚男接过来,看了看,跟前面的差不多。吕玉芝说,从里头再开一包看看,也好放心!施亚男说,放心放心!时间紧任务重,抓紧开工。如果需要,我们宣传队的同志可以帮忙!吕玉芝说,人手早就安排妥了,就不麻烦解放军同志了!施亚男点点头,伸出四个指头,说,四天!吕玉芝赶紧上前,拉住施亚男的手,说,晓得哟晓得哟!

在何达教授的《梅林春秋》和何修文的回忆录《脂城往事》中,都提及"针织厂三天三夜赶制两千条棉被"的情节。相比之下,何修文的记述更为详细。事实上,当时何修文在《脂城日报》上发表了一篇通讯《支前在行动》,报道脂城军民齐心支前的盛况,其中把针织厂三天三夜赶制出两千条棉被作为支前的典型事例。正是从这篇文章中,郑梅林才得知针织厂为支前司令部赶制棉被一事。不过,郑梅林当时并没过多在意。针织厂委托秦德宝打理,做什么由秦德宝决定。别说做棉被,就算做裤衩儿,他也无须干涉。对秦德宝,郑梅林一向用人不疑,非常放心。不过,在《梅林春秋》和《脂城往事》中,都没有提及秦德宝和吕玉芝两口子用了什么办法,应付了施亚男的检查。

15　模范

谷雨前后,一天比一天暖和。一夜之间,街上男女老少都换上了薄衣短衫。郑家老宅西厢房窗台上那盆栀子花,生出好多新芽,好像未开的花苞,藏在叶丛中,星星似的。英妹在心里算一算,离栀子花开尚有些日子,料定今年花开得要比往年早。于是,她的心里更添几分欢喜。

英妹烧好早饭,等着郑梅林起床。太阳刚刚露头,青石巷巷口爬墙的蔷薇开得正欢,阵阵清香混在炊烟里,随风飘来,颇为提神。这时,郑梅林的房里传来"啵吱——啵吱——啵吱——"的响声。英妹晓得,那是收音机发出的声音,大少爷已经起床了。自从"大洋马"苏珊留下那台"奇异"牌收音机后,郑梅林养成了早起听广播的习惯。开始,收音机信号不灵光,啵吱啵吱,杂音吵死人,听不到什么名堂。后来郑梅林用竹竿放了一根天线在西屋山上,情况就好多了。

英妹从锅里捞出两枚咸鸭蛋,用冷水一激,捞出来切开。半个月以来,顿顿早饭如此,几乎没变过花样。本来,英妹想买些鱼虾给郑梅林换换口味,可是听说渔船都征到江边打仗了。鱼虾不好买,只好在咸鸭蛋上做文章,一枚切四牙儿,两枚共八牙儿。蛋壳乌青,蛋白如玉,蛋黄油红,摆在蓝边浅碟子里,花开一样。

饭菜摆上桌,郑梅林还在不停地调收音机,左左右右,来来回回,像把脉似的。英妹怕饭菜凉了,又不好催,只好端去厨房热一热。就在这时,几声"啵吱"响过,收音机里传出一个女声:"我强大的人民解放军在长江南岸正向逃窜的国民党匪军追击中……"接着又是一阵杂音。不过,英妹已经听明白,解放军打过长江了。

多年以后,何达教授在《梅林春秋》中,谈及郑梅林听到渡江战役胜利时,显然添油加醋,作了艺术虚构。他这样写道:"那天,正在吃早饭的郑梅林先生,从收音机里听到人民解放军胜利渡过长江时,欣喜若狂,放下碗筷,脱口吟出杜甫的千古名句:剑外忽传收蓟北,初闻涕泪满衣裳!是啊,那是多么令人激动的时刻啊!"

事实上,当时郑梅林一点也不惊讶,因为信号不好,杂音太多,索性关掉收音机,喊英妹赶紧上饭。英妹把热好的饭菜端上来。郑梅林喝了一碗赤豆粥,吃了两牙儿咸鸭蛋,打了一个嗝,便把碗筷放下了。英妹清楚地记得,和往常一样,郑梅林吃过早饭,用茶水漱过口,拿起药箱,一句话没说,就去小白楼了。

如果说为渡江战役胜利而激动,英妹倒是真的。她想起自己捐献的那床碎花布面的棉被,一定在渡江时发挥了作用,尽管她不晓得怎么起作用。英妹没见过打仗,也没见过渡江,想必都是可怕的事。不过如今解放军渡江成功,好像一切都不可怕了。只是不晓得,如今那床棉被在哪里,和谁在一起。这个想法真是烦神,越想越多,还管不住自己。英妹一边洗碗一边想,一不留神,手上一滑,把一只细碗打碎了,赶紧在心里默念几遍碎碎(岁岁)平安。

英妹匆匆收拾好厨房,戴上那条桃红头巾出门,走过青石巷,便听见街上热闹起来。自从脂城解放后,只要有胜利的消息,街上一定热闹。英妹晓得,十字街口会更热闹,于是放快脚步。来到十字街,果然锣鼓喧天,红旗招展,游行庆祝的队伍已经开过来了。英妹一路小跑,追上游行队伍,一边跟着走,一边四下张望,突然身后有人扯了她一下,转身一看是小茉莉。小茉莉一身军装,脸蛋儿绯红,神气可爱。英妹忍不住扯了扯她的辫子,又捏了一下她的脸蛋儿。小茉莉二话不说,拉着英妹就往外挤。来到外面,英妹问,怎么就你一个人?宣传队呢?小茉莉说,一早就出来送锦旗了!英妹问,什么锦旗?小茉莉说,模范旗,支前模范旗!英妹说,支前模范是哪个？小茉莉说,好多呢,我带你去看!

英妹任由小茉莉拉着往前走,来到北街铁匠铺前,果然见施亚男带着宣传队敲锣打鼓,正在给人家送锦旗。这时候,从铁匠铺走出一个小媳妇接锦旗,英妹一眼就认出,就是那天捐献大红缎面棉被的新媳妇。小茉莉说,你看,就是她,把娘家陪嫁的棉被都捐献了,你说模范不模范?!英妹说,模范!

宣传队离开铁匠铺,敲锣打鼓接着往前走,眼看走过北门。英妹问,这是去哪里?小茉莉说,针织厂也是支前模范,你不晓得?英妹说,不晓得!小茉莉说,郑家的厂子,你竟不晓得,正好一起去看看!英妹一听,突然站住,说,哎呀,我还要去买菜!小茉莉说,买菜又不是好大事嘛!英妹说,反正都是送锦旗,看了一个就够了!小茉莉撒娇,缠着英妹一起去,英妹一时拗不过,只好跟着去了。

英妹不想去针织厂,不是不想看热闹,而是不想见到季跛子。说起原因,根子还在几年前。吕玉芝嫁到秦家后,有意从中做媒,撮合英妹和季跛子成亲,几次上门来找郑梅林,让他从中说说。郑梅林说英妹的婚事她自己做主,吕玉芝就亲口跟英妹说了。英妹认得季跛子,心里不情愿,嘴上不好说,就推说想一想。吕玉芝说,想什么想,做人嘛,心高可以,眼光不能高,结亲成家,要讲个门当户对,你和季跛子,我看合适得很!英妹听了,心里不快活,这是什么话?你不就是说,跛子配麻子,天生一对嘛!就冲这话,我也不同意!吕玉芝落个不痛快,回去让季跛子亲自上门找英妹。偏偏季跛子嘴笨,说的话跟吕玉芝一样,气得英妹当场就把他撵走了。从那之后,不是万不得已,英妹不去针织厂。

因为心里有防备,一到针织厂,英妹就往后躲,生怕见着季跛子。世上的事往往如此,越是怕见的人,越是见得意外。在针织厂大门前,锣鼓不停地打,却没人开门出来接锦旗。施亚男捧着锦旗不停地往里张望,倒是引得那条黑狗汪汪叫了两声。英妹也觉得奇怪,秦德宝怎么不见呢?秦德宝不见情有可原,季跛子怎么也不出来呢?他不是门房吗?门房不看门搞什么吗?!正想着,身后一阵黄包车铃响,英妹回头一看,季跛子正从黄包车上下来，与英妹正好对视了一下。英妹脸一热，赶紧扭过头去。季跛子急慌慌地朝大门口走去。紧接着，又有两辆黄包车来到，一前一后下来两个人，一个是秦德宝，一个是郑梅林。

郑梅林是秦德宝有意找来接锦旗的。一大早，秦德宝听说宣传队要来送支前模范锦旗，就打电话到小白楼，没有人接，于是就让季跛子去小白楼找。季跛子去了半天没回来，秦德宝坐不住，亲自去小白楼走一趟。见了郑梅林，秦德宝先把这一笔棉被生意的收益大致一说，然后反复强调这是一件光荣的事情。郑梅林也通情理，说，好事当然是好事，不过事情是你们做的，光荣是你们的，我就不参与了！秦德宝说，三哥，你是针织厂的大老板，这事当然与你有关！我晓得你不在乎这个面子，可是锦旗是针织厂的面子，你不出面接旗，针织厂的面子就没了，往后咱们在脂城怎么办厂？！话又说回来，就是出个场露个脸嘛，也耽误不了多少工夫！郑梅林见秦德宝说得恳切，又晓得秦德宝软磨硬泡的功夫，正好也想去针织厂看看，于是便一起来了。

在何达教授的《梅林春秋》中，有关郑梅林接受锦旗的情节，只是蜻蜓点水，一笔带过。但是，关于之后不久，郑梅林出席支前模范表彰大会的前前后后，何达教授描述得相当详尽。何修文在回忆录《脂城往事》中，也提到那次表彰大会。作为组织者和参会者，何修文将其定性为"脂城解放后第一次激动人心的盛会"。

"五一"那天，《脂城日报》刊登了支前模范光荣榜，郑梅林名列其中。郑梅林当天从报上看到了光荣榜，浑身不自在。有人见面表示祝贺，郑梅林的脸竟然红了。好在春季寒热病多，从早到晚，来小白楼看病的人不断，郑梅林没心思多想，事情也就放下了。紧接着，军管会又送来表彰大会的请柬，郑梅林犯愁了，把秦德宝找来，非要让他代替自己参会。秦德宝说，三哥，人家请柬上写着你的大名，我哪敢造次？话又说回来，表彰会也没什么大不了的，不过是往台上一站，大不了让人戴上一朵大红花嘛！

其实，郑梅林不想参加表彰大会，不是怕戴大红花，也不是怕凑热闹，而是不想见到尤万里。之所以不想见，不是怨不是恨，就是别扭。因为当年的"岳东事件",两个人闹得不欢而散,郑梅林对尤万里这个当年的结拜兄弟,还没有完全失望,将心比心,当初尤万里不帮他做证,可能也有难处。可是,因为"演出事件",在军管会关了一天一夜,郑梅林对尤万里彻底失望了。在那一天一夜里,郑梅林和尤万里见过两次。第一次是当天夜里,尤万里像相牲口似的围着他转一圈,盯了他一会儿,一句话没说,转身就走了。第二次是郑梅林放出来的那天,尤万里板着脸坐在对面,张口就问,案子是不是你干的?郑梅林不喜欢尤万里这种做派,摇摇头。尤万里一拍桌子,说,老实交代,到底是不是你?郑梅林有点恼火,听他这话的意思,非得承认不可,于是说,你说是就是,你说不是就不是。尤万里又把桌子一拍,说,我们不冤枉一个好人,也不放过一个坏人!你要拿出证据,证明你的清白!郑梅林说,我不能证明自己清白!尤万里说,你不能证明清白,那就别怪我不客气!郑梅林说,客不客气随便你,反正你手里有枪嘛。尤万里说,老子的枪只打坏人,不打好人!郑梅林说,在没查到证据之前,我还是好人。对不对?尤万里掏出枪来指着他,说,老子不会放过你!

　　脂城渡江战役支前模范表彰大会的日子定在芒种这一天。一大早,秦德宝专程来到郑家老宅催促,一再强调不去不好。英妹晓得今天有大事,早早就把郑梅林的几件衣服熨烫好了。郑梅林晓得躲不过,收拾收拾便出了门。英妹也想去看看热闹,等郑梅林走远,戴上桃红头巾,锁上院门,朝十字街去了。

　　自脂城解放以来,十字街成为集会的最佳场所。红旗招展,锣鼓喧天。街口的电线杆上,安装两个大喇叭,一个朝东,一个朝西,正在播放《解放区的天》。除了支前模范表彰大会,宣传队还组织了庆祝南京解放的青年大游行,一时间,乌泱泱的人群把东西南北四条街塞得满满当当。郑梅林头一回见识到,原来脂城竟有这么多人,不禁感叹,能把群众发动起来,共产党不赢,哪个能赢?!

　　按照请柬上的指示,郑梅林来到会议接待处。说是接待处,其实是临时搭起的帆布棚。因为有风,帆布棚不停地晃,仿佛漂在水上一样。郑梅林刚刚进去,何修文迎上来跟他握手,说,梅林,昨天我还担心你不来,特意让德宝盯着你！郑梅林笑了笑，说，好忙，开春病人多嘛！何修文说，来了好！来了好！郑梅林一边笑着，一边左右看。何修文说，万里他今天来不了，老毛病犯了！这回好厉害，躺在床上不能动！郑梅林一愣，问，便秘？何修文点点头说，前一阵吃了你开的几服药，好多了。渡江战役一打响，他为了支前忙前忙后，着急上火，又犯了。中药西药都吃了，就是不见好转！郑梅林说，便秘几天了？何修文想了想，说，少说也有七八天！郑梅林大惊，说，不得了！何修文忙问，要不要紧？郑梅林说，但愿没事。不过，不能出，则不能进，不能进，则不能活！何修文一脸凝重，问，梅林，可有办法？郑梅林说，办法不好说，得诊过以后再定！何修文说，散会就去！郑梅林有点犹豫，看了看脚下。何修文拍了拍郑梅林的肩膀说，矛盾归矛盾，看在曾经兄弟的份上嘛！郑梅林叹口气，点点头说，好吧。

　　那天，阳光灿烂，清风和畅。郑梅林稀里糊涂地走上台，又稀里糊涂地走下来。站在临时搭起的舞台上，在潮水般的掌声中，郑梅林戴上了大红花。英妹挤在台下的人群中，看见郑梅林的脸红了。大少爷脸红，怕是大红花衬的。不过，大少爷脸上有了红色，显得更精神，好像变了一个人。英妹想，红色好配大少爷，到秋后一定要给他织一条红色围巾，不管他喜欢不喜欢。

　　表彰大会在欢庆锣鼓声中结束。台下的群众还没散去，何修文就拉着郑梅林，挤出人群，匆匆上了停在街边的一辆卡车。因为着急，郑梅林上车时差点被绊倒，何修文硬是从背后把他推上车。英妹一直跟在后面，见此情景，以为大少爷又被抓去，赶紧追上去，不料踩在路牙子上，后脚踏空，一下子崴了脚，蹲在那里半天起不来，看着汽车远去，眼泪一下就出来了。

16　硝角油

城隍庙后院两棵老洋槐花开得烂漫,招来一群蜜蜂嗡嗡作响。太阳正好,一阵风来,呛得郑梅林不禁打了两个响亮的喷嚏。郑梅林跟着何修文走在洋槐树下,几朵槐花正好落在郑梅林头顶的"双旋儿"里。一只蜜蜂紧追不放,跟郑梅林一起进了军管处卫生所的门。

在洋槐令人陶醉的香风里,尤万里躺在卫生所的病床上,翻来覆去,痛不欲生。卫生所的医生和卫生员都是战地救护出身,拿尤万里的病没有办法,只好帮他揉肚子,揉了半天,一点效果也没有,结果都被他骂跑了。临走时,卫生员多了个心眼,顺手把尤万里挂在墙上的手枪拿走了,以防不测。

其实,尤万里的病之所以拖到如此地步,怪不了别人,怪他自己。郑梅林在秦家给他开了方子后,秦德宝亲自把药给他送去了。可是尤万里晓得是郑梅林开的方子,从郑梅林药房里抓的药,坚决不用。把剩下的药隔窗扔掉了。由于用力过猛,那几服药划出一道弧线飞过屋脊,落到墙外去了。不过,尤万里并不后悔,因为在没有搞清楚之前,他不会放过郑梅林,因此要对郑梅林保持革命的警惕性。

何修文领着郑梅林推门进去时,尤万里正在痛苦地呻吟。抬头见来人,他马上坐起来,咬牙硬撑,对何修文说,表彰大会开得怎么样?群众反映如何?何修文说,很顺利,很圆满!群众的热情也很高!尤万里点点头,看了看郑梅林,问,你把他带来搞什么?!何修文说,给你看病!尤万里头一甩，说，我没事，不要他看！何修文说，万里，这就是你的不对了。病不讳医嘛！郑梅林并不生气，上前两步，俯身看了看尤万里。尤万里腹胀如鼓，眼球暴凸，脸色黄中带灰，眼角血丝毕现，嘴唇溃疡差不多烂了一圈，呼吸之间一股恶臭，催人呕吐。

　　实话实说，尤万里的病情比郑梅林想象的还要严重。何修文拿来一把椅子，放在病床前，让郑梅林坐下。郑梅林坐下来，慢条斯理地挽起袖子，对尤万里说，有病看病，这不丢人！尤万里一拍床帮，说，老子没病！郑梅林说，尤司令，你一张嘴，浊臭逼人，可知燥热内结，灼伤津液，腑气不通，以致肠道郁热，失于濡润，从而大便干结，腹部胀满！请问，这不是病是什么？尤万里还是嘴硬，说，老子便秘，也不是一回两回了！何修文说，正因为不是一回两回，所以才要看嘛，万一耽误，怕会出大事！尤万里说，大不了一死！郑梅林站起来说，自古以来，医家治病不治命。命是你自己的，你说了算。可是我正好碰上，也得尽医家的责任。该说的说了，该劝的劝了，既然你不愿治，我也没办法。告辞！何修文见两人又闹翻了，马上拦住，说，梅林，别跟病人一般见识嘛！郑梅林说，大哥，你都看见了，不是我不治，是他不让治！尤万里说，老子就不治，死了拉倒！

　　正在骑虎难下时，施亚男风风火火地跑来了。何修文仿佛见到救星，忙说，亚男，你快劝劝万里，梅林好心来给他看病，他硬撑着不让，死犟！施亚男倒是沉着，揩了一把汗，走到病床前，看了一眼尤万里，柔声问道，尤万里同志，你是共产党员，难道不想看到全国解放吗？尤万里说，想！施亚男又说，你难道不想建设新中国吗？尤万里说，想！施亚男突然板起脸来，一拍桌子，厉声道，那就赶紧治病！尤万里最怕施亚男不给他面子，马上低下头，说，看就看嘛，发什么火啊？何修文偷偷地笑，又把郑梅林拉到床前。郑梅林淡然一笑，坐下来，对尤万里说，请张开嘴，看看舌苔。尤万里咬紧牙关，死不张嘴，施亚男看不下去，喝道，张嘴！尤万里翻翻眼，乖乖地张开嘴。照例看完舌苔，再行诊脉。郑梅林说，右手。尤万里好不情愿地伸出右手。

　　经过一番望闻问切，郑梅林诊断尤万里患的是热秘，又叫阳结，因邪火过盛而致。既然确诊,如何治疗?郑梅林一时有点犯难。以尤万里的急躁脾气,慢慢调治,恐怕行不通,说不定还会半途而废,最好用霸道之药,速战速决。如此想来,必先泻其腹内积便,再对症施药。然而,尤万里已七八天没有解大便,大便必在肠内干硬结实。郑梅林想来想去,认为先施用"硝角油"最为妥当。

多年后,何修文在回忆录《脂城往事》中,以轻松的笔调谈及此事,读来颇为有趣。文中,何修文作为亲历者,对郑梅林的医者情操给予充分的肯定和赞扬。但是,对郑梅林给尤万里所施的偏方"硝角油",何修文一直不能理解,只好感叹:"偏方往往很偏。"在何达教授的《梅林春秋》中,同样引用了这一著名的医案,可以看出,素材基本源自何修文的回忆录《脂城往事》,只是稍作文学加工而已。不过,何达教授对"硝角油"这一偏方略作介绍,足见其在写作前做了中医中药的功课。

事实上,郑梅林所用的"硝角油"并不算偏方,古籍医典中也有相关记载,只是没有如此命名而已。所谓"硝角油",其实是类似现在的开塞露。具体方法如下:取芒硝一撮,以水化开,皂角少许研末,再取香油一盏,三味混合,装入一只干净的猪尿泡中待用。另取一竹管,拇指粗细,两头磨平滑,一头涂香油润滑,插入患者肛内约两寸,再将装药的猪尿泡连接竹管另一端,用手挤压猪尿泡,将其中三味药送入患者肠道即可。

那时候,郑梅林把这方法一说,施亚男想了想,说,偏方治大病,治!何修文也觉得治病要紧,让人分别去采买所需的材料。不多时,东西备齐,突然发现少了一根竹管。施亚男跑回宣传队,拿来一支写标语的大号毛笔,郑梅林把笔头的羊毫拔去,找来一块石头,将两头磨平,冲着窗外的光亮,睁只眼闭只眼,看了一看,中通外直,相当满意,只是可惜了一支好笔。一切准备就绪,何修文怕施亚男一个女同志不好意思,请她出去回避,自己留下帮忙。郑梅林说,大哥,你最好也出去,不然怕你受不了!何修文说,没事没事,我帮不上人忙,打个下手还是可以的嘛!郑梅林想了想,没再说什么。

何修文在回忆录《脂城往事》中说,他人生第一次被熏得脑仁生疼,狂吐不止,就是那一次。如今想起来,臭味仿佛仍在鼻端。那天,郑梅林给尤万里用过"硝角油"之后,不过二十分钟,尤万里突然有了便意。

尤万里通便后,几乎浑身虚脱,蒙头大睡。何修文被熏得狂吐几回,身体不支,早回去歇着了。施亚男也被熏坏了,强撑着留下来陪着,不然不放心。郑梅林担心尤万里用药后有不测,一直没敢离开。到了后半夜,尤万里醒来,大叫好饿。郑梅林让施亚男先做一碗猪血苋菜汤,给尤万里润润肠子,等他再排便一两次,才能正常进食。不多时,猪血苋菜汤端上来,尤万里吃了,果然又去茅厕拉了两次,然后吃了两碗稀饭,人便显得精神了。郑梅林放下心来,开了一剂调理的药方,正打算回去歇着,被尤万里叫住。郑梅林转身看着尤万里。尤万里说,你治好我的便秘,我谢谢你。但是,岳东那件事不搞清楚,老子不会放过你!郑梅林淡淡一笑,什么也没说,便出了门。

夜风轻拂,四周静谧,半轮残月西沉,倒显出一片星辰烁烁。郑梅林疲惫地走出庙门,突然一个人影闪现,不禁吓了一跳。只听英妹叫了声,大少爷!郑梅林定睛一看,问,你怎么在这儿?英妹说,晌午散会的时候,看见你上了汽车,怕你又被抓起来,我不放心,就在这儿候着!郑梅林叹了口气,说,我是来给人家看病。英妹说,那就好。郑梅林说,都后半夜了,赶紧回家。

郑梅林在前面走,英妹在后面跟着,老是撑不上。郑梅林回身一看,路灯下英妹一瘸一拐,赶紧过去看个究竟。英妹说,倒霉,不小心崴了脚!郑梅林让英妹靠着路灯杆坐下,弯腰查看,说,脚肿得像大馍,哪还能走?!英妹说,没事!郑梅林四下看了看,街上空空,怕是找不到黄包车,于是蹲下来,说,我背你!英妹不好意思,说,叫人看见不好!郑梅林说,三更半夜的,没人!英妹四下看了看,不再坚持,伏在郑梅林背上。郑梅林本来就瘦弱,又累了一天,背着英妹着实有点吃力,呼哧呼哧地,喘得厉害。英妹怕累着大少爷,非要下来自己走。郑梅林不让,说,崴脚伤筋,再走会伤了骨头,到时候就不好治了。英妹说,不要紧,我在脚上抹过唾沫了。郑梅林说,稀奇!唾沫能治崴脚?英妹笑,头一歪说,偏方!郑梅林一听,笑了。英妹说,别笑嘛!你可记得,小时候我崴过脚,肿得跟大馍一样,抹了唾沫就好了！郑梅林说，记得！那回是你带我到后院爬树摘石榴，爬到半路上，你跌下来了！英妹说，就是嘛，我的小褂子都扯破了！郑梅林说，你差点挨打，还是我帮你扯谎过了关！英妹咯咯地笑，笑着笑着，突然不笑了，叹口气，说，那时候，石榴好甜！郑梅林说，好甜！

那天夜里，郑梅林和英妹边走边说，说得最多的是他们的童年往事。那时候，他们仿佛回到儿时，没有主仆之分，只有童年的信任和友谊。可以说，在那个夜晚，他们是快乐的。对他们来说，这种交流是唯一的一次，也是最后一次。由此可见，人生的无常和无奈。

在何达教授所著的《梅林春秋》中，也有关于郑梅林和英妹童年生活的描述。在这些文字中，何达教授力图营造朦胧诗意的氛围，使用了大量诸如青梅竹马、两小无猜、情投意合、你侬我侬之类的词语。单从阅读的角度来看，作者的意图基本实现，但略显浮夸矫饰。尤其文中写道："那个春风沉醉的夜晚，爱神丘比特的金箭射中了两颗年轻的心，以至于郑梅林先生辗转反侧，度过了一个不眠的春夜。"事实上，那天夜里，郑梅林背着英妹回到郑家老宅，给英妹的伤脚敷上药之后，已困乏至极。由于英妹行动不便，没人烧热水，因此郑梅林连脚也没洗，便倒头大睡，直睡到第二天十点左右。要不是小安庆从小白楼跑来找，他怕是要睡到晌午也未可知。

小安庆来找郑梅林，是因为冯汉生来到小白楼，口口声声说，找郑先生有要事商量。既然是要事，当然不会跟小安庆说，必须面谈。小安庆说，和冯汉生一起来的，还有花五彩。

冯汉生来小白楼，十有八九是老毛病又犯了。前些年，冯汉生得了病，郑梅林给他治过，效果不错。无奈这家伙，不晓得收敛，毛病时常再犯。毕竟当年由花五彩介绍，郑梅林通过冯汉生买下小白楼，好歹也算有一段交情。虽说自从脂城解放，两人一直没有见过。不过，医家不拒病人，再累也要见一见。

郑梅林来到小白楼，冯汉生早等得不耐烦。一见面，冯汉生就抱怨，说，郑先生啊郑先生，等你等得一壶茶都喝寡淡了！郑梅林说，见谅见谅，昨夜出诊，搞得太迟！冯汉生说，是哪条街的病人？得的什么急症？郑梅林说,说起来你也认得,就是军管会的尤司令,你表弟嘛!冯汉生一听,一拍茶几,说,我没他那表弟!花五彩说,就是嘛,六亲不认,那回差点没把冯先生打死!郑梅林晓得那档子事,忙劝说,那他也是为你好!花五彩说,话不能这么说,你们是结拜兄弟,上回他把你抓进去,难道也是为你好?!郑梅林被问得哑口无言,一时有点难堪,故意岔开话题,问道,冯先生,找我有事?冯汉生点点头,朝窗外看了看,走到郑梅林身边耳语一番。郑梅林听罢,脸顿时沉下来,半天没有说话。冯汉生嬉皮笑脸地说,郑先生,我和花五彩要出一趟远门,缺点盘缠!郑梅林想了想,从身上掏出几张钱,数也不数就递过去,说,我这也是小本生意,手头也紧!冯汉生看了看,嘴一撇,没有接钱,说,郑先生,你们针织厂不是刚刚跟军管会做了一笔大买卖嘛!郑梅林说,针织厂的事都由德宝做主,我不当家!花五彩说,脂城哪个不晓得你是针织厂的大老板,还说不当家!你看看,接锦旗是你,戴大红花也是你!郑梅林强压怒火,说,要,就这些,不要,我也没办法,请便吧!冯汉生一听,马上翻脸,说,郑梅林,你搞清楚,我不是来求你,是来跟你谈生意!我跟你讲,你们针织厂给军管会做的支前棉被,用的都是烂棉花,这事不小吧,恐怕能换两条"黄鱼"吧?!郑梅林一愣,说,冯先生,你也是有头有脸的人,不会讹人吧?冯汉生说,讹不讹人,我不晓得,我只晓得,欺诈共产党,发战争财,这事要是说出去,你们怕是吃不了兜着走!别以为戴上大红花,上了光荣榜,摇身就变成共产党的贴心人,哼!郑梅林一着急就有点结巴,说,你你你,没有证据,别胡说八道!冯汉生冷笑一声,说,我胡说八道?那我问你,季跛子你晓得吧?他亲口跟我说的,前前后后,一清二楚!花五彩说,就是就是,我也在场!

郑梅林的头嗡地一下,摇晃一下,赶紧坐下来,想了又想,慢慢抬起头来,说,冯先生,我手头真没钱,不如容我半天,晚上送到九桂塘花五彩那里。花五彩说,好嘛好嘛,就容半天,不耽误事嘛!冯汉生点点头,说,半天就半天吧。不过,我得提醒你,今天这事,千万不能说出去!要不然,我就到军管会,找我那六亲不认的表弟,把烂棉花的事抖搂出来,说不定我还能立上一功呢!郑梅林说,请放心,我郑梅林不是那种人!

17　红毛线

在秦家的堂屋里,秦德宝和吕玉芝两口子扑通一声跪下时,郑梅林心里顿时响起一个声音,完了!这个声音,像炸雷一样,震得郑梅林耳鸣不止,半边身子麻木了。四个膝盖跪在青砖铺就的地面上,像四根耻辱柱杵在郑梅林的眼前。郑梅林扶着门框,慢慢坐在冰冷的门槛上,一时动弹不得。夕阳斜照,在秦家的门楣上涂上一层血色光晕。郑梅林闭上眼,顿时感觉一阵阵眩晕。

此番郑梅林找上门来,本想就烂棉花的事,狠狠地骂秦德宝一顿。为占小便宜,以次充好,被人抓住小辫子,真是糊涂啊!可是他一进秦家院子,见秦德宝笑脸迎上来,又骂不出口,当面改成商量如何应对冯汉生的讹诈。吕玉芝也在场,吓得脸都白了。事已至此,三个人都没主意,郑梅林思来想去,反复权衡,决定去军管会自首。秦德宝一听,吓得声音都变了,抱住郑梅林的腿,拖着哭腔说,三哥,你不能去!你进去,我也得进去!吕玉芝抹着眼泪说,三哥,那姓冯的不就是为了几个钱嘛,咱们给他,花钱免灾,也能堵上他的臭嘴!秦德宝说,就是就是,三哥,跟军管会做买卖,咱们赚了一笔,正好我托人换了"黄鱼",给他两条也没什么大不了的!

说起来,秦德宝和吕玉芝的主意,根本不算主意。郑梅林担心,以冯汉生的为人,这也许只是开始,往后可能是个无底洞。当初,经过花五彩介绍,托冯汉生买小白楼时,冯汉生私下里就坑过郑梅林一笔,只是因为郑梅林看上了小白楼,只好忍了。其实,更让郑梅林烦心的是,冯汉生在小白楼悄悄告诉他一件事。冯汉生说，美国支持国民党军队在台湾组织一支队伍，很快就会打回来，他打算在脂城建立一个地下组织，筹备资金去南方迎接国民党军队，请郑梅林加入，给郑梅林一个副职。冯汉生向来喜欢吹牛，郑梅林并不完全相信，只是担心冯汉生那张破嘴到处乱说，万一被尤万里和军管会得知，下手一查，他郑梅林暗中资助反动组织，岂不是又掉进浑水坑里？眼看着"岳东事件"的事情未了，如今又闹这一出，郑梅林又烦又怕，耳边似乎又响起尤万里那句话："老子不会放过你！"尤万里说这句话时，后槽牙死死咬着，眼睛眯成一条缝。

郑梅林定了定神说，钱不能给！秦德宝说，三哥，钱没了，咱们还能挣回来嘛！吕玉芝说，是嘛，钱要紧还是人要紧？！郑梅林终于忍不住了，突然指着跪在地上的两口子吼道，浑蛋！就在这时，大毛从外头高高兴兴地跑回来，一看这阵势，吓得哇的一声大哭起来。吕玉芝起身搂住大毛，大毛躲在吕玉芝怀里，清鼻涕拖好长，可怜巴巴地看着郑梅林，叫了声，三伯。郑梅林一下子心软了。冯汉生说得对，与军方做买卖，以次充好，不管是按买卖欺诈量刑，还是按发战争财论处，罪都不轻。如果去军管会自首，他郑梅林进去，秦德宝也得进去。到时候，他孤家寡人了无牵挂，倒无所谓，秦德宝这一家怕是就散了。想到这里，郑梅林叹了口气，小声说，起来吧，我不去！秦德宝这才松了手，站起来给郑梅林倒茶。郑梅林把茶推开，对秦德宝说，拿两条"黄鱼"，跟我一起去九桂塘！秦德宝一听，马上接过大毛，让吕玉芝赶紧到里屋去拿。

从秦家出来，天色已晚，街道两边，远远近近，已是万家灯火。郑梅林和秦德宝步行去九桂塘，路灯昏黄，两个人的影子被拉得好长。郑梅林低着头，秦德宝也低着头，一前一后，亦步亦趋，像在合演一出皮影戏。不多时，来到九桂塘巷口，远远看见花五彩的堂子门前挂起灯笼，郑梅林把秦德宝拉住，小声说，记住，到时候，把钱交给花五彩！秦德宝说，为什么啊？郑梅林说，钱给花五彩，将来军管会调查，大不了算咱们兄弟逛堂子喝花酒，就算有罪，也不至于坐牢！秦德宝点头称好，想一想又问，万一姓冯的那畜生不认账怎么搞？郑梅林说，如今姓冯的和花五彩穿一条裤子，花五彩认了,姓冯的自然会认!秦德宝说,这倒也是。不过,钱给花五彩,总得有个由头嘛!郑梅林说,由头当然有。上回为了小茉莉的事,花五彩去军管会闹,军管会拿她没办法,施亚男来找我协调。我晓得花五彩贪财,就答应花五彩,日后给她补偿!秦德宝说,好!这个由头妙!

多年以后,何达教授在《梅林春秋》一书中提到"两条黄鱼"的故事。在"大义疏财,扶危济困"这一章节中,何达教授写道:"作为医家,郑梅林先生常怀慈悲之心,不管是街坊邻里,还是三教九流,凡有难处者,只要找上门来,他必伸出热情之手。比如,九桂塘一位寡妇花氏,因生活困难,常常得到郑梅林先生的接济。脂城刚刚解放那年,花氏因急需一大笔钱救急,怀着试试看的心理找到郑梅林先生。郑梅林先生急他人之所急,在自己缺钱的情况下,找到朋友秦德宝借来两根金条,并于当晚亲自送上门去。当花氏从郑梅林先生手中接过两根金条时,她不禁流出激动的泪水,感慨道,阿弥陀佛,活菩萨啊!"毋庸置疑,从以上文字中透露的时间、地点和人物来分析,何达教授所说的"两条黄鱼"的故事,就是这一次。至于文中说花五彩是寡妇花氏,把冯汉生敲诈说成郑梅林布施,多少有点滑稽荒诞,在此不多评说。有意思的是,花五彩那天确实说了句感慨的话,不过不是那句"阿弥陀佛,活菩萨啊"!

事实上,那天郑梅林和秦德宝来到花五彩的堂子时,冯汉生已经等候多时,早有些不耐烦了。和冯汉生在一起的,除了花五彩,还有几个男人,挟刀持棒,吊眉斜眼,一看就不是正经人。冯汉生也不客气,开门见山,张嘴就问,钱带来了吗?郑梅林点点头,看了看秦德宝。秦德宝从怀里掏出两根金条,径直走向花五彩。花五彩赶紧迎上来,接过金条,喜上眉梢,说,老天爷,发大财啦!

冯汉生见花五彩那副样子,有点不满,说,没出息!先看看成色嘛!花五彩拿起金条一一咬过,说,好货!冯汉生笑了,对郑梅林说,郑先生,上回跟你说的事,考虑得怎么样?我的队伍拉起来了,加不加入?郑梅林说,我是个手艺人,干不了大事,只想安安生生过日子!冯汉生说,那好,强扭的瓜不甜,这事我不勉强。不过,我们兄弟几个的大事,你往后还得多帮衬啊！那几个挟刀持棒的家伙，冲着郑梅林和秦德宝挥了挥手中的刀棒。秦德宝吓得往后退了两步。郑梅林说，手艺人不想惹事，图个安生！冯汉生说，郑先生，你想安生怕是不行！丑话说在先，过些日子，兄弟们手头紧了，免不了还得去小白楼麻烦你！郑梅林强忍不满，说，时候不早，我们先走了！冯汉生冷冷一笑，也不阻拦，说，二位，今天这事，天知地知，你知我知，要是传出去，兄弟们可不答应！郑梅林一边走，一边说，放心！手艺人图个安生！花五彩送到门口，悄声说，郑先生，你可别怪我，都是姓冯的带人逼我！非说我坑他，没有娶成小茉莉，还丢了金条挨了打！郑梅林并不理她，拉着秦德宝一路走了。

在何修文的回忆录《脂城往事》中，他对脂城解放初期复杂的社会形势有过介绍。当时，解放军打过长江，相继解放了南京、上海等重镇，战争格局已定。但是国民党军队残部还在作最后的抵抗，时不时派飞机对解放区进行轰炸，散发传单，鼓吹国民党军队很快打回来，同时派出大量敌特潜伏在解放区，串联搜罗社会闲杂人员，进行破坏活动，动摇民心。一时间，脂城内外成立了十来个地下反动组织，暗中活动猖獗。文中，何修文提到冯汉生的反动组织叫"青年光复会"，管理严密，成员复杂，最多时达三百人。不过，冯汉生并不明着跟军管会和人民政府作对，而是借着"青年光复会"的名义，暗中欺压百姓，敲诈勒索，甚至绑架，"9·22绑架案"就是其中典型的一例。

自从被冯汉生敲诈后，郑梅林就多了一块心病，生怕哪天倒霉事又找上门来，因此不是迫不得已一般不出门。即便有急诊，也得由小安庆陪着。说起来，小安庆自小在老家练过武功，会耍耍刀枪弄弄棍棒，三招五式，有模有样。至于临阵时好不好使且不管他，壮壮胆子总是可以的。

秦德宝也怕家里出事，三口人一起搬到厂子里住下了。毕竟厂子里人多势众，多少可以放心。因为冯汉生的事情，秦德宝把季跛子开除了，免得他在厂里做内应，再生是非。季跛子找吕玉芝求情，说自己在九桂塘逛堂子，喝多了吹牛说漏了嘴，往后再也不敢了，还使劲抽自己的脸。吕玉芝看钱最重，白白折了两条"黄鱼"，比割肉还疼，正没处发泄，当场就不认这个远房表哥了,骂他是个吃里爬外的混账东西,有多远滚多远。季跛子见无法挽回,只好卷起铺盖滚蛋。不过,季跛子没有滚多远,就径直投靠了冯汉生。冯汉生正好缺人,就把季跛子留下了。这都是后话。

入夏雨多。郑梅林怕湿疹毛病再犯,一般的应酬该免都免,酒席宴请该推就推。实在馋了,他就让英妹烧几个菜,在家喝几杯。英妹见大少爷在家的时候多了,分外用心,每天早上雷打不动地去买菜,换着花样让她的大少爷满意。郑梅林有时觉得一人独酌无趣,就喊英妹一起喝。英妹开始还不好意思,郑梅林非让她喝,她就喝了,回回喝得脸通红,捂着脸说下回再不喝了。到时候,郑梅林端起酒杯一说没意思,英妹又坐下陪喝了。

这些生动的日常生活细节,在何达教授的《梅林春秋》中,被概括为"举案齐眉"或"心心相印"之类的词语,干巴巴的,着实可惜。不过,也许这事不能全怪何达教授。毕竟,表哥朱山河请他为郑梅林作传,是要花钱的。表哥朱山河让他怎么写,他就得怎么写。不然,钱不答应。事实上,经过一个夏天,英妹在郑家老宅体验到了从未有过的幸福感。这种幸福感给了她信心,也给了她责任和决心。所以,英妹对她的大少爷的照顾更为认真仔细。那时候,倘若让她去为大少爷卖命,她怕是眼都不会眨一下。

转眼,秋天来了。英妹着手准备给大少爷织围巾,红色的。英妹几次上街都没买到红毛线,实在没办法,她忽然想起自己有一件红毛线对襟背心,压在箱底,一直没舍得穿。这是六年前大少爷在洋货店买的,当年是她本命年,大少爷也是本命年。她给大少爷缝了一双红鞋垫,大少爷给她买了这件红背心。想一想日子过得好快,转眼五六年过去了。英妹抱着红背心,闻了闻,一股樟木箱的味道。闻着闻着,英妹想哭,不晓得为什么。

秋高气爽,天井框出一方蓝天,时而有大雁飞过,时而有黄叶飘来。雁叫有声,叶落有痕,似乎有意撩人。英妹叹口气,坐在天井里拆毛背心,双手绕线,一圈一圈,不多时,毛背心少了一截儿,一个红红的线球便出来了。就在这时候,邻居家的媳妇来串门,说西门百货商行进了一批新毛线,好像有红色的。英妹一听,看着拆了一小半的毛背心,可惜得不得了。好在有毛线在,还能织好,于是放下心来,收拾收拾,挎上竹篮,便去西门买毛线。

那天，英妹在西门百货商行买了两斤红毛线，因为是上海货，贵是贵了些，英妹却觉得值。线是她想要的线，色是她想要的色，两个满意合起来，就是非常满意。从商行出来，街头大喇叭里在唱《解放区的天》，英妹一边走一边跟着小声哼哼。走着走着，忽然想起要买些香菇给大少爷包鸡蛋饺子。菜市在东边，英妹想抄近路，便拐进旁边的三孝巷，一进巷口，听到几声货郎鼓，砰砰地传得好远。三孝巷两边都是老棚户，阴暗潮湿，又窄又长，英妹见迎面有两个人拦在路中央，有点慌，回头一看，后面又上来两个人，心里扑扑腾腾，硬着头皮往前走。就在英妹想侧身挤过去时，四个人一起围上来。一个大个子手脚麻利，冲上来用一块粗布捂住英妹的嘴，将她拖进旁边一个破屋子里。英妹闻到一股刺鼻味道，顿时嗓子发麻，挣扎两下，便昏了过去，竹篮掉在地上，两个红红的毛线球滚了出来。恰好墙头上躲着一只黑猫，发现红线球，便跳下来玩，一红一黑，边玩边跑。这时候，又有几声货郎鼓响，黑猫害怕，丢下红毛线球，纵身上墙，扛着尾巴逃走了。

18 大案

英妹被绑架了。

这一天是1949年9月22日,军管会把此案定名为"9·22绑架案"。多年以后,何修文在回忆录《脂城往事》中,将这一桩案件称为"脂城解放后的第一大案"。之所以如此定位,用尤万里的话说,"这是反动派的最后挣扎和疯狂反扑,是向我崭新的人民政权的公然宣战!"尤万里又发火了,又骂娘了,又掏枪了。在侦破动员会上,尤万里说,这一仗一定要打赢,不然我尤万里的脸往哪搁?!

关于这起大案的来龙去脉,脂城坊间流传多种版本。但是,无论哪一种版本,都有一个关键人物,他就是郑梅林。事实上,第一个得知英妹被绑架的就是郑梅林。郑梅林收到绑匪的勒索信,是在英妹被绑架的第二天早上。那封信是在小白楼大门下发现的,密封,上写"交郑梅林亲启"字样。字迹为行草,看上去有几分书卷功底。信中,绑匪没有提出要钱,而是附了一个方子,让郑梅林按方配药。这一点大大出乎意料。不过,当郑梅林看罢方子,顿时就傻眼了。

信中所列的药物,全是有毒之物,且数量惊人,合计二十斤。绑匪在信中要求,务必按方配好所有药物,于当天中午前,独自送到脂河北湾小树林乱坟岗,到时听到击掌三声,再击掌三声回应,自然有人接应。此外,信中还提醒,不许报告人民政府和军管会,也不许对其他人提起。如此照办,保证人票安然无恙,否则不仅撕票,还将纵火烧掉小白楼和郑家老宅。

看完信后，郑梅林浑身一直在抖，定了定神，又在"曲节""少海"两个穴位上按了半天，才慢慢好起来。说起来，头一回经历这种事，郑梅林此时方寸不乱，已经是难得。等静下来后，郑梅林开始反思前前后后，试图理出头绪，寻找其中的蛛丝马迹。昨天晚上，郑梅林出了一趟急诊，半夜才由小安庆和病人家属护送回家。因为太晚，加之太累，不想打扰英妹，便草草歇着了。一大早，郑梅林起床喊英妹上早饭，发现厢房和厨房都没人，以为英妹早起去买菜耽误了，便没多想，独自到街头吃了一碗三鲜馄饨，然后直接去了小白楼。到了小白楼，小安庆正好开门，发现那封信，也没多问，转手交给了郑梅林。

毫无疑问，郑梅林早就被盯上了。到底是哪个跟自己过不去？郑梅林头一个想到的就是冯汉生。可是，以冯汉生的德行，应该勒索钱财才合乎情理。就算是他，不想要钱，却要这么多的毒药搞什么？开药房他不会，治病救人他不懂，做老鼠药他也不愿干，凡此种种都不可能，那么最有可能的就是下毒。想到这里，郑梅林身子一软，汗一下子冒出来。

实话实说，如果是要钱，他郑梅林倒不在乎，破财消灾也不是头一回。可是让他郑梅林配毒药害人，实在作孽，万万不敢。绑匪显然是冲着他郑梅林来的，英妹显然无辜。一边是英妹的性命，一边是让他作孽，郑梅林反复掂量，左右为难，一时没有主意。本来，这种案子交给政府去办最好，可是绑匪有言在先，如若告官就撕票。郑梅林不想让英妹白白送死，就打消了报案的念头。一想到英妹在绑匪那里受罪，郑梅林心里如同刀割，此时才明白，原来英妹在他心里竟如此重要。郑梅林抱着头，想了又想，终于下了决心。

郑梅林强打起精神走下楼，装作若无其事的样子，把绑匪的方子交给小安庆，让他按方配药。小安庆接过方子一看，吓了一跳，说，哎呀，全是有毒之物，还要这么多，这人得了什么怪病？郑梅林说，世上的怪病多得很，不要多问，按方配药就是，越快越好。小安庆见郑梅林不耐烦，只好按方配药，一边配药一边嘀咕，这么多毒药，一百头大牲口也能毒死，这人病得也太邪乎嘛！

就在这时,小茉莉风风火火地跑来了,一见小安庆就问,英妹姐在吗?小安庆喜欢逗小茉莉,问,你找她干什么?小茉莉说,请她参加合唱队!小安庆又问,什么合唱队?是不是像东门福音堂那样唱歌?小茉莉歪着头想一想,说,差不多。小安庆说,真得味,我也参加行不行?小茉莉认真了,说,那你唱几句我听听?小安庆一听,故意学着老牯牛,哞地叫了一声。小茉莉晓得受了捉弄,假装生气。小安庆赶紧哄她说,英姐不在这里,你应该去郑家老宅去找嘛!小茉莉说,我刚从那里来,她不在家嘛。小安庆一撇嘴,说,那你去楼上问郑先生。小茉莉便上了楼。

脂城人民政府成立后,要在军管会宣传队的基础上组建一个文工团,排练节目,迎接中华人民共和国成立。其中,文工团要成立一个女子合唱队,施亚男和小茉莉就想借机把英妹拉进去。一大早,施亚男要去开会,便打发小茉莉去找英妹。小茉莉去了郑家老宅没见着人,于是就跑到小白楼来了。

小茉莉突然出现在面前,把郑梅林吓了一跳。小茉莉说,郑先生,我找英妹姐!郑梅林有点慌张,想了想,扯谎说英妹去南乡走亲戚了,过两天就回来。小茉莉听了,也不多问,便告辞了。

事实上,直到这时候,除了郑梅林,还没有人知道英妹被绑架了。郑梅林按照绑匪的要求,不敢跟任何人提起。不过,当小茉莉回到军管会的时候,这事就瞒不住了。

小茉莉回到军管会,在大门口碰上施亚男刚刚散会,便把英妹去南乡走亲戚的事一说。施亚男说,英妹是西乡人,没听说她在南乡有亲戚嘛!正在这时,北门货郎李扁担挑着货担进来,一进门就嚷着报案。小茉莉认得他,说,李扁担,这里是军管会,不能胡说八道的!李扁担说,怎是胡说八道?明明是我亲眼所见嘛!昨个后半晌,我走到三孝巷巷口,发现一个女人被人抢走了,看样子像是郑家老宅的英妹。施亚男问,脂城女人那么多,你怎晓得是英妹?李扁担说,我走街串巷好多年,脂城东西南北,哪家女人没有用过我的针线?英妹那身条,我老远一看就晓得,还有她扎着的那条桃红头巾,北门一带她是蝎子拉屎——毒(独)一粪(份)!施亚男又问,那你为什么现在才来报案？李扁担说，别提了，昨个半路上碰见亲家公，在街边坐下来喝酒，一不留神搞多了！小茉莉想了想，突然说，在小白楼，我问到英妹姐时，郑先生好像有点不对劲，会不会有事瞒着？施亚男越想越不对劲，先把李扁担领到公安处做笔录，然后和小茉莉一起，骑着脚踏车，朝小白楼去了。

来到小白楼，小安庆一见小茉莉，笑道，小茉莉，你这个人真得味，来了走，走了来，这是唱的哪一出？施亚男没心思跟他啰唆，问，郑先生在哪？小安庆说，他刚刚走，给病人送药去了。小茉莉说，不对吧，平时都是病家来抓药，哪有医家送药的？小安庆说，我也纳闷，要那么多毒药，怕是有人得了怪病！施亚男说，那个病人住在哪？小安庆说，不晓得。小茉莉问，郑先生往哪边走了？小安庆说，我在柜台里忙，外头看不见！施亚男晓得问不出名堂，拉起小茉莉就出了药房。

关于郑梅林独自给绑匪送毒药这一情节，何达教授在《梅林春秋》中有详细的记述。不过他把郑梅林描写成一位孤胆英雄，勇闯匪巢，斗智斗勇，如此等等，总脱不了好莱坞黑帮片的影子。比较而言，何修文在回忆录《脂城往事》中的记录较为真实可信，也更符合郑梅林的性格。毕竟，何修文是侦破这桩大案的参与者和见证者之一。

那天，郑梅林提着药，从小白楼出来，叫了一辆黄包车，一到脂河北湾就下车，打发车夫回去。脂河北湾有一片浅滩，半湿半干，滩上乱坟阴森，野狗出没；滩下芦苇丛生，水鸟乱飞，平时少有人来。正值入秋，芦叶变黄，芦花正白，秋风过处，雪花似的在飞舞。郑梅林悄悄蹲下来喘口气，朝芦荡里望去，隐约发现其中有一条船，船舱里时不时冒出缕缕青烟。郑梅林料定，那一定是绑匪所在，英妹一定在那条船上。想到这里，郑梅林心跳加速，突然有了尿意。就在这时，那条船动了，撩开芦苇，慢慢朝岸边划来。快到岸边，从船舱中钻出一个蒙面人，站在船头，冲着树林方向，连击三掌。郑梅林心跳得更快，尿意更急，憋也憋不住，还没等解开裤子，一泡热尿就撒了出来。接着，船上又响起三记掌声，郑梅林顾不上尿湿的裤子，赶紧连拍三声回应。掌声一落，小船箭一样划到岸边，两个男人从船上拖出一个女人。郑梅林看到桃红头巾一闪,料定是英妹,急忙提着药朝那条船走去。

可以想象,郑梅林的狼狈,在绑匪面前一定暴露得一览无余。惊恐之中,英妹不仅仅看到了大少爷尿湿的裤裆,还看到了大少爷发抖的手。郑梅林把药递给绑匪的时候,不敢抬头,手抖得像抽风似的。绑匪接过药看了看,把英妹往岸边一推,一把薅住郑梅林的衣领,像抓鸡似的将他拖到船上。英妹喊着叫着疯了似的扑过去,被绑匪一脚踹倒在岸边草丛中,半天没有爬起来。

多年后,何修文在回忆录《脂城往事》中提及这宗案件时认为,绑匪放了英妹,却掳走郑梅林,明显暴露出这是一条早有预谋的"连环计"。至于为什么要绕着弯子使出这一计,要在案件侦破后才能水落石出。

英妹从脂河北湾跑回城里时,已是傍晚。在军管会公安处,英妹跪在地上,哭着喊着,求军管会赶紧去救大少爷,嗓子都喊哑了。施亚男和小茉莉劝了半天,才让她平静下来。尤万里强压怒火,向英妹保证,只要提供有价值的线索,一定尽快救出郑梅林。英妹毕竟受了惊吓,又急着救她的大少爷,在回忆被绑架的经过时,思路相当混乱。不过,尤万里耐心听完后,结合推测,理出了大致案情。最让尤万里吃惊的是,英妹提供了一条重要线索。英妹一口咬定,当时绑匪在船头商量的时候,一定以为英妹睡着了。英妹清楚地记得,当时还听到几声野鸭子的叫声。

尤万里和众人一起,不禁倒吸一口凉气。匪徒绑架英妹,目的是引出郑梅林,引出郑梅林是为了拿到毒药,拿到毒药是为了在10月1日新中国成立那一天,在脂城四处水井里下毒,制造混乱。至于匪徒放了英妹,是让英妹回来报信;掳走郑梅林,是以防郑梅林给他们假药。此外,英妹回忆说,匪徒一共四人,始终都蒙着脸,但从声音中可以断定,其中一个是季跛子。因为她晓得季跛子说话的声音和毛病。季跛子的嗓子像女人,细声细气,语调忽高忽低。

天色已晚,尤万里紧急召开会议,督办案件。尤万里说,这帮匪徒太猖獗,敢向政府挑战,敢在新中国成立的时候捣乱,你们说怎么办?众人齐声说,火速破案,打击反动派的嚣张气焰!尤万里说,好,光说不练假把式,马上行动!

公安战士马上行动,捋着季跛子这一线索,布下大网。第二天,花五彩的出现,使案件出现转机。那天,花五彩哭着到军管会报案,说她堂子里值钱的东西被人洗劫一空,就连她平时用的铜尿盆也没放过。公安处的同志根据花五彩提供的线索,分析冯汉生可能是这起案件的主谋,但是冯汉生在哪里,花五彩却说不清楚,只晓得前几天,冯汉生常带人来,每趟来都带来成筐的鱼虾下酒,一喝就是大半夜。尤万里甩着空袖管来回走了几趟,突然大叫一声,晓得了!

尤万里所说的晓得了,是晓得冯汉生等人躲藏在哪里了。花五彩提到成筐的鱼虾,这一信息提醒了尤万里。毕竟是表兄弟,尤万里对冯汉生有所了解。冯汉生有个姐夫曾是巢湖一个渔霸,在渡江战役前,因不愿给解放军提供船只,被当地政府抓起来了。其家人曾来找尤万里说情,被尤万里骂了回去。巢湖八百里水面,相对安全,由此推断,冯汉生极有可能躲在巢湖的渔船上。同志们都认为很有道理,个个摩拳擦掌。尤万里当即打电话给巢湖军分区,请他们派汽艇配合。一切安排妥当,尤万里亲自带队出发。

是夜,月黑风高,抓捕行动悄然进行。果然如尤万里所料,在巢湖西北的一条破渔船上,公安战士将季跛子等四名匪徒抓获,郑梅林也成功获救。当然,花五彩被洗劫的东西也被查获,包括那只铜尿盆。其时,匪徒正在用那只铜尿盆煮鱼汤。鱼是白丝鱼,肉嫩汤白,闻起来好香。

此次行动成功解救了人质,抓获了四名匪徒。可是尤万里并不满意,因为那包毒药没有找到,匪首冯汉生也没有落网。尤万里又大骂,又发火,又掏枪,当即下达命令,不惜一切代价,找到那包毒药,抓获匪首冯汉生,既要做到人赃俱获,又要彻底消除隐患,以保证新中国成立时,脂城稳定,百姓安宁。

19　锦旗

郑梅林万万没想到自己被跟踪了,而且跟踪他的竟然是军管会的人。一天换一个,个个都很认真。

自从被解救后,郑梅林对军管会非常感谢,包括对尤万里。郑梅林向来不敢欠人情,私下里打算表示一下心意。在家吃饭的时候,郑梅林就把这事跟英妹说了,英妹也觉得应该,还说至少送个锦旗什么的。可是,就在郑梅林开始张罗感谢军管会的时候,突然发现无论他到哪,都有解放军跟着。本来,郑梅林以为军管会是为了保护他,给他派了保镖,可是慢慢发现,每到一个地方,跟他的战士都要在本子上记录,一旦让他发现,就马上把本子藏起来。郑梅林这才明白,尤万里对自己不放心,派人跟踪他了。

本来,郑梅林想找何修文说说这事,问个究竟,过日子嘛,天天有人跟着算哪回事吗?可是又一想,何修文也是军管会的干部,这事他想必知道,说不定开会表决时,他也举过手。毕竟人家干的是公家的事,各有难处,将心比心,还是不给人家添麻烦为好。不过,有人跟着,心里总是别扭,上茅房蹲坑都担心有人偷看,这样的日子没法过,得亲自去找尤万里谈一谈。尤万里的脾气,郑梅林当然晓得,直截了当跟他谈跟踪的事,肯定闹得不愉快,说不定还惹得他吹胡子瞪眼拍桌子掏枪。所以,郑梅林打算,还是以感谢救命的名义为妥。考虑到解放军的《三大纪律八项注意》,拒绝糖衣炮弹,送钱送酒都不合适,郑梅林采纳英妹的意见,托尹裁缝做了一面锦旗,上绣"人民救星,除暴安良"八个大字,落款是"脂城北门群众郑梅林敬赠"。

何达教授在《梅林春秋》中，关于"送旗感恩"这一情节的描述是："郑梅林先生被解救后，对脂城军管会充满无限感激。为了表达这份纯真的感情，郑梅林先生请人精心制作了一面锦旗，上绣'人民救星，除暴安良'八个大字。在一个晴朗的秋日，郑梅林先生特意带上朱英妹女士，来到军管会驻地城隍庙，在门前燃放了一挂鞭炮，引来众多群众围观。当郑梅林先生亲手把锦旗交到时任军管会主任的尤万里手中时，群众热烈的掌声经久不息。郑梅林先生紧紧握住尤万里的手，激动地说，感谢共产党，感谢毛主席，感谢军管会！是你们给了我第二次生命，我一定在共产党的领导下，为新中国的建设添砖加瓦……"

事实上，那天落了一场秋雨。天没亮就开始下，一直没停过。本来，郑梅林打算一个人去，正好英妹要去军管会合唱队排节目，于是便一起去了。英妹参加合唱队，是她自己做主，郑梅林不反对也不支持，就说了一句话，只要你自己高兴就好，喜欢就留下，不喜欢就回来。英妹晓得，这话的意思是让她去试试，不要勉强。

郑梅林腋下挟着锦旗，打着伞走在前头，英妹打着伞跟在后头。途中碰到几个熟人，郑梅林没提去送锦旗的事，打个招呼就过去了。他们来到城隍庙门口，正要进去，英妹突然想起应该放一挂鞭炮，以示隆重，就让郑梅林等她一下。城隍庙本是求神的地方，周边少不了卖鞭炮的店家，英妹就近买了一挂五百响的鞭炮和一盒火柴，交给郑梅林。郑梅林把鞭炮挂在大门边的小树上，划着洋火上前点燃，鞭炮便噼里啪啦炸开了。鞭炮声在秋雨中有点闷，没有想象的清脆，一团青烟倒是浓浓的。炸到一半，鞭炮一下子哑了。英妹晓得下雨受潮，又上前去点，半天没点着。郑梅林说，算了算了，有个意思就够了，赶紧进去吧。英妹只好作罢，回头看看树枝上半挂鞭炮淋在雨里，觉得好可惜，不禁轻轻叹了口气。可以肯定的是，在整个过程中，没有群众围观。也许因为秋雨带凉，也许因为群众习以为常，总之即便放了半挂鞭炮，也没引来一个人围观。郑梅林什么心思不晓得，英妹自己多少有点失望。

郑梅林和英妹一前一后来到军管会，在门外就听到大殿里正在开会。

郑梅林不便打扰,只好站在屋檐下等散会。英妹要去合唱队排练,打了个招呼便走开了。秋雨秋风秋凉,郑梅林靠在墙上,缩起老颈,看对面屋檐下两只鸟为了一条秋虫打仗。两只鸟一白一灰,白鸟抢过虫子正想独享,灰鸟翅膀一扇飞过来,啄了白鸟一下。白鸟受到攻击自然不服,放下虫子,反过来啄灰鸟。灰鸟机灵,趁机叨起虫子,翅膀一展便飞了。白鸟不服,展翅去追灰鸟。就这样,两只鸟在秋雨中,飞来飞去,看得人头晕。为了一口食,两个小家伙斗来斗去,都是蛮拼的!郑梅林摇摇头,叹了一声。

就在这时,传来一阵女孩子的叽叽喳喳声,郑梅林扭头一看,英妹领着小茉莉来了。小茉莉说,郑先生,施部长请你到我们那里坐坐!郑梅林说,谢了,我还是在这儿等吧。英妹说,施部长这几天又不舒服了,想请你去看看。郑梅林点点头,便跟着去了。

新成立的文工团在后院二殿,一直走就到了。没进门就听见里头欢声一片,郑梅林看了看英妹,说,真热闹,还是这里有意思!英妹笑了笑,说,就是。再往里走,是休息间。施亚男一个人坐在角落里,眉头皱着,无精打采,见郑梅林来了,也不站起来,只是招了招手算打招呼。郑梅林走过去,说,听说你不舒服?施亚男说,好几天了,浑身不得劲!郑梅林在旁边坐下,说,诊个脉吧。施亚男就把手伸过去,郑梅林把了把脉,说,你怕是小肚子痛吧?施亚男点点头。郑梅林说,每月都这样?施亚男又点点头。郑梅林说,不要紧,喝喝姜红糖水,再穿暖和些就好了。施亚男又点点头。小茉莉不懂事,说,郑先生,我小肚子也疼,帮我也看看!英妹说,丫头,你就别凑热闹了!小茉莉说,人家说的是真的嘛!郑梅林说,那好,你也喝姜红糖水嘛!小茉莉说,太好了,我最喜欢姜红糖水!

正说着,听到前院大殿散会了。施亚男说,郑先生,听说你来送锦旗,我陪你去!郑梅林说,一点心意,就不麻烦你了!施亚男说,一起去吧,英妹担心你跟万里同志又吵起来!郑梅林尴尬一笑,看了看英妹。英妹一笑,拉着小茉莉的手,先出门了。

尤万里在城隍庙大殿接见郑梅林,何修文陪同。一见面,尤万里劈头就说,有事快说!施亚男插话说,郑先生来给军管会送锦旗,表示感谢。尤万里看了看郑梅林,又看看何修文。郑梅林说,也要感谢尤司令!尤万里马上警惕起来,问,你这是什么意思?郑梅林说,没有你的领导,案子不会很快侦破,我也不可能回来嘛!尤万里一听,冷下脸来,说,你回来了,不等于案子破了。我跟你讲,主犯冯汉生没抓到,那包毒药没下落,这个案子就不算破!何修文说,尤司令说得没错,刚刚开会还在布置防范呢!郑梅林有点尴尬,一时手足无措。施亚男赶紧解围,说,郑先生,把锦旗拿出来,让大家看看!郑梅林赶紧把锦旗打开,双手递上。尤万里一看就火了,说,搞什么名堂?!我说过,案子没破,有什么好感谢的?!我们共产党干革命,难道就是为了得到感谢吗?!这难道不也是一种糖衣炮弹吗?!

郑梅林捧着锦旗的手僵在那里,自然相当尴尬。何修文打圆场,说,不管怎么说,锦旗代表人民群众的心意,说明人民群众拥护共产党、拥护人民政府,收下吧!施亚男说,收下!收下!尤万里一拍桌子,说,拿走!何修文生怕尤万里脾气上来又要掏枪,给郑梅林递个眼色,示意他赶紧带上锦旗离开。

以上"拒收锦旗"的情节,在何达教授的《梅林春秋》中没有记述,原因不详。不过,在何修文的回忆录《脂城往事》中倒有提及。作为一个离休的老党员、老干部,多年以后,何修文有过深刻反思:"实事求是地说,尤万里同志当年的工作作风是不可取的,甚至是令人反感的,但是也是可以原谅的。那时候,许多在战争年代成长起来的领导干部,身上或多或少都有此类作风。不过,在改革开放的今天,在我们一些干部身上,这种歪风又有所抬头。把霸道当权威,把冲动当血性,把自我当自信,影响十分不好,希望新一代的党员干部引以为戒!"

有意思的是,那面锦旗最终被挂在郑家老宅的堂屋的西山墙上,位置相当醒目。锦旗是郑梅林亲手挂上去的。本来,英妹想帮他,他不让,踩着凳子钉钉子时,没有站稳,跌了一跤,闪了腰。正好郑梅林想躲避跟踪,便让小安庆在小白楼大门上又挂起"因故停诊"的牌子。

借着闪腰的机会,郑梅林躲在郑家老宅不再出门,无聊时看看医案,听听收音机。英妹去送茶水时,还看到过两回,郑梅林把那只小皮箱拿出来,在里面翻找东西。至于找什么,英妹不晓得,也不敢多问。

过了几天,10月1日,中华人民共和国成立。郑梅林从收音机中听到开国大典的实况,由衷地高兴,让英妹扯了一块红布,做了一面五星红旗。第二天晚上,脂城举行群众游行庆祝活动,英妹所在的合唱队在十字街演唱了《国歌》,受到热烈欢迎。郑梅林也去看了,看得还很认真。小茉莉站在头一排,英妹站在最后一排。虽然听不出哪些声音是她们的,但整个唱得都好,断定小茉莉和英妹唱得不错,因此学会了几句,一路唱着回家。途中,郑梅林有意往身后看了看,没有发现有人跟踪,于是觉得轻松许多。

在何修文的回忆录《脂城往事》中,记述了中华人民共和国成立前后脂城生活的巨大变化。由于尤万里部署有方,军管会全体努力,中华人民共和国成立前后,脂城安然无事,一片祥和。新中国成立后,遵照上级指示,脂城成立人民政府,工作重心转移到抓建设、促生产上来。在这段时间,尤万里和何修文终于有时间把婚姻问题提上日程。尤万里对婚姻问题大大咧咧,认为结婚应该一切从简。何修文认为婚姻大事不能草率,从简不等于没有,大小也要搞个婚礼仪式。章织云和施亚男都赞成何修文的意见,少数服从多数,尤万里也只好赞同。四个人在一起商量,婚礼定在新年元旦那一天,两场婚礼一起办。尤万里说,只晓得打仗要集体行动,没想到拜堂也要集体行动!何修文说,这叫革命的集体婚礼!

由章织云联系协调,集体婚礼定在脂城九中小礼堂举行。郑梅林参加了,英妹也参加了。英妹是施亚男邀请的,郑梅林是何修文邀请的。本来,郑梅林不想参加,可又一想,既受邀请,不参加不妥。既然参加,就得送礼,可是尤万里和何修文都是领导干部,送钱送物显然不合适。喜事都图吉利,到底送什么合适?郑梅林想来想去,突然发现西山墙上挂着的锦旗,一拍脑壳,想到一个主意,于是踩着凳子取下来,交给英妹,把上面绣的字拆下来。英妹不晓得他要干什么,又不好问,只好照办。不多时,英妹把字都拆下了,露出一面红堂堂的底子。郑梅林找来白灰,在旗上写下两行字:"跟共产党走,听毛主席话。"写好后,让英妹用黄丝线绣好。英妹不识字,问,做这个搞什么?郑梅林说,送给尤万里。英妹说,听说共产党干部不收礼。郑梅林说,这个礼他非收不可！英妹说,既然给尤万里和施亚男送一面锦旗,那何修文和章织云怎么办？郑梅林说,何修文和章织云都是文化人,家里有一幅西洋画,回头先给他们送去！英妹想想也好,于是便放心了。

元旦那天,脂城下雪了。雪不大,铺在地上,猫狗跑过,爪印处便露出灰秃秃的地皮。英妹一早被小茉莉找去为新娘子施亚男梳妆打扮,郑梅林一个人上街吃了点东西,回家听收音机。快到中午的时候,郑梅林拿着那面锦旗,围上英妹刚刚织好的红围脖,踩着薄雪,朝脂城九中走去。九中是个老学堂,郑梅林倒是轻车熟路,来到九中,直奔小礼堂。远远看见礼堂门口,红旗招展,欢声笑语,寒风中洋溢着一团喜气。郑梅林走进礼堂一看,这个革命的婚礼果然简朴,几张桌子拼在一起,铺上几块红布,上面摆些花生瓜子,如此而已。与其说是婚礼,不如说是茶话会。不多时,外面鞭炮一响,何修文拉着章织云进来了,大家拍手祝贺。众人翘首以盼尤万里和施亚男,等了好一会儿,尤万里一个人甩着独臂跑来,一身军装,别着手枪。何修文说,万里啊万里,又不是打仗,别着枪来搞什么？尤万里说,习惯嘛,没枪心里没底嘛！章织云问,尤司令,你的新娘子呢？尤万里噘着嘴说,人家不干了！何修文说,大家都来了,怎么说不干就不干了呢？章织云说,肯定你又惹亚男生气了！尤万里一挥独臂,说,我没惹她,是她非要让我写保证书,不写就不结婚！何修文问,什么保证书？尤万里说,保证从今往后,不乱发火,不乱骂人,不乱掏枪！大家一听都笑了。何修文说,万里同志,这有什么嘛,让你写你就写嘛！尤万里头摇得像拨浪鼓似的,说,那不能写！写了以后做不到,老子更麻烦！章织云说,怕麻烦就别结婚嘛！尤万里说,这婚老子也不结了！

就在这时,施亚男手里拿着纸笔,由小茉莉和英妹陪着赶到了。尤万里一见,掉头就跑。施亚男脚下灵活,上前拦住,怒冲冲地问,尤万里,你写不写?!尤万里扭过头,一声不吭。施亚男又问,写不写?!尤万里还是不吭声。施亚男说,好,你不写我写。我就写,从今往后,我施亚男跟你尤万里一刀两断,没有任何关系！尤万里一听,急了,说,我写！我写还不行嘛！

施亚男瞪了他一眼,把纸笔递过去。尤万里唉声叹气,趴在桌上写保证书。施亚男在一旁监督,说,字迹要工整,别像鸡挠的一样!尤万里说,老子只能写这样嘛!施亚男接过来看看,点点头,折叠好了,装进口袋,然后笑嘻嘻地挽住尤万里左边的空袖管。尤万里说,那边是空的,挽这边嘛。施亚男说,我挽那边,你拿什么跟人家握手?尤万里一拍脑壳,咧嘴笑了。

因为简朴,所以简短。两对新人各自发表几句讲话,大家一起拍拍手,婚礼结束,然后一起坐下来,吃糖嗑瓜子。郑梅林一直想找机会把那面锦旗送给尤万里,不是那个打岔,就是这个捣乱,总是没机会。又过了一会儿,机关食堂的师傅来了,送来两大桶米饭,一大桶白菜烧肉。尤万里站起来,说,同志们,我声明一下,这顿饭是我和修文同志自己掏腰包的,请大家放心!话音才落,秦德宝和吕玉芝来了,一人提着两坛酒。吕玉芝说,大哥、二哥办喜事,没酒不行!施亚男说,这里没有大哥、二哥,只有同志!吕玉芝说,大哥同志和二哥同志办喜事,喜酒要喝嘛!人家一听,又都笑了。

秦德宝两口子因为来得迟,正好挨着郑梅林坐下。近水楼台,倒酒的时候,秦德宝给郑梅林多倒了些。何修文见大家酒倒好了,站起来说,请尤万里同志讲话。尤万里站起来,看了看施亚男,施亚男摇摇头。尤万里马上坐下来,说,修文同志代表我讲话嘛!何修文也不客气,说,同志们,感谢大家参加我们的婚礼,这是对我们最好的祝贺,也是最大的鼓励。在未来的日子里,我们一定听毛主席的话,跟共产党走,为建设新中国贡献力量!大家热烈鼓掌,郑梅林也鼓掌。尤万里站起来,独臂一挥,说,好,大家喝酒吧!于是,众人举杯庆贺。

郑梅林跟着众人举过几次杯之后,头有点晕了。晕晕乎乎中,郑梅林一直惦记着那面锦旗。恰好这时候秦德宝拉着他一起向尤万里和施亚男敬酒。郑梅林觉得机会来了,端着酒杯来到尤万里和施亚男面前。敬过酒后,郑梅林不走,放下杯子,从怀里掏出那面锦旗,冲着大伙说,同志们,下面请允许我向尤万里同志赠送锦旗!众人没料到还有这一出,正在好奇,郑梅林啪的一声,将锦旗一抖,亮出正面给众人看。众人一看,上面写着"听毛主席话,跟共产党走",一起鼓掌。郑梅林双手把锦旗递向尤万里,尤万里一愣,退后一步。郑梅林说,尤司令,这面锦旗该收下了吧?施亚男说,当然要收下。尤万里一脸尴尬,说,收下!收下!郑梅林酒劲上头,突然搂住尤万里的肩膀,说,尤万里同志,我一直不明白,岳东事件,我受了冤枉,你为什么不为我做证?尤万里说,你自己清不清白,你自己晓得,老子不会给你做证!郑梅林说,尤万里同志,如果我不能证明自己清白,你是不是就不放过我?!尤万里也是红脸汉子,说,是!郑梅林冷冷一笑,突然从尤万里身上抢过枪,对着自己的头。现场一片大乱,何修文过来劝郑梅林冷静,英妹当时就吓哭了。

郑梅林摇摇晃晃,拿枪对着自己的头,一步一步,像唱戏似的逼近尤万里,说,我再问你一次,你不给我做证是不是?尤万里毫不示弱,一动不动,说,是!郑梅林哈哈大笑,说,好!大家都听见了吧?这就是尤万里同志,我当年的结拜二哥!明明晓得我冤枉,他不给我做证,还口口声声说不放过我!今天,在这里,我就成全他!说罢,他就扣扳机,扣了两下没动静。尤万里一直不慌不忙,何修文眼疾手快,上去一把夺下郑梅林手中的枪。郑梅林被撞了一下,向前踉跄两步,一头栽在地上。英妹跑上去,抱着郑梅林,哭喊,大少爷!大少爷!何修文看着手枪,松了一口气,说,好险啊!尤万里倒是坦然,淡淡一笑,说,枪里没子弹!何修文说,不装子弹带枪搞什么?施亚男说,不带枪,他发火时掏什么啊?!

在何达教授所著的《梅林春秋》中,没有提到郑梅林酒后大闹婚礼这一细节。巧的是在何修文的回忆录《脂城往事》中,也没有提及。不知是一种巧合,还是他们共同回避了一些东西。

那天,英妹独自雇车把郑梅林带回郑家老宅,一路上替郑梅林难过。从小在一起长大,大少爷如此失态,这还是头一回。英妹想,心里装了多少委屈,才能把大少爷逼成这样啊?!想到这里,英妹忍不住掉下了眼泪。车夫认得郑梅林,一路上不停地劝英妹,说,好大事嘛,醉嘛,睡嘛,一觉醒来就好了!

回到郑家老宅,英妹服侍郑梅林躺下,陪在床边,寸步不离。到了后半夜,郑梅林醒来,一睁眼就问,我把锦旗送给尤万里了吗?英妹没好气地说,还说呢,抢了人家的枪,指着自己的头,把人家的婚礼闹翻了天！郑梅林一惊,马上坐起来,说,真有这回事？英妹说,得亏你不会使枪,不然你早去见祖宗了！郑梅林后悔不迭,咂咂嘴说,丢人嘛！英妹说,丢人就丢人吧,反正把心里的憋屈吐出来,往后就轻松了！郑梅林揉揉脸,叹口气,说,尤万里无所谓,怪对不起施亚男的！英妹说,世上没有后悔药,已经这样,别多想了！

20　新生活

　　腊月二十三,尤万里从上级开会回来,传达会议精神,在脂城开展一次"大扫除"行动。所谓大扫除,就是消除烟馆、妓馆等旧社会遗留下来的丑恶现象,让脂城父老乡亲过一个干净的春节。新中国,新面貌,新脂城。动员大会上,尤万里挥动独臂,在地图上画了一个圈,说,这就是我们要打扫的第一个目标——九桂塘。会场支起两只大喇叭,左右各一只,尤万里说出"塘"字时,会场产生回响,乍一听像是汤啊——

　　值得一提的是,自从结婚以后,尤万里的暴躁脾气改了不少,不再动不动就发火,也不再骂娘,更没有掏过枪。这归功于施亚男,同志们都这么说。但是,有一点没有改掉,还是说同志们要好好干,把这个任务完成,让我有脸跟家乡的父老乡亲见面!

　　"大扫除"行动开始了,大街小巷贴满标语口号,大喇叭轮番广播,把旧社会的垃圾打扫干净。何修文在回忆录《脂城往事》中,对脂城当时的丑恶现象进行了介绍。那时候,脂城共有公开或半公开的鸦片烟馆100多家,妓馆堂子60多家,另有赌场10余家。为了在春节前完成这项任务,尤万里开会研究,分别部署。其中,施亚男带领一部分同志,负责取缔妓馆堂子,改造妓女。

　　自从"大扫除"行动开始以后,小茉莉突然变得闷闷不乐,不再像往常一样叽叽喳喳专往人堆里钻了。施亚男当然看得出来,抽空找她谈心,问她是不是担心花五彩?小茉莉咬着嘴唇点点头。施亚男说,小茉莉,你现在是革命战士,要坚定立场,和政府保持一致。小茉莉说,晓得!施亚男说,既然晓得,为什么还不高兴?是不是为花五彩担心?小茉莉一下子就哭了。施亚男说,傻丫头,"大扫除"又不是"大奸灭",花五彩她们只要服从政府安排,政府不会不管她们的!小茉莉说,她那么大岁数了,又没别的手艺,将来怎么过日子?施亚男说,没有手艺,有双手吧?只要有双手,就能创造新生活!小茉莉叹口气,说,施部长,我想去看看她,可不可以?施亚男点点头,说,好好劝劝她,现在是新中国,要有新生活!小茉莉说,晓得了!

多年以后,小茉莉面对媒体采访,谈及那次去九桂塘看望花五彩时的场景,记忆犹新。小茉莉说,正是从那天开始,她突然觉得花五彩原来是个可怜的女人,整天涂脂抹粉,都是为了掩饰自卑的内心。同时,小茉莉庆幸自己在十六岁时遇上了好时代,走上了一条通向新生活的光明之路。

那天晚上,小茉莉去九桂塘看望花五彩的时候,还没想好说什么。不过,小茉莉记住了施亚男的话,新中国,新生活。自从加入宣传队,小茉莉跟花五彩断绝了来往,没有回去看过她一次。实话实说,小茉莉不去见花五彩,不等于不想花五彩。虽说小茉莉晓得了自己的身世,但在心底里还是把花五彩当亲人看。生恩没有养恩重,这话说到小茉莉的心里了。在宣传队,小茉莉不止一次梦到小时候的情景。那时候,花五彩尚有姿色,行走坐卧有模有样,小茉莉一直拿她当榜样。后来,小茉莉长大了,见了世面,心里有了自己的主张,花五彩的做派她就看不上了。小茉莉想,花五彩入了这行,未必是她心甘情愿,说到底还是为了一张嘴。想一想,她确实是个可怜人!

临行前,小茉莉换上一身新军装,扎上武装带,看上去英姿飒爽。途中,小茉莉特意拐到陶记买了两斤瓜子,她晓得花五彩喜欢。小时候,小茉莉不会嗑瓜子,花五彩就把她抱在怀里,让她张嘴。花五彩嗑出一个瓜子仁,往她嘴里放一个,一个接一个,像大鸟喂小鸟一样。等到长大后,小茉莉就不愿吃花五彩嗑的瓜子了,因为看不惯花五彩靠在大门口,一边吐着瓜子壳,一边与男人插科打诨的样子。小茉莉想过,花五彩如果不那样多好!

来到九桂塘巷口,眼前的一切既熟悉又陌生,当年的繁华不在,留下一片冷清。小茉莉有点犹豫,有意慢下脚步,抬头看见花五彩的堂子门前挂着灯笼,灯笼上一个"花"字,心里一阵翻腾。这曾是她多么熟悉的生活,如今竟觉得陌生抵触了。小茉莉不是忘恩负义的人,晓得是那盏灯笼和那个挂灯笼的人养大了她。这是事实,也是命运,虽然残酷,却不可回避。小茉莉轻轻叹了一口气。不过,小茉莉马上想起此行的目的,为了给自己打气,她在心里唱起《解放区的天》,唱到第二段的时候,觉得有底气了,这才紧走几步,上前推门。

堂子里冷冷清清,冒出一股逼人的寒气。灯光昏黄,花五彩裹着一条毯子,独自蜷在那张旧躺椅里,不知是在打瞌睡,还是在回忆,总之静得出奇。小茉莉上前叫了一声,妈姨。花五彩闻声,慢慢睁开眼,转过脸来,露出一脸的皱纹。小茉莉一阵心疼,又叫了一声,妈姨!花五彩像被电了一下,马上站起来,说,小茉莉,是你吗?小茉莉说,是我。花五彩笑了,说,阿弥陀佛,伢哩,妈姨刚刚梦到你,你就来了!小茉莉上前拉住花五彩的手,在她身旁坐下,把那包瓜子递给她。花五彩眼睛有点老花,问,这是什么?小茉莉说,瓜子。花五彩闻了闻,笑着说,是陶记的吧?小茉莉说,晓得你喜欢,特意买了两斤。花五彩拉着小茉莉的手说,回来就好,买什么东西嘛!小茉莉抓了一把瓜子放在花五彩手里,花五彩手有些抖,撒了一地,弯腰去捡时,险些跌倒。小茉莉扶她坐下,嗑开一个瓜子,把瓜子仁递给花五彩。花五彩接过去,放进嘴里,笑了,说,嗯,好香!

一阵冷风过堂,花五彩咳了几声。小茉莉起身去找火桶,一摸冰凉。花五彩说,没炭了。小茉莉说,大冬天没炭怎么过嘛!花五彩叹口气,说,将就吧!其实小茉莉不晓得,花五彩想省下炭钱也是迫不得已。之前,花五彩上了冯汉生的当,多年的积蓄被骗一空,家里几样值钱的家当也被抢了,得亏解放军帮她追缴回来一些,不然怕是早就揭不开锅了。

小茉莉坐回花五彩身边,忽然想起小时候,冬日里和一群堂子的姑娘围着火桶欢闹的情景。那时候,花五彩和姑娘们把她当成宝贝,让她唱戏。

小茉莉跟花五彩学过戏,黄梅调、小七戏、京戏,样样都会,身段眼神拿捏得有模有样。小茉莉不怯场,大大方方地唱,唱一段,姑娘们亲她一下,唱完了,小脸蛋上一层红红的胭脂印。

寒风吹动门外的红灯笼,发出咯嗒咯嗒的响声,越发显得凄凉。花五彩说,小茉莉,听说要"大扫除",你可晓得?小茉莉嗯了一声。花五彩叹口气,说,唉!这辈子没活成个人样,扫就扫吧,就当垃圾,埋了沤了才好啊!小茉莉说,不是扫掉,是开始新生活!花五彩呵呵苦笑两声,说,新生活?新不新也无所谓了,活一天算一天吧!小茉莉说,人民政府打算把你们组织起来,开一个感化习艺所,在那里能学到好多东西!花五彩愣了一下,说,人的命,天来定,一把年纪,学不学也无所谓了。小茉莉说,妈姨这么聪明,一定能学好的!花五彩突然冷下脸,说,我要是聪明,哪会走到这步田地?!小茉莉晓得再多说也没用,于是便不吭声了。

花五彩搓搓手,说,今年冬天好冷啊!小茉莉说,我去巷口买炭,帮你生个火桶吧。花五彩说,别费钱了,上床就暖和了!小茉莉扶着花五彩进里屋上床。花五彩指着另一间说,你看看,那是你的床,还是原来那样。小茉莉伸头看了一眼,果然,心头不禁涌上一股温暖。

花五彩上床躺下,小茉莉为她加了一床被子。花五彩说,晓得你要走,就不留你了,赶紧回去吧。小茉莉本来想留下陪花五彩一夜,听她这么一说,倒不好办了。花五彩说,你是在这里长大的,多看几眼,往后就别来了!小茉莉说,想你了我就来!花五彩说,别来!你是公家人,这不是你来的地方!小茉莉叹口气,只好转身出去。花五彩说,出门顺便把门口的灯笼吹灭吧,白费油!小茉莉说,晓得了。

小茉莉深夜探母的故事,后来被何修文写成文章,刊登在《脂城日报》上,题目叫《小花探母》,目的是配合"大扫除"行动。文章讲述了一个在妓院长大的姑娘小花,不满丑恶的生活,毅然与做老鸨的养母决裂,参加了革命的故事。新中国成立后,开展"大扫除"行动。为了让养母改过自新,小花用心良苦,劝养母从良。养母大受感动,决心改过自新,靠自己的双手创造新生活。文章一出,又像当年的《丫鬟翻身把歌唱》一样,影响巨大。

郑梅林从报上看了这篇文章，对何修文有点不高兴，觉得他老写这种文章实在无聊。不像真的，又不像假的，不晓得像什么。不过，郑梅林明白，人家有写文章的自由，于是便忍了。

英妹晓得这事，是小安庆跟她说的。小安庆说，人家都说小花就是小茉莉。英妹说，小花就是小花，怎么是小茉莉呢?! 小安庆说，人家都说是，那就是！英妹说，那我说你小安庆就是小猫小狗，你就是小猫小狗?! 小安庆笑了，说，姐啊，骂人搞什么？英妹说，找骂！小安庆挠挠头，又笑了。

小安庆最近老往郑家老宅跑，英妹问他到底有什么事，小安庆忍不住，终于开口，说他不想在药房干了。英妹吃了一惊，问，干得好好的，你想搞什么吗？小安庆说，我想参军！英妹又一惊，说，大少爷可晓得？小安庆摇摇头说，就是不好跟大少爷开口！英妹说，死安庆，鬼得很，是不是想让我帮你说？小安庆笑了，说，哪叫你是我姐呢！英妹说，我帮你说可以，可不保证能说成。小安庆说，只要你说，一准能成。英妹说，你怎么晓得？小安庆说，大少爷听你的！英妹拍了他一下，说，不许胡说！小安庆说，本来就是嘛！英妹又要打，小安庆笑着跑开，回头又说，拜托姐姐了！英妹望着他说，去去去！我才不帮你说！

正如小安庆所料，英妹把小安庆想参军的事一说，郑梅林当即就同意了，说年轻人出去见见世面也好。英妹没料到郑梅林答应得那么爽快，不禁后悔。小安庆一走，小白楼少了一伙计，大少爷一个人能忙过来吗？多年以后，何达教授在《梅林春秋》中，提到郑梅林积极支持国防建设，忍痛割爱，把培养多年的助手小安庆送到部队参军，培养了一个英雄。当然这是后话。

说起来，小安庆家跟郑家确实有点渊源。小安庆的爷爷老安庆曾在郑家茶庄做过多年的掌柜。郑家茶庄被盘掉后，老安庆回了老家，小安庆长大后，正好郑梅林开药房，老安庆就把小安庆送来了，对郑梅林说，这孩子三岁没了爹娘，如今我老了，帮不了他。从今往后，小安庆交给大少爷，该打就打、该骂就骂，就把他当成自己的孩子吧。郑梅林念及两家世交，又一向尊重老安庆，就把小安庆留下了。老安庆临老托孤，自然心诚，当场命小安庆跪下。小安庆机灵,扑通一跪,连磕三个响头。平心而论,这么多年,郑梅林对小安庆不薄,把他当作自己家人。小安庆也识好歹,对郑梅林一直忠心耿耿。然而,毕竟年轻好热闹,小安庆看着好多年轻人当兵扛枪,心里酸溜溜的,只是不敢跟郑梅林开口。不得不说,小安庆最后下决心离开药房去参军,还是因为小茉莉。小茉莉每次来小白楼,都穿着军装,妩媚之中透着一股英气。小安庆暗中喜欢小茉莉,做梦都是跟小茉莉在一起。小安庆想来想去,要想跟小茉莉在一起,窝在药房肯定没机会,最好是参军。要想参军,就得大少爷同意,要想大少爷同意,最好找英妹帮忙,最后果然就圆梦了。

郑梅林在淮上酒家摆了两桌酒席,庆贺小安庆参军,说这是郑家的喜事。酒席上,郑梅林又喝多了。不过这一回没有闹事,只是不停地笑。英妹怕他醉了,让小安庆偷偷往他杯子里掺水。郑梅林酒醉心明,拉着小安庆的手,送他两句话:一是当兵不像学手艺,打枪打仗,凡事自己小心!二是既然当兵,就当个好兵,不能忘了根本,也好让你爷爷放心!小安庆似懂非懂,只顾点头。英妹本来也想说两句,想了想,该说的都让大少爷说了,便不说了,帮小安庆整衣领时,随手在小安庆的耳朵上轻轻揪一下,说,记住大少爷的话!小安庆咧嘴一笑,说,晓得了!

小安庆入伍时,已是来年的春暖花开时节。城防司令部正好征兵添员,小安庆成为城防司令部的一名战士。这个安排让小安庆暗自欢喜,因为从此可以天天见到小茉莉。文工团就在司令部大院,小安庆天天见到小茉莉,倒也不难。其实,小安庆的好运还不止这些。尤万里见小安庆聪明机灵,一眼看中,说,小鬼不错嘛,当我的警卫员吧!于是,小安庆从郑梅林的伙计,摇身一变,成为尤万里的警卫员。

21　感化所

施亚男小产了,事情发生在针织厂。

得知这一消息时,郑梅林正在药房教英妹抓药。小安庆参军前,担心自己走后,药房一时找不到合适的人手,就跟郑梅林推荐英妹。郑梅林晓得英妹平时帮药房切药晒药,熟悉不少药名和药性,便把英妹叫来顶缺,不一定抓药,看看门总还可以。英妹虽说不识字,但天生记性好,只要大少爷说过的,都能记住,因此勉强称职。郑梅林缓了急,英妹有事可做,一举两利,各生欢喜。

那时已过夏至,风稀云薄,烈日当头,小茉莉跑到小白楼时,一头一脸的汗,一绺刘海粘在白白的额头上。英妹给小茉莉倒杯水喝下,小茉莉把事情前前后后一说。"大扫除"行动结束后,全城清理出妓女六七十人,老中青都有。脂城人民政府为此专门成立感化习艺所,对她们进行改造。施亚男受命负责此事,从文工团抽调了几个女同志配合工作,小茉莉就在其中。施亚男做事一向认真,不愿服输,为此动了不少脑筋。为了不引起妓女们反感,施亚男给感化习艺所起了一个新式名字叫"新生连",意思是在这里可以获得新生。新生连下设两个排,一排三个班。所有的妓女都是学员,学员之间互称姐妹。施亚男亲自担任连长兼一排排长,小茉莉任二排排长。为了方便照顾,施亚男有意把花五彩编在二排。小茉莉晓得施亚男用心良苦,自然心存感激。

"新生连"成立后,一时找不到合适的地方。情急之下,施亚男想起北门针织厂有空闲厂房,独门独院,又不在闹市,适合集中管理,于是就去找秦德宝商量,由政府出资租下。因为上回的事,秦德宝再也不敢擅自做主,就把这事跟郑梅林说了。郑梅林想得开,办感化所是政府做好事,应该支持。秦德宝说,反正是淡季,厂子的事倒不耽误。郑梅林就说,厂房闲着也是闲着,租金就不要了,就当支持政府嘛!于是,事情就定下了。吕玉芝听说这事,对秦德宝埋怨,说,政府给钱,为什么不要吗?政府租别人的地方,不是也要花钱吗?!秦德宝吃过女人当家的亏,这回说什么也不敢听她的,说,这事三哥做主!吕玉芝说,三哥呆吗?他嫌钱多扎手啊?!

施亚男万万没有想到,管理这群女人并不容易。自从"新生连"搬到针织厂后,大事小情,层出不穷,事事不顺。新生连集结后,借鉴其他城市的经验,专门从部队抽调医务人员,对学员进行体检,以防交叉感染。体检当然要脱衣服,这帮女人一听,一致反对,一个个死攥着衣襟,说羞死人嘛,好好的身子给人家摆弄,死也不干!施亚男苦口婆心,一再劝说,体检是为了大家健康着想,查出毛病,马上治疗,这是好事。学员们不领情,都说自己没有病。还说,姐妹们的身子,不是随便动的,动动是要花钱的!

施亚男本来就有脾气,见来文的不行,下命令动武。这群女人在风月场上混迹多年,自然不怕,行动之中,推推搡搡,在所难免。施亚男在战火中摸爬滚打出来,对付这些女人绰绰有余,因此一排的体检当天结束。小茉莉没经过世面,又遇上一帮女人耍赖,一时束手无策,两天下来,二排没有一个人体检。施亚男晓得小茉莉手段少,出手帮忙,点名让花五彩带头。花五彩为难半天,不敢站出来。施亚男料定其中定有隐情,把花五彩叫到办公室做工作,说,花五彩,你应该带头嘛,支持小茉莉的工作,就是心疼她嘛!花五彩说,不是我不愿意,是姐妹们商量好了,哪个带头,就撕烂哪个的脸!施亚男问,这话是哪个说的?花五彩又一番为难。小茉莉急了,说,妈姨,有政府撑腰,你怕什么吗?!花五彩想了想,说,春香院的小桃红。小茉莉一听,说,就晓得是她!施亚男问,你认得她?花五彩说,脂城这个圈里,哪个不晓得春香院的小桃红?当年为了争客人,她带人闹上门来,差点把我的堂子砸了!小茉莉说,这个小桃红鬼得很,怕是不好惹!施亚男笑了笑,说,好嘛好嘛,我来见识见识!

实话实说,因为事先做了摸底工作,施亚男降服小桃红采取了策略。她先把小桃红找到办公室谈心,对小桃红一番夸奖之后,希望她支持政府工作。小桃红果然鬼精,当面不抬杠,说只要有人带头,她马上跟着上,保证不拖后腿!施亚男说,那好,政府相信你!小桃红说,请政府放心!

一声哨响,小茉莉把二排集合起来,点名过后,施亚男讲话,晓之以理,动之以情,之后点名,叫道,花五彩出列!花五彩马上站出来。施亚男说,花五彩,进去体检!花五彩回头看了看小桃红,小桃红咬牙切齿,冲她做了一个抓挠的动作。花五彩有点怕,对施亚男说,我要上茅房!学员们一阵哄笑。施亚男大喝一声,安静!队列安静下来。施亚男说,花五彩,进去,里面有马桶。花五彩还是不进去,说,我我我……小茉莉急了,上去拉住花五彩,一把将她推进去。小桃红喊,姐妹们,你们都看见了,花五彩坏了规矩,回头撕烂她的脸!学员们一阵附和,个个都说撕她脸。小桃红洋洋得意,把肥胯一扭。

就在这时,施亚男大声喊,小桃红,出列!小桃红怕是没想到,愣了一下。施亚男又喊,小桃红出列!小桃红拉下脸,上前一步,胯子扭了两下。小茉莉说,小桃红,规矩点!小桃红一听,冷冷一笑,说,姐妹们,都听见了吧?小茉莉她小嘴一搭,让咱们规矩点。我倒是要问问,你小茉莉在花五彩的堂子里学到什么规矩?哼!一个雏儿,还教人规矩,呸!小茉莉气得脸一阵红一阵白,眼泪都出来了。施亚男赶紧喝道,小桃红,我命令你进去体检!小桃红说,政府《三大纪律八项注意》,政府做事要公平,要我体检也可以,她小茉莉也得体检,明明她也是从堂子里出来的嘛!众学员说,是啊,都是一样的,凭什么她小茉莉换身衣服就特别了呢?!小茉莉又气又恼,一时红了眼,上前去拉小桃红。小桃红人高马大,小茉莉竟没拉得动。施亚男见小茉莉处在下风,怕镇不住其他学员,赶紧上去帮忙。不料小桃红性子烈,一晃身子,随手一推,将施亚男推得连连后退,偏巧地上有个台阶,台阶后有一个坑,施亚男身子一歪倒了下去,只听一声大叫,我的肚子!

在何修文的回忆录《脂城往事》中,有关于脂城妓女改造的文字,虽记述简略,却提到小桃红的例子,反映人民政府对这一特殊群体改造的决心和付出的努力,同时也提到施亚男为了改造妓女流产的事,不过没有指名道姓,使用的是"某位女干部"。

那天,小茉莉和英妹一起,陪着郑梅林来到新生连时,施亚男脸色煞白,唇无血色,一身虚汗,下面见红,越来越多。毕竟行医多年,郑梅林见过好多小产孕妇,处理保胎自有经验,可是把过施亚男的脉之后,郑梅林竟然有点慌张。从脉象上看,革脉出现,浮大搏指,外坚中空,如按鼓皮,有亡血失精之象。又见散脉,举之浮散,按之则无,来去不明,漫无根蒂,是为"扬花散漫飞"之象,恐有堕胎之虞。

小茉莉见郑梅林脸沉下来,晓得不好,把他拉到门外,问,郑先生,施大姐要不要紧?郑梅林叹口气,说,大人没事,胎儿不保!小茉莉一下子急哭了,说,想想办法嘛!英妹安抚小茉莉,让她不要着急。郑梅林又叹口气,道出诊断详情。综合来看,施亚男怀孕五个月左右,因平时工作劳累,又没注意营养和休息,以致气血两虚,冲任不固,胎元失养,小产是必然的事,只不过因小桃红一推摔倒,提前而已。小茉莉一听,气得要找小桃红算账。英妹赶紧拦住劝道,再惹出麻烦来,施大姐岂不更生气?!

就在这时,施亚男喊郑梅林进去,也许早就料到结果不好,只问一句,胎儿保不保得住?郑梅林摇摇头。施亚男向来要强,硬撑着站起来,对小茉莉说,传我的命令,二排今天体检全部完成,哪个不干,绑也把她绑去!小茉莉得到命令,马上吹响哨子,二排再次集合,小茉莉头一个点名叫小桃红。小桃红早听说施亚男被摔小产了,吓得一直不敢吭声,乖乖地去体检了。其他人见小桃红都服软了,也不再纠缠,纷纷排队了。

郑梅林临走时,给施亚男开了一剂滋补调养的方子,回到小白楼配好药,让英妹给施亚男送去,并一再叮嘱,施亚男身子太虚,务必坐好小月子,不然以后再想生育恐怕就难了。英妹晓得轻重,送药的途中,拐到菜场买了一只乌鸡,带去给施亚男补身子。见到施亚男时,英妹拐弯抹角地把郑梅林的叮嘱说了,施亚男心里明白事情严重,嘴上却说不要紧,大不了不生嘛!

尤万里得知施亚男小产,是在七天后。

半个月前,上级紧急召开军事会议,布置战备。许久没打仗,尤万里一听说打仗,兴致勃勃,出行前专门跑到脂河北湾尤家祖坟地,给爹娘上坟,说马上要打仗了,没工夫来看望二老,等打完胜仗,带你们的大孙子来磕头!

确实要打仗了。何修文在《脂城往事》中有这样一段记述:"朝鲜内战爆发后,美国操纵联合国安理会,组织所谓的'联合国民党军队'发动了侵略朝鲜的战争,并将战火烧到鸭绿江边,同时派第七舰队侵入我国台湾海峡。毛主席和党中央号召全国和全世界的人民团结起来,进行充分的准备,战胜美帝国主义的任何挑衅。"

会议之后,尤万里带上警卫员小安庆马上回到脂城,也不回家,径直到司令部落实战备工作。尤万里做事向来雷厉风行,一边让小安庆通知开会,一边打电话找施亚男,问她肚子里的儿子是不是听话。没料到电话一通,施亚男上来就是一句,对不起!尤万里哈哈大笑,说,哎呀,太阳打西边出来了嘛,施亚男同志什么时候变得这么有礼貌啊?施亚男啜泣几声,说,小产了!尤万里不相信,又问一遍。施亚男大叫一声,小产!说完,她就把电话挂断了。尤万里蒙了一会儿,明白过来,突然拍起桌子,骂起娘来。小安庆不清楚原因,以为自己做错了什么,吓得不敢吭声,站在一旁检点自己。尤万里疯了一样,掏出枪来,顶上子弹,冲着门外一只咸菜坛子,嘣嘣就是两枪,一边开枪一边骂,老子跟你没完!

多年以后,何修文在回忆录《脂城往事》中提到,从那以后,尤万里的暴脾气又犯了,动不动就发火,一发火就骂人,最后还忘不了掏枪。这个毛病再犯,是施亚男流产造成的。为此尤万里还挨过批评。当时,脂城各级党组织按照上级的指示,一边备战,一边开展整风,主要批评党员干部中存在的居功骄傲情绪和命令主义、官僚主义作风。每次会上,尤万里都认真做自我检讨,一散会老毛病就犯。这时,何修文已任脂城市委书记,负责整风工作,找尤万里谈话,让他忍一忍。尤万里说,老子忍了,就是忍不住嘛!何修文说,万里同志,你是领导干部,不做表率,我怎么管别人啊?!尤万里眼睛一翻,说,你睁只眼闭只眼嘛!何修文晓得尤万里改掉老毛病很难,又拿他没办法,只好睁只眼闭只眼了。

"新生连"的感化教育为期四个月,因为施亚男和小茉莉等人用心,效果良好。经过考核,所有学员全部合格结业。在"新生连",施亚男给学员们安排好多实用课程,有缝纫、针织、刺绣、文艺、护理等等。花五彩学的是缝纫,小桃红学的是护理。两个人学得都不错,结业时都得了奖状。改造结束后,施亚男邀请尤万里和何修文参加结业典礼,给获得新生的学员讲讲话,鼓鼓劲。何修文答应了,尤万里没答应。尤万里当时正忙于战备,说,一帮小娘们的事,我不去!何修文左哄右劝都没有用。章织云说,万里同志,哪个不去都说得过去,你不去就说不过去!尤万里说,还有这道理?章织云说,那可是你老婆施亚男几个月的心血换来的!尤万里一听,愣了一下,想了想,这才答应了。

结业典礼在针织厂东仓库举行。有一群女人参与,场面布置免不了热闹花哨,花花绿绿,彩带乱飞。尤万里一进来,四下一看,对何修文感慨,说,乖乖!这比咱们结婚还阔气嘛!何修文打趣道,要不再结一次婚?!尤万里说,我倒是想,就怕亚男不同意!施亚男和章织云正好跟在后头,施亚男马上接过话说,哼!尤万里,只要不跟我,随便你跟谁,我都同意!尤万里晓得惹了麻烦,连忙去哄施亚男。施亚男也不客气,暗暗在他大腿上拧了一把,疼得尤万里龇牙咧嘴,竟没吭一声。

典礼正式开始,主持人小茉莉请所有学员列队登台,跟领导同志见面。经过四个月的感化改造,学员们大多已祛除风月场上的痕迹,只偶尔在眼神里还能看出曾经的蛛丝马迹。何修文一边看一边说,亚男同志有本事,这些人能改造出来,立了大功嘛!尤万里说,我老婆嘛!施亚男又在暗中拧了他一把。这时候,小茉莉点名介绍学员,介绍前面几个时尤万里老是走神,在小茉莉报出"小桃红"的名字时,尤万里突然一拍桌子,腾地站起来。施亚男不晓得他哪根神经出了毛病,拉他坐下。尤万里不坐,大声喝道,小桃红,出列!小桃红一脸愕然,怯怯地向前走两步。尤万里冷着脸说,你就是小桃红?小桃红点点头。尤万里一瞪大眼,说,是你把亚男摔小产了,是不是?!小桃红直打哆嗦,连连道歉,说,我,我,我不是故意的嘛!尤万里不听解释,突然掏出枪。小安庆眼疾手快,一个前扑冲上去,将尤万里的手腕高高举起,只听啪的一声,房顶被打出一个大窟窿。场面顿时大乱,小桃红早就瘫在台上起不来了。

22 栀子花

在《脂城往事》中,何修文回忆了尤万里那次在针织厂掏枪走火的前前后后。当然,主要是谈后果。据何修文回忆,在民主生活会上,尤万里做了口头检讨,辩称自己当时掏枪只是为了吓唬小桃红,并非真想崩了她。按理说,尤万里的解释基本合理,检讨还算真诚,不过会议还是决定给他一次严重警告处分,并没收了那把枪。决定一宣布,尤万里心里很不痛快,无精打采,见人就躲着走。就在这时,军区下达命令,让尤万里以脂城城防司令部为主体,组建中国人民志愿军新编团,准备抗美援朝。尤万里顿时兴奋异常,又看到他挥着独臂在大院里吆喝了。

当晚,尤万里回到家跟施亚男炫耀,说他马上要去抗美援朝了,没想到施亚男并不高兴,逼他去给小桃红道歉。尤万里一听就毛了,老子在民主生活会上检讨了,也受了处分,还要给她当面道歉,没门儿!施亚男说,你不去道歉,就不许上床睡觉!尤万里独臂一挥,不上床就不上床,老子睡过战壕,睡过野地,睡睡地铺没什么关系,就当忆苦思甜了!施亚男被逼无奈,使出绝招,说,尤万里,就你这态度,不像党员作风,我马上打电话向军区老首长告状,让他取消你去参加抗美援朝的资格!尤万里晓得施亚男向来说到做到,马上弯腰哄她,答应第二天去给小桃红当面道歉。

"新生连"结束后,大多数学员无家可归,依然住在针织厂,小桃红也在。尤万里带着警卫员小安庆来到针织厂,秦德宝和吕玉芝迎上来,请他到办公室喝茶。尤万里急着跟小桃红道歉,完了好去跟施亚男交差,便让秦德宝带他去见小桃红。秦德宝说,那里住的都是女人,你不能去。尤万里只好请吕玉芝去叫小桃红,一再叮嘱,千万不要说尤万里见她。吕玉芝说声晓得,便去了。

秦德宝问,二哥,你找小桃红搞什么?千万不能再闹事了!尤万里说,我哪敢闹事嘛,是施亚男逼我来道歉,烦死了!秦德宝说,哼哼,这回晓得有老婆麻烦吧!尤万里说,早晓得老子不结婚!小安庆捂着嘴偷笑,却被尤万里发现了。尤万里说,小鬼,我警告你,这话千万别让施亚男晓得。她身子还虚着呢,受不了气!秦德宝说,二哥,你心疼老婆,心比针鼻儿还细嘛!尤万里叹口气,说,男人嘛,贱嘛!没她想,有她烦,还能怎么办?小安庆说,首长放心,我什么也没听见!秦德宝说,瞧,这小家伙鬼精!

小桃红跟着吕玉芝来了,两个女人有说有笑。尤万里马上部署,说,小安庆,你配合我,等小桃红一到,我就冲上去,跟她说声对不起,然后咱们转身就走!小安庆说,晓得!正说着,吕玉芝在门口说,小桃红来了!尤万里立马站起来迎上去,小桃红抬头一看是尤万里来了,魂都吓飞了,扭身撒腿就跑,一边跑一边喊救命。战术部署被打乱,尤万里有点遗憾,命令小安庆,追上去,拦住她!小安庆不一会儿就追上小桃红,伸开双臂拦着,一边拦一边喊,司令,快来呀!司令,快来呀!尤万里小跑着来到小桃红面前,深深一鞠躬,说,小桃红,对不起!说完,他冲小安庆一招手,命令道,撤!

小桃红站在那里,愣了半天才明白过来,原来尤万里不是来要命,而是来道歉,于是长长舒了一口气。望着尤万里那条飘荡的空袖管,小桃红心中暗想,原来独臂男人更像男人嘛!

脂城中国人民志愿军新编团组建工作紧锣密鼓,战斗人员基本到位,救护人员尚有缺口,尤万里下令在全城征召,两天下来,结果并不理想。报名者倒是不少,只是都不懂救护。尤万里着急上火,又便秘了。施亚男也为他着急,来到新生连,问大家有没有人愿意参加志愿军抗美援朝。没想到,头一个举手报名的竟是小桃红。小桃红带头,众学员纷纷举手。施亚男挑了几个年龄、身体等条件合适的,带到征兵处。尤万里兴奋得不得了,赶紧跟众人一一握手。轮到小桃红时,尤万里愣了一下。小桃红倒是大方,主动握住尤万里的手。施亚男看在眼里,心中暗想,这个小桃红,还得改造!

尤万里率部出征前,吕玉芝提出请尤万里吃顿饭,算是给他饯行。秦德宝觉得有道理,可是对于到底请不请郑梅林犯了愁。如果不请,没有不透风的墙,万一让三哥晓得,面子上过不去。毕竟曾经都是兄弟,又合伙办厂。况且尤万里去抗美援朝战场,子弹不长眼,也许这一去便是永别,不见最后一面实在可惜。可是话又说回来,三哥跟二哥尤万里不对付,万一当场又干起来,岂不是好事办成坏事?吕玉芝说,请还是要请,不过要挑明哪些人参加。三哥要是觉得能来,自然会来;不能来,他也识趣!再说,既然二哥来,施亚男也会来。有施亚男在场,肯定镇得住,咱们哪个也不得罪!秦德宝一拍大腿,就这么办!

说来也巧,英妹听说小安庆要跟尤万里一起赴抗美援朝战场,多少有点担心,就跟郑梅林说了。郑梅林天天看报听广播,晓得战况时局,自然也有几分担心,却劝英妹不要担心,说吉人自有天相,好人自有好报。英妹说,我想在他出发之前,请他吃顿饭,也是一番心意。郑梅林说,将士出征,以酒壮行,是个好主意,你安排吧!英妹说,不管怎么说,小安庆也算半个郑家人。都是自家人,还是在家里办吧。郑梅林说,那就在家里办!

秦德宝跟郑梅林说请尤万里的时候,英妹已经把请小安庆的事定下了。郑梅林想了想,说,这顿饭我来请,小安庆是尤万里的兵,将来还得承蒙他关照,我请他也合适。秦德宝也觉得有道理,不过担心以郑梅林的名义请,尤万里不参加。郑梅林也觉得有难度,一时犯了愁。英妹笑笑说,好大事,只要把施大姐请来,尤司令就会来!郑梅林一听,也有道理,让秦德宝不妨试一试。秦德宝答应下来,于是就定下了。

何修文在回忆录《脂城往事》中,记录了在郑家老宅的这一次聚会,并将其称为"鸿门宴"。从文中可以看出,何修文的意思并不是说谁想谋杀谁,而是说这次家宴背后充满玄机。综合英妹等人后来的回忆,大致可以断定何修文所说基本属实。

正如郑梅林所料,英妹去请施亚男,施亚男当场就答应了。还没等英妹说请尤万里,施亚男就说,到时我跟万里一起去!何修文和章织云是郑梅林邀请的,都答应了。秦德宝两口子晓得这事,自然少了邀请的麻烦。

那天,最早来到郑家老宅的是小茉莉。小茉莉是英妹请来帮忙的。毕竟这次聚会人多,从买菜到洗刷,从烹炒到布席,纵有三头六臂,一个人也忙不过来。说起来,小茉莉并不是头一回来郑家老宅,四下一看,连连说好地方。其实,为了这次请客,英妹辛苦了两天,把屋里院内拾掇得干净得体。正是菊花开时,英妹特意买回几盆,摆在几个窗台上,既添几分雅致,又闻一院菊香。

在西厢房的窗台上,除了那盆栀子,并没有摆放菊花。小茉莉随口说道,这西厢房窗台上怎么只有栀子,不放菊花?英妹笑了笑,说,有栀子花,还放菊花搞什么吗?小茉莉说,栀子不是开花的季节嘛!英妹说,栀子在开花呢,你看不见?!小茉莉有点糊涂,说,明明没开,你非说开了,哄我嘛!英妹嗔怪道,小丫头,就喜欢抬杠,还不过来帮忙!小茉莉这才想起,自己不是来抬杠的,是来帮忙的。

到了掌灯时分,客人陆续到来。尤万里头一回没有迟到,扶着施亚男提前来到。一向提前的何修文和章织云迟到了,好在不是太迟,和秦德宝两口子前后脚都到了。众人一坐下来,英妹就过来问,要不要上菜?郑梅林说,等一等,先喝茶。何修文正好口渴,说,先茶后酒,这是新规矩!于是众人一起喝茶。喝着喝着,郑梅林站起来,说,施亚男同志,趁着没喝酒,我想跟尤万里同志先谈谈事,你不会见怪吧?施亚男说,你们谈,谈不拢,我可以帮忙嘛。尤万里腾地站起来,说,郑梅林,来了不喝酒先谈事,早晓得老子不来了!施亚男扯住尤万里的空袖管,像拉灯绳一样轻轻一拉,尤万里乖乖坐下了。郑梅林说,为了避免闹不愉快,所以还是在喝酒前把话说开为好!说开了,再喝酒,大家都痛快!何修文和秦德宝说,对对,先说,后喝!

郑梅林起身,从里屋拿出那只小皮箱。小安庆眼尖,一眼就认出来,扭头看了看英妹。英妹也认出来,也不吭声。郑梅林把小皮箱放在桌上,打开小铜锁,取出一本线装书,上写"脂河医案"四个字。郑梅林从《脂河医案》中小心取出一张发黄的纸条,在众人眼前亮一亮,然后递给尤万里,说,尤司令,这张条子你还记得吧?尤万里接过去在灯下看了又看,随即说,当年岳东游击队打的收条嘛!郑梅林点点头,说,请您念一念!尤万里看了看郑梅林,又看了看众人。施亚男催促道,赶紧念啊!尤万里咳了一声,念道,今收到郑梅林同志药品合计价值二百大洋整,已验收。待抗战胜利后如数归还,并致感谢!岳东山地游击队。民国二十七年六月九日。郑梅林说,收条上写得明明白白:第一,药品价值三百大洋;第二,已验收;第三,抗战胜利后归还,并感谢。施亚男从尤万里手里拿过收条,看了看,说,没错,是这样!

郑梅林从施亚男手中接过收条,折叠整齐,重新放进线装书里,然后说,尤司令,你一直让我自证清白,请问这个收条是不是真的?尤万里说,真的!郑梅林说,尤司令,收条上写着"已验收",说明游击队当场验货,证实无假,对不对?尤万里说,是的。郑梅林说,从日期上看,当时正值梅雨季节,药品不好保存,失效是有可能的。尤司令,药品受潮失效和假药不是一回事嘛!小安庆说,一到夏天,搞不好药材就发霉!章织云说,是哟,梅雨天好讨厌,每年入梅,我家的书柜都上霉!郑梅林盯着尤万里,说,尤司令,为什么你一口咬定我买的是假药?尤万里挠挠头,说,是送药到前线的同志说的嘛!郑梅林说,其他人说的你相信,为什么我说的你偏不相信?尤万里头一歪,说,因为你有嫌疑,先是脱队,后来又当逃兵。

郑梅林摇摇头,又从小皮箱里拿出一只金镶玉的镯子,上刻一条龙。郑梅林说,尤司令,这个你认得吧?尤万里还没说话,何修文先插话,说,这是梅林当年戴过的手镯,原来是一对,一龙一凤嘛。秦德宝说,对对,这是郑家的祖传宝贝,那只凤镯呢?郑梅林说,这事得请尤司令说说。

尤万里一拍脑门,说,想起来了,想起来了!当年我们游击队在岳东山里打游击,日子不好过,经常吃了上顿没下顿,有时候几天都搞不到吃的。有一天,同志们都饿得不行了,恰好我们路过一座深山小镇,队长就派我和郑梅林化装后到镇上买粮食。倒霉的是,到了镇上一摸口袋,底下一个大洞,三块大洋没了。你们不晓得,当时那三块大洋可是游击队的全部家底,急得我当时差点跳崖!

郑梅林说,当时我俩傻眼了,回去不好交代不说,游击队几十张嘴还等着吃饭嘛!我摸摸身上,没有值钱的,只有两只龙凤镯子。那时候我也饿得够呛,根本没想那么多,就拿着镯子跟人家换。

尤万里说,一毫不错!当时,那条老街对面有一个卖热粽子的摊子,香得馋人。卖粽子的是一个大姐,我们就跟她商量,拿镯子换粽子。大姐一看就是厚道人,接过镯子看了看,说,这东西好金贵,一看就是祖传宝贝,我不敢要!哎哟!我俩好说歹说,大姐才同意换。大姐说,这么金贵的东西我收下,这两筐粽子你们都拿走吧,要不然,我心里不安生!大姐还说,我姓胡,家就住坡上,将来你们觉得吃亏,就来找我,我再把镯子还你们!哎呀呀,你们听听,人民群众多忠厚啊!当时我俩高兴得要命,顾不上太多,拿起粽子就往山里跑,一口气跑到驻地!

郑梅林说,不对!我们没有一口气跑到驻地,中间停了一回!

尤万里一愣,说,中途停了吗?

郑梅林说,停了!

尤万里挠了挠头,眉头皱起,看了看众人。

小茉莉说,快说快说,停下来搞什么吗?

施亚男说,别插嘴,让郑先生说!

郑梅林说,我俩太饿了,跑不动了,躲在一棵大树底下,一人吃了一个粽子,鸭蛋黄的。尤司令,你可记得?你当时说吃完把嘴揩干净。我说揩干净了,你说再揩。我就再揩,嘴唇都揩破了!

尤万里想起来了,笑道,你还好意思说,我不提醒你,嘴上油晃晃的,回去怎么交代啊?!

众人一听都笑了。小茉莉笑得最响,问,后来呢?

尤万里说,后来我们就往山里走,中途遇到两个打柴的老乡,一见我们就跑,柴都跑掉了。我说,老乡,柴掉了!他们头也不回,继续跑,不晓得为什么。回到游击队,同志们一人分了两个粽子,都夸我俩能干!郑梅林说,是夸你,没夸我!尤万里说,呆啊你,你是我带去的,夸我不等于夸你吗?

施亚男对章织云说,瞧瞧,这两个冤家,像不像一对伢们?

郑梅林说,说到那两个打柴的老乡,我一直觉得有问题。当时我们两个化装成了山民,跟他们一样,为什么他们一见我们就跑呢?哪有山民怕山民的道理?

小安庆插嘴说,特务!肯定是特务!

尤万里不耐烦了,说,别插嘴,让我接着说嘛!

郑梅林手一摊,说,你说你说。

尤万里接着说,那天,我们边行军边吃粽子,同志们别提多高兴!

郑梅林说,哼!你们高兴,我可高兴不起来!我得病了嘛!

尤万里一听,一阵大笑,对众人说,你们不晓得他当时那熊样。

郑梅林说,哼!你是没得那病,得了就晓得罪不好受!得亏我懂医,晓得不治不行,趁队伍休息的时候,进山采药。该着倒霉,采完药,偏偏下起大雨,满山雾气,找死也找不到回去的路!

尤万里说,对嘛对嘛,你小子就是那天脱队的!就是那天,游击队被鬼子和伪军偷袭了,牺牲了十几位同志啊!

郑梅林叹口气说,第二天,云开日出,我终于找到原来的路,一路找到队伍,才晓得出大事了!

尤万里说,说到这我就来气!你找到队伍时,我正在遭同志们埋怨,说你郑梅林有可能是叛徒,跟敌人告密,敌人才会来偷袭。因为我把你带进游击队,所以要负责任!

郑梅林说,我明明跟你说过去采药嘛!

尤万里一拍桌子说,你跟我说有什么用?人家不信嘛!

施亚男又拉了拉尤万里的空袖管,尤万里马上平静下来。

郑梅林看了看众人,说,感谢尤司令,有你跟我一起回忆,我自己也搞清楚了。何修文说,依我看,其他都没问题,只要证明鬼子和伪军不是从梅林这里得到情报,这个谜就解开了,梅林也就清白了!郑梅林说,好了,今天请大家来,不是我郑梅林翻旧账,只是跟大伙说一说,万一将来有人算起这笔账,也好有人给我做个证!

尤万里眨巴眨巴眼,恍然大悟,说,郑梅林,看来今天是你小子有意安排。你是怕我去抗美援朝战场,万一回不来,没有当年的证人,故意当着这么多人的面,把当年的事情捋了一遍,将来好给你做证,是不是?郑梅林说,是,也不是!总之,该说的都说了!尤万里说,你小子跟我用计谋!郑梅林微微一笑,对英妹说,上菜!

施亚男突然站起来,说,慢!众人看着施亚男,施亚男把尤万里拉起来。尤万里一脸疑惑,说,又要搞什么吗?施亚男说,抗战已经胜利好多年,如今新中国都成立了,你们游击队当年在收条上写的话还没兑现:一是还钱,二是感谢!尤万里一拍脑壳,说,对对对!我们共产党人说话算数,那三百大洋,回头我来还!今天,就在这,我代表当年的游击队,对郑梅林先生深鞠一躬,表示感谢!郑梅林忙说,算了算了,我不要钱,也不要感谢,我要清白!尤万里眼一瞪,说,一码归一码嘛,感谢归感谢,清白归清白。钱我替游击队还,你的清白你自己证明!还是那句话,这事不搞清楚,我不会放过你!施亚男说,没喝酒就说醉话!尤万里一拍胸脯,说,不是醉话,是心里话,不搞清楚,老子对不起牺牲的十几个兄弟!

据何修文在《脂城往事》中回忆,那顿饭吃得基本顺利,中间有个小插曲,是由小茉莉引起的。章织云早看出小安庆对小茉莉有意思,又不敢表白,就想帮小安庆,于是对小茉莉说,小安庆马上要上前线,你敬他一杯,给他壮行!小茉莉听话,以茶代酒,敬了小安庆一杯。小安庆喝了一大杯,有酒壮胆,非要回敬小茉莉一杯,还逼着小茉莉喝酒。小茉莉从不沾酒,就是不喝。英妹就劝小安庆,小安庆不听。两个人端着杯子站在那里斗气,众人看了都觉得有趣。这时候,郑梅林看了尤万里一眼。尤万里说,看我搞什么吗?小安庆是你郑家的人,你不管哪个管?郑梅林,小安庆现在是你的兵,你不管哪个管?尤万里说,你这个人好得味,在你家吃饭你就要管!郑梅林说,穿上军装,就是部队的人,就得你管!施亚男一看,这两位冤家不吵不快活,站起来主持公道,说,这样吧,让小安庆自己说,你们两位,他听谁的?何修文喝得酒意蒙眬,说,亚男同志说得对,小安庆听哪个的,哪个就喝一杯!小安庆看了看郑梅林,又看了看尤万里,眼珠转了半天,举起酒,一下子灌进自己嘴里。

　　送走客人,郑梅林洗洗睡了。小茉莉帮着英妹收拾洗刷,等忙完已是后半夜。英妹不放心小茉莉一个人回去,就留她和自己一起歇息。小茉莉躺在英妹身边,看着窗外,竟然没有睡意。英妹问,睡不着?小茉莉说,嗯。英妹说,是不是小安庆惹你生气了?小茉莉说,不是。英妹说,那是为什么?小茉莉想了想,说,郑先生好累哟,被冤枉那么多年!英妹说,世上的冤枉事多得很,自己清白就好!小茉莉说,郑先生是不是这么想?英妹想了想,说,不晓得!小茉莉叹口气,说,郑先生是我的恩人,将来我一定报答他!英妹说,大少爷不喜欢报答!小茉莉又叹一口气。

　　就在这时候,一阵风从窗外吹来一股花香。小茉莉吸吸鼻子,说,菊花!英妹说,栀子!小茉莉又吸了吸鼻子,说,明明是菊花嘛!英妹说,你闻的是菊花,我闻的是栀子!小茉莉被说得好糊涂,搂着英妹的脖子,说,姐,我怎么就闻不到栀子香?英妹说,没到季节呢。小茉莉说,你是说花?英妹长长地叹了一口气,说,花是这样,人也是这样!小茉莉更糊涂了,闭上眼睛,再也睡不着了。

23　小白楼

　　小产以后,施亚男突然变了,母性大发,多愁善感,甚至有点婆婆妈妈。用尤万里的话说,这娘们越来越像女人了!这话是表扬还是讥讽,要看施亚男的心情。心情好的时候当是表扬,心情不好的时候就当是讥讽。不过不管是表扬还是讥讽,施亚男都无所谓了。当下,她最关心的是再次怀孕。
　　施亚男身体稍有恢复,行动方便,有空就去小白楼坐坐,请教郑梅林如何调理,如何滋补,有时一天两三趟,一坐就是大半天。说起来,施亚男也有难言之隐。尤万里确定要去抗美援朝,正在率部整训,只要上级一声令下,随时出发,雄赳赳,气昂昂,跨过鸭绿江。打仗不是开玩笑,此一去能否回来,哪个也不好说。施亚男从战火中走过来,不怕战争,却深知战争的无情。因此,她和尤万里商量好了,想在尤万里出发之前再怀上孩子。毫无疑问,这对于两口子都很重要。
　　郑梅林理解施亚男的苦衷,使尽了浑身解数,把脉、扎针、施药、拔火罐,能用的都用上了,然而一个月下来,效果不好。施亚男似乎有些失望,郑梅林不忍心,把恩师汪老先生留下的《脂河医案》翻了几遍,又查了大量的医典古方,依然没有找到好办法。病来如山倒,病去如抽丝,郑梅林行医多年,当然明白这本是慢慢调理的事,不可能立竿见影——问题是施亚男和尤万里等不及了。
　　尤万里率部出征前两天,脂城火车站发生一起爆炸案。爆炸发生在午夜。那时候,尤万里和施亚男正在床上"加班"。尤万里要在去朝鲜战场之前,把尤家的种子种下,万一他战死沙场,也给尤家留一棵苗。就在这时候,两声巨大的爆炸声从火车站方向传来,震得窗子直响,尤万里翻身下床。施亚男还没明白过来,尤万里已经套上衣服,提着枪冲出门去。

火车站上空的浓烟尚未散尽,空气中弥漫着硫黄的气味。灯光下,一截铁轨被炸飞,路基塌下一个大坑,冒着丝丝青烟。尤万里对着夜空骂了一阵,像头疯牛围着现场来回地转,呼呼地吐着热气。小安庆几次想给他披上大衣,都被他甩掉。这时候,何修文带着人赶到,车站的同志前来汇报。经过勘察,爆炸炸毁了长约十五米的铁轨,正在安排紧急抢修,当天就能通车,所幸没有造成人员伤亡。公安处的同志汇报说,方圆几十里之内已经布下天罗地网。根据线索分析,匪徒就在控制范围内,公安正在全力缉拿。何修文说,匪徒穷凶极恶,夜间行动,同志们一定注意安全!尤万里说,都炸到家门口了,还注意什么安全?全力出击,一定把这帮家伙拿下,最好留个活口,老子要会会他!

何修文在回忆录《脂城往事》中,比较详细地叙述了这起爆炸案发生的前因后果。本来,按照上级指示,尤万里和中国人民志愿军新编团出征的日期是在两天后。当时,考虑到脂城虽然解放,但潜伏的敌特分子依然存在,破坏活动时有发生,为了保障新编团指战员安全出发,尤万里和何修文商量后,用了一计,声东击西,引蛇出洞。在何修文的安排下,《脂城日报》故意连续发表报道,称由于朝鲜前线战事紧急,接上级命令,脂城志愿军新编团决定提前两天出征,由脂城火车站赶赴朝鲜。消息一出,引起轰动,军属奔走相告,张罗着为亲人送行,因此在脂城营造出新编团提前两天出征的假象。此计一出,匪徒果然上当。

天快亮的时候,尤万里办公室的电话响了。公安处的同志汇报说,此案为三名匪徒所为,两名在逃跑时被击毙,抓捕一名活口,此人正是上次漏网的匪徒冯汉生,冯汉生好狂,点名要见尤司令。尤万里一听,摔了电话,带着小安庆冲出门去。来到审讯室,尤万里一进门就拔出枪,大喊,冯汉生,这回老子饶不了你!公安处的同志马上拦住他,说,尤司令,不能冲动,好不容易搞个活口,还没问出情报呢!尤万里呼呼地喘了几口粗气,把枪递给小安庆,说,枪你拿着,万一老子忍不住,搞不好要失手!

冯汉生被绑在柱子上,一副无所谓的样子,见尤万里进来,冷笑道,表弟,你可想死表哥了!尤万里强压怒火,走到冯汉生面前,拍了拍他的脸,说,瘦了啊!冯汉生说,天天跟你们斗智斗勇,辛苦嘛!尤万里说,就你这样还斗智斗勇?!冯汉生说,倒霉嘛,我认栽!尤万里说,冯汉生,你为什么要炸铁路?冯汉生说,人为财死,鸟为食亡,为了钱嘛!尤万里说,是谁指使你的?冯汉生说,这还用问?军统嘛!尤万里说,冯汉生,你有吃有喝,不好好过日子,要那么多钱干什么?冯汉生说,反正落到你们手里也活不成,最后见你一面,跟你说说话,毕竟表兄弟一场嘛。尤万里哈哈一笑,说,我是哪辈子烧了高香?摊上你这个表兄!冯汉生说,表兄表弟,都是老天爷安排的,你我都做不了主!尤万里说,不要啰唆,还有一件事,当初你从郑梅林那里搞走的毒药在哪里?冯汉生翻了翻眼,说,记不得了。尤万里晓得他要滑头,说,那好,记不得就算了,等着吃枪子吧!

尤万里说完,转身就走。冯汉生忙说,尤司令,表弟,我想立功,能不能放我?尤万里说,那要看你的情报值不值。冯汉生说,当然值!尤万里故意打个哈欠,说,困了,再不说我走了!冯汉生说,我说我说,那包药让我扔进巢湖了。尤万里说,巢湖哪块?冯汉生说,巢湖好大,记不得在哪块!尤万里迫近逼问,可有人证明你扔进巢湖了?冯汉生眼珠转了转说,有倒是有,可是都被你们政府镇压了!尤万里晓得他又在耍滑头,冷笑道,冯汉生,你这个表哥不厚道!好吧,既然你不愿说,我也不想问了,再见!冯汉生眼皮活泛,怕失去机会,赶紧说,老表老表,我说我说!尤万里站住,扭头看着冯汉生。冯汉生说,我把毒药埋在我家后院,茅厕旁边。尤万里点点头,对公安处的同志说,马上到冯家起获赃物!公安处的同志应了声是,便马上去了。冯汉生说,老表,这回算我立功吧?尤万里摇头说,毒药是你上次作案的赃物,一码归一码!冯汉生略失望,看了看四周,又说,还有一个重大情报,我悄悄跟你讲!尤万里想看看他还耍什么花招,于是附耳上去。冯汉生嘀咕了几句,赌咒发誓千真万确。尤万里听罢点点头,问,有证据吗?冯汉生说,当然有,我亲自经办,不信你们可以查档案!尤万里说,肯定要查！

冯汉生所谓的重大情报，是举报小白楼是日伪敌产。日本投降时，冯汉生在脂城民国政府任职，正好负责日伪敌产接收工作。当时，郑梅林经花五彩介绍认识冯汉生，想买下小白楼。冯汉生耍了滑头，故意吊郑梅林的胃口，说小白楼是敌产，收归国有，买卖手续好麻烦。因为花五彩透露郑梅林一心想买小白楼，冯汉生就和花五彩唱双簧，从郑梅林手里骗了一大笔钱，两个人五五分账。更为可恶的是，冯汉生见郑梅林购房心切，又实在好骗，便私刻民国政府的印章，给郑梅林办了一张假房证。本来以为混几年不了了之，没想到脂城很快解放。这样一来，冯汉生觉得郑梅林占了大便宜，于是才几次三番讹诈郑梅林。按冯汉生的意思，他当初给郑梅林办的房证是伪造，就说明小白楼作为日伪敌产的性质没有变更，那么中华人民共和国成立后就应该作为民国敌产交归人民政府。冯汉生研究过共产党的政策，认为共产党对敌产特别重视，于是在关键时刻，想用这一"情报"换取宽大处理。

尤万里想来想去，觉得有必要马上把郑梅林请来，哪怕是三更半夜，也要让他和冯汉生当面对证。如果冯汉生所说不实，那就罢了。如果属实，郑梅林就得将小白楼交给人民政府。此外，等公安处的同志从冯家后院取回那包毒药，还得让郑梅林过目，确认药品及数量。尤万里性子急，命令小安庆火速去郑家老宅，接郑梅林来。

那天夜里，小安庆来到郑家老宅时，是英妹开的大门。听说尤万里要让郑梅林三更半夜到政府去，英妹一时慌张，以为出了什么大事，又要抓人。小安庆耐着性子解释半天，英妹还是不放心，非要跟着一起去。小安庆只好答应。

郑梅林和英妹来到审讯室时，公安处的同志已经从冯家起获并带回了那包毒药。郑梅林查看后，确定药品数量无误。小安庆当时经手，查看后也证实没有丢失。尤万里这才放心。郑梅林以为就是为了毒药的事，正要回去，尤万里把他拦住，说还有一件事要办，要办这件事，先见冯汉生。

冯汉生见到郑梅林，头一句就说，郑先生，你把我害苦喽！郑梅林说，这话从何说起？孽是你自己作的，铐子又不是我给你铐的，凭什么说我害苦你？冯汉生说，当初你要不托花五彩找我买小白楼，怎么会有后来的事？郑梅林纳闷，说，这跟我买不买小白楼没关系嘛！冯汉生说，唉！别提了，当时我给你办的房证是假的！郑梅林一愣，说，冯汉生，这就是你做人不厚道了，你和花五彩合谋，前前后后坑了我不少钱，我装糊涂就算了，你怎么能办假证坑人嘛！冯汉生说，郑先生，你再破点财嘛，把小白楼交给政府，我沾你的光，也好立个功，争取宽大处理！郑梅林摇摇头说，姓冯的，我可以破财，就怕你这种人，得不到宽大！冯汉生一下子仰起头说，那不可能，政府讲规矩嘛！尤万里上去把冯汉生的头按下去，转过身向郑梅林道，冯汉生所说可是事实？郑梅林说，其他的都是事实。不过他说房证是假的，我不晓得！冯汉生又仰起头说，有档案，有档案！尤万里对郑梅林说，你回去吧。小白楼的问题，明天让人去查民国政府的档案，一旦查实，该怎么办就怎么办！郑梅林低着头，好久才"嗯"了一声。冯汉生喊，表弟，我立功了，要给我宽大！尤万里冷冷一笑，说，等着！

两天后，公审大会在十字街广场召开。冯汉生数罪并罚，被判处枪决，押赴脂河北湾乱坟岗，立即执行。据说，临刑前，冯汉生叫着尤万里的小名，破口大骂，小黑皮，你小子太不厚道！小时候老子带你偷过瓜摸过鱼，还替你打过架出过气，如今说好立功给个宽大，最后还让老子吃枪子，太没信用了！不过，那天西北风好大，冯汉生骂着骂着就呛了风，不停地咳嗽，咳得眼泪都出来了。据在场看热闹的人说，行刑枪声响起时，冯汉生还在咳嗽，倒在地上，嘴巴还一张一张的，好像有什么没吐出来。

不过，冯汉生骂得再凶，尤万里也听不到了。那时候，尤万里正率领新编团来到脂城火车站，赴朝鲜战场。当时场面非常壮观，除了志愿军战士的亲友前来送别，还有政府组织的欢送队伍。红旗招展，锣鼓喧天，男女老少把本来就不大的火车站挤得水泄不通。

郑梅林没去送小安庆。那天，他正在为小白楼的事发愁。政府已经从老档案里查出来，小白楼确实属于敌产。这样一来，小白楼就得交归人民政府。这是政策，郑梅林还是懂的。不过，郑海林不去火车站送小安庆，并没忘了小安庆,他在一条手绢上写了两个字,让英妹带给小安庆。英妹不识字,又不好问。英妹在火车站找到小安庆时,小安庆已经上车,她从车窗将那条写着两个字的手绢递给小安庆,还没来得及问,火车汽笛一响,便开动了。英妹追着火车跑了一阵,跑不动了,眼巴巴地看着火车渐渐远去,眼泪止不住流了下来。

尤万里离开脂城,冯汉生见了阎王,小白楼的问题依然在依规处理。郑梅林躺在郑家老屋想了一夜,还是决定把小白楼交给政府,不交房心里不踏实。考虑到郑梅林当年确实花钱购买,眼下又有经营需要,经何修文和施亚男出面协调,小白楼先以郑梅林的名义捐献给政府,政府再把小白楼转给郑梅林使用。因为郑梅林是为脂城人民健康事业服务,因此租金全免。为了宣传,政府特意搞了一个移交仪式。仪式现场,郑梅林和政府办理房产交接手续。有记者拍了一张照片,刊登在《脂城日报》上。照片中,郑梅林捧着捐献证书,表情沉静,头顶一绺头发弯弯翘起,像长了一只独角。

多年后,何达教授的《梅林春秋》中有一章节专门写了"无偿捐赠小白楼"一事。不过,何达教授没有透露匪徒冯汉生在其中所起的作用。从文本上看,没有出现匪徒冯汉生,确实让郑梅林捐赠小白楼的行为显得更为纯洁高尚,也更能突显郑梅林医者仁心、视金钱如粪土的精神境界。

24 信

年根将至,朝鲜战场来信了。

尤万里代表新编团的官兵给脂城父老写了一封信,既是报平安,也是表决心。在《脂城往事》中,何修文记述了事情的大致经过。信中,尤万里表达了对脂城父老的问候和思念,同时还介绍新编团的任务是在后方运送粮草和救护,当然也表示一定打赢这场保家卫国的战争,为家乡父老争光。市里认为这封信意义重大,在何修文的提议下,将信的全文刊登在《脂城日报》头版头条,并配发了那封信的实物照片。一时间,腊月的脂城掀起一阵热潮。章织云抓住时机,组织团里的创作力量,赶出一部小歌剧《战场来信》,加班加点,一周内搬上大戏园的舞台。该剧以一名女战士的口吻,讲述在朝鲜战场上的战斗经历,表达强烈的思乡之情。因为时间短、力量弱,戏虽成立,但尚显粗糙。不过,因为小茉莉主演,其中一曲《望亲人》为这部戏增色不少。英妹去看过两场,一到小茉莉唱《望亲人》那段,眼泪就止不住。回到家,她跟郑梅林说起,让郑梅林也去看看。郑梅林应了一声晓得了,不知是去还是不去。

施亚男也去看了《战场来信》,也感动得哭了。不过,施亚男流泪的节点不是小茉莉唱《望亲人》那段,而是在女战士因救战友英勇负伤的时候。这个桥段让她想起当年她受伤的时候,顿时觉得脸上的伤疤隐隐作痛。当年因为救尤万里她受了伤,如今她在脂城平安无事,却又为尤万里担心。就尤万里那臭脾气,没有她在身边,万一遇到危险,还有哪个能救他嘛!想到这里,施亚男心里好乱,没等戏演完,借上厕所的机会,悄悄回家了。

其实,尤万里给脂城父老写信的时候,也给施亚男写了一封家信。尤万里写信跟做事一样,简单直接,莽撞任性,但粗中有细。信中就三句话:一、我们已经到达前线,一切平安;二、你要安心工作,保重身体;三、如果"加班"有结果,马上告诉我。

施亚男给尤万里回信,也是三句话:一、我一切都好,不必挂念;二、"加班"结果还不知道,有消息再告知;三、战场上当心敌人炮火,战场下当心"桃红柳绿"。

写完回信,施亚男看了几遍,看一遍笑一回,怎么也忍不住。头一句不好笑,第二句不好笑,好笑的是第三句,"战场下当心'桃红柳绿'"。很明显,"桃红"指的就是小桃红。施亚男之所以这么写,自有原因。自从上回看见小桃红跟尤万里握手时那崇拜的眼神,施亚男就明白可能要出问题,尤万里有没有动心,她不晓得,反正小桃红动心是肯定的。新编团出征那天,施亚男到火车站送尤万里。送夫上前线,千言万语,依依不舍。可是小桃红三番五次过来打扰,一会问尤团长这,一会问尤团长那,问来问去都是废话,搞得施亚男跟尤万里说不上话。火车开动,施亚男跟尤万里挥手告别,小桃红从车窗里伸出头,笑得跟花似的,挤在尤万里的独臂下面。那么多车窗,她非要挤那一扇!那么大车窗,她非挤在尤万里独臂下面!看来这个小桃红,还得改造!

说起来,不能怪施亚男多心。保卫婚姻如同保卫阵地,有攻就有守。你守不住阵地,敌人攻上来,缴了你的枪,抓了你的俘虏,你还有什么办法?本来还担心尤万里笑话她吃醋,这样一想,施亚男倒不在乎了,反正是两口子,就算他笑话,说了总比不说好,预防针还是要打的!想到这里,施亚男又觉得自己写得太含蓄,尤万里大大咧咧,一个动不动就掏枪的人,会不会留意文字上的"机关"?万一他不往那上面想,岂不是白写了?施亚男想了想,为妥当起见,在"桃红"两个字下面,重重地画了两道杠,以示强调。

施亚男出门寄信,回来时顺便剪了头发,经过大院门口,见小茉莉一个人靠着墙晒太阳,愁眉不展,木木地发呆。施亚男故意咳嗽一声,小茉莉扭过头来,嘟起小嘴,做出想哭又哭不出的样子。施亚男说,又怎么了? 小茉莉说,好烦! 施亚男说,小小年纪,烦什么吗? 小茉莉说,小安庆来信了。施亚男说,战友嘛,来信好啊! 小茉莉说,好什么好? 你看看! 施亚男接过信,只见小安庆写道,小茉莉,我爱你,天天想你,夜里常常梦到你,请你一定给我回信! 小茉莉,你看看他写的都是什么嘛! 施亚男笑了,说,有人想你,多好啊! 小茉莉小嘴一噘,转过身去。施亚男说,年轻人谈恋爱,都说这种话,你爱我,我爱你。明明是好事,为什么苦恼? 小茉莉说,不晓得! 施亚男说,是不是你不爱他? 小茉莉仰起脸来说,什么是爱? 施亚男说,爱嘛,就是天天想念! 小茉莉摇头。施亚男说,怕他冷怕他热,还怕他饿着! 小茉莉又摇头。施亚男叹口气,说,没缘分! 小茉莉又问,什么是缘分? 施亚男看着天,想了想,说,好比天上两片云彩,这一片那一片,本来不挨着,飘啊飘,就飘到一块了。这就是缘分! 小茉莉叹口气,说,那我不想跟他飘到一块! 施亚男苦笑,说,好好好,感情这事,不能勉强,不过,你不要告诉小安庆。他们在前线打仗,不然会分心! 小茉莉听懂了,点点头说,可是我怎么回信呢? 施亚男想了想,帮小茉莉理了理头发,说,不想回信先不回! 小茉莉点点头,说,晓得了!

大喇叭开始广播,播放歌曲"雄赳赳,气昂昂,跨过鸭绿江……",声音好大,在大院里回响。施亚男坐在窗前,突然想起小安庆信中请求小茉莉回信的事,越想越不对劲。如果小安庆接不到小茉莉的回信,想必一定很苦恼,一苦恼会不会就不专心? 不专心是不是会对尤万里照顾不周? 这样一来,尤万里怎么指挥打仗? 抗美援朝战争怎么胜利? 想到这里,施亚男有点着急,想找小茉莉谈谈,让她给小安庆回信。又一想,小茉莉明确说了不爱小安庆,恋爱自由,强人所难总不合适。这样不行,那样不妥,施亚男突然脑筋一转,不如自己以小茉莉的口气给小安庆回信,先让小安庆安心打仗,等到他们凯旋,小茉莉也长大一些,懂得男女之情,说不定会有转机。想到这里,施亚男觉得妥当,于是提笔写信:"小安庆同志,你好。收到你的来信,我非常激动。我想,我们就像两朵云,将来一定会飘到一起的。希望你安心打仗,保护好团长。另外,施部长让我跟你说,一定要照顾好团长的身体,不要让他的老毛病犯了。还有,注意那个小桃红,不要让团长分心。对了,我在文工团收信不方便,回信请寄给施部长收转。"

写完信,施亚男看了两遍,觉得妥了,便拿去寄了。回来后,施亚男累了,回屋躺下,不知不觉睡着了,做了一个梦,梦中一个可爱的小宝宝奔跑着叫她妈妈。施亚男高兴得要命,伸手去抱,却总也抱不住,急得一头大汗。就在这时,一阵敲门声把施亚男惊醒了。

敲门的是小茉莉。小茉莉一见施亚男就哭,说花五彩出事了。

花五彩在新生连学缝纫,结业之后,施亚男就把她介绍到北门一家裁缝店做工。那家裁缝店的老板姓姜,五十来岁,有点不正经,认出花五彩是当年有名的花魁,有意无意撩拨她。花五彩脑瓜子何等灵光,经历何其丰富,自然见招拆招,欲擒故纵,三招两式就把姜老板拿下了。姜老板一时迷了心窍,闹着跟原配金氏离婚。金氏早看出事由花五彩而起,带着娘家人把花五彩打了一顿,赶了出去。这事一出,花五彩没有依靠,只好找小茉莉。小茉莉满心不高兴,又不能不管,只好来找施亚男。

施亚男和小茉莉一起去姜老板的裁缝店,处理花五彩的事。路上,施亚男叹口气,对小茉莉说,新生连办得不成功啊!小茉莉问,为什么?不是都结业了吗?施亚男说,结业不等于改造好了!小茉莉问,怎么才叫改造好?施亚男说,本性改了才叫改造好!小茉莉想了想,稀里糊涂地点点头。

花五彩的事倒是好处理,一个碗碰不响,一碗水端平,两边都批评,双方都服。花五彩在裁缝店待不下去,求施亚男再帮她找事做。施亚男想来想去,就想到针织厂,于是就到针织厂跟秦德宝商量。秦德宝厂里倒是需要人手,当然同意。可是吕玉芝不同意,说,那样的女人来了,迟早我得挪窝,趁早别让她来!施亚男理解吕玉芝,也不再勉强。实在没有办法,施亚男只好借钱给花五彩,让她在街上开个缝纫铺子,好歹混口饭吃。

转眼过了春节。这一天,施亚男收到两封信,一封是尤万里的信,一封是小安庆寄给她转交小茉莉的信。施亚男先拆看尤万里的信,依然是三句话:一、一切平安,请不要挂念;二、打了一次胜仗,缴获好多美国罐头;三、一定打跑美国鬼子,不管桃红柳绿!在"桃红"两个字下面,尤万里也画了两道杠。施亚男笑了,看来尤万里人粗心不粗,明白她的良苦用心了。

小安庆的信摆在面前,拆还是不拆?如果拆,显然不道德;可是不拆,把信交给小茉莉,那么就等于把真相揭穿了,引起小茉莉不满,更会伤害小安庆。施亚男做事一向干脆,面对小安庆的信,却一时犹豫起来,起身喝了三次水,最后才下了决心,拿起小安庆的信,轻轻撕开一个小口子,又突然停下,好像里头装着炸弹。信封无声,屋内无声,只有窗外大喇叭里传来的"保和平,卫祖国,就是保家乡",施亚男深吸一口气,眼睛一闭,刺啦一下子拆开了小安庆的信。一阵沉默之后,一阵风吹过来,施亚男慢慢睁开眼,目光落在信纸上。

小安庆的字写得不太工整,倒也能认出来。"小茉莉同志,你好!每当我想起你,我就热血沸腾,浑身是力量,我们一定能打赢这一仗!"小安庆的爱情表白有点生硬,施亚男深吸一口气,接着往下看。"我在这里身体很好,我们团长身体也很好,老毛病犯过几次,他说一打胜仗老毛病就没了,怪得很!"施亚男长长地松了一口气,接着看信。"对了,还有一个坏的消息,小桃红光荣负伤了,锯掉一条腿!"

施亚男不禁浑身一紧,半天平静不下来,脑壳里随即跳出一个念头:小桃红那样一个美人坯子,锯掉了一条腿,会是什么样子?少了一条腿,小桃红是不是很痛苦很绝望?当初她要是不去参军,在脂城随便找个事做,也不至于丢了一条腿,小桃红现在是不是很后悔?想到这里,施亚男心里突然像堵住一样,提笔给小安庆回信,依然以小茉莉的口气写信:"小安庆同志,我也经常想念你,每当想起你,我也热血沸腾,希望你们多打胜仗,早日归来……另外,施部长让我跟你说,代她向小桃红致以亲切的问候和革命的敬礼!"

给小安庆的回信写好后,施亚男给尤万里写回信,握笔半天,不知从何说起,索性放下笔,把给小安庆的信装进信封,拿去寄了。回来时她走到大门口,见一群人在议论。小茉莉看见她,马上跑过来,说,不好了,不好了,小桃红在朝鲜战场负伤了,伤得不轻,锯掉了一条腿!施亚男说,听说了。小茉莉说,小桃红的腿锯掉该多疼啊!施亚男说,有麻药!小茉莉咂咂嘴,说,一条腿锯掉就没了!施亚男叹口气,说,还有一条!小茉莉咬着牙,说,美国鬼子真可恶!施亚男说,所以,我们一定要打败美国侵略者!

晚上,大院里放露天电影,是朝鲜战场的新闻纪录片。小茉莉陪着施亚男看了一会,施亚男说困了,就不再看了。小茉莉又想看,又不敢看,为难半天,还是看了。小茉莉一直想在电影里找到认识的人,一个也没有。尤万里不在,小安庆不在,小桃红也不在。小茉莉想,脂城去了一个团,那么多人,怎么一个人也见不着呢?

何修文的回忆录《脂城往事》记述了小桃红受伤一事,说她是脂城籍志愿军中第一个负伤的战士。关于这一说法,因没有别的资料佐证,且不评论。不过,何修文先生没有提及小桃红受伤的原因,不知是他不了解,还是有意忽略。另外,小安庆在给郑梅林的信中,提到了小桃红受伤的原因,一笔带过。说是因为一个苹果,小桃红不慎踩中地雷。

事实上,小安庆到了朝鲜战场,先后给郑梅林来过两封信。头一封是报平安,郑梅林跟英妹说了。第二封说战争的事,包括小桃红的事,郑梅林没说。小桃红的事,英妹是从小茉莉那里得知的。小茉莉在说小桃红被锯掉腿时,牙齿直打战,好像在锯自己的腿。英妹听了觉得瘆人,当天晌午烧饭时,刚买的一块五花肉放在砧板上,竟不敢下手。正好吕玉芝来给郑梅林送米饺,英妹便拉住吕玉芝,借口腕子疼,请吕玉芝帮忙把肉切了。

25　大鱼

过了二月二,天气渐渐暖和。脂城上下掀起为抗美援朝战争捐款的热潮。工商界提出口号,要为志愿军捐赠一架战斗机。大街小巷挂满标语条幅,气氛烘托得相当浓厚。何修文专门写了一篇鼓动文章,广播、报纸大力宣传。一时间,街头小巷都晓得"人不分南北,钱不论多少"了。

郑梅林不晓得一架战斗机要多少钱,不过晓得有了战斗机就可以减少伤亡,于是找秦德宝商量,抗美援朝是大事,咱也要帮帮忙。秦德宝同意,问他捐多少合适。郑梅林搓了搓手说,多少你看着办,总之咱不能比别人少,丢不起那脸!秦德宝有点为难,毕竟手头一直不宽松。郑梅林看出秦德宝的难处,建议从针织厂公款中拿出一笔钱捐了。秦德宝一听数目不小,多少有点心疼,不过转念一想,既然三哥这大股东都说了,他这二股东也不好反对,于是就依郑梅林的意思办了。

在回忆录《脂城往事》中,何修文不仅记录了当时的情景,还保存了当时《脂城日报》刊登的喜报。喜报中,针织厂成了脂城捐款大户,记者对针织厂重点报道,秦德宝的照片还上了报。本来吕玉芝不晓得,买菜的时候听人家一说,当场气得够呛,回到家气得差点把锅砸了。

晌午,秦德宝回家吃饭。一进门,吕玉芝劈头盖脸骂他一顿。秦德宝说,这事跟三哥商量好的,三哥说捐多少,就捐多少!吕玉芝说,三哥想捐他自己捐,非得绑着你一起捐!三哥他愿意捐,咱也管不着。你跟风捐款,是显你风格高,还是显你本事大?抑或是你钱多了烧得慌?秦德宝被她唠叨得心烦,说,你这女人,眼里只有钱!你想想人家,在前线丢胳膊丢腿丢性命,人家图什么?还不是为了保家卫国?还不是为了咱们过上好日子?

大毛天天听大喇叭里唱"雄赳赳,气昂昂,跨过鸭绿江",也受到鼓舞,跑回来找吕玉芝,说,把我的压岁钱给我,我要捐款!吕玉芝一听就火了,说,老的败家,小的也败家,滚!大毛讨不到钱,躺在地上耍赖,吕玉芝没办法,只好拿些零钱甩给他。大毛不认得钱大小,拿着钱让秦德宝带他去捐。秦德宝正好想躲吕玉芝的啰唆,便带大毛来到募捐站,排队捐款的时候,觉得大毛手里的钱太少,又掏些钱给大毛放在一起。大毛捐了款,收到一张"捐款光荣"的小牌子,高兴得又蹦又跳。秦德宝说,好儿子,去十字街,吃鸭油包子!

秦德宝爷儿俩正要走,忽见花五彩来了。秦德宝忙扯着大毛躲在一旁,悄悄地观察。花五彩来到近前,说,同志,请问要捐多少?募捐站的同志很年轻,说,大姐,自愿捐款,哪怕一分钱,也是一份抗美援朝的力量!花五彩摸了摸口袋,说,我是军属,一定要捐!募捐站的同志惊喜,说,请问你叫什么?花五彩说,我是花五彩嘛,你不晓得?募捐站的同志笑了笑,摇摇头。花五彩说,那你可晓得小茉莉?募捐站的同志说,小茉莉,当然晓得,那是我们的歌唱家!花五彩笑了,说,那是我家丫头!募捐站的同志说,花大姐好福气,生了一个好丫头!花五彩笑了,掏出一把碎钱,数也不数就捐。正好一个记者过来拍照片,对着花五彩按下快门,花五彩吓了一跳,捂着脸就跑,记者追也追不上。秦德宝想,这场面应该让吕玉芝来看看,还不如人家一个开堂子的女人有觉悟,一天到晚就晓得钱。

秦德宝领着大毛在十字街吃了鸭油包子,沿着老街散步消食,走到拐角处,看见一个缝纫铺子,走近了一看是花五彩。花五彩正在缝鞋垫。因为天冷,手一直在抖。秦德宝看着心里不是滋味,让大毛拿钱过去买三双鞋垫,叮嘱大毛,不要找钱。大毛去了,把钱一放,拿起三双鞋垫。花五彩说要找钱。大毛说,我爸说不要找钱。花五彩说,这伢真得味,你爸呆呀?大毛说,我爸不呆,我爸开厂子呢!花五彩笑了,故意逗大毛,说,你爸怕是开钱厂的!大毛说,不对,是针织厂!花五彩愣住,四下望了望,叹了口气,又拿几双鞋垫给大毛。大毛不要,说,我爸说我家三口人,只要三双。花五彩说,伢哩,跟你爸说,他是好人!大毛很高兴,一蹦一跳地跑开了。

秦德宝下午来到厂子里,忙完后坐下来歇着,想到花五彩在寒风中缝鞋垫的样子,心里就不得劲。当年风光无限的女人,如今沦落到这步田地,硬撑着摆摊糊口,他不禁感叹人生无常。正这时,门外响起汽车喇叭声,抬头一看,施亚男领着两个解放军来了。

施亚男带来一单大生意。政府打算订购一批纱布,支援抗美援朝,按市价收购,因是急需,数量又大,何修文让她来找秦德宝想想办法。秦德宝一听,不敢做主,要跟郑梅林商量。施亚男性子急,催促秦德宝去找郑梅林谈,如果可以,明天就签合约。秦德宝不敢怠慢,马上去找郑梅林。

来到小白楼,郑梅林正好出诊回来。秦德宝就把政府订购纱布的事一说。郑梅林说,按说这是好事,反正厂子做买卖,跟谁都是做,不过千万记着上次棉花的教训,万万不可冒险!秦德宝说,三哥放心,这回咱仓库里的棉纱都是新进来的,一点毛病都没有。郑梅林说,如果是普通纱布,当然没问题,要是打仗用的医用纱布,可就不保险了!秦德宝说,纱布不就是纱布嘛,还有这么多讲究?郑梅林说,当然有讲究!你记着,如果是普通纱布可以签,要是医用纱布,咱不能签,再多的钱也不能签!秦德宝一边点头一边往外走。郑梅林还是不放心,说,价格上,也要公道,施亚男和何修文都是政府的干部,他们出面找上门,那是信任,咱们不能让人家难堪!秦德宝说,三哥放心,政府不买咱们的,也得买别人的。咱就按市价出货!郑梅林点点头,伸了伸腰,说,打仗的钱都带血,好挣不好花啊!

正说着,有病人来急诊。秦德宝起身下楼,还没出门,郑梅林追下来叮嘱道,明天务必看清合约,要是普通棉纱就签,要是医用棉纱就不能签!秦德宝笑了笑,说,晓得了晓得了。

从小白楼出来,秦德宝走着回家,走到拱辰桥头,碰到百味轩的马老板,急急忙忙往前走,追上一问才晓得,马老板也接了政府采购饼干的买卖,是一笔大单子,正急着想办法买面粉去。秦德宝一听,觉得纳闷,问,马老板什么时候做饼干了?马老板说,这不才改的嘛!秦德宝说,才改就敢接这么大的单子？马老板四下看看,悄悄说,秦经理,政府找上门的钱,好挣嘛！秦德宝点点头,说,那也不能凑合嘛！马老板一拍秦德宝的肩膀,说,自古撑死胆大的,饿死胆小的,你不做,有人做！秦德宝笑笑,说,那是那是。

过了拱辰桥,马老板岔开路,秦德宝与他分手,一边走一边想,马老板说得也有道理,撑死胆大的,饿死胆小的,上回要不是把那批霉棉花趁机销掉,账上那个大窟窿怕是现在也填不上！看来,三哥他一朝被蛇咬,十年怕井绳,上次被吓破了胆。说到看病抓药,我秦德宝不懂,要说到棉纱,三哥是外行。我秦德宝和棉纱打了那么多年交道,区别不区别,我不比三哥明白？话又说回来,三哥这个人,站着说话不腰疼,厂子的事他做甩手掌柜,凡事还死要面子,真应了那句话,又想马儿跑,又想马儿不吃草,天底下哪有这等好事？要不是上次挣了政府的钱,这一回捐款的钱从哪里来？也罢也罢,三哥就是那种人,他说他的,我做我的！

回到家,吃过晚饭,两口子上床。秦德宝跟吕玉芝把这事一说,吕玉芝有了笑脸,说,我早说过嘛,跟政府搞好关系没错,没生意则罢,有生意都是大生意！秦德宝趁机教训吕玉芝,说,晓得了吧,要不是上回捐款买飞机,这么大的买卖,政府能给咱们？放长线钓大鱼嘛！吕玉芝拧他一下,说,哎哟哟,就你能！秦德宝说,那还不过来让我抱抱！吕玉芝"嘘"了一声,指指隔壁,悄悄说,大毛还没睡呢！秦德宝一下子泄了气,蒙上头先睡了。

转天一早,秦德宝去政府找到施亚男,施亚男把他带到军需处,坐下来谈妥条款,当场就把合约签了。随后,军需处的同志去厂子验货。到了晚上,秦德宝带着合约去郑家老宅,一是让郑梅林看看,二是也让郑梅林签个字,以免像上回,罪过都是自己背。

来到郑家老宅,郑梅林正在听收音机。收音机里正在播报抗美援朝前线的新闻,跟大喇叭里播报的差不多。郑梅林听得入神,秦德宝只好坐下来陪着听,接着收音机又播报一条喜讯,脂城各界人民支援抗美援朝热情高涨,捐款超过预期,其中工商界捐款购买"脂城工商号"战斗机一架,已送往前线。郑梅林说,俗话说,人多力量大,小小脂城就捐一架战斗机,那全国能捐多少架？这样一算，跟哪个打仗也不怕！秦德宝说，就是就是！有了战斗机，二哥他们就能早日打败美帝国主义！郑梅林说，早迟不好说，反正能赢！秦德宝说，那是那是！

这时候，英妹过来问郑梅林晚上要不要喝酒，要喝就多烧两个下酒菜。郑梅林说，德宝来了，当然喝！英妹应了一声，进厨房忙去了。秦德宝把合约拿出来，递给郑梅林过目。郑梅林拿起合约，一条一款看，突然惊道，胡搞嘛！早跟你说过，医用棉纱不能签嘛！秦德宝说，反正都是纱布，没啥大问题！郑梅林一拍桌子，说，出了问题都是大问题！医用棉纱要消毒，不消毒会出人命的！这个合约不能签！秦德宝说，合约签过了！郑梅林说，签过就找他们撤销！秦德宝说，那不是毁约嘛！郑梅林说，这时候毁约，大不了赔几个钱，总比到时候坐班房好！秦德宝说，三哥，要不我明天去问问？政府要说行，咱就这样办，不行再说！郑梅林说，政府说行也不行！医用纱布咱做不了，不能以次充好！秦德宝有点为难，两个人一时没有话说，多少有点尴尬，正好英妹做了饭菜端上来。秦德宝起身要走，英妹客气道，秦经理一起吃吧。郑梅林没吭声，秦德宝也不好留下，转身走了。

次日天刚亮，秦德宝草草吃过早饭，便去了政府。本以为趁早好办事，不料政府的同志早就开始忙了，等了半天也说不上话。这时候，百味轩的马老板从里头出来，手里拿着两份合约。秦德宝说，马老板，搞两份嘛。马老板好兴奋，说，又增加一单，是罐头！秦德宝说，罐头你们也能做？马老板附在他耳边说，做罐头哪来得及，从别处调剂调剂嘛！秦德宝愣了愣。马老板说，没办法，政府催得急嘛！秦德宝说，就是就是，你赶紧忙去吧！望着马老板匆匆离开，秦德宝也不再等，转身走出政府大门。

回到针织厂，秦德宝已下定决心，安排生产，加班加点。三天后，头一批货完成。施亚男带车来提走货，直接送往火车站。说来也巧，郑梅林那天正好去火车站取东北发过来的一批药材。这批药材本该年前就到，因为调运抗美援朝物资，铁路繁忙，一直拖下来了。往常，到火车站取货都是小安庆办，小安庆参军后，郑梅林只好自己辛苦。那天，郑梅林一进火车站货场，后面就来了一辆大卡车，吱呀一声，停在身边。郑梅林抬头一看，车上堆满纱布包,上面写着"良友针织厂"字样,于是他上前去查看,正好看见施亚男坐在驾驶室。郑梅林说,这是医用纱布还是普通纱布?施亚男拿过单子看了看,说,单子上写的是医用!郑梅林接过货单一看,当时就急了,说,这批货是普通棉纱,千万不能当医用棉纱送走,不然要出大事!施亚男一听,晓得事情重大,顿时紧张起来,跑到车站值班室,打电话给何修文。何修文马上派人赶往火车站,以政府的名义把货压了下来。

郑梅林惊魂未定,顾不上提货,径直去针织厂找秦德宝。来到办公室,见秦德宝扒拉着算盘算账,吕玉芝坐在旁边指指点点。郑梅林气不打一处来,上前操起算盘,狠狠摔到地上。算盘顿时散架,算盘珠子四散飞开,其中一颗弹了回来,正好打在秦德宝的腮帮子上,痛得他眉头一皱。吕玉芝吓得不敢吭声,秦德宝捂着脸上前问,三哥,怎么回事?郑梅林说,让你撤销合约,为什么不撤销?秦德宝说,我去问了,人家说前线催得急,反正是棉纱,都一样!郑梅林气得一时说不出话来,拉着秦德宝去政府见何修文。

在《梅林春秋》一书中,何达教授记述了这一情节,目的是赞扬郑梅林的高尚情操。不挣昧心钱,不发国难财,宁愿破产也在所不惜。情节基本属实,只是文中没有提及秦德宝,以"厂里一名办事人员"取而代之。多年以后,何达笔下留情,也许是给秦德宝留点面子。事实上,在接下来的"三反""五反"运动中,这件事被追查,因涉嫌欺诈政府,破坏抗美援朝,秦德宝和郑梅林一起被关了起来。施亚男出面证实,因时间紧任务重,当初签订合约时,双方存在认识上的误会,且郑梅林出于大义及时终止交易,没有造成实际损失,于是郑梅林和秦德宝才被释放。不过,政府最终给出处理意见,不仅没收涉案棉纱和非法所得,还处以罚款。郑梅林和秦德宝没有辩解,当场认了。吕玉芝不服,私下找施亚男求情,说自古罪不双罚,人也关过了,还要罚款,不合理嘛!施亚男因此事在会上做了检讨,正找不到地方撒气,将吕玉芝批评一顿。吕玉芝只好也认了。

无独有偶。何修文在《脂城往事》中也回忆了这一事件,并引以为憾。何修文的遗憾有两点:一是秦德宝稀里糊涂做出那种事,险些铸成大错,连累他在会上做了检讨；二是郑梅林受到连累，并为将来的遭遇埋下隐患。作为结拜兄弟，他偏偏帮不上忙。不过，何修文在文中表达了自己的感悟：人生在世，不论何时，不论何地，贪小便宜吃大亏，良心不端遭报应。秦德宝就是例子。

郑梅林和秦德宝被放出来的时候，已过端午。郑家老宅西厢房窗台上，那盆栀子花开得正好。因为春上英妹给花施了半碗菜籽饼，今年花开得旺，一茬接一茬，顶上花刚开放，底下花苞又冒出来。英妹摘过几朵送给小茉莉，小茉莉喜欢得不得了，到十字街缝纫铺看花五彩时，捎上几朵。花五彩好喜欢，用发卡将花别在衣襟上，时不时地低头嗅一嗅，惬意得很。

郑梅林又回到小白楼楼上坐诊，英妹在楼下守着药房。早上去的时候，英妹带上两朵栀子花，插在一只小花瓶里，摆在郑梅林的桌上。郑梅林也喜欢，花谢了舍不得丢，泡在茶壶里，说栀子花保肝利胆，化痰止咳，是有好处的。英妹也学着做，连赞栀子花茶好香。

"棉纱事件"之后，针织厂元气大伤，不得不停业。脂城的报纸、广播都报道了此事，把针织厂以普通棉纱充当医用棉纱的事捅了出来，并且点了秦德宝的大名。如此一来，街谈巷议自然免不了。在脂城，秦德宝也是有头有脸的人，如今见人抬不起头，整天躲在家里不出门，又悔又恨，连累三哥郑梅林一起被关不说，还把厂子搞歇了，从早到晚唉声叹气。家里一下子断了收入，又被罚了一笔，吕玉芝免不了埋怨。秦德宝自知理亏，又吵不过她，便不吭声，久而久之，更不愿意说话了，只有见了大毛才露个笑脸，转身又叹气。吕玉芝实在看不惯，更不想过憋闷的日子，一跺脚领着大毛回娘家去了。

这天傍晚，秦德宝恍恍惚惚从家里出来，门也不关，径直朝街上走，走啊走，稀里糊涂来到九桂塘。已是黄昏，微风阵阵，九桂塘里一簇簇荷叶摇来摇去，几只水鸟竟站不稳。秦德宝站在岸边出神，望着望着，恍惚中见荷叶丛中游来一条大鱼，双须摆动，眼似宝石，通体金黄闪亮。秦德宝喃喃道，大鱼大鱼，你搞什么吗？大鱼冲着秦德宝摇尾巴。秦德宝又说，大鱼大鱼，你搞什么吗？大鱼还冲他摇尾巴，仿佛招手一般。秦德宝笑了，说，大鱼,你想让我抓你吧,好嘛好嘛,我来了!说着,秦德宝上前猛跨一步,纵身一跃,跳进水中。

秦德宝真是积了德了!这话是花五彩说的。如果没有花五彩,秦德宝的小命怕是就丢在九桂塘了。说起来,该着花五彩跟秦德宝结这段缘。那天,花五彩早早从十字街收摊回来,另有原因。早前,花五彩听说人家孩子参军,政府拥军办都送一块"军属光荣"的牌子钉在家门口。花五彩自以为也是军属,就去找拥军办。拥军办说,你不是军属,要什么"军属光荣"的牌子?花五彩说,我家小茉莉当兵,我怎么不是军属?拥军办说,我们按照名单发牌子,名单里没有你,你得去开证明。花五彩就去找小茉莉开证明,小茉莉好无奈,去找施亚男。施亚男倒是帮忙,考虑到小茉莉既然没了父母,又是由花五彩养大,花五彩当然是家属,于是就给花五彩开了证明,又跟拥军办打了招呼。拥军办就答应了,约好这一天来花五彩家,在大门上钉一块"军属光荣"的牌子。花五彩自然高兴,早早回来等着。

傍晚的时候,拥军办的同志果然来了,在花五彩家的大门边钉上"军属光荣"的牌子。牌子是铁皮的,红底黄字,四周压花,花五彩越看越喜欢,一边看一边唱"雄赳赳,气昂昂,跨过鸭绿江",心情无比舒畅。就在这时,她听见九桂塘里"扑通"一声,抬头一看,有人一头扎进水里。花五彩想也没想就跑过去,边跑边喊救人。九桂塘是个锅底塘,花五彩自然晓得深浅,从浅水处蹚过去,一把抓住那人,死也不松手。幸好两个过路人也跳下水,帮着把人拖上岸。花五彩揩一把脸上的水,定睛一看,说,咦!这不是秦经理嘛!

秦德宝吐了几口塘水,迷迷糊糊地说,大鱼!大鱼!

花五彩一脸疑惑,说,秦经理,你怕是疯了!

【下部】

26　英雄

志愿军新编团"独臂团长"尤万里凯旋，是在两年后的冬天。巧合的是，这一天正是腊月初八。那天上午，脂城举行了隆重的欢迎仪式，敲锣打鼓，鞭炮齐鸣，热闹非常。按理说，这么大的事，郑梅林应该知晓，可他偏偏一无所知。更巧的是，那时候，郑梅林正在九桂塘花五彩家里。不过，郑梅林并没喝醉，也没躺在花五彩的雕花大床上。躺在雕花大床上的是花五彩。

花五彩病了，老毛病。

多年后，何达教授在《梅林春秋》一书中，对郑梅林缺席脂城欢迎"最可爱的人"凯旋的活动，给了明确的解释。何达教授这样写道："那天早上，郑梅林先生忽接九桂塘军属花五彩的急诊，便冒着严寒匆匆出诊。为了让革命军属花五彩尽快康复，郑梅林先生运用传统中医手法为她治病，望闻问切，一丝不苟。因此错过了那个激动人心的时刻！"

事实上，此事纯属巧合。那天，郑梅林并没有接到什么急诊，相反比平时清静许多。吃早饭时，英妹提到吕玉芝，听街坊说吕玉芝为了秦德宝的病，愁得天天抹泪眼，见人都没笑脸了。郑梅林听了，心里好烦，随便吃了几口便放下筷子，起身去小白楼，途中绕了一个弯，去看看秦德宝。自从那年跳进九桂塘捉大鱼之后，秦德宝得了疯病，时好时坏。好的时候跟正常人无异，知情达理，有礼有节；坏的时候连上茅房都不晓得，不晓得给吕玉芝添了好多麻烦。有一回，秦德宝陪吕玉芝回娘家，吃饭的时候，老丈人随口问起针织厂的事,秦德宝一听,当场白眼一翻,疯病发作,气得老丈人躺了好多天。说起来,秦德宝的病,郑梅林给他治过,查遍典籍,也没找到对症的方子,一直没有治好,只好隔几天去看望看望,尽点心意,也不枉兄弟一场。

　　来到秦家院外,没进门就听见算盘珠子噼里啪啦地响。郑梅林推门进去,见大毛坐在堂屋门槛上,一边晒太阳,一边练习打算盘,细嫩的手指上下飞舞,看上去倒像那么回事。前几年秦德宝两口子就做好打算,有意培养大毛打算盘,将来接班办针织厂。郑梅林不说好,也不说不好,劝他们说,儿孙自有儿孙福,且走且看吧。秦德宝觉得有道理,吕玉芝却不以为然,说,伢不接班,针织厂怎么搞下去吗?!这话里有话,郑梅林当然能听出来。针织厂两家合营,郑家眼下后继无人,将来也不晓得怎样,针织厂的未来只能指望大毛了。郑梅林被噎得一时接不上话,往后就不再多嘴了。

　　听见门响,大毛抬起头,见郑梅林来了,赶紧站起来打招呼。大毛长高了,懂事许多。郑梅林笑了笑,拍了拍大毛的头,示意他继续练习打算盘,接着朝堂屋里走。大毛晓得郑梅林来看秦德宝,便说,我妈带我爸去西乡找二仙姑去了。郑梅林愣了一愣,转过身往外走,不禁暗骂吕玉芝糊涂,白花冤枉钱。二仙姑不过是个跳大神的神婆,她要是真能治好秦德宝的疯病,岂不真成大仙了?!不过,转念一想,吕玉芝这两年也被秦德宝折腾得够呛,有病乱投医,也属无奈之举。

　　从秦家出来,郑梅林心里空落落的,背着双手,漫无目的地走,不知不觉竟来到九桂塘巷口。许久没有来过,九桂塘早不是过去的模样,居然有些陌生。沿街老屋子的墙上刷满标语口号,字大如斗。当年的盏盏红灯笼早已不见,连灯笼架子也没了踪影。郑梅林沿着老巷青石路走进去,脑壳里不时闪现当年情景,不禁感叹时过境迁、物是人非。新社会新国家,一切都是新的,倒也好啊!不知不觉,他猛一抬头,发现自己竟走到了花五彩家门前。花五彩家门前挂着"军属光荣"的牌子,他上前一看,门没上锁,轻轻一推,吱呀呀连响几声。只听屋里花五彩有气无力地问,哪个?郑梅林马上说,我!花五彩说,听声音是郑先生吧?郑梅林说,是我!花五彩咳嗽几声说,外头好冷,赶紧进来哟!

算起来,自从上次被冯汉生敲诈之后,郑梅林再没来过花五彩家。四下环顾,屋内空荡荡的,陈设已不是过去的样子。原来摆在显眼处的几件贵重物件已不见,窗前阔大的红木椅换成两把瘦竹椅,上面垫着碎花布拼缝的垫子,倒是和谐。花五彩指了指竹椅,郑梅林凭窗而坐。花五彩脸色焦黄,郑梅林晓得她的肝病又犯了。花五彩说,好些日子,浑身上下都不得劲,跟上了枷似的,坐一时就累。郑梅林让她到床上躺着,给她检查。花五彩本来行动利索,如今上床都费力。郑梅林扶她躺下,按压她的腹部和双肋,花五彩连叫好疼。郑梅林晓得不好,为她把脉一番之后,不禁叹气。花五彩似乎晓得自己不好,说,算了算了,活一天算一天吧!郑梅林有点伤感,说,有病治病,回去我开些药,让英妹给你送来。花五彩说,那太麻烦了!郑梅林说,先吃药养一养,也许明年开春阳气上来,病就好了!花五彩说,阿弥陀佛,谢了谢了!

郑梅林起身告辞,花五彩送到门外。望着冷风中的九桂塘,一塘瘦水,几分萧瑟,郑梅林长长地叹口气。花五彩突然说,郑先生,别嫌我多嘴,千万别学秦经理,九桂塘里没有大鱼!郑梅林淡淡一笑,说,我可不想得疯病!花五彩又说,秦经理病成那样,针织厂怎么办啊?郑梅林摇摇头说,一没人,二没钱,只好撂在那里!花五彩说,那么多机子,锃明瓦亮的,日久天长,怕要锈坏!郑梅林说,坏就坏吧,总归要坏!花五彩咂咂嘴说,可惜了!

就在这时,巷口传来锣鼓声,咚咚锵咚咚锵。花五彩说,这锣鼓声吵死人,怕是又有事!郑梅林说,有人就有事,不奇怪!花五彩说,就是就是!郑梅林挥挥手,转身走了。来到巷口,敲锣打鼓的队伍已经走远,听见街上有人议论,尤司令率领志愿军新编团从朝鲜回来了,还带回一个独腿女英雄。本来郑梅林想绕道去看看热闹,又一想腊月里病人多,恐怕有人上门就诊,便抄近路回小白楼了。途中,郑梅林想,不出意外,那个独腿女英雄一定是小桃红。

事实确实如此。

在腊月的寒风中,独腿女英雄小桃红回到脂城,风头盖过了独臂司令尤万里。多年后,在回忆录《脂城往事》中,何修文用饱含激情的文字,描述了当时的场面:"农历腊月初八上午十时许,英雄们凯旋,古老的脂城沸腾了!盼星星,盼月亮,脂城的乡亲终于盼回亲人新编团!欢快的锣鼓,是热情的呼唤;招展的红旗,是迎接的手臂。看吧,我们的英雄来了!他们带着胜利的笑容,带着对亲人的思念,向我们深情地走来了!……走在最前面的是独臂司令尤万里,在他的旁边,是挂着双拐的女英雄小桃红。小桃红虽然在战场上失去一条腿,但精神面貌焕然一新,尤其是她胸前的军功章,在冬日的阳光下熠熠闪光,让我们的女英雄显得更加英姿飒爽!"

除了在欢迎仪式上光彩照人,小桃红面对成千上万群众的一番演说,更是反响巨大。何修文在《脂城往事》中回忆,小桃红谈到自己光荣负伤的情景时,令人心惊胆战,热血沸腾。据小桃红在演讲时说,她的腿是被敌人的地雷炸断的。她踩到地雷的那一刻,心里非常害怕,但是当她看到战友过来救她时,马上想到,无论如何不能让战友付出无谓的牺牲,因此就在地雷爆炸的瞬间,她奋力将身边的战友推开!"轰的一声巨响,我眼前一黑,顿时昏迷过去……当我醒来时,发现自己少了一条腿,我好伤心好难过。但是当得知战友安全时,我欣慰地笑了!同志们,用一条腿换一个战友的生命,迎来战争的胜利,对一个革命战士来说,值!"小桃红说到这里,右手用力挥起。顿时,台下响起热烈的掌声,经久不息。

此次凯旋,尤万里虽然没有小桃红那么令人瞩目,但受到的礼遇不少。事实上,尤万里不仅带回胜利的荣誉,还带回一块新伤疤。伤疤在屁股上,鸡蛋大小,微微凹陷。施亚男发现这块新伤疤,是在尤万里回家当天晚上。当时,尤万里洗完澡准备换衣服时,施亚男发现了那块伤疤,不禁一惊。尤万里慌忙躲开,不让她碰。施亚男问,你负伤了?尤万里轻描淡写地说,小意思!施亚男说,你在信里从来没提到过!尤万里说,不值一提!施亚男心疼地说,那也应该说说嘛!尤万里说,怕你担心嘛!施亚男捶他一下,说,心倒是细!

转天,尤万里参加脂城"最可爱的人"英雄事迹巡回报告,因为走得急,把军功章忘在家里。本来,尤万里说不戴军功章一样作报告,但大会主持人何修文不同意,说英雄做报告,不戴军功章不合适,要体现对广大群众的尊重嘛!尤万里觉得有理,派小安庆赶紧回家去取。好在路程不远,小安庆来到尤万里家,拿到军功章正要走,被施亚男拦住了。施亚男问,小安庆,团长负伤了,你怎么不跟我说?!小安庆一愣,说,团长负的轻伤,怕你担心,不让说!施业男说,他怎么负的伤?小安庆挠挠头,说,好像……大概……是地雷炸的!施亚男觉得奇怪,说,咦?小安庆,你是警卫员,团长怎么负伤,你还不晓得?小安庆脸一红,说,地雷,肯定是地雷!施亚男说,好奇怪嘛,怎么又是地雷?小桃红负伤也是因为地雷!小安庆说,哎呀,你不晓得,地雷跟山芋似的遍地都是!施亚男盯着小安庆的眼睛,小安庆眼神躲闪,说,真的!施亚男心里有数了,便挥挥手说,赶紧去吧!

那天,尤万里一共作了三场报告,腰酸腿疼,嗓子也哑了,没料到耍嘴皮子比打仗还累,回到家饭也不吃,倒头就睡。施亚男气呼呼地过来,拎着耳朵把他揪起来,问他,屁股上的伤,到底是手榴弹崩的还是地雷炸的?尤万里随口说,手榴弹!施亚男说,我问过小安庆,他说是地雷炸的!尤万里困得要死,说,肯定是那小子记错了!施亚男认真地说,那好,我把小安庆找来当面对质!尤万里一听慌了,一脸无奈,说,打仗的事你也晓得,当时我们运输队被敌军侦察机发现,四面都是炮火,天上地下,我怎晓得是什么炸的嘛!总之一句话,负一点小伤,人还活着,这不是最好吗?施亚男冷笑一声说,我再问你,你是不是跟小桃红一起受伤的?尤万里一愣,马上说,你这是什么意思?施亚男步步紧逼,大声说,小桃红在作报告时说当时她奋力一推,推的那个人是不是你?是不是?!尤万里顿时有点慌乱,结结巴巴地说,亚男亚男,听听听……听听听我说!施亚男扯住尤万里的耳朵,用力一提,说,是不是?尤万里疼得龇牙咧嘴,大声说,是!是!施亚男突然笑了,松了一口气,说,好了,睡吧!尤万里心里没底,说,听我解释嘛!施亚男说,不用解释了,她救了你一命,抽空我去感谢她!尤万里说,战友之间,没必要吧?施亚男伸手把灯拉灭,在黑影里说,人家丢了一条腿,换你一条命,说什么也得感谢!

脂城"最可爱的人"英雄事迹巡回报告,一直持续到春节以后。正好是个星期天，施亚男上街买了一条红丝巾和几斤苹果，去看望小桃红。平心而论，施亚男是真心感谢小桃红。如果说当初因为小桃红害得她小产，施亚男多少还有点怨气，如今满心只有感激。当初，小桃红在新生连带头闹事，施亚男就看出来，这姑娘虽说性子烈，有脾气，但是个有情有义的姑娘，关键时刻敢担当。想到这里，她又想起对小桃红跟尤万里关系的误解，还想起给尤万里信中的"提醒"，不禁脸上有点发热了。

小桃红是外乡人，在脂城无亲无故，因此组织安排她在市委招待所暂时住下。市委招待所在政府大院后头，走过去倒是不远。施亚男敲开小桃红房间的门，小桃红好吃惊，顿时愣住了，单腿在原地跳了好几下，马上敬军礼。施亚男还了军礼，搀扶小桃红坐下。小桃红拉着施亚男的手，说了一会儿闲话。施亚男把丝巾拿出来，说，小桃红同志，我不会买东西，不晓得你喜欢不喜欢。小桃红眼前一亮，说，哎呀，这么重的礼，我受不起！施亚男说，这哪算得上重礼？只能表示一下我的心意，我得谢谢你！小桃红说，谢我？这是哪里话吗？施亚男说，小桃红同志，谢谢你救了万里的命，要不是你，他就回不来了。要是那样，我真不知道现在日子怎过啊！小桃红有点慌张，说，亚男同志，你搞错了，我没有救万里同志！真的！施亚男笑着拍拍小桃红的手，说，小桃红同志，我相信你。不管你救了哪个，总归你在危险时刻，奋力推开自己的战友，就凭这个，我得向你学习！说完，施亚男站起来，给小桃红敬了一个军礼。小桃红脸上红一阵白一阵，一时无话可说，单腿站起来，还了一个军礼。

两个人又说了一些心里话，眼看时候不早，施亚男拿起丝巾，说，小桃红，你可记得我们头一回见面是什么时候？小桃红想了想，说，不大记得了！施亚男说，我记得！头一回见你的时候，是新生连成立的时候，你当时就系了一条红丝巾！小桃红一拍脑门，说，想起来了！想起来了！那条红丝巾当场让你没收了，说是资产阶级小情调！施亚男抱歉地笑了笑，说，当时为了改造你们，想让你们尽快获得新生嘛！小桃红说，就是嘛，要不是经过新生连，我怎会有今天？施亚男把丝巾给小桃红系上，左右打量一番，说，哇！好漂亮嘛！好像又看见当年的小桃红了！小桃红拍了拍空荡荡的右腿,说,如今是独腿婆子哟!施亚男说,不!小桃红同志,你现在是英雄,我们的女英雄!

施亚男从小桃红那里出来时,已近中午。一路上,施亚男有一种放下千斤重担的感觉,轻松许多。走到大院门口,她看见小茉莉一边抹眼泪,一边往外跑。小茉莉一见施亚男,马上躲开。施亚男觉得奇怪,把她喊住,问道,哎呀,又怎么了?小茉莉不吭声,只是抹眼泪。施亚男说,是不是花五彩又出事了?小茉莉摇头。施亚男说,光抹眼泪不能解决问题,说说吧!小茉莉跺着脚,说,你去问小安庆嘛!施亚男说,小安庆惹你了?为什么?小茉莉也不答话,索性哭出声来。

小安庆确实惹了小茉莉,原因出在信上。自从回到脂城,小安庆一直找机会靠近小茉莉。小茉莉晓得小安庆的心思,有意躲着。一追一躲,把小安庆的心撩得火急火燎的。巡回报告结束后,小安庆终于找到机会,向小茉莉展开进攻,追着小茉莉表达相思之苦。小茉莉始终不承认和他谈恋爱。小安庆急了,把一大摞信拿出来,一封一封念给小茉莉听。小茉莉越听越不对劲,说,我从来没有给你写过信,你是革命军人,不能耍赖皮,故意编造这些假信来讹人!小安庆急了,说,你写的信不承认,怎么能说别人耍赖皮?你敢做不敢当,不像一个革命军人,我看你这是旧社会风尘女子的习气!小茉莉一听,气个半死,不想跟他争辩,独自跑出来抹眼泪。

听到这里,施亚男脑壳里嗡的一声,差点晕过去。此时此刻,她意识到自己当初以小茉莉的口气给小安庆写信,是多么荒唐!这事不怪小安庆,也不怪小茉莉,要怪只能怪她施亚男。可是,事已至此,施亚男一时也不知如何是好,于是先安慰一番小茉莉,答应她尽快找小安庆谈谈。小安庆实在不听话,就让尤司令好好批评他,你晓得,尤司令发火是要掏枪的!小茉莉听了,这才松了一口气,跟着施亚男一起回家了。

施亚男和尤万里结婚后,在大院分到一处房子,独门独院,门前空地闲着可惜,便开出一个小菜园。还没开春,小菜园里不太兴旺,葱蒜香菜之类倒是依然生机勃勃。尤万里不在家,施亚男带着小茉莉在菜园里拔些菜回来包素馅饺子。小茉莉心情好了许多,一边包饺子,一边唱歌。施亚男乘机试探小茉莉,为什么不喜欢小安庆。小茉莉跟施亚男亲近,一直把施亚男当作知心大姐,有话愿意跟她说。施亚男说,小茉莉,在你眼里,小安庆是不是坏人?小茉莉摇头。施亚男说,那就是说他不是你喜欢的那种人?小茉莉点点头。施亚男微微一笑,说,小茉莉,你喜欢哪种人?小茉莉拿着一个饺子捏半天,说,非得说吗?施亚男说,不说我怎晓得嘛!小茉莉跷着兰花指,把饺子捏好,低着头说,郑先生那种!施亚男正在擀饺子皮,一听这话,手下一重,擀面杖差点脱手。小茉莉抬起头,说,不行吗?施亚男没吭声,三下两下,把一个饺子皮擀得走了形,乍看像一片被虫咬过的葫芦叶子。

27　小安庆

章织云去年春天生了一个男孩,取名何达。何达一周岁那天,正好是星期天。何修文跟章织云商量在家里设宴,给何达"抓周"。按脂城的规矩,"抓周"是孩子成长过程中的一个重要仪式,也算喜事。章家和何家在脂城亲友不多,章织云让何修文把他过去的结拜兄弟一起请来,借此机会聚一聚。何修文也同意,不过也有难处:老三郑梅林被政府处罚过,政治上不清白,不请为妥;老四秦德宝不仅被政府处罚过,还得了疯病,更不能请来。倒是老二尤万里请来合适,于是就请了尤万里夫妇。

何修文在回忆录《脂城往事》中,记述了当年给儿子何达"抓周"的情景,并引用了当时所作的一首打油诗:"小儿名何达,抓周乐哈哈。愿儿多淡泊,东篱种菊花!"从诗中可以看出何修文初为人父时的喜悦,同时他也对儿子寄予希望,希望他仿效陶渊明,做一个淡泊的名士。不过,多年后,在写这部回忆录时,何修文对一件事依然耿耿于怀,这件事跟郑梅林有关。

按规矩,"抓周"仪式在饭前举行。说是仪式,其实也不复杂。在一只笸箩里放上笔、钱、葱、糕等物,让孩子去抓。笔代表当官,钱代表经商,葱代表聪明好学,糕代表步步登高。那天,在众人的欢呼声中,章织云把何达放在笸箩前坐下,小家伙眼睛不停地眨巴,对面前的东西似乎都不大感兴趣,屁股一扭就爬走了。何修文把他抱回笸箩前,指着笔或葱,希望他会抓。何达眨巴着小眼睛,看了看笸箩里的东西,还是不感兴趣,又要爬走。尤万里说,修文同志,别难为伢了,我有办法,保证他会抓!何修文随口说,你又没当过爹,你不懂！尤万里呵呵一笑,倒是无所谓。施亚男听了这话,脸色阴沉。章织云心细,看出施亚男在意了,有意岔开话题说,万里,你有什么办法？说说看嘛！尤万里不慌不忙,从腰里掏出手枪放在筐箩里,对何达说,小子,过来过来！何达扭头看见手枪,十分好奇,手脚并用,爬到筐箩边,伸手就抓手枪。尤万里大笑,说,瞧瞧,将来又是一个兵！何修文摇摇头,把何达抱起来,在他小屁股上轻轻拍了两下。章织云接过何达说,当兵有什么不好嘛,将来我就想让伢当兵！

仪式草草结束,众人坐下吃饭。何修文和尤万里推杯换盏。章织云和施亚男坐在一起,一边吃饭,一边逗何达。施亚男没当上妈妈,见了别人家的孩子,好稀罕,一会儿亲一下,一会儿捏一下。章织云说,亚男,你和万里发扬战斗精神,抓紧要一个嘛！施亚男苦笑,说,要是打仗,我俩就拼了,可生伢的事,光拼没用。自从上回小产之后,一直怀不上！章织云一听,贴在施亚男耳边说,我也小产过,后来吃了郑梅林的方子,过了半年就怀上了。施亚男说,我也用过他的方子,没用！章织云说,凡事不能急,得慢慢来。别说生伢,就是种庄稼也得赶季节嘛！施亚男点点头,接着轻轻一声叹息。

就在这时候,有人敲门,何修文开门一看,是英妹,赶紧让她进屋。英妹不进屋,递上一个红纸包的盒子,说,大少爷让我送来,给你们家宝宝的周岁礼物！何修文把盒子收下,对英妹说声谢谢,英妹笑了笑,转身走了。何修文把礼盒拿进屋,对众人说,这个梅林,做事就是跟人家不一样！章织云说,快打开看看,说不定是洋货！何修文打开盒子,取出一个红布包,再打开一看,是一把玩具小手枪。尤万里一看,说,看看,连郑梅林那家伙都看出来了,何达这小子将来就是个兵！何修文说,这个梅林,他怎么晓得呢？章织云说,他怎么不晓得？我怀伢六个月的时候动了胎气,请他把过脉,当时他就说,这伢命硬,将来怕是要扛枪哟！何修文说,没听你说过嘛！章织云说,你整天东奔西跑的,哪有机会跟你说！施亚男说,扛枪有什么不好？新中国的江山,就是扛枪打下的嘛！尤万里说,手里有枪,心里不慌,枪杆子里面出政权！章织云说,郑梅林可神了,他当时还说,儿脉母代,你这伢将来不好管,天生跟生父犯冲！何修文一听,脸马上沉下来,把酒杯一放,说,这是什么屁话嘛！他郑梅林不好好行医,倒干上算命先生了！章织云说,人家把脉好准的！何修文说,他有本事给秦德宝把一把脉,也不至于疯成那样！施亚男说,我也相信把脉！尤万里说,都别争了,依我看,郑梅林那么一说,你就那么一听,唯心主义,封建迷信,共产党人不信！

且不管信不信,事实上,郑梅林一语成谶。多年后,何修文和何达父子俩一直不合,事事犯冲,以致闹出许多事。每每想起那句话,何修文都会迁怒于郑梅林。作为一名无神论者,何修文不能明着评论那句话的诅咒功能,却暗暗骂过无数次郑梅林破嘴臭嘴乌鸦嘴！当然,这些都是后话。

那天,何达的"抓周"宴吃得不大愉快。一顿饭的时间,何修文一直皱着眉头,看上去心事好重。尤万里多喝了几杯酒,没看出来。施亚男看出来了,正要找机会跟章织云告别,忽然有警卫来报,说不好了,小安庆闹出大事了！尤万里一听,马上站起来,提上枪就跑了出去。施亚男也觉得大事不好,便跟着一起去了。

小安庆确实闹出大事了。

自从遭到小茉莉当面拒绝之后,小安庆非常苦恼,不明白小茉莉为什么突然如此绝情,明明写了那么多信,每一封信都说"想你",怎么突然就不承认了呢？其中一定有原因。小安庆脑瓜不笨,想来想去,一定是小茉莉心里喜欢上了别人。那么这个人是谁呢？小安庆觉得非得搞清楚,不然死也不甘心。这一天,尤万里要去何修文家吃何达的"抓周"酒,小安庆正好得了空闲,就想找小茉莉问个明白。

那天,小茉莉一早去九桂塘看花五彩。花五彩生病之后,小茉莉常抽空去看望,也算尽一份孝心。可偏偏花五彩不在家,小茉莉就回来了,刚走到大院门口,小安庆突然冲出来,二话不说,直直把她拉进大院旁边的小树林。小茉莉怕被人看见,没敢喊叫,心里暗自盘算如何应付。小安庆嘴里喷着酒气,开门见山,说,小茉莉同志,我再问最后一次,你到底喜不喜欢我？小茉莉摇头。小安庆说,那我问你,你心里是不是有别人？小茉莉有点烦,点点头。小安庆紧紧抓住小茉莉的衣领,呼吸急促,说,他是哪个？小茉莉想了想,说,你非得晓得吗？小安庆说,非得晓得！小茉莉叹口气,说,你还是不晓得的好！小安庆说,不行,非得晓得,不然我不死心！小茉莉咬了咬嘴唇,突然说,郑先生！小安庆退后一步,诧异地盯着小茉莉。小茉莉抻了抻被小安庆抓皱的衣领,说,小白楼,郑先生！小安庆做梦也没想到,小茉莉会说出这句话,惊得脸色煞白,嘴张好大,半天没缓过神来。小茉莉说,你问过了,我也说了,让我走吧！小安庆突然大喝一声,我不相信！小茉莉说,信不信由你,我就是喜欢郑先生,这辈子要么不嫁,要嫁就嫁郑先生！小安庆呼哧呼哧喘着气,突然抓住小茉莉的手,拉起就走。小茉莉说,大白天的,你要干什么?！小安庆说,一起去小白楼,问个究竟！小茉莉晓得喊也没用,又怕影响不好,只好忍了。

从大院到小白楼,不远也不近。一路上,小茉莉只晓得手腕生疼,不记得如何走过来的。来到小白楼,英妹正在打扫药房的柜台,看见小安庆和小茉莉手拉手进来,马上笑了,说,哎呀,好得分不开了嘛！小安庆板着脸问,大少爷在上面吗？英妹见形势不对,愣了愣,摇摇头。小安庆说,到哪去了？英妹说,出诊了,过一时就回来！小茉莉冲英妹又使眼色又摇头,英妹似乎明白点什么,说,小安庆,老酒吃多了嘛,找大少爷有什么事？小安庆指了指小茉莉,说,你问她！英妹说,你把小茉莉的手腕子都攥红了,快松开！小安庆说,不行！我松了手,她就跑了！英妹说,放心,有我在,她不会跑！小安庆想了想,松了小茉莉的手,却抓住小茉莉的衣袖。小茉莉无奈得想哭,忍了忍说,你让我说什么？小安庆说,你就说你喜欢哪个！小茉莉清了清嗓子,说,我喜欢郑先生！英妹有点蒙,说,小茉莉,你也喝多了？小茉莉说,我没喝酒,我就是喜欢郑先生！

正说着,郑梅林回来了,见三个人站在那里说话,觉得奇怪,说,有话进去坐下说嘛,杵在那里算什么？小安庆突然上前拦住郑梅林,说,我有话说！郑梅林闻了闻,说,喝多了嘛,有话说吧。小安庆对小茉莉说,你说！小茉莉脸一红,转过身去。郑梅林说,你们这是唱哪一出？小安庆脸涨得通红,说,小茉莉她不喜欢我！郑梅林说,两个人的事,好好谈谈嘛！小安庆说,她说她喜欢你！郑梅林脸一沉,说,小安庆,你们的事,把我搅进来搞什么?！走走走！小安庆说,不说清楚不能走！小茉莉,你是不是喜欢他?！

小茉莉憋了半天,眼泪唰地下来了,大吼道,我就喜欢他,我就喜欢他!小安庆听罢,大哭起来,指着郑梅林吼道,你听见了吗?你听见了吗?郑梅林没有吭声,气得浑身发抖,丢下他们,独自朝街上走去。

据何修文在《脂城往事》中记载,那天尤万里和施亚男等人赶到小白楼时,小安庆已经拉着小茉莉一起站在楼顶。楼前楼后,围了好多人看热闹,指指点点,议论纷纷。尤万里喝了酒,脑壳尚清醒,抬头看了看楼顶的小安庆,不慌不忙,双腿叉开站稳,扯着嗓子喊道,小安庆,看看老子是哪个?小安庆低头一看,说,尤司令!尤万里骂道,晓得是老子就好,马上放了小茉莉,老老实实给老子下来,这是命令!小安庆说,尤司令,对不起,你别管我,我不想活了!尤万里说,没出息的家伙,我看你小子就是孬种,就是狗熊!小安庆说,我不是狗熊,我不是孬种!尤万里说,不想活怎么不战死在前线?怎么不跟敌人同归于尽?小安庆说,我不想死在前线,小茉莉给我写了好多信,她说她想我,我要活着回来!尤万里说,别找借口!我问你,你还是革命军人吗?还想入党吗?小安庆说,想!尤万里说,呸!就你这熊样,连自己都管不住,有什么资格入党?小安庆愣了愣,说,不能入党,那我死!尤万里突然掏出枪,说,小安庆,老子再说一遍,你要是不把人放了,乖乖滚下来,老子就一枪毙了你,大不了上军事法庭!小安庆有点犹豫,拖着哭腔说,尤司令,别管我,让我去死!尤万里急了,暴脾气再也忍不住,举起枪啪啪冲着天空连开两枪。枪声清脆,小白楼上空一阵回响。小安庆傻了似的,乖乖松开小茉莉的手,双腿一软,蹲下来呜呜地哭起来。

何达教授所著的《梅林春秋》对小安庆自导自演的这出闹剧有所涉及,但着墨不多,目的是说明郑梅林待人宽厚仁慈,不多计较,至于前因后果没有多说。不过,何修文先生在回忆录《脂城往事》中直接评价,这是一场由感情问题引发的社会事件,在脂城造成极坏的影响。追根溯源,施亚男当初冒小茉莉之名写的那些信是主要原因,因此她有不可推卸的责任。

事实上,小白楼事件之后,施亚男主动向组织说明自己当初冒用小茉莉的名义给小安庆写信的原因,并愿承担相应的责任。由于当众开枪,在群众中造成不良影响,尤万里主动向组织报告,愿意承担责任。组织上考虑到施亚男和尤万里所犯错误都有具体原因,且愿望都是好的,又能主动承认错误,分别给予相应处分。而小安庆作为革命军人,酒后失态,做出了有损军人形象的事情,经上级研究,决定开除其军籍。施亚男觉得对不住小安庆,拉上小茉莉一起,找组织求情,把对小安庆的处分,从开除军籍改为劝其退伍。

小安庆退伍那天,尤万里心情复杂,特意让施亚男多准备几个菜,请小安庆吃顿饭。毕竟刚刚因酒犯错,小安庆滴酒不沾,尤万里非常赞赏,把自己的酒杯也收起来。小安庆问,尤司令,那天在小白楼,我要是不下来,你真会朝我开枪吗?尤万里哈哈一笑,说,老子怎么会干那种傻事?明明是吓唬你嘛!小安庆叹口气说,尤司令,那天你不如一枪把我毙了,免得现在丢人现眼!施亚男正好端菜进来,马上插话说,小安庆,别说傻话,人无完人,哪个不会犯点小错?!小安庆说,小错?小错能让我退伍?恐怕我这辈子别想入党了!尤万里恨铁不成钢,把桌子一拍,说,看你那熊样!知错就改还是好同志嘛!施亚男说,退伍回到地方,换个环境好好干,党的大门是永远敞开的!尤万里说,不管在哪里,只要好好表现,组织是能看见的!小安庆点点头说,首长放心,我一定好好表现!尤万里一边给小安庆夹菜,一边说,你小子要记住,吃一堑长一智,往后做事,不能鲁莽!施亚男说,哼!你自己都做不到,还好意思说人家!尤万里咂咂嘴,马上把嘴闭上了。

吃过饭,又说了一会儿话,小安庆起身告辞。尤万里突然将他拉住,从墙上取下军功章,说,小安庆,你跟我这些年,受了不少委屈,临别也没什么好东西送给你,这枚军功章你带上!小安庆不要,眼泪汪汪地说,尤司令,你这不是打我脸嘛,我不是个好兵,怎有脸要军功章?!尤万里说,这是老子颁给你的奖章!小安庆坚决不要,后退两步,拖着哭腔说,请尤司令放心,奖章我将来自己挣!尤万里大为感动,连说几个好,伸出独臂,紧紧握住小安庆的手,不停地颤抖,半天才松开。

施亚男送小安庆到院门口,掏出一卷钱,说,小安庆,我们两口子没攒多少钱,这些钱你带着,留着娶老婆用!小安庆摇摇头苦笑,说,唉!这辈子我也不想娶老婆了!施亚男叹口气,说,都怪我,好心做错事!小安庆说,怪我自己!其实我早就看出来,那些信不是小茉莉写的。我见过小茉莉写字,写得好丑。施亚男不解地说,那你应该早说嘛!小安庆说,唉!我当时着了迷嘛,自己哄自己,希望她能真心喜欢我!施亚男帮小安庆整了整衣领,说,好了,往后多努力,一切都会好的!小安庆点点头,走了几步又转回来,说,施大姐,有件事我说了假话,对不住你!施亚男说,是不是小桃红的事?小安庆点点头,说,尤司令确实是跟小桃红一起受的伤,确实是地雷炸的。那天躲敌机轰炸,尤司令一天没吃东西,小桃红为了给尤司令送一个苹果,抄近路时踩上地雷,当时她吓得不敢动。尤司令想跑过去救她,她怕伤着尤司令,硬是把尤司令推到一旁,用身体掩护了尤司令。现在想想,真佩服小桃红,真佩服!施亚男说,我也佩服!

28　弹壳

秦德宝又犯病了,狠狠地揍了吕玉芝一顿,吕玉芝的头发被他揪掉好几绺。当天晚上,吕玉芝哭着来找郑梅林,郑梅林好劝歹劝才把她劝好了。英妹给吕玉芝倒了一杯茶,吕玉芝喝了两口茶,想一想这日子过得憋屈,不禁又哭起来。

在《脂城往事》中,何修文记录了秦德宝借疯惩妻的故事,笔调轻松诙谐,把原因归结为秦德宝长期压抑后的精神反抗,还引用了鲁迅先生的名言,"不在沉默中爆发,就在沉默中灭亡"。总之,在何修文看来,吕玉芝挨打是咎由自取,理所应当。何修文对吕玉芝有没有成见不好说,不过他对秦德宝夫妇关系的分析倒是有几分趣味。

自从去脂城西乡找二仙姑跳了一回大神,秦德宝似乎得了神仙眷顾,大半年都没犯病,时不时地还指导大毛打算盘。吕玉芝好高兴,暗自盘算钱花得值。这一天,吃午饭的时候,吕玉芝劝秦德宝出去走一走,活动活动筋骨,也好散心消食。秦德宝听话,放下饭碗就出门。本来,秦德宝想去小白楼,找三哥郑梅林说说话,刚走过巷口,就听见大喇叭在广播"公私合营"的政策,有条有款,有点有面。公私合营这事并不新鲜,早先脂城上下有过议论,光刮风不下雨,都没当回事,秦德宝也没当回事。走过拱辰桥,见百味轩的马老板从东门码头方向匆匆过来,身后跟着一个伙计,挑着两筐水淋淋的鱼虾。扁担压得两头弯,看上去担子好沉。秦德宝生病多日,很少出门。马老板一见就问,秦经理,病好了?秦德宝说,好了好了!马老板说,好了就好,好了才好做买卖嘛!秦德宝笑了笑,指着两筐鱼虾说,这怕是要办酒席啊?!马老板说,马上要公私合营,摆几桌酒,庆贺庆贺!秦德宝一愣,说,难道真要公私合营?马老板说,不是蒸(真)的还是煮的?我家百味轩手续都办好了。对了,你们针织厂怎么办?秦德宝一脸茫然,摇摇头说,不晓得。马老板说,秦经理,看样子,你好像不大拥护政策嘛!秦德宝忙说,拥护拥护,坚决拥护!马老板说,拥护就赶紧办嘛!我跟你讲,跟着公家干不吃亏,早办早好!秦德宝说,晓得晓得。马老板走了几步,转身拿出一张报纸递过去,说,政策在上头,回去好好看看!

　　马老板带着伙计过桥去了,秦德宝在原地坐下来看报纸。报上写的都是公私合营的事,除了政策,还有全国各地的消息。秦德宝看着看着,脸沉下来,带着报纸转身回家。一进门,吕玉芝就问,怎么这么快就转回来了?秦德宝没吭声,径直进里屋,把报纸一甩,往床上一躺,瞪着眼望着房梁。吕玉芝跟进来,说,哪块不得劲?我帮你揉揉嘛!秦德宝还是不吭声,直勾勾瞪着房梁。吕玉芝说,跟你说话也不搭腔,死瞪着房梁,上头有金子还是有银子吗?!秦德宝依然不吭声,翻了一个身,直勾勾地瞪着窗外。吕玉芝有点不耐烦,说,唉!不晓得上辈子作了什么孽,摊上这样的人!秦德宝一听,翻身下床,瞪着双眼对吕玉芝说,你说什么?吕玉芝没好气地说,我说我上辈子作了什么孽,摊上你这样的人!秦德宝突然变了脸,紧咬牙关,冲上去要抓吕玉芝。吕玉芝吓得夺门就跑,秦德宝紧追不放。吕玉芝惊慌之中脚下不稳,被门槛绊了一下,一头跌在门外边。秦德宝骑在吕玉芝身上,一手抓住吕玉芝的头发,一手照着吕玉芝一通乱打。吕玉芝疼得嗷嗷直喊,大毛听见从外头跑进来,上前去拉秦德宝。秦德宝揪着吕玉芝的头发,死不松手。大毛急了,一口咬在秦德宝手上。秦德宝疼得大叫一声,起身放过吕玉芝,随手抖搂手中几绺长发,大笑几声,走出家门。

　　吕玉芝虽说挨了打,但脑壳还清醒,晓得秦德宝又犯病了,生怕出事,随后满街去找。先去九桂塘,没有见人,又去针织厂,也没见人。吕玉芝又气又恨,又累又怕,只好来郑家老宅。吕玉芝是个有心人,来的时候还没忘记带上那份报纸。

那份报纸有一股腥味，郑梅林打开报纸时抖搂几片鱼鳞，不禁皱了皱眉。实话实说，关于公私合营，郑梅林早有耳闻，虽不详细，但大体上明白。不过，郑梅林没把它当回事。公私合营，政府提倡自愿，好比搭伙做生意，讲究的是你情我愿，不会牛不喝水强按头。话又说回来，针织厂搁置好久，如今成了烂摊子，自己对经营一窍不通，秦德宝又得了疯病，私营也好，合营也罢，意义都不大。若是真能公私合营，说不定对针织厂还是好事。毕竟，一个好汉三个帮，众人拾柴火焰高！

吕玉芝愁眉苦脸，抹着眼泪说，三哥，德宝又犯病，会不会是"公私合营"闹的？郑梅林点点头又摇摇头，想了想说，办厂做买卖，德宝比我有经验，以针织厂的现状，他应该能看出来，合营是好事！吕玉芝说，既然是好事，为什么他又犯病了？我在二仙姑那花了好多钱呢！郑梅林苦笑，说，怕是二仙姑又缺钱了！英妹在一旁听了，想笑又不敢笑，说，时候不早了，还是赶紧去找人吧，黑灯瞎火的，别又惹出什么事！吕玉芝一听又哭。郑梅林说，不要找，他没事！吕玉芝和英妹互相看了看，郑梅林说，他打你一顿，说不定病就好了！吕玉芝一脸茫然，英妹偷偷抿嘴笑。郑梅林说，有道是医家治病不治命，有的病别人治不好，就得自己治！

正说着，大门外一阵响动。英妹赶紧过去看，一开门，见小安庆扶着一个人，一身酒气，软塌塌的。英妹一惊，说，哪个？小安庆说，秦经理。英妹一听，大叫，秦经理回来啦！吕玉芝一听，赶紧跑过去，一看果然，顿时又哭起来，说，死德宝，你跑哪里去了？吓死人了嘛！秦德宝醉眼蒙眬，说，高兴嘛，喝酒嘛！吕玉芝说，哼！把我打个半死，你还高兴！秦德宝说，高兴！就是高兴！英妹劝吕玉芝说，先别说了，赶紧给他醒醒酒吧！

秦德宝喝下英妹做的醒酒汤，打了几个酒嗝，便靠在椅子上睡着了。趁这个工夫，小安庆把事情经过一说，众人才明白过来。原来，小安庆退伍之后，经人介绍到淮上酒家帮工。当天晚上，小安庆正在店里迎客的时候，秦德宝来了，看上去跟正常人一样，拉着小安庆说了几句客气话。之后，秦德宝挑了一个雅座坐定，二话不说，点了几个好菜，要了两壶好酒。小安庆晓得秦德宝平时不爱铺张，很少来这高档的酒家享受，便说，秦经理，又是好菜又是好酒,太阳从西边出来了!秦德宝说,今天吃的是私营的酒,往后公私合营,就不好办了嘛。来来来,最后一顿,一起喝!小安庆说,我发誓再不沾酒,你自己慢慢喝吧!秦德宝也不勉强,自斟自饮,不多时就把两壶酒干了,又要上酒。小安庆劝他少喝,他非得再要一壶,没料到才喝两杯就醉了。小安庆扶他出来,本想送他回家。他不干,非要去郑家老宅,找三哥谈事,还是大事。小安庆拗不过醉汉,只好把他送到郑家老宅来了。

这时候,秦德宝突然醒来,拍拍脑门说,高兴嘛,高兴嘛!众人都笑。郑梅林说,八老爷不在家,九(酒)老爷当家,你高兴什么吗?秦德宝也不看旁人,往郑梅林身边一坐,眼睛瞪得好大,说,三哥,针织厂有救了!郑梅林说,怎么有救?秦德宝说,公私合营啊!郑梅林点点头,说,你想好了?秦德宝说,想好了!明个我就去政府打报告,拥护政府,公私合营。三哥,你看行不行?郑梅林拍了拍秦德宝的肩说,还是老规矩,厂子的事,你当家!秦德宝说,三哥放心,不会给你丢脸!郑梅林长长舒了一口气,说,那就好啊!秦德宝一边起身一边说,三哥,时候不早了,我早点回去歇着,明个一早去政府办正事!郑梅林站起来送他,吕玉芝跟在后面。秦德宝一扭头,一脸诧异,问道,玉芝,你怎么在这?吕玉芝没好气地说,问问你自己!秦德宝摸摸头,说,我怎么了?不就是喝醉了嘛!吕玉芝说,喝醉之前呢?秦德宝想了想,一脸憨笑,说,不记得了!吕玉芝恨得直咬牙,眼泪又下来了,对郑梅林说,瞧瞧,这顿打我是白挨了!郑梅林笑了笑,说,时候不早了,你们回吧。秦德宝笑着点头,一把拉住吕玉芝的手,出了郑家老宅,消失在青石巷的黑暗中。

秦德宝两口子离开之后,英妹留小安庆多坐一会儿,一起说说话。自从在小白楼闹过事之后,小安庆一直躲着郑梅林和英妹,更没去过小白楼。郑梅林倒是常跟英妹提起小安庆,也晓得他在淮上酒家帮工。有两次去淮上酒家吃饭,郑梅林有意找过小安庆。可是小安庆躲着不见。中秋节那天,郑梅林让英妹去叫小安庆来家吃顿团圆饭,小安庆搞死不来,不晓得为什么。

秋夜风凉,送来阵阵菊香。残月西斜,郑家老宅屋脊的阴影拉得好长,将天井里的假山都淹没了。灯光下,小安庆如坐针毡,低着头一声不吭。英妹借着给茶杯续水的机会,推了推小安庆,意思是让他说说话。小安庆还是一声不吭,自顾自地摆弄手指头。郑梅林也不见怪,说,小安庆,在酒楼帮工,怪累人的,还是回小白楼吧!小安庆摇摇头,说,我回不去了!英妹插嘴说,你在小白楼干了好些年,为什么吗?小安庆叹口气,说,我没脸回去!英妹说,那点事算什么嘛!小安庆还是摇头。郑梅林叹口气,对英妹说,随他吧。

英妹送小安庆出了大门,小安庆这才开口,说,英姐,麻烦你一件事!英妹说,有事就说嘛!小安庆说,有一样东西,请你带给小茉莉!英妹一愣,说,好嘛好嘛!小安庆把一个布包交给英妹,英妹接过来,掂了掂好沉,随口说,宝贝嘛!小安庆说,也不是什么宝贝,是我在朝鲜战场上捡的弹壳,上面刻着收信的日子,本来打算送给她!英妹说,那就是宝贝!小安庆苦笑,说,现在不是宝贝了,看着心烦!前几天还在想把它扔到脂河里算了!英妹说,大老远带回来,扔了多可惜!小安庆一声长叹,说,英姐,到时候,别说是我给的!英妹说,晓得!小安庆抬头望一望西边的残月,叹了口气,一扭头便走进青石巷。

小安庆送给小茉莉的礼物是一枚高射机枪的弹壳,黄铜壳身,擦得锃亮。睡觉前,英妹忍不住拿出来,在灯下一看,弹壳上刻着密密麻麻的日期,花纹似的,很是好看。英妹看不明白其中的含义,却能看出小安庆确实用了心。

转天,英妹抽空去找小茉莉,一路走一路想,小茉莉看见弹壳时会是什么反应。实话实说,英妹一直把小茉莉当妹妹看待,可是自从上回在小白楼,小茉莉当众说喜欢郑先生后,英妹觉得小茉莉变了,变在哪里,英妹说不清楚,总之是变了。如今,小茉莉不再是当年九桂塘的小丫头,而是二十来岁的大姑娘,人出落得漂亮,又在文工团工作,说不变也不可能。"我就喜欢郑先生",小茉莉的声音又清又脆,好多天一直在英妹耳边回荡。在英妹看来,这句话像刚从油锅里捞出来一样,好热好烫,似乎一碰就浑身不自在。好多回,英妹试着在心里说一遍,顿时觉得脸上发热,又说一遍,脸上还是发热。这么滚烫的话,小茉莉那死丫头凭什么张口就能说出来呢?!

　　文工团扩编后,搬到政府大院后头的平房,独门独院,院门口有当兵的站岗。英妹来到院门口,远远听见里面传出歌声。歌是新歌,英妹从没听过,不过好听。从明亮的嗓音里,英妹听出来唱歌的是小茉莉。英妹晓得在排练,不便打扰,靠在门口一棵樟树上等着。就在这时候,施亚男正好从外头回来,一眼看见英妹,赶紧拉住英妹的手,好一阵亲热。英妹跟施亚男一向亲近,问这问那,还问到尤万里。施亚男有问必答,倒是不见外,接着又问,英妹,你来有事? 英妹说,没什么事,想你们了,过来看看。施亚男说,想不想见小茉莉?! 英妹说,好久没见,也不晓得那丫头长高没有? 施亚男说,小茉莉可不是当年的小丫头喽,如今是文工团的台柱子! 英妹说,这丫头真有出息! 施亚男说,文工团请专家,专门为她创作了一首歌,叫《一颗红心》,正在加紧排练,年底去北京参加全国文艺调演! 英妹说,好嘛好嘛!

　　施亚男领着英妹进了文工团院子,让她等着,自己进去找小茉莉。不多时,小茉莉一身红装从排练房里跑出来,一团火似的扑到英妹身上。英妹假装生气,说,死丫头,吓死我了! 小茉莉拉着英妹又蹦又跳,说,英妹姐,告诉你一个好消息! 英妹抢过话头说,是不是要进北京唱《一颗红心》?! 小茉莉噘起小嘴,撒娇道,哎呀,肯定是施大姐泄密了! 英妹笑着说,这么大的事,半个脂城都晓得! 小茉莉高兴,缠着英妹一起看排练。英妹借口还有事,拉着小茉莉来到院门外,把一个小布包递给小茉莉。小茉莉接过来,问,什么? 英妹说,自己看! 小茉莉打开布包,见是一枚弹壳,眼睛一亮,说,哎呀,好漂亮! 英妹说,送给你的! 小茉莉看了看,说,我喜欢,谢谢! 英妹看着小茉莉,等着她问哪个送的,可是小茉莉似乎根本就没这想法,把弹壳收起来了。英妹低下头,犹豫着要不要告诉她是小安庆送的。小茉莉摇了摇英妹的手说,我得去排练,再见! 英妹还想说点什么,抬头间,小茉莉已一蹦一跳地跑开,一朵云似的飘进院里去了。

29　暖冬

已进腊月,脂城还没有落过一片雪。暖冬如春,似乎一切都放松起来。天空碧蓝,老城依旧,树木杂草都自顾自地休憩了。午后,老城墙上鸽子成群,落在城墙垛口上,慵慵懒懒,展开翅膀晒太阳。远远近近的屋顶上,冬日暖阳洒下片片暖暖的颜色,像画一样。穿街过巷的风拂面而过,时不时地飘来一股淡淡的煤烟味,让人觉得日子踏实而温馨。

施亚男站在脂城北门老城墙上,浮想联翩。屈指算来,到脂城几年,施亚男还是头一次站在老城墙上眺望古城,也是头一次有这份心情感受这份宁静。从当年逃出上海滩那个封建家庭参加新四军开始,施亚男似乎一直在跑,步履不停,日子流水一般悄悄过去了,回头一看,似乎没有留下什么痕迹。如果非要说有,那就是脸上的伤疤和冷不丁地冒出的几根白发。正是那几根不期而至的白发的提醒,施亚男突然意识到自己已是奔着四十而去的女人了。此时,有风从城里的方向吹来,带着丝丝缕缕的烟火气息。施亚男迎风伸展双臂,闭上双眼,深深吸了一口气,觉得从未有过的充实和满足。

不得不说,施亚男有这份闲情实在不容易。不久前,施亚男和尤万里一起转业到地方工作了。一切的改变从这个改变开始,且不可逆转。何修文在回忆录《脂城往事》中记述了当时国际国内的形势背景,当然也提到尤万里和施亚男转业到地方工作的情况。当时国际局势基本稳定,国内主要工作转入全面建设,全国开始大裁军,脂城城防司令部被撤销。尤万里的司令当不成,心里自然不痛快,但是依然服从命令,脱下军装。本来,市委研究决定安排尤万里到市政府当副市长,可是尤万里不想丢下手中的枪,主动要求转业到脂城市公安局工作。考虑到尤万里带兵打仗有一套,由市委书记何修文提议,市委研究一致通过,把市公安局局长的担子压在了尤万里的肩上。尤万里表示一定不辜负组织信任,确保家乡父老平安,当天就走马上任。相比之下,施亚男转业到地方,对工作没有特别要求。当时,全市正在轰轰烈烈地搞"公私合营",干部紧缺,施亚男就被安排到公私合营办公室。本来,何修文和市委班子研究让施亚男当主任。施亚男不愿意,一是没有经验,怕耽误工作;二是她觉得自己不再年轻,想有更多的时间考虑生孩子的事。何修文和市委都非常理解,也不再勉强。

毕竟是忙惯了的人,一转业到地方工作,规规矩矩按时上下班,两口子多少有点不适应。尤万里除了没完没了地擦枪,不晓得自己该做什么,折腾几天之后,想起当年"岳东事件"的案子一直悬着,马上来了劲头,开始从头梳理,发誓不破此案誓不为人。施亚男考虑最多的当然是生孩子,三天两头去小白楼找郑梅林讨教调养,回到家就研究补品做给尤万里吃,把尤万里吃得反胃,一闻见药味就想吐。施亚男记住章织云的话,种庄稼还得到季节,何况是生伢,所以准备打持久战。如此一来,自然苦了尤万里。不过,尤万里转业之后,性情大变,在施亚男面前,虽说不像小绵羊,大体上百依百顺。生伢这事关乎尤家血脉传承,再苦再难也要积极配合。

除了生伢的事,施亚男还有一块心病,那就是小安庆。施亚男一直觉得对不住小安庆,想帮帮小安庆。根据小安庆的实际情况,施亚男觉得最紧要的是帮他找个对象,看着他成家立业,似乎只有这样,她心里才得安宁。施亚男做过多年宣传工作,为人做事还有几分心得,搞对象讲究般配。婚姻是人生大事,不般配就是害人。虽说身边有不少年龄相当的女孩,可是想来想去,不是有对象的,就是快结婚了,没有一个合适的。

有一天,施亚男在街上看见小桃红拄着拐杖买东西,左手拿起右手丢,实在不便,便过去帮她。两个人边走边聊,施亚男开玩笑说,小桃红,女英雄也是女人,也该找个对象照顾你,生活起来也方便嘛。小桃红大大咧咧,说,我倒是想,就怕没人敢要我啊！施亚男脑瓜一转,马上就想到小安庆,说,小桃红,你要同意,大姐我帮你张罗张罗,好不好？小桃红拉住施亚男的手说,施大姐见多识广,眼光错不了,我候着！

回到家,施亚男把自己的想法一说,尤万里也觉得合适,还进行了一番战略分析。从信任基础上看,小安庆和小桃红是参加抗美援朝的老战友,共同经历过生死,互相熟悉,知根知底,少了互相了解的麻烦。从各自条件来看,虽说小桃红比小安庆大四岁,但是女大三抱金砖。何况人家小桃红模样漂亮,配他黑头土脸的小安庆绰绰有余。小桃红虽说少了一条腿,但她是女英雄,又有战功,脂城上下无人不晓。就这一点不比一条腿金贵?！最重要的是,将来两个人一起过日子,小安庆可以沾到小桃红的光,说不定入党问题就能解决了！

正所谓不是一家人,不进一家门。尤万里和施亚男两口子都是说干就干的急脾气,顾不上吃饭,开始全面谋划。尤万里的意见是把小安庆和小桃红一起叫到家里来,当面鼓对面锣,直截了当,成就成,不成拉倒。施亚男不同意,说搞对象又不是做买卖,怎么也得预热一下！尤万里晓得自己的意见说了也白说,马上闭嘴。施亚男最后拍板,星期天请小安庆和小桃红逛城墙。尤万里说,胡搞嘛,小桃红独腿,拄着拐杖,你让人家逛城墙,那不是有意为难人家吗?！施亚男说,这你不懂,只有在困难的时候,才能检验小安庆的态度。在老城墙上,如果小安庆前前后后照顾小桃红,小桃红一定会感动,这样一来,两个人感情就会拉近,事情也就差不多了！尤万里一拍桌子,大叫一声好。

头两天,施亚男分别邀请小安庆和小桃红,相约星期天下午一起上老城墙上看风景。小安庆和小桃红都不明白为什么大冬天下午上城墙看风景,又不好驳施亚男的面子和美意,都一口答应了。星期天,施亚男早早吃过午饭,提前来到北门城墙下等候,不多时小安庆和小桃红先后到了。上城墙的时候,施亚男说,小安庆,你的任务是照顾好我们的女英雄！小安庆答应一声是,上前扶着小桃红。施亚男说,扶着多麻烦,背嘛！小安庆有点不好意思,看了看小桃红。小桃红说,都是生死战友,没什么不好意思的,背我!小安庆只好伏身背起小桃红。施亚男在一旁打趣道,这样才对嘛,猪八戒都会背媳妇!小安庆一听,脸一下红了。上了城墙,施亚男越看两个人越合适,就忍不住笑。一来二去,小安庆和小桃红都明白了,所谓的看风景不过是借口,其实是施亚男想撮合他们。毕竟都到了这个岁数,一个眼神都能明白许多。小桃红性格爽快,故意对小安庆说,小安庆,施大姐这是要给咱们两个当媒人嘛,你看怎么办?小安庆低着头说,你说怎么办就怎么办!小桃红笑了,说,都是老战友,速战速决吧!小安庆憨憨一笑,说,听你的!小桃红一听,哈哈大笑,小安庆也笑。施亚男在后面莫名其妙,走过来问他们笑什么,小桃红说,我们的事定了!施亚男一愣,看着小安庆。小安庆说,她说定就定!施亚男兴奋得一拍大腿,说,这也太快了嘛!小桃红挽着小安庆的胳膊,说,大冷的天,早定早回嘛!

女英雄小桃红结婚成了脂城一大新闻,上了当年的《脂城日报》。据说,稿子经过当时的市委书记何修文亲自润色,标题是《女英雄出嫁》。何修文在回忆录《脂城往事》中说,女英雄小桃红结婚那天,脂城"三喜临门",一喜是女英雄小桃红新婚出嫁;二喜是小茉莉捧回大奖;三喜是针织厂公私合营成功挂牌。

事实上,针织厂公私合营确实是在小桃红结婚那天挂牌的。

说起来,针织厂的公私合营并不顺当,原因不在私方,也不在公方,而在于一封群众来信。按照上级相关规定,公私双方很快达成合营意向。市委市政府考虑到脂城未来纺织行业的发展,将几家小型织布和纺纱作坊打包合并,和针织厂一起合营,成立"公私合营红旗纺织厂",公方代表是施亚男,私方代表本来是郑梅林。郑梅林向来害怕出头露面,委托秦德宝代表。为了照顾小桃红,施亚男给市里打报告,把小桃红安排到厂里任人事科科长。小桃红当然愿意,二话不说,走马上任。

眼看万事俱备,只待择日宣布挂牌。就在这时候,市公私合营办公室收到一封群众举报信,落款是"一名正义群众"。这名正义群众的信中说,原北门针织厂曾经在渡江战役期间,以次充好,欺诈政府,牟取暴利。施亚男最先看到这封信,觉得问题相当严重。如果举报属实,那么受牵连的不仅是北门针织厂的两位股东郑梅林和秦德宝，时任脂城支前大队司令的尤万里，以及时任脂城市政府领导的何修文都脱不了干系。为慎重起见，施亚男把举报信压了下来，带回家给尤万里看了。尤万里一看，怒火中烧，提上枪就要把郑梅林和秦德宝抓起来。施亚男拉住他说，这不过是一封举报信，事情没有调查清楚，不可冒失！尤万里冷静下来，考虑再三，去找何修文商量。何修文认为此事非同小可，如果属实，那就是一桩反革命大案。

多年后，何修文在回忆录《脂城往事》中，专门用一章文字提及此事。当晚，何修文和尤万里把郑梅林和秦德宝一起找来，上来就问可有此事。秦德宝一听，吓得当场就犯了疯病。郑梅林如同五雷轰顶，连声感叹报应果然来了，索性痛痛快快把前因后果一一说明，连被冯汉生敲诈的事也供出来了。尤万里当场又拍桌子又掏枪，非要干掉郑梅林，说，郑梅林啊郑梅林，"岳东事件"你害老子受连累，如今又害老子一回，老子绝对不会放过你！何修文倒是冷静，劝尤万里也要冷静。事情到了这种地步，尤万里当然冷静不下来。不过，何修文提到一件事后，尤万里就冷静下来了。当年何修文押着那批棉被运往渡江前线，中途遇到大雨，赶到时渡江战役已经胜利结束。那批棉被没有被用在战场上当"棉被装甲"，而是配发给南下部队的战士当铺盖了，因此没有对部队打仗产生影响。不过，这种行为太过恶劣，必须查清楚。郑梅林自知有口难辩，不再说什么。尤万里和何修文商量后决定，马上把郑梅林关起来，等候进一步调查。至于秦德宝，已经疯成那样，怕是也审查不出名堂，暂且放他一马。毕竟，公私合营是当前的大事，北门针织厂公私合营照常进行。不过，鉴于私方代表空缺，届时不搞揭牌活动，直接挂上"公私合营红旗纺织厂"的牌子。

同样是在那一天，小茉莉从北京载誉归来。在全国文艺调演中，小茉莉以一首《一颗红心》摘得一等奖，成为新中国成立以来，脂城获得的第一个全国性大奖。人还没回来，消息已传遍脂城，引起轰动。说起来，宣布这一消息的不是别人，正是何修文。那天，何修文代表市委市政府参加了女英雄小桃红的婚礼并讲话，随后当众发布了小茉莉获奖的消息，并说这是脂城各条战线上的一次胜利！

小茉莉回到脂城的时候,并不知道郑梅林已经被关起来了。在北京时,小茉莉给郑梅林买了一条红围巾。这是小茉莉头一回给郑梅林买礼物,为什么非要买红围巾,她自己也说不清楚,就觉得大冬天郑先生离不了围巾。小的时候,每到冬天,小茉莉总会看见围着围巾的郑先生,一条围巾,随便在颈子上一绕,前后留一头,好有风度。小茉莉喜欢郑先生围着围巾的样子,更喜欢郑先生给她带的花生糖。如今想来,从那时候小茉莉就喜欢上郑先生了。实话实说,当初在小白楼,小茉莉当面说出"我就喜欢郑先生"时,她自己也吓了一跳,不过惊慌之后,便坦然了,轻松了。她说出了自己的心里话。一个人说出自己的心里话,有什么可怕的吗?! 所以,从那之后,小茉莉就把郑梅林当成自己待嫁的对象了。她不在乎相差十多岁,只是觉得他就是她一直想找的人,像兄长像父亲又像朋友。有这样一个人相守相伴,她就知足了,就幸福了。

当晚,小茉莉带着那条红围巾去了郑家老宅,一路上想象着郑梅林围上红围巾的样子,瘦瘦高高,斯斯文文,笑起来眼睛眯成一条缝儿。小茉莉这么想着,竟咯咯地笑了。来到郑家老宅,英妹开了大门,一见小茉莉就说,拿大奖了,有出息嘛! 小茉莉笑了笑,二话没说就问,郑先生在不在? 英妹脸马上沉下来,叹口气说,大少爷被关起来了! 小茉莉一听,惊问,为什么? 英妹说,因为棉花! 小茉莉说,他一个治病的先生,跟棉花有什么关系? 英妹摇头不语。小茉莉说,关在哪? 英妹眼圈红了,说,是公安局抓的人,施大姐应该晓得。小茉莉一听,扭头就走,英妹喊也喊不住。

小茉莉敲响尤万里家的大门时,尤万里和施亚男已经睡下。这些天事情太多,两口子都累得够呛,也顾不上"加班"了。施亚男起来开门,见小茉莉三更半夜来了,以为花五彩又出事了,赶紧让她进来慢慢说。小茉莉不进屋,守在门口问,郑先生关在哪里? 施亚男说,你问这干什么吗? 小茉莉说,我想去看他! 施亚男说,他的问题很严重,不方便看! 小茉莉突然哭了,孩子似的说,我不管! 我就要看他,就要看他! 这时候,尤万里被吵醒了,大声问,哪个? 施亚男说,小茉莉! 尤万里说,这丫头,得了大奖高兴得睡不着,三更半夜串什么门吗?! 施亚男说,她来问郑梅林的事! 尤万里一听,马上穿衣起床,过来问,小茉莉,你找郑梅林搞什么?小茉莉说,我想看看他!尤万里说,不行!他的问题还在调查!小茉莉大喊,调查归调查,凭什么我不能看他?!尤万里板起脸来,说,小茉莉同志,不许胡闹!小茉莉说,我就闹!我就闹!施亚男拉过小茉莉,帮她揩了揩眼泪,对尤万里说,让她去看看吧。尤万里想了想,叹口气说,这丫头,真拿她没办法!

通过尤万里协调安排,小茉莉去南门外螺丝岗看守所看望郑梅林。去之前,小茉莉除了带上那条红围巾,还去陶记买了一包花生糖。小茉莉记得小时候,郑先生每次来都带花生糖给她吃,每回都是陶记的花生糖,久而久之养成了小茉莉的口味——花生糖非得吃陶记,别的吃不出味儿来了。

看守所的同志把郑梅林带到会面室的时候,小茉莉马上站起来,眼泪忍不住下来了。不过才几天,郑梅林明显老了许多,胡子拉碴,背也有点弯了。小茉莉上前想拉他的手,他有意躲开。小茉莉把那条红围巾拿出来,要给他围上,他又躲开,接过围巾自己围上了。小茉莉看着围上红围巾的郑梅林,跟她想象中的一样,于是又把花生糖递过去。郑梅林吃了一粒,说,陶记的嘛!小茉莉破涕为笑,说,郑先生,我去北京了,拿了大奖!郑梅林好开心,笑着说,有出息嘛!小茉莉说,我唱的是《一颗红心》,我唱给你听!郑梅林看了看外面看守所的同志,说,这里不方便,将来再唱吧。小茉莉不依,站起来,深吸一口气,深情地唱起来:"天上一颗星,地上一颗心,星是指路的星啊,心是火热的心。你是我指路的明星啊,我要向你献上一颗红心……"

就在这时,看守所的同志进来了,说,同志,时间到了,请你马上离开!小茉莉不得不停止歌唱,意犹未尽。郑梅林说,小茉莉,唱得真好,等我出去再听。小茉莉点点头。郑梅林说,回去吧,好好工作!小茉莉依依不舍地走到门口,眼泪止不住地流,突然转过身来问,郑先生,你是反革命吗?郑梅林摇摇头,摇着摇着,眼泪汪汪。小茉莉点点头,说,我相信你!

30　咸肉

郑梅林被放出来时,已是第二年开春。那时候,郑家老宅西厢房窗台上那盆栀子疯了一样,冒出好多侧枝,蓬蓬勃勃,展开来差不多遮住大半个窗台,显得那只豁口咸菜坛子极不般配。英妹木想剪掉些侧枝,拿起剪刀,又不忍心下手,便由它去了。

何达教授的《梅林春秋》和何修文的《脂城往事》都记载了郑梅林被释放一事。在《梅林春秋》中,何达教授用他擅长的抒情笔调写道:"春天来了。北门城墙下,树木绿了枝条,小草发出嫩芽;郑家老宅屋檐下,燕子又飞回来了。郑梅林先生走在春风里,心情颇为复杂,他是多么想念这个家,多么想念英妹啊!在他跨进家门那一刻,英妹扶着门框,想起为救大少爷四处奔走的日子,不禁感慨万端,竟无语凝噎……"

实话实说,郑梅林能被放出来,英妹的确受了许多煎熬,也没少劳心烦神,但是起到关键作用的还是小茉莉。英妹虽然心疼她的大少爷,但无奈找不到门道,只好硬着头皮求施亚男帮忙。施亚男对郑梅林虽有同情,但涉及反革命的事情,当然不敢大包大揽,又不好辜负英妹的一片苦心,就给英妹出主意,让她找小茉莉。小茉莉毕竟年轻,不晓得事情的严重性,一直在替她的郑先生喊冤,得空就找尤万里,软磨硬泡,哭鼻子抹眼泪,什么都能做出来。自从北京捧回大奖,小茉莉成了脂城市的"宝贝",报纸、广播报道不断,无人不知,无人不晓。尤万里被她缠得头疼上火,还不敢轻易发火。不过,尤万里脑瓜不笨,心生一计,把"皮球"踢给市委,说公安局由市委领导,只要市委决定放人,公安局立马放人。小茉莉不知是计,就去找市委。找市委当然要找市委书记何修文,可是何修文工作繁忙,不是在东乡考察,就是到西乡调研,要不就在省里开会,见上一面好难。小茉莉不死心,直接去找章织云。

原文工团在脂城城防司令部撤销时划归地方政府,改名为脂城市歌舞团,由市文教局管辖,章织云接替施亚男任团长。小茉莉从北京捧回大奖,为脂城赢得新中国成立后第一个全国性荣誉,歌舞团的地位大幅提升。章织云在市里说话有了底气,为歌舞团争取到一座大院子,办公排练和职工住宿都在一起,上班方便,管理也方便,人称"市歌大院"。章织云把家搬到市歌大院,何修文没意见。何修文一向喜欢文艺,大清早就能听到吹拉弹唱,自然也乐意。毕竟在一个大院住,小茉莉到何家串门是家常便饭。况且,小茉莉如今是"市宝",又是团里的台柱子,章织云自然多给些面子。

小茉莉心情急切,又是直性子,开门见山,替郑梅林喊冤,希望章织云能帮忙跟何修文说一说。实话实说,章织云对当年的烂棉花事件有所了解,也晓得郑梅林是替秦德宝顶罪,但毕竟一码归一码,国法不能违,因此答应了解一下再说。小茉莉等不及,仗着是团里的台柱子,跟章织云亲近,又哭鼻子又撒娇,非要章织云想办法,让何修文批准把郑梅林放出来。章织云被她缠得头疼,只好让小茉莉在家等何修文回来,当面跟何修文说一说。

那天夜里,何修文回到家时,已过十一点,进门见小茉莉在家,并不惊讶,以为她无事串门,打声招呼便进书房看文件。没料到小茉莉把他拦住,说,何书记,我找您有事! 何修文看了看章织云,章织云说,还不是郑梅林的事嘛! 何修文说,小茉莉同志,郑梅林的案子公安局在办,目前还没结果! 小茉莉说,关了快半年了,没有查出结果,说明没有问题,那就得放人! 何修文笑了,说,小茉莉同志,看来你不要唱歌了,去当公安局局长才对嘛! 小茉莉小嘴一噘,不好意思地扭了扭身子。何修文说,郑梅林的案子,我问过多次,公安局说一时半会怕是不能定案,我也不好插手,毕竟办案是公安局的工作嘛! 小茉莉说,不对! 何修文一愣,问,怎么不对? 小茉莉说,公安局我去过好多趟,尤局长说公安局归市委领导,只要市委说放人,他就放人!何修文挠挠头,说,万里同志是这么说的?小茉莉说,是的!章织云说,哼!尤局长那人你还不晓得,这种话他能说出来!何修文说,这个尤万里,依法办案,靠的是证据,怎么能让市委来决定嘛?!小茉莉见何修文犹豫,马上跑过去抓起电话。章织云说,三更半夜,你往哪打?小茉莉也不答话,摇通电话,对话务员说,请接市公安局尤局长。章织云一听,不禁苦笑,对何修文说,赶紧去接吧!何修文过去接电话,说,万里啊,睡了吗?尤万里说,三更半夜不睡搞什么?是不是又有大案?何修文说,不是又有大案,是你把皮球踢给我了,小茉莉同志在我家闹情绪呢!尤万里哈哈大笑,说,本来嘛,公安就是归市委领导!何修文说,时候不早,不多说了,明天把郑梅林案子的材料都带上,到市委来,我们一起研究研究!尤万里说,好嘛好嘛。何修文放下电话,对小茉莉说,这回不哭鼻子了吧?!小茉莉笑了,冲着何修文敬礼,然后便跑出门去。

因为小茉莉一闹,两口子一时睡不着了。隔壁房间,儿子何达一阵一阵咳嗽,好久才停下来。章织云过去看了两回,才放心回到床上,说,依我看,郑梅林确实冤枉,明明替秦德宝背黑锅嘛!北门一带都晓得,他从来不管厂子里的事,都是秦德宝管,还有吕玉芝在背后当参谋!何修文说,一码归一码嘛,他郑梅林是大股东,管不管都有连带责任!话又说回来,秦德宝一急就犯病,一个疯子,拿他有什么办法?!章织云叹口气,说,秦德宝疯得真是时候,硬生生把郑梅林撂肉里去了,这不公平!何修文说,我们的原则是,不能冤枉一个好人,也绝不放过一个坏人!章织云说,都关了小半年,查不出结果,不如先放人再说!何修文叹口气,说,不是我不想放人嘛!你也晓得,万里同志一直觉得梅林有问题,从"岳东事件"就开始怀疑他,他又不能证明自己,所以才不放过他!章织云翻身坐起来,把灯打开,说,万里那个人,一根筋!何修文长长叹了一口气,说,明天正好开市委扩大会议,到时候我跟万里商量商量!章织云说,哼!秀才遇到兵,有理讲不清,他那牛脾气上来,你也顶不住!不如拿到会上,少数服从多数!何修文笑了,说,这倒是个好办法!

多年之后，何修文在回忆录《脂城往事》中，除了详细回忆小茉莉深夜来访一事，还记述了次日市委扩大会议上关于郑梅林案的讨论，他用了一个词："针锋相对"。从文中可以看出，"针锋"不是指一对一，而是一派对一派，热烈的讨论过后，举手表决，按照少数服从多数的原则，会议决定释放郑梅林。尤万里没办法，只好表示服从。

　　事实上，会上大多数人之所以支持释放郑梅林，还有另外一个原因，也是那次会议研究的另一个重大问题。因为去年暖冬，开春之后，脂城地区大面积流行"锁喉风"，其中包括何修文三岁的儿子何达。老百姓普遍反映，孩子吃了西药，不见效果。脂城人都晓得，小白楼的郑先生看儿科有一手，可是到小白楼找不到人看病。听说郑梅林被关起来，群众向政府呼吁：人命关天，把郑梅林放出来，救救孩子们！何修文当然也愿意，不过苦于个人不好决定，于是才在会上表决。表决通过后，何修文做总结讲话，孩子们害病是老百姓的事，老百姓的事都是大事！还是那句老话，当官不为民做主，不如回家种红薯。话音才落，赢得满堂掌声。当时，尤万里正在气头上，又因是独臂，没有鼓掌。

　　"锁喉风"是脂城人的叫法，其实就是"白喉"，是一种冬春时节的多发病，少儿罹患者居多。郑梅林被放回来当天，就到小白楼接诊，看过何达和几个患儿之后，料定白喉病暴发。因为去年秋冬久晴不雨，气温偏高，少儿体质稚嫩，邪气易从口鼻而入，直犯肺胃，经过一冬，酿成阴虚阳热，开春发病。此病易于流行，不敢怠慢。郑梅林写了一个报告，请章织云转交给政府。章织云拿着报告直接找到何修文，何修文意识到事态严重，马上号召全市展开防疫。

　　在脂城，白喉病并不少见，但是如此集中却是头一回。郑梅林斟酌再三，开了一方"银花白喉汤"，以金银花藤和一点红为君药，土牛膝和山大颜为臣药，熬煮汤药。因为担心患者众多，一一治疗来不及，郑梅林让英妹在郑家老宅天井里支起两口大铁锅，日夜熬药。小茉莉得知郑梅林回来，早就跑来给英妹帮忙。章织云发动歌舞团的同志，排成三个班，轮流过来帮忙。施亚男也是热心人，一边管着红旗纺织厂的事，一边请市政府协调，从东门胜利玻璃厂调拨一批酒瓶子,将熬好的汤药分装。《脂城日报》和市广播电台发出通告:凡有病人,可到小白楼登记免费领取。就这样,忙了五六天,才算松了一口气。

据何达教授在《梅林春秋》中描述,疫情得到控制后,英妹却累病了。郑梅林给她把过脉之后,开了一个滋补调养的方子,英妹吃过三天,气色大为好转。不过,病好了之后,她心情却一直不好,不爱笑了,话也少了。往常,一早一晚,英妹都要侍弄西厢房窗台上那盆栀子,如今三天不浇水,叶子枯黄,她也懒得管了。

英妹心情不好,不是因为别的,是因为小茉莉。自从郑梅林回来,小茉莉除了排练,只要有空闲,不是到小白楼,就是到郑家老宅,嘴上说是英妹身体不好,过来帮忙,其实是想多跟她的郑先生在一起。这一点英妹看得清清楚楚。英妹当然不能不让小茉莉来,腿脚长在人家身上,哪个也管不住。英妹晓得不能不让小茉莉喜欢她的大少爷。心眼长在人家身上,哪个也看不见。小茉莉是什么个性,英妹当然晓得。当年因为花五彩不让她进宣传队,她竟服毒抗争,死都不怕的丫头,还有什么事她做不出来?当着面她敢说"我就喜欢郑先生",还有什么话她说不出来?唉!想一想,大少爷被关起来犯愁,出来也犯愁,真是愁死人!不过,英妹不笨,尚有自知之明。以小茉莉的年纪和长相,和她争大少爷,她英妹肯定是手下败将,更何况小茉莉在北京拿过大奖,成了脂城的"宝贝"!

即便如此,英妹也不恨小茉莉,只恨自己的命苦。一个人一个命,不认不行,能和大少爷在一个屋檐下过了二十多年,已经是她的福气了!这样一想,英妹倒是把心放宽了,抬眼看见西厢房窗台上那盆栀子干得卷了叶子,赶紧打水把栀子浇个透饱。不管怎么说,这盆栀子是我的,英妹这么想。

就在这时,小茉莉又来了,一进门就大叫,好消息!好消息!英妹正在摘栀子上的黄叶,冷不防被吓一跳。小茉莉不好意思,晃了晃手里的一张红纸。英妹说,什么好消息?小茉莉说,我要去北京啦!英妹说,去搞什么?小茉莉说,学习!英妹说,学什么习?小茉莉说,声乐!英妹说,声乐是什么？小茉莉头一歪，想了想，说，就是唱歌嘛！英妹明白了，说，要学好久？小茉莉说，两年！英妹先是一惊，接着又暗喜，说，两年好长！小茉莉一噘小嘴，说，就是嘛，所以要找郑先生商量！英妹说，大少爷在小白楼！小茉莉说，小白楼我去过，没人！英妹说，怕是出诊去了。小茉莉说，我等他！

左等右等，郑梅林还是没回来。小茉莉一会儿跑到门口朝青石巷里张望，一会儿又回到天井里转转。英妹也不管她，只顾摆弄那盆栀子。小茉莉说，英妹姐，这栀子发这么大了，可以分成两盆吗？英妹说，不分！小茉莉说，明明可以分，为什么不分？英妹说，不想分！小茉莉咂咂嘴，没有说话，又把手里的红纸看了看。英妹一笑，说，小茉莉，你要跟大少爷商量什么？唱歌的事他也不懂！小茉莉说，商量我去还是不去？英妹转过身来，说，多好的机会，应该去！小茉莉拖着细长的尾音说，人家舍不得郑先生嘛！英妹听得浑身一麻，手下一乱，把那盆栀子从窗台上打落，啪的一声，摔得稀烂。英妹"哎呀"叫了一声，丢了命似的，忙蹲下来收拾，脚下不稳，一屁股坐在地上。小茉莉捂着嘴笑道，反正是个破咸菜坛子，摔碎也不可惜，正好找两个好看的花盆，分成两盆！英妹突然抬起头来，大声叫道，不分！小茉莉有点蒙，说，明明可以分的嘛！英妹又叫道，就不分！就不分！小茉莉被戗得一时无语，愣了半天，噘起小嘴委屈地说，不分就不分，吼什么吼吗？！

那天，郑梅林回到郑家老宅时，已是掌灯时分。多年后，何达教授在《梅林春秋》中提及此事。文中说，在那个春风荡漾的夜晚，郑梅林先生做出了他人生中最重要的一个决定。这个决定不仅改变了他自己的人生，也改变了英妹和小茉莉的人生，甚至改变了脂城的文化史。可以看出，何达教授的这种表述明显倾向于宏大叙事，多少有点虚张声势，但是也透露了一个重要的信息，那就是郑梅林所做的那个决定，至少关系到三个人。

事实上，那天晚上，小茉莉把进京脱产学习的通知递过来时，英妹并不在场。那时候，英妹正在厨房做饭，做的是春笋炒咸肉，给郑梅林下酒。郑梅林看过通知之后，连说几个"好事"。英妹听到了，一时走神，多放了一勺盐,菜炒咸了。不过,她并没意识到,把菜盛出来,转身就端上桌了。

郑梅林和小茉莉相对而坐,让小茉莉先吃。小茉莉早就饿得慌,夹了一大口菜放进嘴里,才嚼了两下,又吐出来,伸着舌头大叫,咸死人!郑梅林夹了一口菜尝了尝,也吐了出来。英妹闻声赶紧过来,尝了一口,不好意思地说,盐放重了,怪我!小茉莉把筷子一摔,说,没法吃嘛!英妹有点不高兴,端起菜正要走,小茉莉又说,哎,最好先拿水淘一淘,再加点笋!英妹突然血冲脑门,忍也忍不住,抬手连碟子带菜摔在地上,说,想吃自己做!郑梅林一愣,看了看小茉莉。英妹解下围裙一甩,转身进了西厢房,砰的一声把门关上了。小茉莉也委屈,说,本来就是太咸嘛!郑梅林叹口气,说,小茉莉,你先回去吧,自己上街吃点!小茉莉不走,说,我想跟你商量商量!郑梅林说,商量什么?小茉莉说,你说我去不去北京学习?郑梅林说,脱产学习,多好的机会,当然去!小茉莉说,我不想去!郑梅林问,为什么?小茉莉说,我不放心你!郑梅林说,我有什么让你不放心的?小茉莉低下头,扭捏半天,说,我想跟你先去领结婚证,再去学习!郑梅林一听,腾地站起来,怕烫着似的躲得老远,说,胡来嘛!小茉莉抬起头,咬了咬嘴唇,说,你不答应,我就不去学习!郑梅林无奈地抖着双手,半天才说,不要逼我嘛!

31　手帕

　　施亚男终于又怀上了。至于有没有郑梅林提供偏方的功劳,且不好说。不过,施亚男再孕之后,对保胎尤其慎重,不仅她自己紧张,搞得尤万里也如临大敌。何修文在《脂城往事》中提及此事,用了一个词叫"草木皆兵",意思是说施亚男再次怀孕,就像打仗一样,几乎动员了所有可以动员的力量。用尤万里的话说,誓死保住这块阵地!

　　毕竟有过小产的经历,施亚男如此慎重可以理解。为了保胎,她常常到小白楼找郑梅林。郑梅林给她把了脉,说一切都好,母安胎宁,不必过于担心,叮嘱平时多注意休养即可。施亚男高兴,多坐一时,跟郑梅林说说话。本来,施亚男话不多,但自从怀上伢后,嘴有点碎,过往的事,想到哪说到哪,也不管人家爱不爱听。其实,对郑梅林,施亚男心里有一丝愧疚。尤万里这些年一直不放过郑梅林,让他吃了不少苦头。作为妻子,施亚男心里着实过意不去。郑梅林脑壳不笨,一再表示,理解尤万里公事公办也是身不由己,因此并不放在心上。临走时,郑梅林突然说,施大姐,有件事拜托你。施亚男说,有事说嘛。郑梅林把小茉莉要嫁给他,不然就不去北京学习的事一说。施亚男也不惊讶,说,这丫头脾气死犟,我找她谈谈。郑梅林叹口气,说,你晓得,我就想过个安宁日子嘛!施亚男说,晓得晓得!

　　说来也巧。郑梅林送施亚男出门,正好小茉莉风风火火地来了,三个人都一愣神。小茉莉说,好巧嘛,施大姐也在!施亚男看了看郑梅林,郑梅林会意,借故上楼去了。施亚男把小茉莉拉到门外,说,小茉莉,听说你这个台柱子最近有点骄傲嘛,到北京学习也不想去了!小茉莉低下头扭着腰身说,人家有事嘛!施亚男说,进京学习是革命工作,有什么事比革命工作还重要?小茉莉拉住施亚男的手,摇一摇,撒娇道,施大姐,人家有重要的事,私事!施亚男哼了一声,戳了一下她的额头,压低声音说,你呀你,胆子好大,想到哪做到哪,把人家郑先生吓个半死!小茉莉说,施大姐,人家跟你说过,人家就是喜欢郑先生嘛!施亚男说,傻丫头,喜欢是你一个人的事,婚姻是两个人的事,你不能拿婚姻逼人家嘛!小茉莉猛一抬头,问,哎呀,他跟你说了?施亚男说,他不说我怎晓得?!小茉莉啊小茉莉,郑先生对你好,那是把你当作孩子看待,你别误会,这跟爱情是两码事!小茉莉说,施大姐,你想说的我都晓得,爱情不等于婚姻,婚姻要双方自愿!可是,我就喜欢郑先生,我就要嫁给他!施亚男说,这丫头,好歹不分,跟你直说吧,人家郑先生不想娶你,你是剃头挑子一头热!小茉莉一听,大叫道,我不管!施亚男也吓一跳,说,小茉莉啊小茉莉,翅膀硬了是不是?出了名了是不是?施大姐的话也听不进去了?那好,我马上去找你们章团长,让她给你下命令,不去学习不行!小茉莉下巴一仰,说,下命令我也不怕,大不了开除我,正好我来小白楼帮忙!施亚男被噎得半天无语,想了又想,说,小茉莉,你这个同志很危险!小茉莉说,我不怕!施亚男气得上气不接下气,突然哎哟一声,捂着肚子蹲下来。小茉莉一见,大声叫道,不好了!不好了!郑梅林闻声从楼上跑下来,把施亚男扶进屋,又是把脉又是用药,半天才好起来。施亚男捂着肚子问,郑先生,我没事吧?郑梅林说,没事,没动胎气!施亚男松了一口气,说,小茉莉那个丫头,我怕是说不动她喽!郑梅林看了一眼在门口怄气的小茉莉,说,晓得了!

眼看离进京报到还有三天,小茉莉还是缠着郑梅林去领结婚证,不然就不去北京学习。郑梅林实在没有办法,决定去九桂塘找花五彩试一试。多年后,何达教授在《梅林春秋》中写道:"郑梅林先生情操高尚,为了让小茉莉继续她的歌唱事业,想尽一切办法,甚至专门去九桂塘找到花五彩。为了避免对小茉莉不必要的伤害,郑梅林先生向花五彩吐露了他心底埋藏多年的秘密,借此向小茉莉转达自己的决绝。"

郑梅林去九桂塘，确实是为了拜托花五彩说服小茉莉，不过，并没有吐露什么心底埋藏多年的秘密。如果说是秘密，那也是迫不得已时的灵机一动。那天，郑梅林来到花五彩家时，先给她把了脉，诊断花五彩的肝病有所好转。花五彩自然感谢不已。郑梅林趁机把小茉莉的事一说，请她劝说小茉莉不要缠着他，赶紧到北京学习。花五彩似乎一点也不惊讶，叹口气说，儿大不由爷，女大不由娘，我怕是也没办法！郑梅林说，毕竟你养她一场，有些话你好说出口嘛！花五彩说，郑先生，要是当初你听我的，把小茉莉娶了或收了，怎会有这一档子事？郑梅林说，过去的事不提了，况且我说过，我不会做那种事！花五彩说，这丫头是个犟坯子，也是个有情有义的人，她是想报你的恩哟！郑梅林说，花大姐，别说没有恩，就算有恩，我也不要这种报答。明摆着，她这不是报恩，是让人折寿啊！花五彩低头想了想，说，郑先生，你晓得的，那丫头死犟，让她死了这条心，总得有个理由嘛！郑梅林想了想，咳了两声，说，我要娶英妹，这总可以吧？！花五彩盯着郑梅林半天，不禁苦笑，叹口气说，郑先生，你到底是个好人，还是个坏人？！郑梅林站起来，摇摇头，迈步走到门外。这时候，一轮明月升至中天。晚风乍起，九桂塘里一片波光粼粼，犹如一条大鱼在水中翻滚。

　　当小茉莉得知她的郑先生要娶英妹时，究竟有什么反应，只有花五彩晓得，只是花五彩不愿意说。不过，小茉莉答应不再缠着郑梅林，准备去北京学习了。本来，章织云在歌舞团准备了一场欢送会，会场都布置妥了，不料小茉莉没参加，独自一人去了火车站。据说，那天脂城下了暴雨，去北京的火车晚点半个钟头。章织云带人赶到时，火车刚刚启动，鸣着汽笛，吐着白烟，消失在雨幕中。

　　日子飞快，转眼到了第二年春天。

　　这期间，施亚男十月怀胎，顺利产下一女，取名尤红梅。虽然不是"带把儿的"，但尤万里依然高兴，有一就有二，想要儿子将来可以再"加班"嘛。因为当时全国正在"大跃进"，尤万里把未来儿子的名字都想好了，就叫尤跃进。

　　春暖花开，红旗纺织厂响应号召，开展"大跃进"，停工停产，集合在脂河北湾参加"大炼钢"运动。施亚男干工作从不落后,把女儿红梅也带到工地上。休息的时候,小桃红看着施亚男给红梅喂奶时陶醉的样子,羡慕得不行,非要抢过来抱一抱。施亚男说,小桃红,你跟小安庆加加班嘛,赶紧生一个!小桃红也不脸红,叹口气,说,不瞒你说,班没少加,就是怀不上!施亚男说,哎呀,去小白楼找郑梅林嘛,他有偏方,我家红梅就是用他的偏方才有的!小桃红说,别提了!我早想去小白楼请郑先生看看,可是小安庆死活不让去!施亚男说,这是小安庆不对!病不讳医,有病看病,你自己偷偷去!

当天收了工,小桃红一直记着施亚男的话,悄悄拐到小白楼。郑梅林正好在,见小桃红来了,有点惊讶。小桃红倒是大方,张口就说,郑先生,我想找你要个偏方!郑梅林说,偏方好多,你要哪个?小桃红说,施大姐用过的那种!郑梅林"哦"了一声,便笑了,说,是不是想怀孩子?小桃红说,就是嘛!郑梅林说,一个人一个体质,情况不同,不能用一样的方子!小桃红说,这个我不懂,你看着办!郑梅林说,那得把把脉!小桃红二话不说,袖子一撸,把肥白的胳膊放在脉枕上。郑梅林把了她左右手的脉,说,没毛病,好得很!小桃红说,那我怎么怀不上?郑梅林说,按理说,怀不上的原因好多,不过最重要的是男方,回去让小安庆来,我帮他看看!小桃红说,好嘛好嘛!

在《脂城往事》中,何修文多次提到郑梅林提供偏方,让好多女人做上妈妈的故事,不过较为笼统。相比之下,何达教授在《梅林春秋》中描述得较为详细,包括施亚男,当然也提到小桃红,不过却是从小安庆说起。

那天,小桃红回到家,一直想着如何劝说小安庆去小白楼请郑梅林看一看,尽快怀上孩子。吃过晚饭,两口子早早上床。小桃红有意无意地说,施大姐家的红梅好得味,肥嘟嘟的,一逗就笑,亲不够!小安庆说,再得味也是人家的呀!小桃红说,就是嘛,咱们也要一个!小安庆翻个身说,哪个不想,你肚子不争气嘛!小桃红一听急了,说,我好得很,没毛病!小安庆说,你怎么晓得你没毛病?小桃红嘴一噘,说,我去小白楼看了!小安庆一听,把被子一揭,一翻身坐起来,说,哪个让你去的?!小桃红说,有病看病,无病心静,看病有什么不好吗?!小安庆没好气地说,看病也不要去小白楼!小桃红说,施大姐都相信郑先生,我也相信。郑先生说,让你去一趟,他帮你看看!小安庆一听就来气,说,我没毛病!小桃红说,有没有毛病,去看过就晓得了嘛!小安庆说,老子有没有毛病,你还不晓得?小桃红脑瓜灵光,以为伤了小安庆的自尊,丢下这个话题不提,赶紧把灯拉灭,钻进被窝里。

其实,小安庆不想去小白楼,不为别的,就是不想见到郑梅林。当然,不想见郑梅林还是由小茉莉而起。在小安庆看来,小茉莉之所以不跟他好,都是因为郑梅林。要不是因为郑梅林,小茉莉怎么会不理他?要是小茉莉跟他好了,怎么会闹出小白楼事件呢?要是没有小白楼事件,他怎么会被迫退伍呢?要是不退伍,他怎么会娶身边这个独腿的小桃红呢?如此一想,原因都在郑梅林。因为有了这么多埋怨,郑梅林过去对他的好,也就记不起来了。正所谓升米恩斗米仇,这话什么时候说都有道理。小安庆不懂这个道理,只记得心中的仇,以致后来的路都走歪了。当然,这是后话。

因为小桃红比小安庆大了四岁,所以平常像姐姐一样待他,得让且让,事事为他着想。红旗纺织厂合营后蒸蒸日上,小桃红担任人事科科长,手里有点权力,想把小安庆调到厂里工作,于是跟施亚男说了,施亚男也同意。可是小安庆不干,一门心思想搞公安。小桃红也不怪他,陪他一起去找尤万里走后门。尤万里虽说对小安庆不错,也想帮他,但考虑到小安庆有前科,又不是党员,工作不好安排,于是出了一个主意,让小安庆先到红旗纺织厂工作,好好表现,做出成绩,最好立个功。小安庆眼看没有别的路可走,只好先到红旗纺织厂任保卫干事。一到红旗纺织厂,小安庆就积极表现,并递交了入党申请书。可是在支部讨论时,有人把当年的"小白楼事件"提出来,认为该同志还得继续考察,于是小安庆入党的事就卡住了。为此,小安庆唉声叹气,两天没吃饭。

实话实说,小安庆是个聪明人,也正是聪明耽误了他。这一天,小桃红在厂里值夜班,小安庆在家一边喝闷酒,一边回忆过往,想着想着,就想到小茉莉,想到小茉莉,就想到抗美援朝,就想到当年去朝鲜战场前,郑梅林给他写的两个字,忽然眼前一亮,马上翻箱倒柜找了出来。

那是一块白绸手帕,微微泛黄,郑梅林在上面写了两个字:"活着"。活着是什么意思,不用多说,一看就明白。问题是郑梅林把这两个字送给正要奔赴前线的战士,其用心何在?明摆着,他不想让我冲锋陷阵、赴汤蹈火!他不想让我为革命而牺牲!他更不想让我成为英雄!如果我成为英雄,那我就能入党,小茉莉就会喜欢我!这个郑梅林用心何其险恶,主意何其刁钻!我小安庆咽不下这口气。我要举报!我要立功!我要入党!我要加入公安队伍!

一大早,小安庆把熬了一夜写好的举报材料和那块手帕一起带上,去市公安局找尤万里。在那份长达八页的材料中,小安庆不仅举报了"活着"的问题,还举报郑梅林可能是特务。因为郑梅林偷听敌台,不仅偷听台湾的敌台,还偷听"美国之音"。郑梅林那台收音机,是"大洋马"苏珊当初送给他的。苏珊肯定是美帝国主义派来的女特务,如果不是,为什么不送别的,非要送收音机?明摆着是为了联络方便嘛!这种事电影里都演过,郑梅林一定晓得。小安庆突然发现,把这些事联系到一起竟然环环相扣,不禁感叹自己简直就是神探,不加入公安队伍实在可惜!

在公安局大院的公厕里,尤万里看完小安庆的举报材料。在材料结尾,署名"一个正义群众"。这几天,尤万里便秘的老毛病又犯了,蹲得两腿发麻也没有结果,于是提上裤子就回到了办公室。小安庆激动得两颊通红,看着尤万里,希望尤万里马上拍桌子掏枪,下令抓人。可是尤万里放下材料,盯着小安庆说,两年前有一封署名"一名正义群众"的举报信是不是你写的?小安庆愣了一下,没有答话。尤万里打开抽屉翻出那封举报信,把两份材料放在一起,字迹一致。小安庆看了一眼,马上低下头。尤万里明白了,突然一拍桌子,说,你小子有种举报,为什么没种实名?!小安庆吓得发抖,不敢说话。尤万里说,做人做事,要光明正大,有种举报,就要有种实名!跟阶级敌人斗争,偷偷摸摸算怎么回事?小安庆脸上一阵红一阵白,头差点低到裤裆里去。尤万里说,我问你,你这些材料是不是属实?小安庆忙点头。尤万里说,有没有证据?小安庆马上掏出那块手帕。尤万里看了看手帕,问,偷听敌台的事,有没有证据？小安庆说,反正他家里有收音机,大门关上,他听什么都有可能！尤万里想了想,又说,关于"岳东事件",郑梅林可对你说过什么？小安庆摇摇头,说,不过,他原来在小白楼藏了一只小皮箱,带把铜锁！尤万里马上来了精神,问,你是说里头有秘密？小安庆说,你晓得的,游击队的收条,就藏在那里头！尤万里来回走了几趟,突然一拍桌子,大叫一声,来人！

32 天狗

那台"奇异"牌台式收音机摆放在郑梅林的床头,拉开窗帘,阳光照进来,正好落在收音机上。英妹听过收音机,可是从来没有摸过。郑梅林去小白楼坐诊了,英妹打扫房间,看着收音机上的旋钮,手有点发痒。收音机上有好多洋文,英妹不认得,不过她记得大少爷每次听广播,都会拧动上面的旋钮,便料定开关就在那里。

英妹拧动那个黑色旋钮,吧嗒一声,随即传出一阵刺耳的声音,把她吓了一跳。不过,这让她又兴奋又好奇,于是不停地拧动旋钮,里面一会儿唱歌,一会儿播放新闻,一会儿是叽里呱啦的外国话。英妹觉得好神奇,里头简直就是一个热闹的世界,很想搞个明白,可是,就在这时,几名公安人员闯进来,大声喝道,敌台!

英妹不晓得敌台是什么,不过从公安人员的脸上可以看出,问题相当严重。公安人员让她站在收音机旁边拍了一张照片,然后把收音机带走了。公安人员出示搜查证,从郑梅林卧室床底下的地板里,搜出了一只小皮箱,留下凭据,一并带走了。英妹追到大门外,没敢多说话,呆呆地站在那里,半天才缓过神来,后悔不该擅自打开收音机,不晓得如何跟大少爷交代。

其实,英妹胆敢闯入郑梅林的卧室,擅自打开收音机,这是头一回。原因当然有,为了让小茉莉死心,郑梅林跟花五彩谈过之后,当晚回来就跟英妹说,咱们去领结婚证吧。当时,英妹在给他打洗脚水。郑梅林说明天就去领结婚证。英妹吓了一跳,以为大少爷喝多了,差点把一壶热水打翻。郑梅林一脸认真,又说,明天咱们去领结婚证!英妹心中一阵狂喜,却装出几分平静,说,非得领证吗?郑梅林说,新社会新国家嘛!英妹笑了,说,大少爷,听你的!郑梅林把脚放进洗脚盆,一股快意从脚底升腾,于是闭上眼,长长地出了一口气。英妹说,是烫是凉?郑梅林说,正好!

郑梅林向来说话算数,转天吃过早饭,便让英妹收拾一下,一起去领结婚证。英妹一夜没有睡好,精神却分外好,戴上那条桃红头巾,跟着郑梅林出门。郑梅林的脚步很急,英妹紧随其后。郑梅林到哪,她就到哪,郑梅林让她做什么、她就做什么。来到东方红照相馆,郑梅林拉着英妹拍了一张合影,花钱办了加急,等了个把钟头,照片洗了出来。然后一起去民政局领证,办事员大姐在小白楼看过病,认出郑梅林和英妹,说了声恭喜,便把结婚证给办了。跑了一个上午,再回到郑家老宅,英妹还没醒过来,心里一直扑腾,像喝了迷药一样。不过,郑梅林和英妹领了结婚证,却没有办喜酒,也没同房,还是一个睡堂屋,一个睡西厢房。至于为什么,郑梅林不说,英妹也不问。

在何达教授的《梅林春秋》中,关于郑梅林和英妹领结婚证的事,一笔带过,重点讲述了公安人员抄走那台"奇异"牌台式收音机和一只小皮箱的情况,以及随后郑梅林再一次被公安抓捕的过程。文中写道:"郑梅林先生不卑不亢,跟随公安人员走出小白楼时,英妹撑了上来。郑梅林先生看了看春阳下他的新娘,冲她点了点头,英妹也用点头回应,那份爱人之间的默契难以形容。"这个细节真实与否无法考证,不过多少有点模仿谍战片的嫌疑。

事实上,那天郑梅林被公安人员带出小白楼后,马上被塞进一辆警车。那是一辆老式的吉普,有点破旧,跑起来车顶的绿色帆布呼呼生风。警车一路飞奔,来到公安局。郑梅林被带到审讯室,尤万里已在那里恭候多时。记录人员就位后,尤万里对郑梅林提问,一个接一个。郑梅林有问必答,如实供述。关于为什么要写"活着"二字送给小安庆,郑梅林的回答是,毕竟小安庆还年轻,死在战场太可惜,所以想让他活着回来,况且他爷爷当年托付过我,总得对得起人家。关于收听敌台的问题,郑梅林说,听过几回,有台湾的,也有美国的,没听出什么名堂。尤万里把查抄回来的小皮箱打开,除了那本线装书《脂河医案》,以及里面夹着的那张游击队打的收条,还有那只龙纹手镯和一份跟苏珊签的合约。尤万里本来以为会有和"岳东事件"相关的线索,但是没发现,多少有点泄气。郑梅林说,你问完了,我也说完了,可以放我走了吧?尤万里摇摇头,说,这一回你恐怕走不出去了!郑梅林说,尤局长,虽说你手里有枪,但总得讲理吧!尤万里说,我要是不讲理,早就一枪崩了你!郑梅林苦笑道,你不如把我崩了,免得再折腾!尤万里哈哈一笑,说,别急嘛,还没到时候,一旦找到证据,就"岳东事件"这一个案子,十几条人命,可以崩你十几回!郑梅林说,好嘛好嘛,我等着。反正你不会放过我!尤万里说,晓得就好!

关于郑梅林的反革命案,最终上了市委扩大会议。会上,尤万里拿出证物证词,以及审问记录,说,无论从哪个方面看,郑梅林都是漏网之鱼。他鼓励我们的战士在没上战场前,就抱定活着的想法,如果个个都有这种想法,我们怎么能打胜仗?我们的社会主义建设怎么能成功?另外,他承认收听敌台,不管听没听出名堂,听就是事实,这不是反革命是什么?尤万里说得非常激动,独臂不停地挥来挥去。何修文不能回答,在场的同志都无法回答,于是通过举手表决的方式,将郑梅林定为可以改造的反革命嫌疑分子。为了便于继续调查"岳东事件",郑梅林被押往北湾农场进行劳动教养。

所谓北湾农场,从规模上看并不像农场,最多算一个大菜园子,以当年的乱坟岗为中心,包括周边的河滩和荒地。

郑梅林被分配在靠近脂河的一块菜地劳动,负责管理三亩地的芹菜。那时候,芹菜已有半尺来高,绿油油的,长势喜人,散发着阵阵芹菜的香气。芹菜垄对面是一方粪池,里面沤着各种绿肥,苍蝇蚊虫乱飞。太阳好大,气温升高,池子里冒出大大小小的气泡,阵阵难闻的气味便弥散开来。粪池边是新搭的草棚,草棚里搭起地铺,郑梅林就住在这里。在草棚门前,有几棵野花,居然开得很好,郑梅林舍不得踩,进出时多加几分小心。

虽说出身算不上大富大贵，但一下子到了这种地方，郑梅林一时还是无法适应。头两夜没睡好，粪池的臭味熏人不说，成群的蚊虫更是不好对付。一天三顿饭倒是有，只是饭菜不合口味，一端起饭碗就怀念英妹做的饭菜。好在郑梅林走运，看管他的管教干部曾找他看过病，又是热心人。郑梅林就拜托他带口信，让英妹送点咸肉来解馋。这位管教干部同情他，于是就答应了。

几天连阴雨，脂河北湾水汽沉沉，空气都是湿答答的。天一亮，突然乍晴，太阳露出来，河湾里大片的芦荻蓬蓬勃勃，郁郁葱葱，晨风过处，沙沙生响。郑梅林蹲在芹菜垄边，正在拔草，偶然抬头，看见有一片桃红远远走来，又近一些便看清楚，是英妹来了。郑梅林心里一阵温暖，笑了。

那时候，英妹头上系着桃红头巾，挎着篮子，脚步轻盈，腰肢婀娜，跨过一垄垄的菜地，像走在画中一样。郑梅林像头一回见英妹似的，充满好奇，激动不已。草茂露重，英妹的鞋子和裤脚都被打湿了。郑梅林将一把青草扔进绿肥池里，顺势朝英妹招了招手。英妹看见了，小跑着来到郑梅林面前，话没说出口，眼泪先出来了。郑梅林笑了笑，说，来了！英妹说，大少爷，委屈你了！郑梅林拍拍手上的土，说，种菜也得味！英妹看了看那间草棚，不禁皱了皱眉。郑梅林说，进去看看，好凉快！英妹揩了把眼泪，跟着郑梅林进了草棚，把篮子放下，说，大少爷，这里怎住得惯吗？！郑梅林说，头两天住不惯，后来就好了！英妹叹口气，说，我给你带了点吃的，还有换洗的衣服！郑梅林笑道，衣服换不换无所谓，有好吃的就够了！英妹说，早晓得你在这吃不惯，来给你送过几回，人家都不让进来。郑梅林说，管教看得紧。不过，这个管教找我看过病，会通融的！英妹说，那就好，往后我天天给你送饭菜来！郑梅林说，天天送怕不行，让管教干部为难嘛！英妹说，那怎么办吗？郑梅林笑着说，隔三岔五嘛！英妹点点头，又叹口气，便催促郑梅林赶紧吃东西。

两个人在草棚里正说话，不知不觉，天色暗了下来，而且越来越暗。英妹嘀咕道，老天爷真作弄人，来的时候大晴天，这一会儿又要下雨，家里还晾着一院子东西呢！郑梅林嘴里嚼着咸肉，朝棚外瞟了一眼，说，不像要下雨的样子嘛。英妹钻出草棚,站在芹菜垄上抬头看天,突然惊叫,哎呀,不好,你看太阳怎么了吗?!郑梅林赶紧钻出草棚一看,果然见太阳只剩下半边,急忙咽下嘴里的咸肉,说,天狗吞日!天狗吞日!英妹说,会不会天塌地陷?郑梅林只是从报纸上看过"天狗吞日",说,不晓得!英妹好怕,一下子抓住郑梅林的手。

太阳越剩越少,天色越来越暗,如同夜晚。一阵风来,吹动英妹的头发,惊得她大叫一声,突然抱住郑梅林。郑梅林抱紧英妹,摸索着一步步退进草棚,一屁股坐在地铺上。英妹哆嗦着,说,天狗会不会下来啊?郑梅林喘着粗气,说,天狗吞日,不吞人!英妹说,大少爷,我怕!郑梅林突然翻了个身,把英妹压在身下,说,不怕!天狗吞日不吞人!英妹浑身发抖,把脸贴在郑梅林的胸口上,呼出一股股热气。这时候,郑梅林突然想起那年夏天西厢房竹床上的英妹,浑身燥热,伸手摸索着去解英妹的衣服。

一切似乎自然而然。

天色越来越暗,像被巨大的黑幕包裹。草棚如同一滴墨珠,在黑暗中摇动。四周静寂,脂河北湾的空气中,除了绿肥池里飘出的臭味,还有阵阵芹菜的清香,以及英妹轻唤大少爷的声音。

何达教授在其所著的《梅林春秋》中,没有提及那次日食,更没有提到芹菜垄边那次交欢,不过提到表哥朱山河出生在1959年2月。照此推算,作为一个独立生命,表哥朱山河以小蝌蚪的姿态冒险投胎,应该是在那个"天狗吞日"的至暗时刻。正因为如此,日后他才有一个名字叫天狗。至于他后来改名朱山河,另有原因。

33 大火

秦德宝这回真疯了。原来时不时还有清醒的时候,如今一疯到底,不懂人事。吕玉芝又领秦德宝到西乡二仙姑那里,请二仙姑"跳大神",连跳几回都不见效,搞得二仙姑都烦了,说求求你别再找我了,我实在跳不动了嘛。

吕玉芝是个会过日子的女人,眼看坐吃山空,心里着急,找施亚男商量,想到红旗纺织厂上班。施亚男看不惯她,却同情她的遭遇。因她熟悉厂里的情况,便安排她到检验科工作,又轻闲又自在。吕玉芝自然满意,也很感激。施亚男领着吕玉芝到人事科办手续,一进门见小桃红脸上青一块紫一块的,就把小桃红叫出来,一问才晓得,两口子干架,被小安庆打了。施亚男问,是不是因为生伢的事?小桃红说,不是!

小安庆打小桃红确实不是因为生伢的事,而是因为入党的事。自从小安庆举报了郑梅林,小桃红对小安庆也有了看法,私下里吵过好几回,闹得不太快活。但毕竟是两口子,满肚子意见只能忍着,外人也看不出来。不过,厂里人多嘴杂,议论纷纷,说小安庆不是个东西,为了立功对自己的恩人下手,心术不正,人品不端,用脂城话说就是一个"骚不愣"。施亚男对小安庆的做法也有意见,为此还跟尤万里抬过杠。尤万里认为小安庆是大义灭亲,就像他当年除掉表哥冯汉生,应该表扬。施亚男说,尤万里啊尤万里,你要当心,万一哪天小安庆把你也举报了!尤万里说,他敢!施亚男哼了一声,说,我问你,当年在朝鲜战场,你屁股上的伤是不是因为小桃红被地雷炸的?小桃红是不是为了给你送苹果踩上地雷的?尤万里顿时傻了,半天才说,小安庆泄的密?施亚男说,不是他是哪个!尤万里气得直咬牙,说,浑小子,说好保密的嘛!

按惯例,每年"七一"来临前,厂里要发展一批新党员。小安庆早早就递交了入党申请书,工作表现也比往常积极。不久,支部开会讨论,除了有人抓住小安庆人品有问题的"小辫子"不放,还有人反映小安庆入党的动机不纯,一门心思想立功,典型的机会主义者。小桃红满心想帮小安庆,不过作为家属,自然不好护短。施亚男公事公办,当场表态说,入党是个严肃的事情,少数服从多数,对小安庆继续考察!如此一来,小安庆入党的事就搁起来了。毕竟没有不透风的墙,小安庆得知后气得够呛,回到家就冲小桃红发脾气,先说施亚男不厚道,关键时候不帮忙,又怪小桃红不替他说话,胳膊肘朝外拐。小桃红劝他说,群众的眼睛是雪亮的,只要你踏踏实实干工作,到时候自然有人帮你说话,总之一句话,饭要一口一口吃,路要一步一步走!小安庆说,呸!一步一步走,老子要走到猴年马月?!小桃红说,你不一步一步走,难道还想一步登天?!小安庆早就破了戒,多喝了几杯,把酒瓶一摔,说,我就想一步登天,怎搞?!小桃红也火了,说,一步登天就要摔跟头!小安庆腾地站起来,上前去推小桃红。小桃红眼疾手快,随手拿拐杖一挡,正好打在小安庆的手腕上。小安庆痛得龇牙咧嘴,顿时像疯了一样,扑上去将小桃红按倒在地,劈头盖脸一顿打,然后一甩门扬长而去。

两口子拌嘴,敢动手打人,这样下去还了得!施亚男火从心头起,安慰了小桃红几句,转身去保卫科找小安庆。不料小安庆没来,施亚男问保卫科科长,保卫科科长说,施厂长,一直不好跟你说,小安庆这个同志,迟到早退是经常的事,现在好了,又加个旷工!施亚男说,为什么?保卫科科长叹口气说,别提了,他动不动就说去市公安局跟尤局长汇报工作。毕竟尤局长是他的老首长,也不好多问!施亚男说,他一个工厂保卫干事,跟市局汇报什么工作?!从今往后,一旦再出现这事,按厂规厂纪处罚!保卫科科长说,施厂长,有您这话,我就放心了!

从保卫科出来，检验科那边传来一阵喧闹声。施亚男赶紧跑过去，一问才晓得，吕玉芝跟一个女工吵了起来，两个女人又拍大腿又蹦高，斗鸡似的。施亚男心里好烦，不得不去管一管。自从回到厂里上班，吕玉芝仿佛回到了过去的时光，时不时在工友面前露出老板娘的做派。一个女工看不惯，说，都是新中国了，如今公私合营了，还摆老板娘的臭架子，不合适嘛！吕玉芝的嘴从不饶人，说，新中国也好，公私合营也罢，总归我在这里做过老板娘！那女工说，哼！老皇历还翻它干吗？你们家那个疯男人，已经不是经理了！吕玉芝最烦人家说秦德宝是疯子，马上变了脸，上去要跟那个女工拼命，多亏被人劝开。

施亚男了解情况后，本来想说几句，转念一想，又不说了。公私合营，吕玉芝从当年的老板娘变成普通工人，心里不平衡可以理解。工友们翻身得解放，看不惯吕玉芝的做派，也是人之常情。各有各的道理，说谁都不好，不如让她们自己磨合吧。

那天上午，快下班的时候，小安庆才来上班。保卫科科长因有施亚男撑腰，有了底气，问他为什么旷工。小安庆张嘴就说到市公安局汇报工作去了。保卫科科长说，哼！小安庆，动不动就去公安局，我看你不是去汇报，是去打小报告吧?！小安庆听出话里有话，说，你这是什么话？跟上级汇报工作，怎么就是打小报告呢?！保卫科科长说，全厂上下哪个不晓得，你靠打小报告立功嘛！小安庆一听，脸上挂不住，说，哪个再说老子，老子跟他拼命！保卫科科长说，小安庆，说话嘴巴放干净些！小安庆说，老子就这样！保卫科科长说，好嘛好嘛，你有本事，我不惹你，我去找施厂长！小安庆说，找哪个老子也不怕！就在这时，施亚男不请自到，说，小安庆，跟哪个说话？老子长老子短的！我问你，先打老婆后旷工，是不是不想干了？小安庆撇了撇嘴，说，不干就不干！施亚男说，好！有出息，从明天起，你就不要来了！小安庆腾地站起来，一边出门一边说，不来就不来，老子还不稀罕！保卫科科长追到门口，转身对施亚男说，瞧瞧，这小子好狂！施亚男摇摇头，长长地叹口气，转身走了。

公私合营后，红旗纺织厂在原针织厂的基础上扩大规模，把后院仓库外的围墙拆了,打算再建两个仓库。因为前阵子老是下雨,工期耽误下来。小安庆从厂里出来,百无聊赖,围着厂区围墙瞎转,转到北围墙边,抬头见一个人趴在拆开的断墙上朝仓库里看,以为有人搞破坏,赶紧抓住表现的好机会,冲上去大喝一声。那人转过脸来,露出一脸傻笑。小安庆一看,是秦德宝,说,秦经理,你在搞什么?秦德宝还是傻笑。小安庆晓得秦德宝疯病犯了,便想逗他,说,秦经理,过来抽支烟嘛。秦德宝摇头。小安庆掏出香烟,自己点了一支烟,说,秦经理,你敢不敢把烟头扔进去?秦德宝傻笑着摇头。小安庆说,胆子真小,看我的!秦德宝瞪了两眼小安庆。小安庆猛抽两口烟,手指一弹,烟头划了一道弧线,正好落进西仓库的排气窗里。秦德宝一见,突然嗷的一声,抱着头就跑,一边跑一边喊,救火啊!救火啊!小安庆正在笑秦德宝胆小,抬头见西仓库里果然冒出烟来,越来越大,马上明白大事不好,于是拔腿就跑。本来,小安庆是朝另一个方向跑的,跑了几步停下来,突然掉头去追秦德宝,边追边喊,快来人啊,有人纵火啊!快来人啊,有人纵火啊!

西仓库的浓烟越来越大,一股火苗蹿出排气窗,厂区内顿时乱作一团。小安庆沿着围墙边追秦德宝,边扭头朝厂区里看,一不留神,脚下踏空,一头撞在断墙上,脸上顿时流出血来。火越烧越大,小安庆捂着脸,扯起嗓子大喊,快来人啊,纵火犯在这里!秦德宝突然不跑了,看着大火,双腿一软,跪了下来,说,大火!大火!小安庆见秦德宝跪下来,马上跑过去一把将他按倒,大喊,快来人啊,纵火犯在这里!

多年后,何修文在《脂城往事》一书中,回忆了那场大火,说那场大火是新中国成立后脂城第一场大火,将一座棉仓几乎全部烧毁,给刚刚运营不久的红旗纺织厂造成巨大的损失,同时也暴露出公私合营后管理上的不足。但是,何修文没有点明那场大火的原因,不知是有意回避,还是另有隐情。

因为那场大火,小安庆上了《脂城日报》,成了抓坏人的英雄,入党问题自然很快解决,之后天天盯着尤万里,要调进公安队伍。尤万里一面答应,一面说太忙,让他等等。那场大火,施亚男因为主动承担领导责任,受到党内警告处分。因为那场大火,秦德宝被定为纵火犯,鉴于他得了疯病,被送进了精神病院。吕玉芝一夜白头,逢人就说,后悔离开家的时候,忘记把门锁上,让他跑出来,真是作孽啊!

入冬后,因为"大炼钢铁"停办,脂河北湾的农场也就意义不大了。郑梅林回到城里,交由辖区街道管理教育。不管怎么说,郑梅林总算在家过了一个安稳年,倒也高兴。出了正月,英妹生下一个儿子。英妹让郑梅林给儿子取个乳名,郑梅林想了想,说,就叫天狗吧。

天狗满月那天,英妹办了一桌满月酒。因为头上有"帽子",郑梅林怕人家嫌弃,没有请客来喝满月酒,一个人喝了几杯,便不喝了。英妹晓得他心情不好,没劝他多喝。天刚擦黑,施亚男和吕玉芝一起来了。自从那场大火之后,吕玉芝天天缠着施亚男,坚持认为秦德宝不会纵火。施亚男当然希望如此,想帮秦德宝洗清罪名,可又谈何容易?不过,施亚男脑壳灵光,突然想到郑梅林也许会有主意,于是便带着吕玉芝来,顺便看看英妹和孩子。那天,施亚男给天狗买了一顶小帽子,吕玉芝给天狗买了一件小毛衣。英妹毕竟是女人,见有人来看望孩子,高兴得直掉眼泪,抱着天狗说,伢哩,有人看得起你,赶紧长大,记得谢谢人家!郑梅林心里感激,却没表露出来,来来回回,端茶倒水,表示谢意。

三个女人围在一起,逗了一会儿天狗。吕玉芝不停地看着施亚男。施亚男会意,拍了拍旁边的凳子,请郑梅林坐下,一起聊聊那场大火的事。郑梅林晓得厂子失火的事,正想听听消息,于是坐了下来。施亚男说,郑先生,你是医生,在你看来,秦德宝一个疯子,会不会纵火?郑梅林说,按理说,德宝一直管着厂子,他对厂子感情最深,一直把厂子当家一样看,应该不会!施亚男说,为什么不会?郑梅林说,你想想,他没烧自己家,为什么要烧厂子?吕玉芝说,就是嘛,德宝疯了,可是他不傻嘛!施亚男点点头,说,秦德宝平时抽烟吗?郑梅林说,年轻的时候不抽,成家后在家抽不抽,我就不晓得了!吕玉芝说,有我管着,在家也不抽!施亚男说,公安人员在现场附近找到了烟头。郑梅林咂咂嘴,想了想说,不过,人疯了,也许会干些疯事!吕玉芝说,三哥,你晓得德宝,他不是那种人!郑梅林说,那是那是！施亚男说，郑先生，秦德宝的病到底能不能治好？郑梅林说，疯病就是心病，不好治！施亚男说，能不能找个偏方试试？郑梅林有点为难，说，偏方倒有一个，只是不敢用！施亚男说，有风险？郑梅林点点头，说，这个偏方叫蜂针疗法！就是用蜜蜂蜇人的毒针给病人针灸，以毒攻毒！施亚男皱了皱眉，说，有没有把握？郑梅林说，二十年前我在南京见识过，可是没有用过，有没有效果不好说！施亚男说，郑先生，纵火案能不能翻案，治好秦德宝的病是关键！不瞒你说，一旦翻案，我能解脱，秦德宝也能洗清罪名！郑梅林说，要这么说，冒险也值得，只怕玉芝不同意！吕玉芝叹口气，说，治！就算治死也值得，总比背着纵火犯的名声强。将来我家大毛长大了，人前人后，腰杆也能挺起来！

三天后，施亚男以红旗纺织厂的名义，给市公安局打了一份报告，要求重新调查纵火案，市公安局收到报告，将秦德宝从精神病院接出来。郑梅林提前到南乡买回一箱蜜蜂，给秦德宝治病。多年后，何达教授在《梅林春秋》中，记述了这次惊心动魄的治疗："那是一个阳光灿烂的午后，郑梅林先用针灸将秦德宝麻醉，然后在秦德宝全身上下十多个穴位施了蜂针。蜂针大毒，在秦德宝身上渐渐发挥药力。只见他时而抽搐，时而安静，时而长啸，时而沉吟。郑梅林先生全神贯注，时而补针，时而泻针，时而补泻齐施。一个小时后，秦德宝出了一身大汗，像做了一场大梦突然醒来，连说好舒坦啊！在场的人无不交口称赞郑梅林先生，不愧为华佗再世，妙手回春！"事实上，何达教授的描述基本准确，秦德宝当场如梦初醒后，抱住郑梅林就哭，边哭边说，三哥，厂子着火了！好怕人啊！郑梅林拍了拍秦德宝，对施亚男说，应该好了，要是让他回忆，还可以加上针灸催眠！施亚男好兴奋，说，让他休息一下，明天问话！

转天，在公安局审讯室里，为了证实秦德宝的疯病已治好，且回忆无误，在正式问话之前，他先做了一个测试。测试题是尤万里随口说的，问，德宝，何修文和我哪个爱骂人？秦德宝憨憨一笑，说，当然是二哥你嘛，从小就这样！尤万里又问，那你说我最喜欢吃什么？秦德宝说，那还用问，十字街的鸭油包子嘛！施亚男忍不住问，你说针织厂有没有公私合营？秦德宝说,牌子都挂上了,改名叫红旗纺织厂！施亚男看了看尤万里说,清醒得很嘛！尤万里说,开始吧。

郑梅林先给秦德宝扎针催眠,进入状态后,在尤万里的提问下,秦德宝一点一点回忆大火发生那天的情景。这一情节,在《梅林春秋》中没有涉及。不过,在《脂城往事》中,何修文作了记录,虽不太详细,但与案宗记录大体一致。厂子失火那天,吕玉芝出门走得急,忘记锁门。秦德宝悄悄溜出来,不知不觉竟来到厂里。厂里机器轰鸣,人来人往。看门的保卫人员不让进,秦德宝就绕到围墙后面,找个墙缝往里看。看着看着,就听有人骂,哪个都想管老子,老子不干了！秦德宝闻声,扭头一看是小安庆,就招呼小安庆过来一起看。小安庆走到他跟前,递了一支烟。秦德宝不抽烟,便没接。小安庆自己点上烟,抽了几口,随手一弹,烟头就弹进西仓库的排气窗里,接着仓库就冒烟起火了……

34 老城墙

端午将至,郑家老宅西厢房窗台上那盆栀子结了满枝的花苞,如翠似玉,顶上几朵似开未开,却已清香袭人。太阳越上东厢房的屋脊,天井里一下了亮堂许多。英妹坐在堂屋檐下,敞开怀一边喂天狗吃奶,一边嗅着花香,心中的欢喜满满当当。自从豁口咸菜坛子摔碎后,英妹狠下心买了一只正经的花盆,六角六棱,提花彩釉,与碧绿的栀子般配得很。说起来,要不是那天小茉莉多嘴说栀子可以分盆,她也不会失手打碎那个豁口咸菜坛子,也就不会有缘分遇上这只花盆。想到这里,英妹有点想念小茉莉,一去快两年了,一点音信没有,不晓得她在北京过得怎样。那丫头是个要强的人,想必也差不到哪里去。英妹想,章织云一定晓得,得闲去找她打听打听。

天狗好乖,吃饱奶水便眯上眼睛,躺在英妹怀里睡着了。英妹在天狗脸蛋上亲了两口,把天狗抱进房间,放到床上睡好,然后便来到天井,把那盆栀子花端到假山旁晒太阳。这时候,大门一响,有人进来了。英妹扭头一看,是章织云。英妹忙笑着迎上去,说,难怪说人禁不起念叨,刚刚想到你,你就来了!章织云勉强笑一笑,说,郑先生在吗?英妹说,一大早被人找去出诊了,找他有事?章织云摇摇头,轻轻叹了一口气。

章织云是受何修文之托前来辞别的。几天前,何修文被打成"右派",下放到岳东山区劳动。章织云不放心,辞去歌舞团团长职务,带着何达一起去陪他。说起来,何修文出事早有端倪,只是他自己不当回事。章织云也曾劝他得过且过,他死活不肯,说,我要得过且过,干吗冒死做了那么多年"地下党"?!何修文最要命的罪状有两条,除了在会上大骂"浮夸风"是吹牛×,竟然还阻拦拆掉封建主义的象征——老城墙,试图阻碍欣欣向荣的脂城改造,成为社会主义建设路上的绊脚石。

英妹在家带伢,大门不出二门不迈,自然不晓得这事,听说何修文也成了"右派",惊得嘴张好大,说,何先生那么大的官也犯错误?章织云说,错误跟官大官小没关系。英妹说,那跟什么有关系?章织云说,跟站队有关系。英妹不明白其中的门道,又不好多问,于是"哦"了一声。章织云说,我们一家今天就走,回头跟郑先生说一声,算是告别!英妹点点头,拉住章织云的手。章织云眼圈一红,转身就走。英妹心里好难受,说,等一等!章织云停下脚步,转过身来,只见英妹跑到栀子花前,摘下两朵,又从头上取下一根发卡,将花别在章织云的衣襟上,说,章大姐,多保重!章织云淡淡一笑,低头闻了闻花,说,好香!

那年初夏,何修文举家下放岳东山区的相关记录,最全面、最真实的应该是何修文在《脂城往事》中的回忆。从文中可以看出,多年以后,何修文回忆当时的情景,心情依然沉重。他在文中写道:"那天,晴空一碧,阳光灿烂,脂城老城墙下的洋槐,花香阵阵,可是我的心情却非常沉重,甚至在滴血。挈妇将雏,路过老城墙下,我感慨万千。在热火朝天的口号声中,保存千年的老城墙正在被拆除,凝固在老城墙中的文化和历史也将灰飞烟灭。这不是城市改造,这是对历史的犯罪啊!我真不明白,为什么要把老城墙当作封建主义来反对?老城墙怎么就阻挡了社会主义建设的金色阳光?如果一切古老的事物都是封建的,那么我们的黑眼睛黄皮肤更加古老,是不是也要一起推翻?!面对苍天,我多想大喊一声,老天爷,为什么说实话那么难?!可是,我没有喊,因为我知道,前方的路也许更难!"事实上,受老城墙连累的,除了何修文,还有尤万里。何修文在《脂城往事》中回忆:"尤万里祖上三代都生活在北城墙底下,那里曾留下他快乐的童年记忆。在听说要拆除老城墙时,一向粗枝大叶的尤万里毫不犹豫地支持我,令我感动。不过,那时候风云变幻,为了保护尤万里,我在撰写保护城墙的报告时,没有署上他的名字。因此,他躲过一劫。"

脂城老城墙拆除完工时,已经入秋。老城墙拆掉之后,在墙基上修了一条马路,命名为环城公园,广种绿树,遍栽花草,果然欣欣向荣。按当时报纸上的宣传口径来说,这是脂城人民用实际行动,向新中国成立十周年献上的一份大礼。

说起来,为迎接新中国成立十周年,脂城失去了老城墙,郑梅林却迎来了好运。在迎接新中国成立十周年之际,脂城"特赦"一批改恶从善的落后分子,郑梅林就在其中。郑梅林"摘帽"后,英妹最高兴,抱着天狗到郑家祖坟上烧香磕头,晚上又做了一桌好菜,陪郑梅林喝了几杯。郑梅林心里高兴,喝得尽兴,抱过天狗说,天狗,从今天起,你不再是"狗崽子"了!英妹笑,说,天狗一生下来就是郑家少爷!郑梅林说,少爷咱不做,就做一个平常人,想哭就哭,想笑就笑,够了!

正说着,突然有人敲大门。英妹起身去开门,门前两个黑乎乎的人影,看不清面目。只听一个苍老的声音说,请问大少爷在家吗?英妹觉得声音似曾相识,不禁一愣。又听另一个人说,英姐,是我!英妹听罢,顿时一惊,悄声说,小安庆!小安庆说,是我。这是我爷爷!英妹这才想起来,说,原来是老掌柜来了,赶紧进来!

小安庆和老安庆进门后,英妹马上闩上大门。郑梅林抱着天狗问,哪个?小安庆不好意思过去,老安庆紧走几步,来到灯光下,叫了一声,大少爷!郑梅林一惊,说,哎呀,这不是老掌柜吗?黑灯瞎火的,您老人家怎么来了?老安庆叹了一口气,说,大少爷,我家那个孽障做了见不得人的事,白天我这张老脸不敢见人嘛!英妹悄悄对郑梅林说,小安庆回来了!郑梅林马上明白了,把天狗交给英妹,扶着老安庆坐下。老安庆一声接一声叹气,话未出口,已是老泪纵横。

老安庆是陪小安庆回来自首的。红旗纺织厂纵火案之后,小安庆迟迟不能调进公安局,心里好不痛快,仗着上过报纸的荣光,三天打鱼,两天晒网,经常旷工,四处闲逛。这一天,小安庆在街上喝茶,听人说郑梅林用蜂毒把秦德宝的疯病治好了,料定大事不好,也不跟小桃红打声招呼,偷偷跑回老家山里躲了起来。尤万里派人抓捕小安庆，一时没有结果，案子就一直没有结。毕竟年轻，小安庆在老家山里待了几个月，实在熬不住，就跑回家里，把自己犯的事跟爷爷老安庆说了。老安庆年过古稀，却是个明白人，劝小安庆说，法大如天，你躲过一时，躲不过一世，乖乖去自首吧。小安庆想了想也只有这条路能走，于是由老安庆陪着回脂城自首来了。

老安庆叹口气，大声喝道，孽障！还不给大少爷赔罪！小安庆从门外进来，扑通一声跪在郑梅林面前。郑梅林说，起来起来，我一个刚"摘帽"的人，承受不起！老安庆说，大少爷，其他的我不管，我就晓得您是大少爷，这孩子他对不起您！郑梅林说，老掌柜，您和我们郑家几十年的交情，不必客气！老安庆一阵咳嗽，说，小安庆，给大少爷磕头赔罪！小安庆正要磕头，郑梅林弯腰上前拦住，说，新社会，不兴这个！老安庆说，礼数总要讲的嘛！郑梅林叹口气，说，小安庆，我对你没恩，你对我也没愧。你做了那事，对国家有罪，对人民有罪，要赔罪，去给国家赔罪，给人民赔罪！老安庆一听，长叹一声，说，大少爷，你真是大善人啊！

英妹过来把小安庆拉起来，问，小桃红可晓得你回来？小安庆摇头。英妹说，这就是你不对，走不跟她说一声，回也不打声招呼，让人家心里怎好受？！小安庆低着头说，马上就回去！郑梅林说，小安庆，赶紧回家跟小桃红打声招呼，老掌柜今晚留下，还住东厢房！老安庆一面点头，一面对小安庆说，孽障！回去好好跟小桃红说说，别再做对不起人的事！小安庆点点头，转身出去了。

小安庆回到家时，小桃红刚刚睡下，听见小安庆叫门，马上爬起来。小安庆正想解释，小桃红一把把他拉进门，看了又看，眼泪止不住流下来，二话不说，抬手就给他几巴掌。小安庆一动不动，任她打。小桃红打够了，抱住小安庆，呜呜地哭起来，哭了一会儿，问，吃了没？小安庆摇摇头。小桃红拄上拐杖去做饭，小安庆拦住她，问，有没有酒？小桃红从床底下拖出一箱子酒，说，晓得你这没良心的迟早会回来，早就准备好了！小安庆扶着小桃红坐下，打开一瓶酒，先给小桃红倒一杯，再给自己倒一杯，然后端起酒，恭恭敬敬，说，老婆，我对不起你！小桃红一听，擦着眼泪说，小安庆，你没什么对不住我的。你不嫌弃我,我就知足了。要说对不起,是我对不起你,没给你留下一条根!小安庆摇摇头,一口喝下那杯酒,又倒一杯,说,来,咱俩喝个交杯酒!小桃红一头雾水,端起杯子,看着小安庆。小安庆苦笑一下,说,喝了这杯酒,我去自首!小桃红手一抖,酒洒了出来。小安庆把胳膊伸过去,盯着小桃红。小桃红慢慢把胳膊伸过来,两条胳膊一弯,勾在一起。小安庆先喝下杯中酒,小桃红看着酒杯,咬了咬牙,一口喝下,随手摔了杯子,抱着小安庆啜泣不已。

转天一大早,小桃红陪着小安庆去自首。走过政府大院的时候,小安庆说想去看看尤万里和施亚男。小桃红晓得他要去赔罪,陪着他去了。来到尤万里家,施亚男正在门口喂红梅吃早饭。见小安庆突然出现,施亚男惊得差点把一勺稀饭喂到红梅的鼻子里。小桃红赶紧说,施大姐,他回来自首!施亚男点点头。就在这时,尤万里拿着报纸从茅厕回来,一脸的不高兴,一看就晓得便秘问题没有解决。小桃红先打招呼,说,尤司令!尤万里一抬头,看见小安庆,脸顿时拉下来,骂道,浑小子,你还敢回来?!小安庆低下头。施亚男说,他回来自首!尤万里上下打量小安庆,似乎不敢相信。小桃红说,尤司令,小安庆晓得错了,特意过来给您赔罪!小安庆上前一步,扑通跪下。尤万里一脸严肃,大叫,起来!小安庆马上站起来。尤万里来回踱了几步,说,小安庆啊小安庆,你不是个好兵,也不是个好丈夫,但你还是个男人。是男人就要像个男人样,哪里跌倒,哪里爬起来,别让人家看不起!小安庆听罢,马上立正敬礼。尤万里说,好了,去自首吧!小安庆答应一声"是",转身出门。尤万里望着小安庆的背影,喃喃自语道,这小子,一心想进公安局,喏!这回如愿了!

半个月后,小安庆被判刑十年,押往黑湖农场劳动改造。临行前,郑梅林让英妹去送送小安庆。英妹去了,因不能靠近,不能跟小安庆说什么,只好安慰小桃红。小桃红当初丢了一条腿都没掉眼泪,却在小安庆被押上车时哭得死去活来。英妹心里难过,陪着小桃红一起哭,眼睛都哭肿了。

当天晚上,英妹给天狗喂奶时,一边为小安庆惋惜,一边替小桃红难过,说,小安庆这一去十年,耽误自己不说,也把小桃红耽误了!郑梅林说,老老实实改造,争取早点出来,以后还有日子过嘛!英妹说,日子有的过,伢怕是生不了!你想想,等小安庆出来,小桃红就四十大几了,怎么生伢吗?!郑梅林叹口气,说,小桃红没有生伢的命!英妹一愣,说,你给她把过脉,不是说她没毛病吗?!郑梅林摇摇头,说,小桃红当年入行,肯定被下过药!英妹说,那你为什么说她没毛病?郑梅林说,那时候,我要是说小桃红有毛病,就算小安庆不嫌弃她,让她下半辈子怎么抬起头吗?!英妹"哦"了一声,低下头来。郑梅林接着说,小桃红上半辈子够苦了!英妹想了想,叹口气,便不再说什么。

35　粽子

入冬后不久,何修文病了。消息是施亚男来小白楼抓药时告诉郑梅林的,施亚男说,老尤为此急得上火,又便秘了!

下放到岳东山里,说白了就是劳动反省。何修文虽然当了几年官,但骨子里还是文人,忧国忧民,心情抑郁,几天几夜不合眼,不吃不喝,瘦得脱了形,恍恍惚惚,口口声声要找马克思谈谈,真理到底拿什么来检验?!章织云担心何修文病情恶化,要给有关部门打报告,请求让何修文回城治病。何修文非常固执,坚决不回城,说,这不是授人以柄吗?人家会说我借病回城,逃避改造!无奈之下,章织云写信给尤万里,请他想办法。尤万里抓耳挠腮,也没想出什么好办法。施亚男出了个主意,说不如悄悄把郑梅林送到岳东,给何修文看病,神不知鬼不觉,两全其美。尤万里觉得这主意好,不过郑梅林是犯过错误的人,行动比较敏感,以什么借口把他带去岳东,得好好策划。两口子商量到半夜,尤万里来了灵感,决定以调查"岳东事件"为由,将郑梅林带去。这个由头尚能说得过去,于是便定下了。

从脂城到岳东,不远也不近。在那辆老式吉普车里,尤万里和郑梅林并肩坐在后排,都很沉闷。本来,尤万里想跟郑梅林说说话,打发无聊,可是郑梅林不理他,闭着眼装睡。尤万里只好闭目养神,不知不觉睡着了,还打起呼来。山路不平,车子颠簸,两个人的肩膀时不时碰一下。尤万里突然睁开眼,对郑梅林说,老子睡得正香,你碰我搞什么吗?!郑梅林说,我没碰你!尤万里说,明明把我碰醒了,还不承认!郑梅林说,你说我碰你了,有证据吗？我还说是你碰我呢！尤万里说，呔！强词夺理！郑梅林哼了一声，说，跟你学的！尤万里说，哎呀，话里有话！郑梅林说，自己琢磨！尤万里说，好！算你嘴硬，老子不会放过你！郑梅林说，随便你！司机大个子是尤万里的心腹，一边开车，一边偷偷笑。尤万里生气，大喝一声，笑什么笑？好好开车！

山路蜿蜒，大山深深。进入盘山公路后，车窗外景色颇为提神。时隔二十年，再一次进入岳东山区，郑梅林不禁想起当年跟着尤万里参加游击队时的情景，恍若就在眼前，心头泛起一阵酸楚。要是身边换成别人，郑梅林可以说一说心里的感受，甚至还可能掉几滴伤感的眼泪，可是偏偏身边是尤万里，一声高一声低地打着呼噜，郑梅林摇摇头，只好忍着。

车子鸣笛，转上一座石桥，眼前一座不大的古镇，一条老街街口，三株老樟树蓬勃如盖。郑梅林突然大叫，停！大个子司机一个急刹车，尤万里睡得正香，毫无防备，嘭的一声，一头撞到车棚上，疼得龇牙咧嘴，脱口骂道，怎么开车的?！大个子司机说，郑先生叫停的嘛！尤万里摸着头问郑梅林，说，是不是要撒尿？郑梅林一指街口的三株老樟树，说，看！尤万里把头伸出车窗看了看，大喊，下车！

郑梅林从车上下来时，尤万里早就跑到老樟树下，指着树下一个大石墩子说，就是这，绝对没错！当时，两筐粽子放在这，那位大姐坐在那里，还有一条小黄狗卧在这里。郑梅林说，是花狗！尤万里说，黄狗！郑梅林说，明明眼睛两边都是白花嘛！尤万里拍拍脑门说，那就是黄白花狗！大个子司机站在一旁，又偷偷地笑。郑梅林不再争论，叹口气说，一晃二十年了！尤万里说，十九年半！郑梅林说，不晓得那个大姐还在不在。尤万里说，是不是想去找你那只凤镯？郑梅林说，那倒不重要，想去看看她，说声感谢！尤万里也叹口气，说，等有机会吧，这一趟有急事！郑梅林围着树转了一圈，指着对面的山坳，说，那天我俩背着粽子，就是从那里上山的！尤万里手搭在额头，看了看，说，上山后，拐到竹林后边的小路，正好遇到两个打柴的！郑梅林点点头说，那两个打柴的一见咱们，掉头就跑！尤万里说，怕是把我俩当成山匪喽！郑梅林说，不能怪人家嘛，你当时胡子拉碴，一脸凶相,确实不像好人!尤万里说,去去去!半年不刮胡子能好看吗?!大个子司机一边笑,一边看表,说,局长,时候不早了,到地方还要个把钟头呢!尤万里说,有机会再来,赶路!

多年以后,何修文的回忆录《脂城往事》中,专门有一篇文字提及尤万里冒着巨大政治风险,带郑梅林进山给他看病的情节,字里行间充满感激之情。事实上,尤万里和郑梅林在山里一共待了五天,为的是让郑梅林把何修文的病治好。何修文失眠很严重,郑梅林怕服药太慢,便给他针灸,早晚各一次,到了第三天,何修文病情大为好转,一觉能睡两三个小时,胃口也好起来了。郑梅林不放心,又到山里采了合欢皮、首乌藤、柏子仁等草药,让章织云熬好给何修文服用。针药并施,双管齐下,第四天何修文睡眠基本正常了。

离开岳东山区的头天晚上,当年的三兄弟坐在何修文的棚屋前,面对一轮明月,心中各有感慨。尤万里拿出从家里偷偷带来的两瓶脂城大曲,说,有明月,就得有美酒嘛。何修文说,兄弟山中坐,明月配美酒,这是提前实现共产主义了啊。尤万里用独臂夹着酒瓶,用牙咬开瓶盖,向前走了几步,将酒洒在地上,一边洒酒,一边对着群山喊道,牺牲在山里的兄弟们,我尤万里来看你们了,请你们来喝共产主义的美酒啦!兄弟们,起来吧!

群山回响,一群林间的鸟,惊得四处飞去。

毕竟何修文有病在身,不能多喝,郑梅林也不愿多喝,只有尤万里一个人喝得痛快淋漓,酒多嘴碎,一会儿替何修文鸣不平,一会儿大骂有些人是假马克思主义。何修文怕被人偷听去惹事,不让他说这些敏感的话题,他顺势把话题一转,说到当年的"岳东事件"上去。郑梅林当然不服,两个人又杠上了。尤万里又说出那句著名的话,不查清楚,老子不会放过你!

月光如水,山间清寂。三个人好久都没说话,只有远近山间夜鸟时不时地啼叫几声。何修文突然开口,说,多好的夜晚啊!当年我们兄弟四个,今天就差德宝没来,要是他来了,咱们兄弟再结拜一次,那就太好喽!尤万里说,结什么拜?!共产党人不兴那个!何修文说,当着这一轮明月,再结拜一次,表表各自的心迹嘛!尤万里哈哈一笑,说,这倒有意思!你是大哥,你先表!何修文说,愿兄弟同心,把国家建设好!尤万里说,愿兄弟同心,实现共产主义!郑梅林看着月亮,没有马上说话。尤万里说,轮到你了!郑梅林站起来,挺了挺细腰杆,说,愿兄弟同心,把日子过好!尤万里说,这算什么?小气嘛!何修文叹口气,说,也许梅林说得对哟!尤万里说,你们猜猜,如果德宝在这,他会怎么说?郑梅林和何修文想了想,都没说话。尤万里说,我猜他肯定说,兄弟同心,钱赚得越多越好!何修文和郑梅林对视一下,又转过脸去。尤万里哈哈笑了两声,见他们都没笑,便不笑了,仰起脖子,喝下瓶中最后一口酒,将瓶子一摔,说,痛快!真痛快!

返回脂城那天,脂城落了一场雪。雪不大不小,将远远近近的屋顶都抹白了。回到郑家老宅,在门外就听见天狗在哭。郑梅林进门,见英妹正抱着天狗发愁,一问才晓得,家里没米了,英妹断奶,把天狗饿着了。郑梅林说,没米去买嘛。英妹说,买米要钱嘛。郑梅林赶紧摸身上,只有几个碎钱,一把掏给英妹。英妹说,这还不够买两个烧饼!郑梅林说,那怎么办?英妹叹口气,说,你别管了,我来想办法!

说起来,郑家老宅断米,脂城北门一带怕是都会当成笑话。事实上,郑家确实断米了。这几年,一件事接着一件事,早把郑家的老底掏空了,加之郑梅林一向不看重钱,行医时又不在乎收费,因此少有积蓄。本来,公私合营后,厂子的股息还能补贴家用,可是厂子停产半年"大炼钢铁",看来也不能指望。多亏英妹精打细算,不然早就揭不开锅了。不过,英妹不想让郑梅林烦神,一般不说。郑梅林被英妹宠坏了,从来都是衣来伸手饭来张口,自然不晓得家底的厚薄。

英妹把天狗交给郑梅林,围上头巾,提着篮子出门。雪花飞舞,街上老远见不到人。英妹路过粮店并没进去,继续往前走,拐过拱辰桥,便看见血站的红"十"字了。英妹停下来,又把头巾系了系,只露出两只眼,这才朝那个红"十"字走去。

这一阵子,雪下得好大,风也好大。

英妹买了五斤米,又到火车站附近副食商店买了两块豆腐,冒雪往回走,走着走着,头有点晕,本想忍一忍,没想到脚下雪滑,一屁股跌倒了。这时,恰好有人路过,上前扶她起来,惊叫,英妹姐！英妹恍恍惚惚,眨了眨眼,半天才认出来,说,小茉莉,你怎么回来了？小茉莉说,放寒假嘛,刚下火车,走几步就碰上你了！英妹姐,你脸色不好,是不是病了？英妹摇头,笑了笑,把掉在雪里的豆腐小心捡起来,说,家里有事,我先走了,对了,有空来家坐坐！小茉莉说,正好有事找郑先生呢！英妹说,来嘛来嘛！小茉莉说,好嘛好嘛！

那天,小茉莉匆匆赶回脂城,不是从北京回来,而是从东北。说起来,这事跟放假前小茉莉在东北的演出之行有关。在北京学习期间,小茉莉因为成绩优异,表现较好,不仅入了党,还被编入学校演出队,经常到全国各地演出。寒假前,学校演出队前往东北慰问演出。在第二场演出时,小茉莉表演了当年跟花五彩学的黄梅调《打猪草》,赢得阵阵掌声。演出结束后,一个男人找到小茉莉,要跟她单独聊一聊。小茉莉以为是个戏迷,就答应了。不料,那男人自称是日本人,名叫山口一垣,曾是侵华日军的一员,抗战胜利后在日军战俘营接受改造,一直表现不错,后来自愿留了下来。当晚,山口听了小茉莉表演的《打猪草》之后,想起当年在岳东山区侵略的情景,悔恨交加,想把他当年的日记交给她,算是赎罪。山口一垣在改造时学习了中文,已经把日记翻译成中文。小茉莉听说跟岳东有关,拿到那本日记后,连夜阅读。山口的日记很详细,不仅记录了日期、天气,还画有地图。当读到跟岳东山区有关的内容时,小茉莉不禁大吃一惊。

据山口的日记记述,山口当年所在的部队一直在岳东一带活动,受到新四军及游击队多次打击后,密谋实施报复,派出侦察员化装成打柴的山民进山侦察,山口就是其中一员。在一次侦察途中,山口等人遇到两个化装后的游击队员,抬着两筐热气腾腾的粽子,于是便设法跟踪,然后报告日军指挥部,派出精干队伍前去"围剿"。在日记中,山口最得意的是,他们在山路上发现许多粽叶,按照粽叶多少,判断出大致人数,按照粽叶分布的路线,带上警犬一路跟踪粽叶,终于发现游击队的宿营地,于当夜发动突袭,给游击队造成了巨大损失。因为此次突袭有功,山口被提升为小队长。

小茉莉看完日记,又惊又喜,一夜未眠。在脂城,小茉莉早就晓得郑梅林因"岳东事件"一直受到怀疑,尤万里盯着不放过他。如今有了这本日记,终于可以还郑先生清白了。本来,小茉莉想马上把日记寄给郑梅林,又一想,万一邮寄出现问题,岂不前功尽弃?正好寒假在即,不如到时面交。毕竟搞文艺多年,小茉莉难免多愁善感,从山口的日记想到自己的身世,很想打听打听。在征得领导的批准后,小茉莉再次见了山口,曲折打听与自己的生母有关的信息,可惜没有结果。不过,山口表示一定替她打听。小茉莉自然高兴,决定把当年那条包裹她的襁褓拍成照片,寄给山口作为线索。

花五彩见小茉莉回来,高兴得要死,拉着小茉莉的手,看了又看,问这问那,可是一听小茉莉提起襁褓,心里顿感失落。不过,转念一想,小茉莉能这样做,说明她有情有义,一个人对生母都不惦记,怎能对养母好?!如此一想,心便放宽了,把压在樟木箱底的襁褓拿出来,交给了小茉莉。小茉莉一时也不能等,拿上襁褓,冒雪到东方红照相馆拍了加急照片,随后把照片拿到鼓楼邮局寄走了。

雪越下越大,天地之间如挂纱幔,街边店铺的门脸都模糊起来。小茉莉竖起大衣领子,匆匆朝北门走。过了拱辰街,抬头不见北门的城门楼,取而代之的是一座过街天桥。小茉莉不晓得老城墙已全面拆除,一时找不到参照物,竟分辨不出东西南北了,大着胆子穿过天桥,四下环顾,半天才看见不远处的小白楼。

风雪中,小白楼似乎不太显眼了。

36 雪

郑梅林放下山口的日记,走到窗前一言不发,望着窗外的飞雪,目光呆滞,眼角的皱纹越发清晰了。小茉莉不晓得如何安慰他,起身要走。郑梅林这才恍然如从梦中醒来,默默地看着小茉莉。不到两年,小茉莉不再是那个任性的小丫头,而是像秋后角落里一颗饱满的果子,成熟而安静。郑梅林放心了,这才是他心目中小茉莉应该有的样子,于是送小茉莉到门外,说了句谢谢。小茉莉回眸一笑,招了招手,转身走进飞雪中。郑梅林站在雪中,目送小茉莉,直到她的身影消失在一条老巷子中。

多年以后,在《梅林春秋》一书中,何达教授对郑梅林和小茉莉久别重逢的叙述,可谓浓墨重彩。尤其对郑梅林的心理活动,他作了大量铺陈,诸如激动中冷静、欢喜中伤感、欣慰中遗憾等等,总之纠结得要死。事实上,郑梅林那时候心情确实纠结,但是和与小茉莉的久别重逢关系不大,更多的是因为山口的日记拨开了"岳东事件"的迷雾,可以还他清白了。证明清白之后,郑梅林心中五味杂陈。二十年的精神包袱与两年的异地分离,以郑梅林的性格,经历了那么多波折,孰轻孰重,自然分得清。所以,郑梅林转身进屋后,一刻也不停,拿起山口的日记,冒着大雪去找尤万里。

风雪中,郑梅林推开尤家的院门时,尤万里正在陪着女儿红梅在院中堆雪人。雪人不大,已经堆得有模有样。郑梅林跨进院子时,尤万里正弯腰撅腚,用石子给雪人安装眼睛,左边的空袖管耷拉下来,像在变什么魔术。听到大门响动,尤万里懒得起身,从胯下一看,是郑梅林,问,你来搞什么？郑梅林走到近前，说，找你算账！尤万里慢慢直起身子，转过来，独臂叉在腰间，说，算账？！郑梅林点点头，说，算算这二十年的账！尤万里说，呔！这二十年都是你欠我的账！郑梅林笑了笑，说，进屋细说！尤万里把手里的石子递给红梅，领着郑梅林进屋去了。

　　郑梅林进屋后，淡定地一笑，从怀里掏出那本日记，递过去，说，好好看看！尤万里接过来，看了看日记封皮，说，山口一垣，小鬼子写的嘛！郑梅林点点头，说，看折起来的那部分。尤万里坐下来，从折起那部分看起，看着看着，脸色沉了下来，时不时地抬眼看看郑梅林。郑梅林抱着膀子，抬了抬下巴，示意他继续看下去。尤万里低头接着看，一口气把折起来的部分看完，慢慢合上日记，望着郑梅林，半天没有吭声，呼哧呼哧，喘气越来越粗。郑梅林伸手把日记拿过来，宝贝似的抱在怀里。尤万里说，从哪搞到的？不会是假的吧？郑梅林拍着日记说，小茉莉在东北演出带回来的，上面盖着公章！尤万里点点头，一拍桌子，挺身而起，伸出独臂，说，梅林，从今往后，过去的账一笔勾销！郑梅林叹了口气，不跟他握手，转身就走。这时候，正好施亚男买菜回来，说，郑先生，来得正好，好不容易买到一斤花生米，中午在家跟万里喝几杯！郑梅林摇摇头说，英妹和天狗在家等我！尤万里追上几步，说，外面下大雪，喝几杯嘛！郑梅林没理他，跨出门，大步走进风雪中。

　　雪越下越急，新修的环城马路上行人稀少。积雪如棉，一脚下去，就是一个深深的脚印。郑梅林走着走着，突然觉得浑身燥热，想喊，想跑，想疯，于是便把围巾取下来，一路狂奔，边跑边冲着雪中的古城，扯着嗓子大喊，嗷——嗷——喊声在雪幕中回荡。郑梅林笑了，越笑越想笑，笑得腰都直不起来，索性躺在雪地里，连打几个滚，然后仰面朝天，闭上眼睛，大口大口地吐着热气。雪花纷纷落下，在脸上留下点点清凉，倏然而去。

　　那天中午，郑梅林回到家时，英妹已等他多时，一盘青菜豆腐热了两回。回来的路上，郑梅林到土产公司北门门市部，找到一个熟人，觍着脸赊了一挂鞭炮，回到家，大喊着要放炮。英妹说，哪来的鞭炮？郑梅林说，赊来的。英妹说，花那钱搞什么？没到过年嘛！郑梅林说，今儿个就是过年，一过就是二十年！英妹一头雾水，见他高兴，也不多问，又把那盘青菜豆腐热了一回，端上来催他快吃。郑梅林不急，把鞭炮挂在大门屋檐下，抱上天狗一起去放炮。英妹担心吓着天狗，不让他抱。郑梅林说，天狗不怕！英妹拗不过他，由他去了。郑梅林抱着天狗点燃鞭炮，英妹站在旁边帮天狗捂着耳朵。鞭炮噼里啪啦炸得震天响，天狗却咧着嘴笑。英妹想，这伢不随他爹，天生胆大！

对于郑梅林来说，这一天非常重要。多年之后，何达教授在《梅林春秋》中，将这个漫天飞雪的日子，看作是郑梅林继参加游击队之后，又一重要的人生转折点，且都跟尤万里有关，从而总结出："郑梅林先生的一生，喜忧参半，此起彼伏，却不能自主。"

下雪天，夜晚阴冷。吃过晚饭，英妹哄着天狗早早在西厢房睡下了。郑梅林把山口的日记拿出来，打算仔仔细细再看一遍。就在这时候，尤万里来了，肩上扛着一个大袋子。尤万里头一回不请自来，郑梅林多少有点奇怪，生怕又生出什么事来。尤万里从袋子里掏出一瓶酒和一包花生米放在桌上，笑着说，下雪天喝酒天，喝！郑梅林明白他的意思，随手拿来两个茶碗，一人面前摆一个。尤万里用牙咬开酒瓶，先给自己倒满了一碗，端起来，说，梅林，这碗酒敬你，二哥我错怪你二十年，对不住了！说罢，一饮而尽。郑梅林眼圈一热，说，你还认我这个兄弟？尤万里说，当然！郑梅林站起来，给自己倒了一碗酒，二话不说，一仰脖子喝下了。尤万里上前用独臂搂住郑梅林，突然呜呜地哭起来，哭得浑身直颤。郑梅林也不劝他，由着他哭。尤万里哭完了，用袖子揩把眼泪，把两人的酒都满上，叹口气说，梅林，二哥我这二十年过得也不容易啊！郑梅林把一粒花生米放在嘴里慢慢咀嚼，晓得他有一肚子话要说，静静地听着。

正如郑梅林所料，尤万里确实有一肚子的话要说。这些话最好是跟郑梅林说，因为跟他有关。这些在何达教授的《梅林春秋》中，有详细叙述。

"岳东事件"发生后，郑梅林背着"叛徒"的嫌疑跑回脂城，尤万里在游击队的日子就难过了。组织随后调查，既然郑梅林跑了，尤万里就成了怀疑对象。尽管尤万里一再申明自己清白，却找不到证据证明，只好忍着。

当时，游击队已经安全撤到江北，集中整顿后，编入了新四军某师一部。尤万里以为情况好转，满怀热情地递交了入党申请书，却因为"岳东事件"被压下来继续考察。尤万里是个牛脾气，不达目的誓不罢休，三天两头向组织递交入党申请书，半年下来，比他晚申请的同志都入党了，他还在"继续考察"。这段日子，尤万里失眠了，一闭眼脑瓜里就出现游击队遭遇袭击后的惨状。有一个外号叫小山猫的小同志，当时才十五岁，分到一个粽子舍不得吃，牺牲的时候，粽子还揣在怀里，被血染得通红。作孽啊！尤万里一想到"岳东事件"，自然就把罪过怪到郑梅林的头上。要是当时郑梅林在眼前，尤万里说不定真会一枪崩了他。

那时候，尤万里也认定郑梅林做了叛徒，所以更加努力，也更加小心，既想证明自己，又想代郑梅林洗刷罪责，有任务抢着上，但是有人反对他执行任务，言下之意就是怕他也做了叛徒。尤万里表示理解，也不抬杠，除了一如既往写入党申请书，还请求去炊事班当伙夫。到了炊事班，组织还不放心，派人暗中盯着他，意思是怕他下毒。尤万里又气又急，憋着一股劲要证明自己。说来也巧，当天晚上，队伍突然接到命令转移，途中遇到敌人埋伏。本是炊事员的尤万里撂下锅碗瓢盆，操起菜刀冲了上去。突然，敌人扔来一颗手榴弹，落在战友身边吱吱地冒着烟。尤万里眼疾手快抓起手榴弹，就在他要扔出去的一刹那，手榴弹爆炸了。所幸同志们都安全了，尤万里的手腕却被炸断了。当时，正好是秋后，尤万里的伤口感染发炎，高烧不退，游击队没有条件治疗。眼看要出人命，恰好一个首长带领宣传队来慰问，得知情况后马上派两名同志护送尤万里到后方医院治疗，其中一名同志就是施亚男。那时候，施亚男正值妙龄，面容姣好。高烧中的尤万里恍惚看见一轮明月升起，将那张少女的面容刻在心底。

从游击队驻地到后方医院要渡过一条河，常有日伪的小火轮巡逻。当天夜里，施亚男和那位战友抬着尤万里过河还算顺利，刚一上岸，却被日伪巡逻的小火轮发现了。那位战友为了掩护他们，当场牺牲。施亚男背起尤万里就跑，日伪在后边鸣枪追赶。河滩广袤，施亚男灵机一动，背着尤万里钻进了芦苇荡。那时候，芦苇变黄，芦花正白，倒成了隐蔽的好地方。日伪怕有埋伏,不敢进芦苇荡,冲着芦苇荡喷洒汽油,然后纵火。芦苇荡顿时一片火海,施亚男把尤万里放在一块淤泥上,脱下上衣,在水里浸湿,盖在尤万里身上。大火烧到天亮的时候,日伪的小火轮走了。尤万里没有被烧着,施亚男头发几乎全部被烧焦,脸上和身上多处烧伤。施亚男忍着痛,背着尤万里继续走,尤万里伏在她的背上,闻到施亚男身上阵阵焦煳的味道,那味道一直到现在都挥之不去。幸好,同志们及时前来接应,施亚男和尤万里被安全送到后方医院。事情的结果是,尤万里因伤势恶化不得不截肢,施亚男因烧伤感染,脸上留下了永久的疤痕。

窗外,雪落无声。郑梅林听着听着,不知不觉眼圈红了,伸手摸了摸尤万里那条空袖管,一声叹息。尤万里揩把眼泪,笑了笑,说,梅林,二哥受的罪不比你少吧?!郑梅林点点头,说,二哥受委屈了!尤万里说,你不怨二哥?郑梅林摇摇头,说,二哥是好样的!尤万里摇摇头,说,我不是好样的,亚男是好样的!她不仅救了我的命,还让我认识到,入党不仅仅是荣誉,更是一份责任,好沉的责任!所以,我后来端正态度,踏实表现,一步一步做起,不久就入党了,主动要求上前线,得到组织批准。说实话,上战场前我就想好了,反正老子这条命是捡来的,拼完也划得来。所以,一上战场,只要能冲老子就冲,只要能打老子就打。你说奇怪不奇怪,子弹总是躲着老子,老子竟活了下来,嘿嘿,还立了几次功!就这样,我被提拔了,先是排长,后来当连长,在苏北那场战斗中,因为我的"火攻碉堡"得法,咱们打了大胜仗,我又被破格提拔,直接当上了团长!哎呀呀,回头想一想,入党也好,做人也好,初心要正啊!

关于这次"雪夜谈心",何达教授在《梅林春秋》中有较为详细的描述,其中强调:"尤其值得一提的是,通过那次雪夜谈心,郑梅林先生在内心深处原谅了尤万里,并对自己当年贸然离队当了逃兵深深自责,同时为自己失去成为中共党员的机会自责不已,引为终身遗憾!"

不知不觉,远近传来鸡啼。尤万里站起来,直了直腰,从袋子里拿出那只小皮箱。郑梅林笑了笑,说,这是要物归原主?!尤万里点点头,说,打开看看,有没有少什么?!郑梅林说,二哥,我还不相信你?!尤万里说,兄弟归兄弟,你还是打开看看!郑梅林打开小皮箱,原来的东西一样不少,却多了一个报纸包,拿起来,问,这是什么?尤万里说,当年为了给游击队买药,你从家里偷了三百大洋。如今,没有大洋,我家就这么多钱,亚男让我拿来还你,也不晓得够不够!郑梅林说,当年的事就算了,这钱我不能要!尤万里说,当初游击队打过借条,共产党言而有信,这钱你一定得收下,不然亚男那里也过不了关!郑梅林长长出了一口气,说,好,我收下!尤万里松了一口气说,好啊,从今以后我心里又了了一件事!郑梅林突然抓住尤万里的空袖管说,二哥,有件事我一直想问你,可是又不好说。尤万里说,兄弟嘛,说!郑梅林咳了两声说,当年在游击队,我也写过入党申请书,还请你转交组织,你交了吗?尤万里愣了一下,说,这事我记不得了,你写了吗?郑梅林看了看尤万里,笑了笑说,我也记不清了!尤万里说,毕竟二十多年了嘛!郑梅林说,是啊,二十多年了!尤万里于是哈哈大笑起来。雪夜宁静,尤万里的笑声从郑家老宅传出来,在夜空中传得好远好远。

多年之后,关于郑梅林写入党申请书一事,何修文在《脂城往事》中也曾提及。文中说:"郑梅林曾多次跟我提及,当年在岳东游击队时,他曾写过入党申请书,并请尤万里转交,后来却不了了之。当然,这或许跟郑梅林后来脱离队伍有关。事实上,这件事还有后续,其中颇有曲折,暂且不提也罢。"

那天夜里,尤万里离开郑家老宅时已是后半夜。雪停了。郑梅林送尤万里出门,尤万里突然转过身,忽然想起什么,说,梅林,听亚男说,有人看见英妹去血站了,你晓得不?郑梅林一愣,说,不晓得!尤万里说,英妹正在奶伢,不能亏了身子!郑梅林哦了一声,不禁打了一个寒战。尤万里不再多说,挥一挥独臂,朝青石巷走去。

雪光隐隐,郑梅林转身回到院中,踩着天井的积雪,悄悄来到西厢房窗前。西厢房内,英妹和天狗发出轻轻的鼾声,如同丝绸一般柔滑平顺。郑梅林听着,不禁心头一热,低头看见窗台上那盆栀子。栀子上积了一层雪,遮住了半个窗台。郑梅林头一回发现,原来这盆栀子竟长得这么大,于是轻轻把积雪拂去,端起花盆进了堂屋。毕竟,天晴化雪,万一伤了栀子,来年开不出花,院子里少了香气,英妹怕是会难过的。

37　老社守

春节过后,脂城天气一直晴好,小茉莉的心情却好不起来。

开学在即,小茉莉准备回北京。早在上学期,学校领导就找小茉莉谈过话,鉴于她学习成绩和政治表现双优,组织上考虑让她毕业后留在北京一家歌舞团,只要她同意,相关手续组织上出面办妥。按说,这种机会难得,可是小茉莉没有答应,说要回家商量。其实,小茉莉不需要回家商量。如果说非要商量,可以商量的人只有郑梅林。

过了正月十五,寒假结束。回北京前,为了去不去跟郑梅林见面道别,小茉莉纠结了好久。正如郑梅林所料,小茉莉确实长大了,成熟了,考虑问题更周全了,因此理解了郑梅林当初拒绝她的良苦用心。本来,小茉莉打算把山口一垣的日记交给郑梅林,帮他洗刷冤屈之后,便与他一别两宽,无恩无怨,最多算曾经的熟人。按理说,有这样的想法,倒也不错。可是在九桂塘陪花五彩过年的时候,小茉莉多次梦见郑梅林成了"反革命",五花大绑,被拉到脂河北湾镇压了。要命的是,郑梅林被镇压时围着小茉莉给他买的红围巾。枪声一响,鲜血把那条红围巾都弄花了。小茉莉惊醒后,晓得梦是假的,但又觉得梦有预兆。以郑梅林的性格,往后说不定还会惹上是非。既然想到,不提醒一下,良心上过不去。不过,话又说回来,如果提醒他,以什么理由?又从何说起?英妹知道后会不会误解她?朝夕相处,小茉莉把纠结放在心里,却躲不过花五彩的眼睛。花五彩说,不管怎么说,郑先生是咱们的恩人,道个别,辞个行,天经地义,哪个还能说什么吗?小茉莉听了,顿时心定了,好像就等她这句话似的。

那天,小茉莉有意去郑家老宅,没去小白楼。郑梅林在小白楼坐诊,一般是白天。如果在小白楼跟郑梅林见面,来来往往的病人多,不方便说话,万一让英妹晓得,反倒显得自己不厚道。本来堂堂正正的事,躲躲闪闪,倒显得自己下作,不如大大方方,直来直去。毕竟女人了解女人,小茉莉去郑家老宅路上,顺便在街上给天狗买了两件小衣服,算是见面礼,相信英妹不会嫌弃。

来到郑家老宅,郑梅林和英妹刚刚吃过晚饭,凑在灯下一起逗天狗。听见有人敲门,英妹去开门,一看是小茉莉,先是一惊,接着就笑了,拉着小茉莉的手,一起进去,一边走一边大声说,天狗,快看看,小茉莉阿姨来了!郑梅林听了,抱着天狗迎到天井。小茉莉把买来的小衣服递给英妹,捏了捏天狗的小鼻子,天狗咯咯地笑了。英妹说,这伢好刁,看见漂亮阿姨,笑得好开心嘛!

进了屋,一起坐下。英妹倒好茶水,把火桶往小茉莉身边挪了挪,借口给天狗喂奶便走开了。郑梅林说,有个伢,事情好多!小茉莉说,事再多,心里也高兴嘛!郑梅林笑了笑,端起茶水喝了一口,说,快开学了吧?小茉莉点点头,说,明天返校,特意来跟郑先生道个别。郑梅林点点头,说,多亏你带来那本日记,帮了大忙,谢谢了!小茉莉说,别客气,能让郑先生洗刷冤屈,也是天意!郑梅林摇摇头,换个话题,说,在北京一切还好吧?小茉莉点点头。郑梅林说,入党了吗?小茉莉点点头,说,去年就入了。郑梅林笑了,说,进步好快嘛!快要毕业了,有什么打算?小茉莉说,也没什么打算,学校倒是想让我留在北京,我拿不定主意!郑梅林一听,说,当然要留下!小茉莉低下头,想了想,说,那样,往后见面就少了!郑梅林说,有火车,来来回回好方便!小茉莉突然抬起头,说,郑先生,你那么希望我离开脂城?郑梅林说,脂城太小,年轻人要出去闯闯!小茉莉心里咯噔一下,晓得郑梅林说的是实话,一边轻叹一声,一边站起身,突然伸出手,说,谢谢郑先生,握个手吧!郑梅林一愣,马上站起来,慢慢伸出手。小茉莉握着郑梅林的手,盯着郑梅林的眼睛,说,郑先生,以前吃了那么多亏,往后多保重!

郑梅林点点头,说,晓得! 就在这时,英妹抱着天狗进来了,郑梅林赶紧抽回手。英妹对郑梅林说,天狗的尿布又潮了,赶紧放在火桶上烤一烤。郑梅林接过尿布,放在火桶边上。小茉莉说,时候不早了,再见! 英妹说,多坐一时,还没顾上跟你说话嘛! 小茉莉说,明天一早还要赶火车! 英妹说,下一趟回来,来家吃饭! 小茉莉说,好嘛好嘛! 英妹把天狗递给郑梅林,说,你来抱呀,我送送小茉莉。

英妹送小茉莉出了郑家老宅,走进青石巷,正好月上中天。两个人的影子在青石路上,一会儿重叠,一会儿分开。来到巷口,小茉莉不让英妹再送。英妹拉着小茉莉的手,说,小茉莉,谢谢你! 小茉莉说,不,谢谢你! 英妹说,没有你帮忙,就没这个家啊! 小茉莉说,没有你,我也没有今天! 英妹有点伤感,说,小茉莉,你要是还在宣传队就好了! 小茉莉笑了笑,说,都过去了! 英妹从怀里掏出一双鞋垫,递给小茉莉,说,步步高升! 小茉莉收下鞋垫,又拉了拉英妹的手,转身走了。英妹望着小茉莉远去,好像丢了什么似的,心里空落落的。

多年之后,小茉莉回到脂城,参加脂城电视台的"名人故乡行"活动时,曾经打听过青石巷,不过很少有人知道。毕竟,脂城曾经有过好多小巷,大多以青石铺就。改革开放后,随着脂城跨越式大发展,原来的老街小巷渐渐绝迹。为此,小茉莉深表遗憾,并婉拒了为脂城拍摄都市文化宣传片的计划。当然,这是后话。

且说那一年,出了正月,春风一来,脂城渐渐暖和,形势也有变化。脂城响应国家号召,大搞国民经济"调整、巩固、充实、提高",施亚男抓住机会,扩大红旗纺织厂的规模,在政府的支持下,将左右两边土地征用,扩建两排新车间和仓库,还沿着脂河边盖了两幢宿舍楼。厂区大门重修,两边门垛高高耸起,竖起两面钢板做成的旗帜。旗帜是风中飘动的造型,涂上红漆,远远看去,十分显眼。如此一来,红旗纺织厂面貌大变,气势恢宏,成为北门外的地标参照。外地人若在北门迷路,看见红旗纺织厂大门上的红旗就放心了。

厂区规模扩大,自然要招收工人。借此机会,施亚男受小茉莉之托,将花五彩招进工厂。花五彩年过五十,体力不行,眼神不好,下不了车间,主动要求去食堂做事。施亚男当然同意,总算对小茉莉有个交代了。吕玉芝听说厂里招人,回家把消息跟秦德宝一说,秦德宝正在家闲得无聊,马上申请回厂上班。自从被郑梅林施用"蜂针"治疗后,秦德宝的病情奇迹般地好转,基本恢复了正常。施亚男了解秦德宝的情况,在厂办公会上征求大家意见,获得一致同意。本来,吕玉芝鼓动秦德宝要个副厂长的位子,至少是车间主任,毕竟是当初公私合营的私方代表。秦德宝脑袋清醒,什么职务都不要,只要看大门。小桃红开玩笑说,资本家守社会主义的大门,不合适嘛!施亚男说,社会主义的大门让资本家来守,那是最好的考验!秦德宝表态说,我甘做社会主义的守门人!一时间,这句话在厂里流传开来,秦德宝因此得了一个外号——老社守。

红旗纺织厂新大门右边有一间门房。门房是老一辈的叫法,如今改叫传达室,传达室归保卫科管理,因此秦德宝就算保卫科的人。保卫科刚刚调来一个科长,名叫许家和,办事精干,看人眉头皱着,似乎看哪个都不像好人。就这么一个人,偏偏跟秦德宝说得来,坐下来就聊个没完。许家和家在脂城西乡,老婆孩子都在乡下,生活比较困难,在厂里食堂打饭,不是咸菜就是青菜汤。秦德宝从家里带饭,有荤有素,常邀许家和一起吃。许家和也不客气,一来二往,倒是其乐融融。

洋槐花开的时候,夏天也快到了。红旗纺织厂生产的碎花夏布,在华东轻工商品评比中获奖,一时热销,供不应求。厂里有人动了歪心思,隔三岔五,偷偷夹带车间的残次品布头,私下低价卖掉赚外快。施亚男在干部大会上要求保卫科负起责任,一经发现,严肃查处,坚决制止这种"挖社会主义墙脚"的行为。当天晚上,许家和来到传达室,跟秦德宝说,大门是最后一道防线,让他多加小心。秦德宝一听,不以为然,笑着摇头说,过去厂里也有这事,我们都是睁只眼闭只眼,得过且过嘛!许家和说,那怎么可以?得过且过,还要我们保卫科干什么吗?秦德宝说,许科长,你想想,要是管得严,工人就有情绪,布头丢不了,可是残次品就多了,浪费就大了,划不来嘛!许家和说,老社守,你是社会主义的守门人,这个思想要不得!过去是过去,现在是社会主义新中国,偷拿厂里一丝一线,都是挖社会主义墙脚!好比这房子,你挖一下他挖一下,积少成多,迟早还不塌了?秦德宝想了想,说,对嘛对嘛,过去群众觉悟低,现在是新中国,觉悟应该提高嘛。科长你放心,只要我上心,哪个也别想从我眼皮底下溜过去!许家和说,果然是咱们的老社守!好好表现,将来我介绍你入党!秦德宝说,好嘛好嘛,入了党,咱俩的肩膀头就一般高了!许家和说,老社守,就看你表现了!秦德宝说,一定没问题!

说起来,秦德宝并不是吹牛。办厂这么多年,哪个工人想干什么,不敢说一眼就能看出来,也八九不离十。别说夹带布头,就是揣一根钉子,也逃不过他的法眼。一天夜里,织布一车间的女工小玉下夜班,来到大门口,大大方方地让秦德宝开门。秦德宝一边点头,一边看小玉,觉得不对劲,突然说,哎呀,地上有钱嘛,是不是你掉的?小玉一听,赶紧低头去找。秦德宝说,就在脚底下,弯腰找嘛。小玉想弯腰,可是弯了两下没弯下来。秦德宝马上明白了,呵呵一笑。小玉说,老社守,笑什么吗?秦德宝冲她招招手,说,进来,我跟你说!小玉强作镇定,说,进去就进去!秦德宝把小玉让进传达室,上下打量一番,说,小玉,你多大了?小玉说,四十五。秦德宝说,可有呀?小玉说,别提了,两个丫头,一个十四,一个十二!秦德宝点点头,说,丫头到这岁数,晓得美了,可不好管!小玉说,哪个不讲嘛,大的小的天天吵着穿好的,真是作孽!秦德宝又点点头,叹口气说,丫头好美没错,你为这事发愁也没错,可是挖社会主义的墙脚就不对了嘛!小玉愣了一下,说,老社守,你瞎说什么吗?秦德宝马上严肃起来,手一伸,说,拿出来吧,要不然许科长来了,可不得了!小玉一听,脸一下子就红了,拖着哭腔说,老社守,我这是头一回,真的!两个丫头天天吵着要穿花裙子,我又舍不得买。求求你高抬贵手!秦德宝摇摇头,说,不行!小玉眼珠一转,说,要不咱们俩分吧?秦德宝一听火了,喝道,就凭你说这话,就不能放过你,拿出来!小玉翻了翻白眼,为难地说,你瞪着眼看着人家,人家怎好意思嘛!秦德宝扭过脸去,小玉掀起上衣,把贴身缠在腰上的花布一圈一圈解下来,递过去说,给!秦德宝扭过头来,看了看花布,摇摇头,说,还有!小玉扭了一下身子，一边掀上衣，一边说，没有了嘛，不信你来看！秦德宝赶紧把脸扭过去，说，走吧！小玉放下衣服，噘起嘴说，你不开门我怎走？飞啊？！秦德宝赶紧拿钥匙开了侧门，小玉一边往外走，一边啐了一口，骂道，看门狗！本来，秦德宝想放走小玉，把布还给车间，这事就算过去了。可是小玉这一骂，秦德宝生气了，说，你再骂一句！小玉说，看门狗！老看门狗！秦德宝脸色铁青，反手把门锁上，然后冲着保卫科大喊，许科长，快来啊，抓到一个"挖墙脚"的！

"小玉事件"在全厂引起震动，施亚男抓住这个反面典型，在全厂开展教育，收到良好效果，盗窃事件基本杜绝。秦德宝被树为正面典型，受到厂里表彰。施亚男毕竟是搞宣传出身，约来《脂城日报》的记者报道，记者随后发表了人物通讯《甘当社会主义的守门人》，把秦德宝塑造为改造资本家的优秀典型。施亚男趁热打铁，又把秦德宝的事迹整理出来，报到省总工会。省总工会认为典型意义很好，号召全省企业职工学习秦德宝的"守门人精神"，保护企业的一丝一线，支援国家建设。保卫科科长许家和说话算话，在"七一"来临之前，以一个老党员的身份找秦德宝谈心。秦德宝深受感动，当天就写了入党申请书。经上级党委批准，"七一"那天，秦德宝在党旗下庄严宣誓，光荣入党。

多年后，何修文在回忆录《脂城往事》中，谈及秦德宝入党，用了两个词，一是"意料之外"，一是"情理之中"，并把此事比作是秦德宝的新生。因此，作为老大哥，何修文抽空特意搞了一次家宴，请原来的四兄弟一起来为秦德宝庆祝。那时候，何修文一家已从岳东山区返回脂城。此前，形势变化，脂城市委成立甄别工作领导小组，平反后，因为身体原因，何修文没有回到市委上班，主动申请到市政协工作，任政协副主席。章织云依然回市歌舞团工作。

那天晚上的家宴，头一个到何家的是郑梅林一家。郑梅林之所以早早来，是为何修文看病。何修文的失眠症时好时坏，需要针灸治疗。章织云一见天狗就喜欢得不得了，抱起来舍不得放下。英妹手脚利索，代替章织云下厨烧菜，不多时便弄出"四冷八热"来。这时候，郑梅林给何修文做完针灸,尤万里一家和秦德宝一家还没来,趁这工夫,大家一起逗天狗。天狗虚三岁,满地乱跑,心里什么都明白,就是不会说,只会喊妈妈,连爸爸也叫不出来。英妹为此发愁,让郑梅林给他治一治,郑梅林不同意治,伢说话早迟是老天的安排,到时候自然会说话。章织云教过书,当然不同意这个说法,说伢们说话早迟虽说有天生的因素,但后天的教育也好重要,你不教他怎么会?!何修文说,依我看,只要伢脑壳不笨,还是少说为好,话多惹是非!章织云接过话来说,你嘛,就是吃了多说的亏!众人一听都笑了。

就在这时,尤万里和施亚男一家来了。红梅比天狗大一岁,是个人来疯,一见天狗,又唱又跳。天狗不会唱也不会跳,只会哇哇乱叫,吵得人烦。英妹看着心里不得劲,上去打天狗屁股两下。天狗好委屈,哭着跑向郑梅林,一边跑一边叫,爸爸,打打!众人一听都笑了。章织云说,这伢鬼得很,原来会说话嘛!英妹也没想到,一边高兴,一边心疼下手重了。

眼看天色暗黑下来,秦德宝一家还没来,章织云说,过去聚餐,德宝最积极,回回头一个到,现在成了模范,又入了党,怕是端起架子来了!尤万里说,他是老幺,敢摆架子,老子不饶他!施亚男拉了一下尤万里的空袖管,说,动不动你就饶不了这个,饶不了那个,人家德宝现在是社会主义的守门人,坚守岗位,应该表扬嘛!何修文说,对对对,工作为重嘛!

38　凤镯

入秋之后,郑梅林先后收到两封信,一封是小茉莉写来的,另一封是小安庆写来的。

头一封信是小茉莉的信。小茉莉的信写得很短,只有两个字:"如愿"。郑梅林看了半天,不晓得小茉莉是说自己如愿了,还是说让他郑梅林如愿了,更或者是两者都有。郑梅林不愿多想,叹口气,希望她一切如愿。回到郑家老宅,郑梅林把小茉莉来信的事跟英妹说了,没说就两个字,说小茉莉毕业进了北京一家歌舞团当歌唱演员了,将来一定过得很好,还说小茉莉向英妹和天狗问好。英妹替小茉莉高兴,说,这丫头有出息!郑梅林点点头,什么也没说,坐在那里发了一会儿呆。

小安庆的信写得长,洋洋洒洒五六页。小安庆来信的大意是,在服刑期间,他表现良好,尤其去年他协助政府,破获一起越狱未遂案。小安庆还说,他在小白楼药房做事时,偷偷记下了一些方子,把其中一个治痢疾的方子提供给了监狱,监狱按照方子抓药,给犯人使用,避免了一起群体疫情的发生。因此,他获得多次减刑,最快可能在明年获释。在信的最后,小安庆还说,谢谢大少爷!郑梅林看到"大少爷"这三个字,心中不禁一颤。小安庆好多年没叫过他大少爷了。事实上,在脂城,唯一一个一直叫他大少爷的,就是英妹。

晚上,郑梅林回家把小安庆来信的事跟英妹说了。英妹替小安庆高兴,又替小桃红难过。郑梅林不知说什么好,便不吭声。英妹以为他累了,就不再多说了。其实,英妹不晓得,早在被判刑后不久,小安庆就写信给小桃红提出离婚。小桃红不愿离,到小白楼找过郑梅林,请他写信劝劝小安庆,说只要小安庆改邪归正,不管多久,她都等。郑梅林受人之托,不敢怠慢,便写信给小安庆,把小桃红的意思说了,叮嘱他一定要好好改造,不能辜负小桃红的一片心意,并告诉他,一个人无论在哪里,有人等着,便是前世修来的福。

星期天,花五彩来到小白楼看病,说老毛病犯了,浑身不得劲。郑梅林给她把了脉,就劝她不要上班了。花五彩说,厂里不去不行嘛!郑梅林说,你这病怕是会传染,又在食堂上班,更是危险!花五彩叹口气,说,我请过几回假,都不批准。郑梅林无奈,给她开了药,一边嘱咐她按时服用,一边担心她会传染,写了一份告知条子,让花五彩带给厂领导,希望引起重视。

花五彩没说假话,红旗纺织厂的运动搞得轰轰烈烈,规定"三不准":不准请假,不准旷工,不准迟到早退。不久前,因有人举报红旗纺织厂"只讲效益,不讲政治",施亚男被停职检查。保卫科科长许家和被提拔为副厂长,代理厂长职务。许家和搞运动很有一套,全厂上下都怕他,上级喜欢他。花五彩把郑梅林写的条子交给许家和,许家和看了看,问,郑梅林是哪个?花五彩说,小白楼的郑先生。许家和一听,把字条一揉,扔到门外去了。

不久,郑梅林担心的事还是发生了。红旗纺织厂集体出现这种病,秦德宝两口子也在其中。多年之后,何修文在回忆录《脂城往事》中记述了此事。其实,这是一种肝炎,传染性极强。红旗纺织厂出现传染病后,市里非常重视,上报省里,省里派出专家调查,马上采取隔离措施。何修文写道:"如果不是处置及时,那一年,怕是整个脂城都会感染这种病。"在《脂城往事》中,何修文还记述了同年发生的另一件事,那就是尤万里因话多招惹是非,被下放到岳东山区劳动,施亚男和红梅也跟着去了。这时候已是深秋。

转眼入冬。一天晚上,何修文两口子悄悄来到郑家老宅,说施亚男托人带信来说,尤万里病了,老毛病。不过,这回病得不轻。山里缺医少药,施亚男想请郑梅林去一趟,好好给尤万里治一治。郑梅林答应了,收拾两箱子药材,第二天一早就去了。

实事求是地说,郑梅林来到岳东山区,第一眼看见病床上的尤万里,脑壳里顿时跳出两个字,完了！等到把过脉之后,那两个字又跳出来,完了！

尤万里的病,还是老毛病。不过,病情恶化。除了便秘,还便血,一天好几回,不到半个月,人瘦得皮包骨,脸色也越发难看。一开始,尤万里不当回事,认为是痔疮犯了,瞒着施亚男。后来换衣服的时候,被施亚男发现了,他才说出实情。

当着尤万里的面,郑梅林没说什么,脸上也没露出什么。尤万里说,梅林,你说不跟我来岳东,这不是又来了嘛！丑话先说前头,万一生出什么是非,可别怪我！郑梅林说,怪我想你了！尤万里对施亚男说,亚男,你听到了,这可是他郑梅林自己说的,到时候别赖我冤枉他！施亚男说,你啊你,人家梅林好心来给你看病,也不说声谢谢！尤万里说,我跟他什么关系,说一个谢字,那就是骂人！梅林,你说是不是？郑梅林连连点头说是。

当天晚上,郑梅林找机会把施亚男叫到僻静地方,把尤万里病情的严重性分析了一下,让她劝尤万里最好到上海或北京去治病。施亚男一听,晓得不妙,当时就哭了。郑梅林劝她说,病来如山倒,宜早不宜迟,不可再耽误！施亚男叹口气,说,你晓得,就万里那犟脾气,哪个能劝得动吗?！郑梅林想了想,说,劝不动也得劝！

施亚男和郑梅林一起来劝尤万里去上海或北京看病,尤万里听后,晓得自己病情严重,闭上眼睛,好久没吭声,突然睁开眼,坐起来,哈哈一笑,说,我身上的病,我自己清楚。西医动不动就动刀,我可受不了！依我看,梅林你既然来了,就由你来治嘛！郑梅林说,我没有把握嘛！尤万里说,瞧瞧你那出息,当年你不是帮我治过了？药到病除,我相信你！郑梅林说,你现在的病情和原来的不一样！尤万里说,病在我身上,一样不一样,我自己还不晓得？我让你治,你就治嘛！郑梅林还是不敢答应。尤万里火了,说,郑梅林,我还是不是你二哥?！郑梅林说,是。尤万里说,是就听二哥的！二哥这命是捡来的,得了这病,反正活不久,你就放心大胆地治。治好了,将来可以推广经验；治不好,也不怪你,算我命该如此！郑梅林说,话是这么说,可二哥你是国家干部嘛! 尤万里说,国家干部也是人,思想是党的,身体是我的。再说,你不是有偏方嘛,我信! 郑梅林还是犹豫。施亚男说,梅林,也就这一条路了,你帮帮忙吧! 郑梅林实在不好再推托,只好说,那我试试!

尤万里的病有多重,他自己未必清楚,可是郑梅林清楚。据施亚男说,近一个月来,尤万里常常疼得睡不着,先是肚子疼,后来胸口疼,再后来浑身都疼,疼得没法忍,便让施亚男掐他拧他。施亚男下不去手,尤万里找来一根竹签,自己扎自己的大腿,两条大腿扎得像印花布似的。郑梅林对施亚男说,可能到了晚期! 施亚男点点头,含着泪说,他一辈子遭了不少罪,到最后让他少受点罪吧!

郑梅林陪尤万里住,一是观察他的病情,二是陪他说说话。当然,施亚男带着伢也够累了,正好歇一歇,不然也被拖垮了。郑梅林晓得,此时对尤万里来说,陪伴也许是最好的一味药。不过,此次到岳东山区里来,尤万里也给了郑梅林一大惊喜——当年换粽子的那只凤镯,让尤万里"赎"回来了。

下放到岳东后,尤万里一直惦记着那只凤镯。不过,因为行动不便,未能成行。那天,尤万里以纪念牺牲的游击队战友为由,请假去了那座山间古镇,挨门挨户打听,很快找到当年那位大姐。大姐如今白发苍苍,眼神却很好使,盯着尤万里,一拍大腿,说,是你是你就是你,一笑起来像坏蛋嘛! 尤万里听了,哈哈大笑,说,老大姐,你说得对嘛,连我老婆也这么说! 大姐揉揉眼,扯了扯尤万里的空袖管,问,哎哟,你膀子咋少一只? 尤万里说,打鬼子打的! 大姐竖起大拇指,说,打鬼子掉条膀子,值! 尤万里笑笑,说,好歹留条命嘛! 大姐神秘地问,立这么大的功,如今当大官了吧? 尤万里也故作神秘地说,官不大,又成"老右"了! 大姐咂咂嘴,说,啧啧! 肯定犯错误了嘛! 尤万里嘿嘿一笑,说,是啊,说了几句大实话! 大姐认真了,凑近了悄悄说,实话不能乱说的! 尤万里说,晓得了! 大姐满意地点点头,问,大老远跑到山里来,可有事? 尤万里有点不好意思,说,大姐,你可记得当年那只镯子? 大姐想了想,说,记得记得,你们换走我两筐粽子呢! 尤万里

38 凤镯

251

说,对嘛对嘛！大姐警惕地问,可是想要回去？尤万里笑了笑,说,不是要回去,是想赎回去,那是我兄弟家祖传的宝贝！大姐点点头,说,当初我就说过,你们想要的时候,就来找我！你等着,我去拿给你！尤万里激动得不行,说,老区人民觉悟就是高！大姐拿来镯子,递给尤万里,说,看看,是不是这个?！尤万里说,就是就是！大姐说,是就好,拿去吧！尤万里说,老大姐,你看要多少钱？大姐脸一板,说,不要钱！尤万里说,不要钱不行！大姐说,你为了打鬼子,膀子都丢一条,我那两筐粽子算什么嘛！尤万里感动得眼泪汪汪,说,老大姐,你不要钱,一定要受我三个头！大姐说,不要,可别折了我的寿！尤万里不由分说,扑通跪下,连磕三个头,说,老大姐,这三个头是长寿头,祝你老人家长命百岁！大姐高兴得合不拢嘴,说,好嘛好嘛,到时候请你来吃粽子！

尤万里对自己成功"赎回"凤镯沾沾自喜。郑梅林叹口气说,二哥辛苦了！尤万里说,办完这件事,我的任务就完成了！郑梅林说,不！你还有任务,你得把自己的身体养好！尤万里呵呵笑了几声,摇摇头,说,梅林,到北京、上海治病,我不是不想去,是不能去！可晓得为什么？郑梅林说,你怕！尤万里点点头,叹口气说,我怕,真怕！组织让我来改造思想,我要服从,不能当逃兵！郑梅林点点头说,你不想像我那样,背二十年的黑锅！尤万里点点头,说,我是党员啊！

山风阵阵,扑打着窗纸。油灯昏黄,尤万里躺在床上,淹没在一片阴影中。一阵咳嗽,急促而无力。郑梅林小心地举着油灯过来,见尤万里捂着胸口,一脸痛苦。郑梅林劝他睡。尤万里不睡,伸出独臂,一把拉住郑梅林。郑梅林晓得他有话要说,便就势坐在床沿上。尤万里说,梅林,我的日子怕是不长了,有件事也该跟你坦白了！郑梅林说,别瞎想了,好好养病！尤万里叹口气说,当年,你确实写了入党申请书,确实托过我转交。郑梅林平静地说,都过去了,不提也罢！尤万里摇摇头说,你的入党申请书,我没帮你转交！郑梅林笑了笑说,没交就没交,无所谓嘛！尤万里颤抖着,哇的一声哭了,说,梅林,二哥我糊涂,你原谅二哥啊！郑梅林叹了口气,轻轻拍了拍尤万里的手,把灯吹灭,说,睡吧！

毕竟连续忙了几天,郑梅林着实太累,不知不觉,靠在床头睡着了。山里的腊月,阴冷寒重,尤万里一直没有睡着。下半夜的时候,尤万里怕郑梅林冻着,过去给他盖被子。毕竟身体虚弱,又是独臂,尤万里下床才挪了两步,突然摇晃一下,一头栽倒,一声没吭,再也没起来。

多年之后,何修文在《脂城往事》中清楚地记述,尤万里同志逝世那天,正好是腊月初八。对尤万里来说,腊月初八这个日子,充满神秘。作为一名无神论者,他也许从来都没在意过。

39　修鞋匠

尤万里去世后，郑梅林大病一场。等到康复时，已是来年入夏时节。那时候，栀子花开，郑家老宅里花香四溢，天狗也长高不少，叽叽喳喳，整天说个不停。从这时候开始，郑梅林决定不再行医。那年夏天，脂城奇热大旱。脂河水位下降，西津渡和东门码头有好多船只搁浅。何修文在《脂城往事》中回忆并证实，那年脂城人民饮水出现问题，不得不动员全民打机井。大旱过后，必有大疫。到了秋天，脂城恶性痢疾流行。患者纷纷赶到小白楼寻医问药，均无果而归。那时候，郑梅林不再行医。小白楼已经交给街道，街道开了一家商店，专卖妇女用品，店名叫"三八商店"。

郑梅林弃医的真实原因，至今不详。何达教授在《梅林春秋》一书中解释说，郑梅林先生弃医，缘于他与英妹女士的一次月夜对话。那天，郑梅林回到家时，月亮已经升起。吃过晚饭，天狗跑出去玩了。月色正好，郑梅林陪着英妹坐在天井里纳凉。英妹似乎感觉到郑梅林的异常，一边扇蚊子一边说，好快哟，眼看天狗就长大了！郑梅林没吭声。英妹说，伢说等他长大了，要盖一座好大好大的房子！郑梅林"嗯"了一声。英妹笑得好开心，说，我伢好有心，说那房子只能我和你住，哪个也不让进来，哪个敢进来就跟他拼命！郑梅林有气无力地说，那何必嘛！英妹说，伢还小，不懂事嘛！郑梅林轻轻叹口气说，跟伢说，不管到什么时候，别跟人拼命！英妹说，晓得了！郑梅林说，有件事跟你说一下。英妹说，说嘛！郑梅林说，往后我不行医了！英妹停下手中的扇子，愣了半天才问，为什么？郑梅林摇摇头说，不想干了,干够了! 英妹说,不行医也好,省得起早贪黑! 郑梅林抬头望着月亮说,我想去修鞋! 英妹也望着月亮说,修鞋好,省心!

郑梅林果然去修鞋了,修鞋摊摆在北门桥头,坐在那里能看到红旗纺织厂,也能看见小白楼。郑梅林的修鞋摊子简简单单,一个铁皮罐头盒子用来放零钱,一只木头箱子存放工具。这只木箱原本是罐头箱子,那是当年"大洋马"苏珊洋行里的货品。箱子做工精细,上头印着洋文,英妹一直没舍得扔,用两块砖头垫着,摆在天狗的床边当床头柜。一段时间里,那里头珍藏着天狗的童年秘密。郑梅林自作主张,倒出天狗收藏的一堆破烂,找来一把锤子,乒乒乓乓,在箱子两头钉上了两个铁鼻子,把一条旧皮带系在铁鼻子上。之后他又上街买了两瓶油漆,一瓶绿漆,一瓶红漆。绿漆刷箱体,盖住了上面的洋文。等绿漆干了,用红漆在箱子两边写字,一边写着"跟共产党走",一边写着"听毛主席话",最后在箱盖上画了一颗五角星,碗口大小。五角星的周围画了一圈长短不齐的直线,表示光芒四射。对郑梅林来说,这个过程显得复杂。英妹和天狗一直在旁边观看,时不时上去帮忙。郑梅林叹口气道,往后吃饭就靠它了!

从那以后,郑梅林背着那只修鞋箱,一大早出门,天擦黑回来。回来时带回一堆破鞋,进了东厢房,在一只十五瓦的灯泡下忙到深夜。不管春夏秋冬,英妹都会陪在身边。

多年以后,何达教授在《梅林春秋》中,记录了表哥朱山河的一段回忆。那时候表哥朱山河已经是远近闻名的商界精英,一边喝着养生茶,一边谈及此事,仿佛历历在目。表哥朱山河说,他永远忘不了东厢房里弥漫的臭鞋子味,永远忘不了十五瓦的灯泡下郑梅林佝偻的背影。据表哥朱山河回忆,自从当上修鞋匠,郑梅林慢慢养成看人不看脸的习惯,在外如此,在家也如此。他见人时,最先看人脚上的鞋,而不看人的脸。为此,表哥朱山河一直不解。郑梅林解释说,伢哩,看病要看脸,修鞋看脸没用嘛!

关于郑梅林的修鞋生涯,何修义在《脂城往事》中也有记载。作为当年的结拜兄弟,何修文的回忆动情而理性。文中写道:"郑梅林主动弃医后,修鞋十多年。如今五十岁左右的脂城人一定记得,在北门桥头摆摊的郑梅林,面前除了一个工具箱,还有一个装钱的罐头盒。令我感动的是,脂城百姓一直没有改口,找他补鞋,都叫他郑先生。郑先生,给这鞋打个掌!郑先生,给这鞋上个胶!总之,从没人叫过他郑师傅,或者修鞋匠!最有意思的是,在郑梅林的修鞋摊前,排队最多的不是修鞋人,而是看病的群众。我曾多次看见,郑梅林一手补鞋,一手给人把脉,那情景颇为滑稽,又令人感到难过!修鞋匠郑梅林给人看病,从不收钱,修鞋也不涨价。不过,他定下一个规矩,只给来修鞋的人看病。一时间,北门一带好多患者慕名而来。为了将就郑梅林的规矩,有人甚至故意割破鞋子去见他。此事在脂城一时传为笑话。花五彩也拿着破鞋找郑梅林看过病。那时候,花五彩的肝病相当严重。郑梅林给她把过脉之后摇摇头,从罐头盒里拿出所有的钱,劝花五彩买些好吃的,不久花五彩便去世了。据说郑梅林只为两个人破过例,一个是施亚男,一个是小桃红。她们找他看病,不管鞋子是否破了,他都给看。"

事实上,施亚男和小桃红那时候找郑梅林,并不是真正要看病,而是受英妹之托。这是何达教授在《梅林春秋》中的解释。自从当上修鞋匠,郑梅林的话越来越少,有时回家一句话都不说。英妹晓得大少爷的脾气,料定他心里有个结,需要人开解。英妹没文化,但有自知之明,晓得能解开大少爷心结的人不是她英妹。如果让英妹选一个,那个人一定是小茉莉。英妹曾想托人给小茉莉写信,请她回来一趟,好好劝劝郑梅林,可惜失去联系多年,不晓得信该往哪里寄。无奈之下,英妹壮着胆子找到施亚男和小桃红,请她们抽空去跟郑梅林说说话,她们都答应了。这一情节,在何修文的《脂城往事》中也有记载,可见有趣的事情,往往流传甚广。

40　SORRY

日子在郑梅林修鞋的锤子声中悄悄过去了,一晃十年。

十年不过弹指一挥间,这是何修文回忆录中的话。事实上,"十年"这个词,在何修文的回忆录《脂城往事》中非常敏感,而且大多与"平反"一起出现。"十年"过后,何修文是最早一批得到"平反"的人,恢复工作,依然担任市政协副主席。

郑梅林修鞋的锤子声消失在十年后一个秋天的午后。那天,郑梅林修好两双皮鞋、五双回力鞋和六双胶鞋,便在秋日暖阳下歇一歇。他微微转动麻木的脖子,往左可以看见红旗纺织厂大门前高高的钢铁红旗,往右可以看见躲在高大樟树后面的小白楼,左左右右,不晓得有多少回,竟然有点晕。就在这时候,嘀的一声,一辆小汽车停在摊前。英妹跟着一高一矮两个干部下了车,告诉他他被"平反"了。"平反"这个词,郑梅林早就从广播里听过,也晓得什么意思,可是跟自己联系在一起,却让他一时没有反应过来。高个子干部拿出文件递过来,郑梅林在衣襟上揩了揩手,接过来一看,笑着说声谢谢,又把文件还了回去。矮个子干部又拿出一份文件来,说,按政策小白楼归还原主,手续办好了,就差签字。郑梅林接过文件看了看说,小白楼我用不着了,给国家吧。高个子干部说,这是政策,政策就要执行!英妹说,赶紧谢谢政策嘛!郑梅林笑笑说,谢谢!接着,郑梅林便不睬人,低头拿起一只鞋子修起来。矮个子干部说,郑先生,跟我们走一趟,卫生局成立专家组,请您做顾问!郑梅林头也不抬,说,对不起,我不会顾问!高个子干部看起来是个急性子,对矮个子干部使个眼色,上前夺下郑梅林手中的锤子,架起郑梅林就走,说,对不起郑先生,局里正在开会,都等您呢!郑梅林转过头来对英妹说,看好摊子!英妹追上去想问个究竟,不料小汽车嘀了两声,载着郑梅林开走了。英妹以为郑梅林又犯了错,哭喊,老天爷啊,不是说"平反"了吗?!旁边看热闹的人便劝道,郑先生被拉去做顾问,是好事!

这一情节,在何达的《梅林春秋》和何修文的《脂城往事》中均有记载,且出奇一致。事实上,郑梅林得到"平反",还被卫生局聘为专家组顾问,除了沐浴政策的春风,也有何修文和施亚男积极奔走的功劳。不管怎样,郑梅林被"平反"了,小白楼也归还了。在何修文的推荐下,郑梅林作为党外人士当选为市政协委员。

不过,郑梅林依然去北门桥头修鞋,风雨无阻。他也给人看病,还是老规矩,不修鞋不看病。英妹依然去给郑梅林送饭,红光满面,麻子也显得不那么清晰了。可是,就在英妹沉浸在幸福之中时,一天夜里,郑梅林突然中风,落下半身不遂的毛病。除了行动不便,嘴也歪了,说话时歪得更厉害。从那之后,在脂城北门桥头,郑梅林修鞋的锤子声永远消失了。

英妹照顾她的大少爷非常用心,没让郑梅林受什么苦。中风后的郑梅林,突然热爱养花,且只养栀子。英妹当年种的那盆栀子,如今已经分出好多盆,栽在郑家老宅天井里的假山旁,生机勃勃,一到花季,香气飘满老巷子。每天早晚,郑梅林力所能及,帮着英妹给花浇水。实话实说,这段日子是郑梅林和英妹夫妻生活中最幸福的时光。不过,也有烦心的事,不为别的,为了天狗。

天狗中学毕业后"上山下乡",回城后没有考上大学。郑梅林让英妹把《脂河医案》拿给他,天狗翻了两页便扔到一边去了。英妹没有捶他,苦口婆心劝也没用,气得躲在屋里哭半天。后来,郑梅林又把他的修鞋箱子给天狗,让天狗去摆摊修鞋。天狗倒没反对,背起箱子便出门了,晚上空手回来了,说箱子被城管没收了。郑梅林歪歪嘴,没说什么。英妹愁得要死,不免又哭一回。毕竟是大小伙子,英妹怕天狗无所事事,在街头学坏,无奈之下向施亚男求助。施亚男仗义,顶着压力把天狗安排进红旗纺织厂,做仓管员。

进纺织厂,天狗用的是大名朱山河。"朱山河"是郑梅林给天狗起的大名。之所以没让天狗跟他姓郑,而随英妹姓朱,郑梅林的考虑是怕天狗受到连累,英妹也同意。可是,人家还是喊他天狗。时间一长,他就无所谓了。天狗长相随郑梅林,风流倜傥,十分招人;不过性格不像,爱说爱笑,尤其受青年女工欢迎。进厂头一年夏天,一不留神把一个姑娘的肚子搞大了,姑娘找上门来,赖在郑家老宅不走。英妹高兴得不得了,真心把姑娘当成儿媳妇看待,好吃好喝好侍候,盼着抱孙子。没料到,天狗看不上人家姑娘,不晓得用了什么计谋,不仅把姑娘哄走,还让人家打了胎,高高兴兴地和他分手了。英妹气得够呛,骂天狗,你这个没良心的,怎就不像你爹吗?天狗听了,不仅不生气,还恬不知耻地笑。有一天,英妹在街上遇到章织云,把天狗的事说了,章织云听罢,严肃地说,听老何说要"严打",千万要管好呀!英妹嘴上说晓得了,心里却七上八下。

章织云被"平反"后,重回市歌舞团,不当团长,任支部书记。之后不久,"高考"恢复,何达作为知青返城,考上脂城大学中文系。不过,何达喜欢谈论政治,诸如"黑猫白猫""摸着石头过河"等等。何修文一直担心,让他少谈政治安心做学问。何达看不起父亲的懦弱,根本听不进去,父子俩常常争得脸红脖子粗。章织云经常在家感叹,果然被郑梅林说对了,你们爷俩天生是对头!

尤万里也被"平反"了。文件下来那天,施亚男特意带着红梅到尤万里的墓碑前,把那份文件从头到尾念了一遍。红梅建议把文件当成火纸烧了,相当于发电报到阴曹地府,让他自己看,省得麻烦。施亚男说,瞎讲!你爸是党员,无神论者!

施亚男恢复工作后,回红旗纺织厂做厂长。那时候,许家和正好因病退休,施亚男书记厂长一肩挑,红旗纺织厂又红火起来。那一时期,红旗纺织厂最有名的产品除了各种花布,还有"的确良""派力司"等,引领时尚,风靡一时。何修文在《脂城往事》中说,经过"十年",人民群众渴望美好生活,红旗纺织厂在施亚男同志的领导下，焕发青春，创造了一个又一个奇迹，为脂城乃至全国人民的生活增添了丰富的色彩！

事实上，拨乱反正后，施亚男确实焕发了第二春，干劲十足，一心扑在工作上，连女儿红梅的成长都忽略了。那时候，红梅已悄悄出落成亭亭玉立的大姑娘，像当年参加新四军时的施亚男一样，热情大方，漂亮时尚，且能歌善舞，人称北门"一枝花"。红梅得到这个外号，施亚男怕是最后一个晓得，当她晓得之后，才仔细打量红梅，仿佛看到自己当年的影子。遗憾的是红梅两次高考都落榜，不愿进工厂，一心想进市歌舞团当演员，整天缠着施亚男去找章织云走后门。因为尤万里因病去世，施亚男一直想让红梅学医，因此拖着不去找章织云。不料，市歌舞团在报上刊登广告公开招收学员，红梅偷偷报名，考试连过三关，顺利入选。施亚男无话可说，只好同意。

红梅到市歌舞团报到前一天正好是星期天，施亚男打算安排一顿家宴，请何修文一家来吃饭，意思非常明确，希望章织云以后多多关照红梅。巧的是，施亚男在北门菜市买菜时正好遇到英妹，于是邀请英妹一家也来吃饭。英妹好久没见施亚男，正想跟她说说话，于是便答应了。回到家，施亚男一想，这三家都齐了，索性把秦德宝一家喊来。四家人聚在一起，也算替尤万里做一次东了。眼看快到饭点，小桃红来了，给红梅买了一条红丝巾，表示祝贺。施亚男好高兴，说，好啊，人多热闹嘛！

关于那次家宴，何修文在《脂城往事》中有详细回忆，同时顺便介绍了周边几家人的境况。

秦德宝一直在红旗纺织厂当"老社守"，尽职尽责，以厂为家，多次被评为先进个人，没有再犯过疯病。吕玉芝还在车间上班，谨言慎行，不再像过去那么嘴碎。他们的儿子秦大毛中学毕业后到岳东山区插队，性格憨厚，人缘极好，又打得一手好算盘，很快入党提干，在当地娶了老婆，立志扎根山区，事迹上了报纸——据说当上了团县委副书记。

小安庆的情况相对复杂。因为表现良好，又多次立功，小安庆被提前释放。小桃红一直等他回来，费了好大劲把他安排进红旗纺织厂当电工。小安庆果然浪子回头，踏实工作，任劳任怨，获得全厂上下认可。因判刑被开除党籍,小安庆出来五年后,向组织申请恢复党籍,一直没有结果。可惜的是,在1977年冬,红旗纺织厂"119大火"中,小安庆为抢救国家财产和十几位女工的生命,因公殉职。这件事上了报纸,也提到了小安庆。小桃红为了完成小安庆的遗愿,一直在为小安庆恢复党籍而奔波,尚无回音。

小茉莉一直没有音信,与脂城失去联系。前几年,花五彩因病去世前,很想见小茉莉一面,无奈联系不上,只好作罢。据脂城民间传说,小茉莉留在北京工作后,改名郑如愿,"文革"中曾下放云南,如今已成为北京文艺圈的著名歌唱家。有人在新闻纪录片中看到,小茉莉在人民大会堂为一群"亚非拉"的外国朋友表演节目,唱的是民歌《茉莉花》,获得满堂掌声。

那天,头一批赶到施亚男家赴宴的是郑梅林一家三口。施亚男事先跟英妹打过招呼,请她提前来帮着烧菜,毕竟她手艺好。郑梅林是天狗用三轮车拉过去的,英妹一直陪在左右。施亚男亲自上前把郑梅林搀下来,扶到屋里坐下。坐定后,施亚男跟郑梅林开玩笑说,郑先生,你当了大半辈子医生,也给自己治治嘛!郑梅林歪着嘴说,医家医病不医命!施亚男说,依我看,你还是回到小白楼,造福广大群众嘛!郑梅林说,小白楼回来了,我回不去了。这是命!

正说着,何修文两口子和秦德宝两口子到了,前后脚小桃红也到了。英妹是个闲不住的人,戴上围裙就钻进厨房。吕玉芝眼皮活泛,跟着进来帮忙。施亚男和章织云不好意思看着,过来打下手。小桃红不方便帮忙,拄着拐杖也挤进来,陪着说话。一时间,厨房挤满了女人,笑声不断。红梅就怕在厨房干活,拉着天狗到房间去听歌。歌是邓丽君的歌,头一首就是《小城故事》。

这次聚会来之不易。自从脂城解放后,四兄弟聚齐的机会不多,有几回倒是聚齐了,但因为尤万里和郑梅林之间有误会,搞得不欢而散。如今误会没了,尤万里却不在了。何修文、郑梅林和秦德宝坐在客厅里,你看我我看你,一时无话。何修文站起来,走到电视机前。在电视后面的墙上,挂着尤万里年轻时的照片,军装军帽,一脸严肃。好在是半身照片,看不见那条失去的膀子。何修文叹息一声,说,万里啊万里,你走得太早了,你应该看看,现在才是我们为之奋斗的幸福生活啊!

秦德宝站起来,走过去盯着尤万里的相片,跟着叹息一声。郑梅林行动不便,没有站起来,也没叹息,静静地看着。何修文突然一拍脑壳说,梅林,有件事得跟你说一说。郑梅林看了看何修文。何修文说,十年前,万里生前留给我一封信,托我找机会帮你办件事。郑梅林歪着嘴说,什么事?何修文说,当年在游击队你托万里转交入党申请书的事,还记得吗?郑梅林未置可否,把头低下来。秦德宝吃了一惊,说,还有这事?我怎不晓得?!何修文叹口气说,梅林,你可能不晓得,为了这件事,万里一直很抱歉,他对不住你啊!郑梅林歪歪嘴,摇了摇头。何修文说,前些年闹"文革",一直没跟你说!万里在信中说,托我找个机会,做你的入党介绍人!秦德宝说,好事啊,我也可以做介绍人嘛!郑梅林突然抬起头,歪着嘴说,我条件不够!秦德宝说,三哥,我都够条件,你肯定够!郑梅林嘴歪了歪,叹口气说,我不配!秦德宝问,为什么?郑梅林说,我怕打仗,还怕死!何修文和秦德宝对视一下,都笑了。

红梅正好出来倒水,问他们笑什么。何修文指着郑梅林说,问你郑叔!红梅调皮地原地转一圈,问郑梅林,郑叔,他们笑什么?郑梅林说,笑我!何修文和秦德宝眼泪都笑出来了。红梅摊开双手,说,搞不懂,一个病人有什么好笑的?!

据何修文在《脂城往事》中回忆,那顿晚饭吃得很热闹很有氛围,总之是十年来最开心的一次。席间,红梅演唱了一首《小城故事》,天狗表演了从电视上学的小品,都赢得了大家的掌声。美中不足的是,何达来得太迟。何达毕业留校后一直在补习外语。一进门,何达不停地耸肩道歉,用的是英文。何修文讨厌何达那副假洋鬼子作风,有意数了一下,入座前他一共耸了二十一次肩,说了二十一个"sorry",好烦人!

不过,何达虽然来得迟,但也表演了节目,用英文朗诵了一段《哈姆雷特》的经典台词,声情并茂,朗诵完了,自己感动得眼泪汪汪,其他人大眼瞪小眼。施亚男懂些英语,随口翻译道:"你倘若爱我,请你暂时牺牲一下天堂的幸福,留在这个冷酷的人间,替我传述我的故事吧!"众人听了,象征性地拍了几下巴掌。郑梅林一只手抖得厉害,鼓不了掌,用另一只手拍桌子,歪着嘴激动得大叫,再来一遍,sorry!

41　好时代

　　郑梅林的去世确实突然。这一年端午节,郑梅林在浓郁的栀子花香中,安然离世。据何修文在《脂城往事》中回忆,郑梅林去世前毫无征兆。当天下午,何修文去郑家老宅讨要治疗前列腺肥大的秘方,兄弟俩有说有笑。郑梅林歪着嘴透露,最近不怕死了。何修文表扬了他,说他思想越来越纯洁,条件越来越充分。自始至终,郑梅林都好高兴,临别时,郑梅林拄着拐杖,执意将何修文送到大门外。那时候,夕阳西下,晚霞似血,将郑梅林的脸映得红扑扑的。

　　据表哥朱山河回忆,当天晚饭后,他照例服侍郑梅林洗澡。那时候,郑家还没有热水器,也没有浴缸,洗澡用一只上过桐油的大木盆。坐在大木盆里,赤身裸体的郑梅林搓着身上的"排骨",突然问,"岳东事件"是哪一年?表哥朱山河想了半天,竟然答错了。郑梅林似乎很生气,嘴歪了半天,什么也没说,从木盆里爬出来,套上大裤衩子,便去睡了,不料这一睡成为长眠。英妹埋怨表哥朱山河,说,伢哩,你爸过去吃了好大亏都活下来了,硬生生让你气死哟!时至今日,表哥一直不能理解,"岳东事件"发生在哪一年,有那么重要吗?

　　郑梅林去世不久后,暑假开始,小茉莉回来了。此次,小茉莉是应市政府之邀,参加脂城电视台举办的"名人故乡行"活动。当天下午,小茉莉特意来到郑家老宅看看。小茉莉当年下放到云南,"文革"结束后回到北京,进了一所艺术院校当老师。小茉莉看上去依然漂亮,气质也好,不过也有了白发。不知何故,小茉莉一直单身,她不愿说,别人也不好问。得知郑梅林去世时,小茉莉竟然出奇的平静,拉着英妹的手,冲着郑梅林的遗像,轻轻地叹了一口气。英妹留她吃晚饭,小茉莉不干,说约好几个人见面,还要去九桂塘看看。送小茉莉出门的时候,英妹让天狗捧来一盆栀子,说这是当年那棵栀子分出来的。小茉莉不嫌弃,说声谢谢便收下了,然后抬头看看天狗,说,哦,这伢真像郑先生!

秋天来了,天渐渐凉下来。脂城市外事部门转来一封来自新加坡的信。信封上的收信人及地址是脂城北门小白楼郑梅林先生。那时候,表哥朱山河在家无所事事,手头拮据,买包烟还要伸手跟英妹要钱,所以准备到南方打工。收到这封信后,表哥朱山河马上改变主意,并把好不容易托人买好的火车票退了。

信是"大洋马"苏珊写来的。表哥朱山河找到在脂城大学中文系任教的何达翻译过来,大意是当年"大洋马"苏珊和郑梅林签订合约回到美国后,嫁给了一个华裔商人,夫妻同心,使用郑梅林的偏方生产药品。药品甫一上市就得到市场青睐,大赚一笔。随后,夫妇俩又到新加坡、马来西亚、印尼等地开设分厂,同样大赚。发财之后,"大洋马"苏珊一直没忘记郑梅林。但由于当时联系多有不便,便耽误下来。如今,"大洋马"苏珊年事已高,打算在有生之年履行合约。经过多年的发展,"大洋马"苏珊的公司早已上市,市值可观。按合约规定,郑梅林可以分得一大笔红利。信中,"大洋马"苏珊一再强调,如果郑梅林先生已不在世,可由其子女继承。如果没有子女,可由其女佣英妹女士继承。如果英妹不在了,可由英妹的子女继承。总之,这笔钱是要兑现的。信中附上了指定的私人律师和联系方式。

从苏珊的信中可以看出,无论如何,表哥朱山河都是最终继承人。毕竟他既是郑梅林的儿子,也是英妹的儿子。表哥朱山河不敢怠慢,按照信中的联系方式,请何达帮忙写信与苏珊的私人律师取得联系,律师很快回信,让他马上到新加坡与苏珊见面。表哥朱山河办妥相关手续,带上英妹给他借来的盘缠,便火速飞往新加坡,与"大洋马"苏珊见面。

据表哥朱山河回忆,"大洋马"苏珊见到他时,格外亲切,回忆起当年在脂城的时光,脸上露出少女般的喜悦,尤其谈到小白楼和郑家老宅时,滔滔不绝。有意思的是,自始至终,苏珊一直没提当年的洋行,也没提那台"奇异"牌台式收音机,更没有提到英妹。也许是忘了,也许是不愿提及。当得知郑梅林离世时,苏珊非常遗憾,连叫几声"我的上帝",同时流出浑浊的老泪。表哥朱山河一向认为早已了解女人,面对白发如雪的"大洋马"苏珊,他突然意识到自己的浅薄和无知,同时对父亲郑梅林充满敬意。

正如信中所言,"大洋马"苏珊兑现了合约的承诺,开出一张数额巨大的支票。支票上那串长长的阿拉伯数字,仿佛是兴奋的音符,让表哥朱山河失眠好多天。办妥手续后,表哥朱山河本想马上回来,但是"大洋马"苏珊要求陪她几天。表哥朱山河答应了,陪"大洋马"苏珊在新加坡海滨玩了几天,见识了什么是资本家的奢靡生活。印象最深的是,"大洋马"苏珊虽然满脸皱纹,但每次出门前都有专人化妆。表哥朱山河不由得想起英妹那张只用过雪花膏的麻脸,心里有一种说不出的滋味。

表哥朱山河顺利回到脂城,在淮上酒家专门请何达吃了顿西餐,还送了礼物,当然也讲述了与"大洋马"苏珊见面的经过,以及在异国他乡的见闻。何达教授被"大洋马"苏珊重义的行为深深感动,连夜写成文章,发表在《脂城日报》上,一时引起轰动。

在《脂城往事》中,何修文也曾提到表哥朱山河一夜暴富的经过,为此高兴,但也有深深的忧虑,担心小民乍富后,表哥朱山河会迷失自己,并好意提醒过英妹。令人欣慰的是,表哥朱山河性情大变,懂事了,明白了,不再嬉皮笑脸了。正所谓好运追人来,当时脂城大兴城市改造,小白楼恰好在拆迁之列,政府又补偿了一笔钱。表哥朱山河看着银行存折上那一串长长的数字,简直不敢相信自己如此幸运,拿头撞墙,检验是不是做梦。英妹怕他翘尾巴,把郑梅林的遗像挂在他的床头,说,伢哩,你要心里躁,就看看他!

不知是郑梅林九泉之下的保佑,还是郑梅林遗像的震慑,表哥朱山河没有染上一夜暴富的臭毛病,老老实实,低调做人,从小买卖开始,一步一步逐渐发展,不出几年,便成为北门乃至脂城有名的商人。1995年,因为众所周知的原因,国营红旗纺织厂濒临倒闭,市政府拟采用"国退民进"的方式,解决下岗职工的安置问题。何修文和施亚男均已离休,劝表哥朱山河顺应时代潮流,把握机遇。表哥朱山河脑壳灵光,通过法定程序买下了红旗纺织厂。

那时候,秦德宝和吕玉芝都已从红旗纺织厂退休,闲得不自在,在北门桥头摆地摊,卖些鸡零狗碎的小东西,一天也能挣个十块八块。得知表哥朱山河收购了红旗纺织厂,吕玉芝对秦德宝感叹道,瞧瞧,绕来绕去,厂子又成了郑家的,你这个"老社守"忙了一辈子,啥也没落着！秦德宝不服,说,我是党员！吕玉芝哼了一声,什么也不说,把酱油瓶子递给他,说,打酱油去！秦德宝伸出手说,你不给钱,我怎么打酱油？吕玉芝冷笑道,你不是党员嘛！秦德宝听出话里有话,气得脸通红,抬手把酱油瓶子摔得稀碎。当天晚上,秦德宝喝得酩酊大醉,哭得一塌糊涂,说,我好没用啊,我没有守住社会主义的大门啊！吕玉芝怕他再犯疯病,赶紧劝说,好久才劝好。

无论怎么说,表哥朱山河越来越发达了,却一直没有翘尾巴。英妹时不时提醒他,吃水不忘挖井人,得人一尺,还人一丈。表哥朱山河有没有听进去不晓得,反正有意无意间帮助曾经帮助过他的人,比如何达。那时候,何达要评职称,急需出版一本学术专著,苦于没有门路,愁得要死。表哥朱山河二话不说,帮他办妥了。不过,表哥朱山河帮最多忙的是尤红梅。那时候,红梅刚刚经历第五次恋爱失败,对婚姻失去信心。离休后施亚男无事可做,便把足以管理一个工厂的精力,全部投到操控红梅的婚姻上,那力度可想而知,逼得红梅差点上吊。正好当时文艺团体不景气,红梅毅然从市歌舞团辞职下海,开了一家文化公司。虽说当了老板,但小公司日子也不好过,表哥朱山河就把自己公司的广告宣传业务包给她。红梅晓得人家照顾自己生意,投桃报李,样样办得让表哥朱山河满意。如此一来,红梅成了郑家的常客,三天两头来,一坐大半天,跟表哥朱山河说说笑笑,就像一家人。表哥朱山河一直忙生意也没顾上恋爱结婚,英妹正愁得要死,忽然发现红梅好合适,于是便托章织云从中做媒。

其实,章织云也曾打过红梅的主意,让她跟何达谈恋爱,施亚男也支持。可是红梅跟何达约会两次后,坚决不干了,说何达一见面,不是谈萨特,就是谈存在主义,她实在受不了。毕竟肥水不流外人田,章织云也觉得朱山河和红梅合适,于是便跟施亚男说了,不料施亚男不同意。章织云说,别的不说,他爹郑先生那人就不错嘛!施亚男说,老子好不等于儿子好嘛!章织云晓得施亚男看不上天狗,婉转地给英妹说了。英妹晓得施亚男的心思,便熄了这个念头,惋惜了好多天。可是没过多久,表哥朱山河却拉着红梅的手来报喜,告诉她她要当奶奶了。当天晚上,英妹思前想后,还是提着礼品去找施亚男求情,进门就给施亚男跪下了。施亚男晓得红梅怀上了,赶紧把英妹拉起来,什么话也不说,叹口气就算答应了。

必须承认,表哥朱山河赶上了一个好时代。

那时候,房地产开发刚刚兴起。表哥朱山河抓住机会,把红旗纺织厂的土地性质变更,稳扎稳打,分期开发。过了2000年,红旗厂沿河部分开发完毕,前别墅后高层,总共三十幢。那是一所相当高档的住宅小区,名叫"梅林雅居",其中有一座仿小白楼的别墅,一直没有出售,挂着郑梅林当年行医的牌子"梅林药房"。有趣的是,"梅林雅居"不以梅花闻名,而是种了大片的栀子。端午前后,栀子花开,犹如白雪,花香四溢,一时成为北门人的话题。

事实上,表哥朱山河最看重的还是靠近新马路的红旗纺织厂老厂区,因此一直没有动工。这时候,何达已经做了教授,成了表哥朱山河的顾问,建议表哥到沿海跑一跑,学习学习。表哥朱山河带着红梅一起去了,三个月后表哥朱山河宣布,在原红旗厂的核心区域,打造一个商业综合体,取名"山河时代广场"。这时候,城市商业综合体刚刚兴起。表哥朱山河又抓住了机会,很快把"山河时代广场"打造出来,成为脂城北门乃至全市的新地标。外地人在北门迷了路,抬头看见三十三层的山河大厦,心里便有数了。

何达教授在《梅林春秋》的前言中说,朱山河先生功成名就后,一直没有忘记郑梅林,很想为一生坎坷的父亲做点事。这里所说的做点事,就是为郑梅林立传。表哥朱山河是个爽快人,当场甩出一笔丰厚的订金。大约一年后,《梅林春秋》面世。不过,表哥朱山河还有一件心事未了。当年郑梅林曾经为岳东游击队做过贡献,那三百块大洋响当当地花出去了,可是岳东县在革命历史宣传中只字不提。表哥朱山河不在乎那三百块大洋,只在乎这件事不能抹掉,于是找来何达教授出谋划策。何达教授认为,最好"以投资换宣传"。表哥朱山河随即联系在岳东工作的秦大毛。秦大毛已任县委常委、政协主席,恰好分管招商工作,张口就是欢迎前来投资兴业。表哥朱山河财大气粗,承诺在岳东投资开发一处红色革命景区,不过要在景区内建一座纪念馆,纪念馆里面要把郑梅林和尤万里的革命事迹体现出来。秦大毛办事爽快,说只要有利于岳东县的经济发展,一切好谈。

当时,招商工作是地方政府工作的重中之重,于是表哥朱山河的愿望就容易实现了。表哥朱山河投资到位,以"岳东事件"发生地为核心的岳东红色革命景区建成,景区内建立一座红色革命历史纪念馆。纪念馆建在一座山坡上,上下三层,白墙黛瓦,在群山环抱中颇为显眼。馆内设有"岳东事件"专题展厅,郑梅林的事迹和照片与尤万里等一批岳东革命前辈并列在一起,尤其是那张游击队当年写下的收条,装在镜框里,摆在醒目的位置,在声光电等高科技手段的烘托下,透出历史的厚重感。表哥朱山河是个讲究人,配了六个讲解员,三男三女,经过认真培训,中英文双语讲解,字正腔圆。年轻的讲解员穿着仿新四军的服装,腰间挂着无线扩音器,个个神气得很。

不过,有件事让表哥朱山河一直耿耿于怀。在尤万里以及其他革命烈士的简介中,都明确标注了"党员"这一条,郑梅林的简介中没有,这让表哥总觉得不舒服,令他总是想到北门桥头那个修鞋匠的佝偻背影。何达教授喜欢出谋划策,大大咧咧地说,那段历史已经过去,不会有人晓得,找人偷偷加上,大不了花点钱嘛。表哥朱山河一脸认真,搞死不答应,说,革命历史嘛,实事求是嘛!毕竟是夫妻,红梅最懂表哥朱山河,她记得尤万里曾把郑梅林当年写的入党申请书交给了何修文,于是悄悄找何修文商量,把郑梅林当年写的入党申请书原件拿来,和一张郑梅林的老照片一起,装上镜框摆在展厅里。表哥朱山河比较满意,跟红梅商量正式开业那天,把几个老人都接来看看,红梅说晓得了。

那是一个春天的上午,开业仪式正式举行。英妹和施亚男来了,何修文老两口和秦德宝老两口也来了。何达有意从脂城大学拉来几个外国留学生,说是扩大革命历史文化的国际知名度。母以子贵,英妹成了现场的热点人物,始终站在C位。虽说这让她心神不安,不过她还是坚持了下来。不过,没有安排英妹讲话。施亚男和何修文分别站在英妹的左右,先后讲了话,都赢得阵阵掌声。仪式结束,参观展厅。表哥朱山河特意安排,先参观"岳东事件"展厅。灯光一开,没等解说员说话,英妹一眼就发现了那张发黄的照片,眼泪汪汪地指着照片中的郑梅林说,哦,大少爷!大少爷!

　　参观结束后,表哥朱山河陪英妹坐在纪念馆门前休息。此时,阳光灿烂,春风怡人,群山之间,山花烂漫。英妹指着漫山红遍的花问,那都是什么花?表哥朱山河说,映山红!英妹点点头,自言自语道,哦,大少爷喜欢栀子哟!表哥朱山河说,晓得!英妹板着脸说,多给他种些嘛!表哥朱山河说,今年来不及了,明年种好不好?英妹点点头,说,要是漫山都是栀子,他一定好高兴!表哥朱山河明明晓得办不到,却笑着说,晓得了!英妹眯着眼睛笑,仿佛看见漫山栀子花开,连声说,好嘛好嘛。

　　　　　　　　　　2020年12月一稿　2023年1月二稿 于合肥